mon BREVET facile

Pour s'entraîner par étapes

3e

W0290387

Les 5 épreuves du Brevet

Français

Thomas Bouhours
Gaëlle Touchet

Mathématiques

Frédéric Puigrédo

Histoire-Géographie-EMC

Pascal Jézéquel

Physique-Chimie-SVT-Techno

Georges Lemoine
Laurent Lafond
Nicolas Feuillatre

Nathan

MODE D'EMPLOI

22 sujets corrigés pour s'entraîner dans les mêmes conditions qu'à l'examen.

ÉNONCÉS

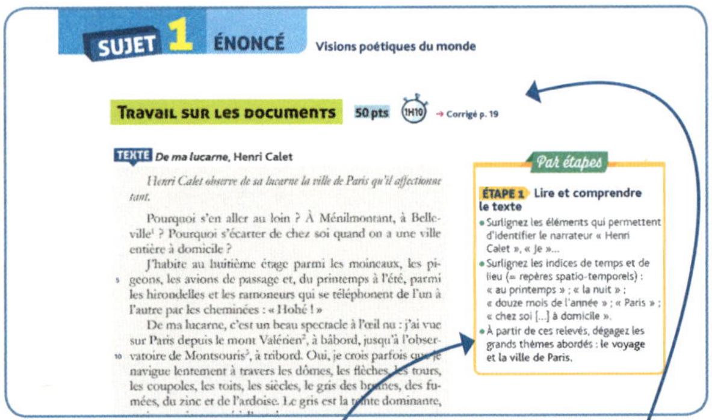
SUJET 1 ÉNONCÉ Visions poétiques du monde

Travail sur les documents 50 pts 1H10 → Corrigé p. 19

TEXTE *De ma lucarne*, Henri Calet

Henri Calet observe de sa lucarne la ville de Paris qu'il affectionne tant.

Pourquoi s'en aller au loin ? À Ménilmontant, à Belleville[1] ? Pourquoi s'écarter de chez soi quand on a une ville entière à domicile ?

J'habite au huitième étage parmi les moineaux, les pigeons, les avions de passage et, du printemps à l'été, parmi les hirondelles et les ramoneurs qui se téléphonent de l'un à l'autre par les cheminées : « Hohé ! »

De ma lucarne, c'est un beau spectacle à l'œil nu : j'ai vue sur Paris depuis le mont Valérien[2], à bâbord, jusqu'à l'observatoire de Montsouris[3], à tribord. Oui, je crois parfois que je navigue lentement à travers les dômes, les flèches, les tours, les coupoles, les toits, les siècles, le gris des brumes, des fumées, du zinc et de l'ardoise. Le gris est la teinte dominante,

Par étapes

ÉTAPE 1 Lire et comprendre le texte
- Surlignez les éléments qui permettent d'identifier le narrateur « Henri Calet », « Je »...
- Surlignez les indices de temps et de lieu (= repères spatio-temporels) : « au printemps » ; « la nuit » ; « douze mois de l'année » ; « Paris » ; « chez soi [...] à domicile ».
- À partir de ces relevés, dégagez les grands thèmes abordés : le voyage et la ville de Paris.

Une rubrique pour vous aider à **comprendre l'énoncé** et à **analyser les documents**.

- le nombre de points
- la durée de l'épreuve
- les renvois aux corrigés sont clairement indiqués pour chaque exercice.

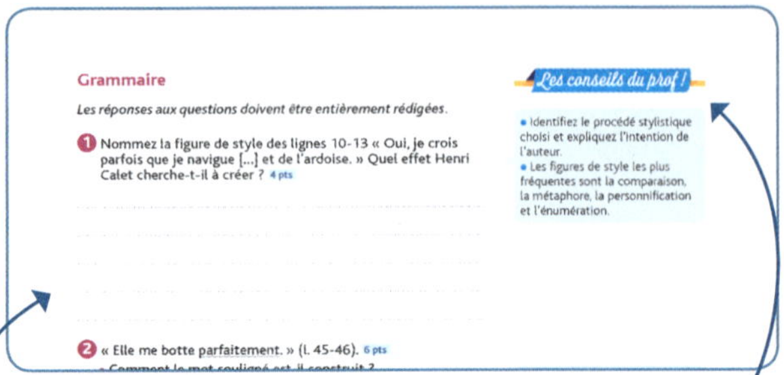
Grammaire

Les réponses aux questions doivent être entièrement rédigées.

1 Nommez la figure de style des lignes 10-13 « Oui, je crois parfois que je navigue [...] et de l'ardoise. » Quel effet Henri Calet cherche-t-il à créer ? 4 pts

2 « Elle me botte parfaitement. » (l. 45-46). 6 pts

Les conseils du prof !
- Identifiez le procédé stylistique choisi et expliquez l'intention de l'auteur.
- Les figures de style les plus fréquentes sont la comparaison, la métaphore, la personnification et l'énumération.

Écrivez vos réponses **directement sur le cahier**.

Les conseils du prof vous donnent des **indices**.

En **français**, la dictée est à écouter sur **abcbrevet.com**

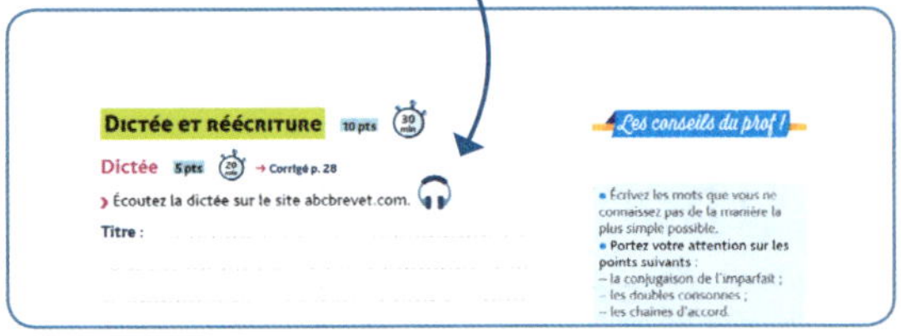
Dictée et réécriture 10 pts 30 min

Dictée 5 pts 20 min → Corrigé p. 28

› Écoutez la dictée sur le site abcbrevet.com.

Titre :

Les conseils du prof !
- Écrivez les mots que vous ne connaissez pas de la manière la plus simple possible.
- Portez votre attention sur les points suivants :
– la conjugaison de l'imparfait ;
– les doubles consonnes ;
– les chaînes d'accord.

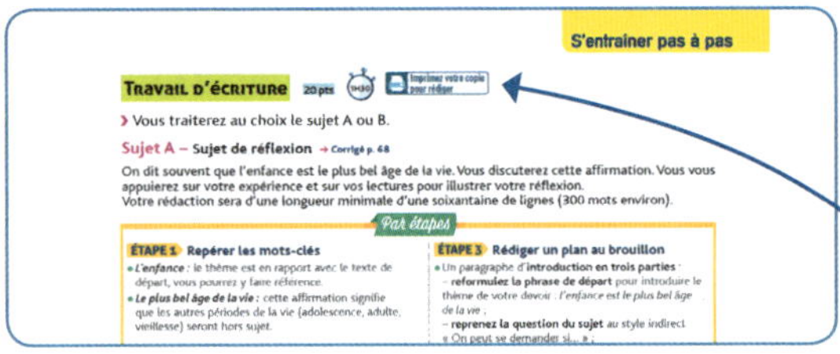
S'entraîner pas à pas

Travail d'écriture 20 pts 1H30 Imprimez votre copie pour rédiger

› Vous traiterez au choix le sujet A ou B.

Sujet A – Sujet de réflexion → Corrigé p. 48

On dit souvent que l'enfance est le plus bel âge de la vie. Vous discuterez cette affirmation. Vous vous appuierez sur votre expérience et sur vos lectures pour illustrer votre réflexion. Votre rédaction sera d'une longueur minimale d'une soixantaine de lignes (300 mots environ).

Par étapes

ÉTAPE 1 Repérer les mots-clés
- *L'enfance* : le thème est en rapport avec le texte de départ, vous pourrez y faire référence.
- *Le plus bel âge de la vie* : cette affirmation signifie que les autres périodes de la vie (adolescence, adulte, vieillesse) seront hors sujet.

ÉTAPE 3 Rédiger un plan au brouillon
- Un paragraphe d'introduction en trois parties :
– reformulez la phrase de départ pour introduire le thème de votre devoir : *l'enfance est le plus bel âge de la vie* ;
– reprenez la question du sujet au style indirect.

Des feuilles pour rédiger sont disponibles sur **abcbrevet.com**

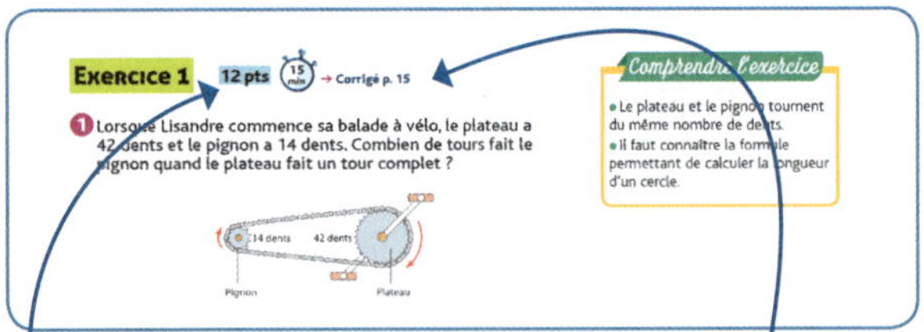
Exercice 1 12 pts 15 min → Corrigé p. 15

1 Lorsque Lisandre commence sa balade à vélo, le plateau a 42 dents et le pignon a 14 dents. Combien de tours fait le pignon quand le plateau fait un tour complet ?

Comprendre l'exercice
- Le plateau et le pignon tournent du même nombre de dents.
- Il faut connaître la formule permettant de calculer la longueur d'un cercle.

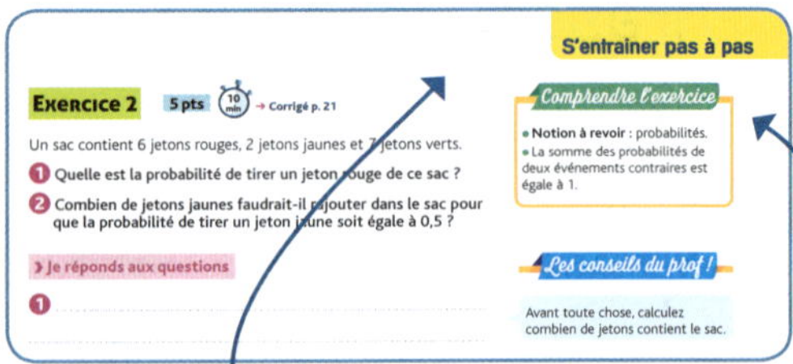
S'entraîner pas à pas

Exercice 2 5 pts 10 min → Corrigé p. 21

Un sac contient 6 jetons rouges, 2 jetons jaunes et 7 jetons verts.

1 Quelle est la probabilité de tirer un jeton rouge de ce sac ?

2 Combien de jetons jaunes faudrait-il ajouter dans le sac pour que la probabilité de tirer un jeton jaune soit égale à 0,5 ?

› Je réponds aux questions

Comprendre l'exercice
- Notion à revoir : probabilités.
- La somme des probabilités de deux événements contraires est égale à 1.

Les conseils du prof !

Avant toute chose, calculez combien de jetons contient le sac.

- le nombre de points
- la durée de l'épreuve

Les renvois aux corrigés sont clairement indiqués pour chaque sujet.

En **maths**, pour chaque exercice, le **nombre de points** et la **durée indicative** sont précisés.

Une rubrique pour mieux **comprendre l'exercice** et **connaître les notions à revoir** pour le réaliser.

ISBN : 978 209 157591 9

CORRIGÉS

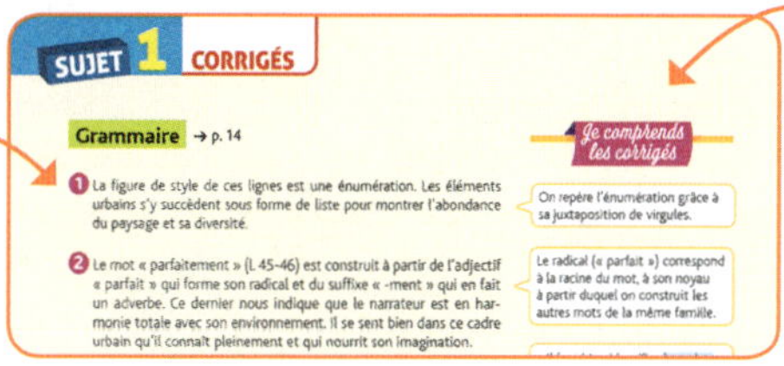
SUJET 1 CORRIGÉS

Grammaire → p. 14

❶ La figure de style de ces lignes est une énumération. Les éléments urbains s'y succèdent sous forme de liste pour montrer l'abondance du paysage et sa diversité.

❷ Le mot « parfaitement » (l. 45-46) est construit à partir de l'adjectif « parfait » qui forme son radical et du suffixe « -ment » qui en fait un adverbe. Ce dernier nous indique que le narrateur est en harmonie totale avec son environnement. Il se sent bien dans ce cadre urbain qu'il connaît pleinement et qui nourrit son imagination.

Je comprends les corrigés

On repère l'énumération grâce à sa juxtaposition de virgules.

Le radical (« parfait ») correspond à la racine du mot, à son noyau à partir duquel on construit les autres mots de la même famille.

Une rubrique pour bien **comprendre les corrigés et marquer des points.**

Des **corrigés détaillés** pour chaque question.

À la fin de chaque sujet, un tableau pour s'**auto-évaluer** et suivre **sa progression.**

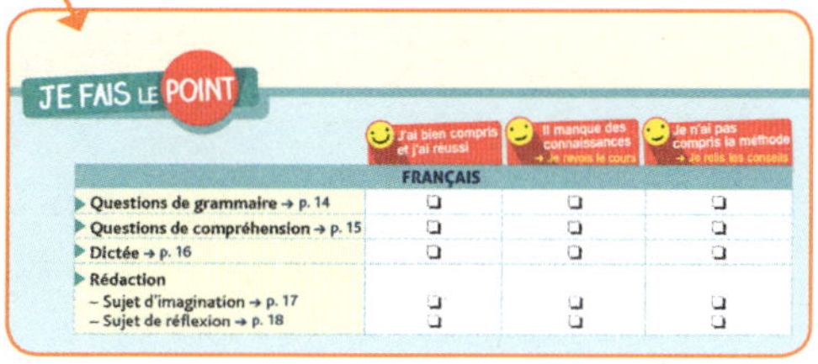
JE FAIS LE POINT

FRANÇAIS	J'ai bien compris et j'ai réussi	Il manque des connaissances → Je revois le cours	Je n'ai pas compris la méthode → Je relis les conseils
Questions de grammaire → p. 14	❑	❑	❑
Questions de compréhension → p. 15	❑	❑	❑
Dictée → p. 16	❑	❑	❑
Rédaction			
– Sujet d'imagination → p. 17	❑	❑	❑
– Sujet de réflexion → p. 18	❑	❑	❑

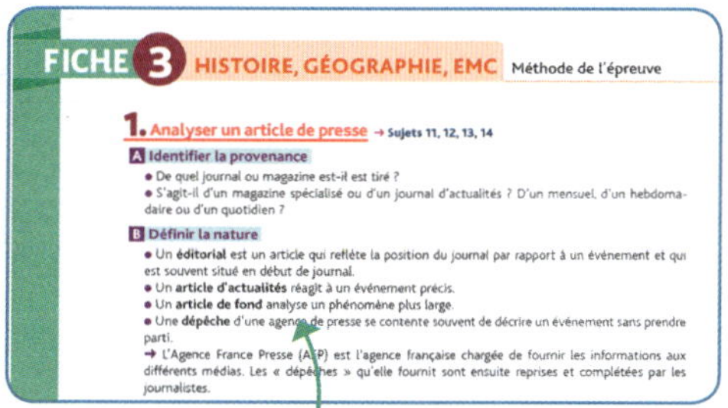
FICHE 3 HISTOIRE, GÉOGRAPHIE, EMC Méthode de l'épreuve

1. Analyser un article de presse → Sujets 11, 12, 13, 14

A Identifier la provenance

- De quel journal ou magazine est-il est tiré ?
- S'agit-il d'un magazine spécialisé ou d'un journal d'actualités ? D'un mensuel, d'un hebdomadaire ou d'un quotidien ?

B Définir la nature

- Un **éditorial** est un article qui reflète la position du journal par rapport à un événement et qui est souvent situé en début de journal.
- Un **article d'actualités** réagit à un événement précis.
- Un **article de fond** analyse un phénomène plus large.
- Une **dépêche** d'une agence de presse se contente souvent de décrire un événement sans prendre parti.

→ L'Agence France Presse (AFP) est l'agence française chargée de fournir les informations aux différents médias. Les « dépêches » qu'elle fournit sont ensuite reprises et complétées par les journalistes.

Des fiches pour bien comprendre la **méthode**.

FICHES DE SYNTHÈSE

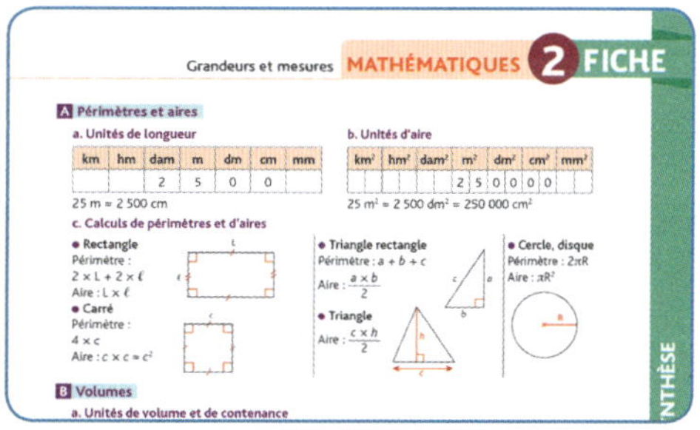
Grandeurs et mesures MATHÉMATIQUES 2 FICHE

A Périmètres et aires

a. Unités de longueur

km	hm	dam	m	dm	cm	mm
		2	5	0	0	

25 m = 2 500 cm

b. Unités d'aire

km^2		hm^2		dam^2		m^2		dm^2		cm^2		mm^2	
						2	5	0	0	0	0		

25 m^2 = 2 500 dm^2 = 250 000 cm^2

c. Calculs de périmètres et d'aires

- Rectangle
Périmètre : $2 \times L + 2 \times \ell$
Aire : $L \times \ell$
- Carré
Périmètre : $4 \times c$
Aire : $c \times c = c^2$
- Triangle rectangle
Périmètre : $a + b + c$
Aire : $\frac{a \times b}{2}$
- Triangle
Aire : $\frac{c \times h}{2}$
- Cercle, disque
Périmètre : $2\pi R$
Aire : πR^2

B Volumes

a. Unités de volume et de contenance

NTHÈSE

En fin d'ouvrage, des fiches de synthèse avec du **cours**.

Responsable éditoriale : Raphaëlle Mourey
Édition : Jessie Magana, Susana Pizarro, Julie Langlais, Julie Hirsch
Cartes et schémas : Corédoc, Légendes Cartographie
Conception graphique intérieur : Julie Lannes
Couverture : Clémentine Largant
Fabrication : Kévin Magar
Composition : Fabienne Grain

SOMMAIRE GÉNÉRAL

Comment obtenir le Brevet

Le nouveau barème pour obtenir le DNB

- Le Brevet permet d'évaluer les compétences acquises par l'élève à l'issue du collège et du cycle 4.
- L'arrêté du **27 novembre 2017** a modifié les modalités d'attribution du Brevet.
- **Le DNB s'obtient par les notes** :
  – du **contrôle continu** qui représente **400 points** :
    - l'évaluation des huit composantes du socle commun de compétences, de connaissances et de culture entre désormais dans le calcul des points pour l'obtention du brevet.
    - la maîtrise de chacune des huit composantes du socle commun est évaluée lors du dernier conseil de classe de 3ᵉ.
  – de **l'examen final** qui représente **400 points** :
    - 4 épreuves écrites : **300 points**.
    - 1 épreuve orale : **100 points**.
- Pour être déclaré admis au diplôme national du Brevet, il faut cumuler un total de **400 points** sur un total de **800** (soit 10 sur 20).
- **Des mentions** sont attribuées selon le barème suivant :
  – mention **assez bien** pour un total de points au moins égal à **480 sur 800**.
  – mention **bien** pour un total de points au moins égal à **560 sur 800**.
  – mention **très bien** pour un total au moins égal à **640 sur 800**.

Les épreuves écrites

Mathématiques	Français	Physique-Chimie SVT Technologie	Histoire Géographie EMC
100 pts	100 pts	50 pts	50 pts
2 h	3 h	1 h	2 h

L'épreuve orale

- D'une durée de **15 minutes**, l'épreuve orale évalue votre capacité à exposer un projet et est notée sur 100 points.
- Vous devez présenter un projet, de votre choix, que vous avez étudié en histoire des arts, lors des **EPI** (Enseignements pratiques interdisciplinaires), ou d'un **parcours éducatif** (Avenir, Citoyen, Éducation culturelle et artistique).
- **L'oral se déroule en deux temps :**
  – présentation du projet (5 min) ;
  – questions du jury (10 min).
- Vous pouvez présenter le projet seul ou en groupe de 2 ou 3.

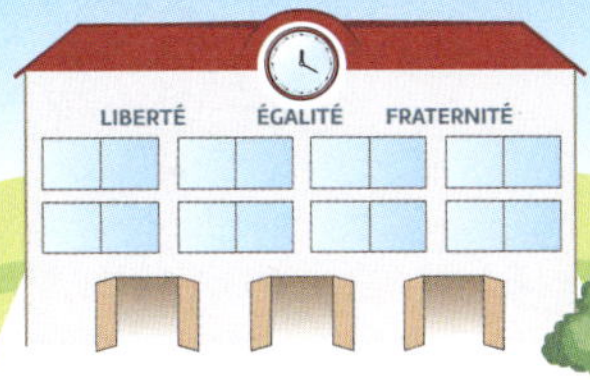

Le contrôle continu

Évaluation des **huit composantes du socle commun** de connaissances, de compétences et de culture tout au long de l'année scolaire.

→ 400 points

Ce qui est nouveau en 2018

- Un système de notation revu.
- 4 épreuves écrites.
- L'histoire des arts à l'oral.

dès avril

L'épreuve orale

Présentation d'un projet mené en histoire des arts ou dans le cadre d'un EPI ou de l'un des parcours éducatifs (Avenir, Citoyen, Éducation culturelle et artistique). L'exposé est suivi d'un entretien.

→ oral individuel : 100 points (15 min)

ou

→ oral collectif : 100 points (25 min)

fin juin

L'épreuve de Français

Travail sur un texte littéraire
Dictée
Rédaction

→ 100 points (3 h)

L'épreuve de Mathémathiques

Exercices, dont certains assortis de tableaux ou de schémas, et un exercice d'informatique.

→ 100 points (2 h)

L'épreuve d'Histoire, Géographie et EMC

Analyse et compréhension de documents.

→ 50 points (2 h)

L'épreuve de Sciences

- Physique-Chimie
- SVT
- Technologie

→ 50 points (1 h)

début juillet

Publication des **résultats du Brevet**

septembre octobre

Cérémonie républicaine de remise des diplômes du Brevet

Diplôme et mentions

Admission au diplôme national du Brevet :
400 points sur 800 (soit 10 sur 20)

- **Mention assez bien** plus de 480 points
- **Mention bien** plus de 560 points
- **Mention très bien** plus de 640 points

FRANÇAIS

L'épreuve de Français expliquée

Savoir répondre aux questions

- **L'épreuve** prend appui sur un **texte littéraire d'une trentaine de lignes**, d'un auteur de langue française, **accompagné éventuellement d'une image** ou d'un document artistique.
- **La compréhension des documents est évaluée par une série de questions** sur le texte et le document artistique. Pour le texte littéraire, certaines de ces questions sont d'ordre lexical et grammatical.
- Toutes vous engagent à réagir à votre lecture en justifiant votre point de vue.

Le texte

- Lisez-le **deux fois** pour bien en saisir le **sens**, le **thème**, la **tonalité**, le **genre** (roman, poésie, autobiographie…), repérer les **personnages**, **où** et **quand** se passe l'action, à quelle personne se fait la **narration** (1re ou 3e).
- Lisez le **paratexte** qui pourra être utile pour éviter des contresens : nom de l'auteur, titre du livre, année de publication, chapeau en italiques.

> **Gagnez des points !**
> - Lisez avec un crayon pour surligner, entourer, noter tout ce qui vous semble **important**.
> - Le texte est comme un mur d'escalade et vos notes vous permettront de vous accrocher plus facilement lors de la rédaction des réponses.

Les questions

Grammaire et compétences linguistiques

- Ces questions porteront sur des **points de langue précis** : analyse de formes verbales, valeurs d'emploi des temps et des modes, analyse de phrases complexes, formation d'un mot, niveaux de langue, réécriture…

Compréhension et compétences d'interprétation

- Ces questions portent sur **l'interprétation du texte** à partir de l'observation d'**effets stylistiques** (figures de style, modalisation…), de champs lexicaux ou de faits de langue. Certaines questions invitent à **formuler des impressions de lecture** et à **justifier son point de vue**, elles appelleront des réponses développées pour montrer votre compréhension globale du texte ou d'un passage précis.
- Une ou deux questions porteront sur l'image si le sujet en comporte une : ce sera l'occasion de montrer que vous savez lire une image et la mettre en relation avec le texte (points communs ou différences).
- Lisez toutes les questions une première fois avant de commencer à répondre : elles permettent de construire le sens du texte et s'enchaînent donc de façon logique.
- Repérez les questions qui valent le plus de points, elles demanderont des réponses plus développées.

Les réponses

- Traitez les questions **dans l'ordre** : elles suivent une progression logique.
- Répondez à **toutes les questions** : dans l'esprit du correcteur, mieux vaut une mauvaise réponse que pas de réponse du tout, cela prouve votre volonté d'essayer de comprendre.
- Rédigez des réponses complètes en **4 temps** : reprise des termes de la question pour commencer votre réponse, explication personnelle, justification avec une citation du texte entre guillemets, relecture.

Réussir la réécriture

- Elle est intégrée aux questions « **Grammaire et compétences linguistiques** », souvent évaluée sur 10 points. Portez-y une attention particulière.
- Il s'agit de la **réécriture**, en fonction de diverses contraintes grammaticales, **d'un passage** ou de plusieurs passages du texte proposé. Cette reformulation entraîne des transformations orthographiques que vous devez effectuer en réécrivant le texte initial.
- C'est un exercice **facile et « rentable »** à condition d'être méthodique !

> **Gagnez des points !**
> Soulignez les **transformations** effectuées sur votre copie : le correcteur appréciera.

Retenez bien !

- Souvent deux contraintes sont mêlées. Toujours bien relire car les fautes de copie sont sanctionnées.
- On peut vous demander de :
  - → **changer de nombre** (singulier/pluriel) et **de personne** (1re/2e/3e) → attention aux verbes, adjectifs, participes passés, pronoms.
  - → **changer de genre** (masculin/féminin) → attention aux adjectifs, aux participes passés, aux pronoms.
  - → **changer de temps** → attention aux verbes et aux participes passés si l'on passe d'un temps simple à un temps composé.
  - → **passer du discours direct au discours indirect** → attention à la ponctuation, aux temps verbaux, aux indices de temps et de lieu, aux déterminants possessifs.

Réussir la dictée

- **La dictée** correspond à un texte de **600 signes environ**.
- Les candidats présentant un handicap peuvent composer sur la dictée aménagée.

Astuce
Gardez un crayon à papier avec vous pour **souligner** les endroits où vous **hésitez** : vous gagnerez du temps à la relecture.

Les clés du succès !

- La dictée est un exercice de **concentration** qui dure **20 minutes** et se déroule en **4 temps** :

1. **Une première lecture** : vous devez vous concentrer sur le sens du texte et repérer les difficultés.
2. **La dictée du texte avec la ponctuation** par groupes de mots cohérents : écoutez bien les liaisons.
3. **La relecture par l'examinateur sans la ponctuation** : vérifiez que vous n'avez oublié aucun mot.
4. **Votre relecture** : ciblez vos points faibles et portez-y toute votre attention (a/à ; -er/-é ; accords…)

Réussir la rédaction

Bien comprendre ce type de sujet

- **Vous devez choisir entre deux sujets de rédaction :**
  - → l'un demande une **réflexion** sur une question ou un thème en relation avec le sens du texte ;
  - → l'autre demande un travail d'**imagination** qui prend appui sur le texte initial.
- Vous devez produire un texte correct et cohérent, d'une longueur de deux pages au moins. Ce texte doit être structuré, construit en paragraphes, correctement ponctué.
- Pour cette épreuve, vous êtes autorisés à utiliser un dictionnaire papier.
- Dans l'évaluation du travail d'écriture, il est tenu compte de la **maîtrise de la langue**.

Le sujet d'imagination

- **Ce devoir peut prendre différentes formes :** lettre, journal intime, récit et dialogue, récit et description, suite de texte, souvenir, article de journal, etc.
- **Notez à quelle personne le devoir doit être rédigé** (1re ou 3e personne).
- **Notez également le plan** si le sujet le précise (parties, paragraphes). S'il n'est pas indiqué, c'est à vous d'en construire un.
- **Relevez la forme que doit prendre le devoir** (lettre, journal intime, récit et dialogue, récit et description, suite de texte…) et listez ses caractéristiques afin de ne pas oublier de les appliquer.
- **Dégagez ensuite le contenu** : quel est le thème ? De quels personnages s'agit-il ? Quelles sont les circonstances ? Des sentiments doivent-ils être exprimés ?
- **Vérifiez que toutes les contraintes ont été respectées**, une fois le brouillon terminé.
- **Vérifiez la construction des phrases et l'orthographe**, veillez à supprimer les répétitions.

Astuce
Organisez vos idées au brouillon et rédigez directement au propre.

Pour davantage de conseils de méthode, voir la fiche de synthèse p. 246.

L'ÉPREUVE EXPLIQUÉE

Le sujet de réflexion

Élaborer un plan

- L'essentiel du travail de l'argumentation se fait lors du **travail préparatoire au brouillon**. C'est à ce moment que vous devez établir **un plan détaillé** de votre devoir qui comportera les parties, les sous-parties (les paragraphes argumentatifs) avec la mention de l'argument et de son exemple ainsi que les transitions.
- Sur votre copie, vous ne devez plus faire apparaître les titres et les sous-titres : **tout doit être rédigé**. Le plan est le « squelette » de votre devoir : s'il est complet, il ne sera pas difficile de l'habiller avec vos mots.

Comment choisir son plan ?

Ce qui est demandé dans le sujet	Type de plan
• Analyser le pour et le contre, les avantages et les inconvénients.	• Deux parties, en terminant par celle qui exprime votre opinion.
• Analyser les causes et les conséquences.	• Deux parties chronologiques : causes/conséquences.
• Analyser un problème et proposer des solutions.	• Deux parties.
• Exprimer un goût, exposer un point de vue personnel.	• Une seule partie avec au moins trois paragraphes qui présentent votre opinion et la justifient.

Rédiger un paragraphe argumentatif

- Le paragraphe argumentatif est l'élément de base de votre devoir, il doit être rigoureux, cohérent et équilibré pour bien soutenir votre thèse.
- **La thèse est formulée au début du premier paragraphe**. Si votre devoir comporte deux parties (thèse et antithèse), énoncez la thèse adverse dans le premier paragraphe de la deuxième partie. Soyez **clair et précis** dans sa formulation, vous développerez ensuite vos idées à l'aide des arguments.
- **Situez l'argument** par rapport à l'ensemble du devoir en utilisant des expressions comme *d'une part/tout d'abord... d'autre part/en second lieu... enfin...* Ensuite **énoncez clairement votre argument en l'expliquant**.
- **Annoncez votre exemple à l'aide d'un mot de liaison ou d'une expression** : *par exemple, c'est le cas de, l'exemple de... montre...* Développez-le ensuite de manière précise, en n'omettant pas de citer vos sources.

Gagnez des points !
On repère « à l'œil » un devoir **bien construit** : chaque paragraphe se détache par un alinéa, les différentes parties sont marquées par des sauts de lignes, les citations sont entre guillemets, et les titres de livres ou de films sont soulignés.

Rédiger une introduction et une conclusion

- L'introduction et la conclusion sont le premier et le dernier contact que vous avez avec votre lecteur, il est donc nécessaire de les rédiger avec le plus grand soin, en travaillant au brouillon.
- **L'introduction** doit être rédigée en **un seul paragraphe**, qui peut être court mais doit toujours comporter :
  - → une **phrase d'appel** qui présente le thème du devoir ou en précise le contexte ;
  - → la **présentation du sujet**, c'est-à-dire la question posée par le sujet, accompagnée d'une citation du texte ;
  - → l'**annonce du plan** de votre devoir avec des expressions telles que *dans un premier temps, ensuite, enfin*.
- **La conclusion** constitue également un court paragraphe qui comporte :
  - → un **bilan** de votre réflexion, montrant par une ou deux phrases que vous avez répondu à la question posée dans votre introduction ;
  - → une **ouverture**, c'est-à-dire une proposition de réflexion qui montre que le sujet pourrait déborder sur une autre question en rapport avec le thème.

N'oubliez pas !
Pour présenter souvent la cause, l'explication, la conséquence d'un fait, utilisez un **vocabulaire approprié** et des **connecteurs logiques**.

Ménager des transitions

- Un devoir argumentatif est généralement construit en **deux ou trois parties**. Il est important de les **classer dans un ordre logique en terminant toujours par les arguments les plus pertinents**.
- **Une transition permet de passer d'un paragraphe à un autre, ou d'une partie à une autre** pour souligner le lien, ou la rupture, qui existe entre eux. Les phrases de transition sont courtes, elles font le **bilan** de la partie terminée et **annoncent** l'idée de la suivante.

SUJET 1

100 pts

3H

THÈME Visions poétiques du monde

Travail sur les documents

50 pts 1H10 → Corrigé p. 21

TEXTE *De ma lucarne*, Henri Calet

Henri Calet observe de sa lucarne la ville de Paris qu'il affectionne tant.

Pourquoi s'en aller au loin ? À Ménilmontant, à Belleville[1] ? Pourquoi s'écarter de chez soi quand on a une ville entière à domicile ?

J'habite au huitième étage parmi les moineaux, les pigeons, les avions de passage et, du printemps à l'été, parmi les hirondelles et les ramoneurs qui se téléphonent de l'un à l'autre par les cheminées : « Hohé ! »

De ma lucarne, c'est un beau spectacle à l'œil nu : j'ai vue sur Paris depuis le mont Valérien[2], à bâbord, jusqu'à l'observatoire de Montsouris[3], à tribord. Oui, je crois parfois que je navigue lentement à travers les dômes, les flèches, les tours, les coupoles, les toits, les siècles, le gris des brumes, des fumées, du zinc et de l'ardoise. Le gris est la teinte dominante, mais un gris nuancé à l'extrême.

D'autres fois, je crois que c'est mon champ. Voilà longtemps que je laboure, que je sème : rien ne vient.

Par-dessus tout, la tour Eiffel, cette grande perche amicale, maigre, rousse, vêtue de dentelle de Paris. Ou une énorme aiguille à tricoter les nuées[4] ? Ou un simple presse-papiers souvenir ? À son sommet, un drapeau tricolore qui atteste la présence de la France dans le ciel, à tout hasard. La nuit, elle a deux gros yeux rouges d'insomnie à force de veiller pour nous. Elle doit avoir un peu plus de mon âge : la cinquantaine. J'ai su, naguère, son poids exact et aussi le nombre de boulons qu'elle a dans la carcasse : j'ai tout oublié. […]

Les styles, les plans, les matériaux, les époques, beaux et vilains quartiers se confondent dans la masse des maisons où nous demeurons de toute éternité, ou presque : ouvriers, employés, financiers, voleurs, prostituées, malades, agonisants, nouveau-nés. De tout un peu.

Des prisons, des casernes, des hôpitaux, des fabriques, des bureaux, des hôtels, des cafés, des palais, des banques, des tripots, des écoles, des dancings, des églises, des musées,

1. *Ménilmontant, Belleville :* quartiers parisiens.
2. *Mont Valérien :* colline située à l'ouest de Paris.
3. *Observatoire de Montsouris :* lieu d'analyses météorologiques.
4. *Nuées :* nuages.

Par étapes

ÉTAPE 1 Lire et comprendre le texte

- Surlignez les éléments qui permettent d'identifier le narrateur « Henri Calet », « Je »…
- Surlignez les indices de temps et de lieu (= repères spatio-temporels) : « au printemps » ; « la nuit » ; « douze mois de l'année » ; « Paris » ; « chez soi […] à domicile ».
- À partir de ces relevés, dégagez les grands thèmes abordés : **le voyage** et **la ville de Paris.**

tout ce qu'il faut pour apprendre à vivre, à souffrir, à s'amuser en société.

Je connais cette ville par cœur ; je pourrais la démonter pierre à pierre et la reconstruire ailleurs. Je l'ai vue sous divers aspects : Paris changeant, Paris des quatre saisons, Paris des douze mois de l'année, Paris de tous les jours. Je l'ai vue blanche de neige, bleue de gel, transparente ; je l'ai vue pauvre, abandonnée, inhabitée, obscurcie ; je l'ai vue riche et pavoisée. Je l'ai vue sous toutes les coutures. C'est devenu, peu à peu, une vieille liaison, une intimité sans plus aucun secret. Je l'aime. Elle est à ma taille, elle me botte parfaitement. Entre nous, maintenant, c'est à la vie, à la mort (la vie pour elle, la mort pour moi).

Henri Calet, *De ma lucarne*, © Éditions Gallimard, 2000.

IMAGE **Marc Chagall, *Paris par la fenêtre*, 1913.**

Par étapes

ÉTAPE 2 Comprendre l'image

- Notez les informations données par la légende (date, auteur, titre).
- Observez précisément l'image pour repérer les plans, les personnages, la nature du document (photographie, huile sur toile, sculpture, affiche...).

ÉTAPE 3 Mettre en relation les documents

- Repérez les points communs ou les différences existant entre le texte et l'image : thème commun ? façon de le traiter ? sentiments qu'ils procurent ?
- Notez sous forme de mots-clés vos **premiers sentiments** (tristesse, inquiétude, plaisir, envie...) et **impressions de lecture** de cette image (atmosphère pesante, onirique, chaleureuse, image idéalisée, caricaturale, réaliste...). Comparez-les avec ceux qui se dégagent du texte.

Grammaire

Les réponses aux questions doivent être entièrement rédigées.

1 Nommez la figure de style des lignes 10-13 « Oui, je crois parfois que je navigue [...] et de l'ardoise. » Quel effet Henri Calet cherche-t-il à créer ? 4 pts

2 « Elle me botte parfaitement. » (l. 45-46). 6 pts

- Comment le mot souligné est-il construit ?
- Que nous dit-il des relations que le narrateur entretient avec la ville ?

3 Je connais cette ville par cœur ; je pourrais la démonter pierre à pierre et la reconstruire ailleurs. Je l'ai vue sous divers aspects. [...] Je l'aime. Elle est à ma taille, elle me botte parfaitement.

› Réécrivez ce passage en remplaçant la première personne du singulier par la troisième personne du pluriel (« ils ») et en opérant toutes les modifications nécessaires. 10 pts

Les conseils du prof !

- Identifiez le procédé stylistique choisi et expliquez l'intention de l'auteur.
- Les figures de style les plus fréquentes sont la comparaison, la métaphore, la personnification et l'énumération.

Décomposez ce mot en retrouvant son radical et son suffixe.

Par étapes

ÉTAPE 1 Comprendre la consigne

- Tous les pronoms « je » vont être remplacés par « ils ».
- Les terminaisons verbales vont donc changer.

ÉTAPE 2 Souligner les transformations

- Cela vous oblige à vous relire précisément.

Compréhension

Les réponses aux questions doivent être entièrement rédigées.

1 Quels éléments de cet extrait vous montrent que le narrateur se trouve entouré d'un paysage urbain ? Citez le texte. 4 pts

2 Appuyez-vous sur le texte pour expliquer l'expression « une ville entière à domicile » (l. 2-3) 4 pts

3 Dans les paragraphes 3 et 4, quels sont les autres univers évoqués par le narrateur lorsqu'il regarde par sa fenêtre ? 6 pts

Les conseils du prof !

Vous devez relever un champ lexical : des mots et des expressions autour du thème de la ville.

L'expression contient une idée d'opposition.

- Un paragraphe correspond à un « bloc » de texte débutant par un alinéa et introduisant une nouvelle idée ou un nouvel événement. Pour les repérer, numérotez-les.
- Listez les autres univers dont parle le narrateur en repérant les indications de lieux.

4 Quelles images successives sont utilisées pour décrire la tour Eiffel ? Quelle impression générale s'en dégage ? 6 pts

....

....

....

....

....

Les conseils du prof !

- Ce type de question appelle une réponse développée.
- Repérez les passages du texte où ce monument est mentionné.
- Construisez votre réponse en recopiant ces citations afin d'en dresser le portrait.

5 En quoi peut-on dire que ce texte a une dimension poétique ? 6 pts

....

....

....

....

- Le genre poétique peut se reconnaître grâce à des jeux sur les mots, sur les sons, sur les rythmes, des figures de style ou une écriture en vers...
- Évaluez en quoi ce texte répond à certains de ces critères.

6 Quels sont les éléments qui rapprochent le texte d'Henri Calet et la peinture de Marc Chagall ? 4 pts

....

....

....

....

Énumérez les points communs entre le texte et l'image : thème, décor, personnages, actions, couleurs, sentiments suscités chez le lecteur, regard que l'artiste porte sur le sujet.

Utilisez votre travail préparatoire (étape 3, page 15)

Dictée

10 pts — 20 min → Corrigé p. 22

› Écoutez la dictée sur le site abcbrevet.com.

Titre : ....

....

....

....

....

....

....

....

....

Les conseils du prof !

- Écrivez les mots que vous ne connaissez pas de la manière la plus simple possible.
- **Portez votre attention sur les points suivants :**
  - la conjugaison de l'imparfait ;
  - les doubles consonnes ;
  - les chaînes d'accord.

Rédaction

40 pts — 1H30 — Imprimez votre copie pour rédiger

› Vous traiterez au choix l'un des sujets suivants :

Sujet d'imagination → Corrigé p. 23

Vous retrouvez un lieu ou un objet qui vous fait voyager. Racontez dans quelles circonstances vous le redécouvrez et décrivez-le précisément. Expliquez ensuite pourquoi il déclenche votre imagination. Votre texte comportera des passages descriptifs et narratifs.

Par étapes

ÉTAPE 1 Repérer les mots-clés

- ***Un lieu ou un objet :*** vous devez le choisir comme un élément déclencheur du récit.
- ***Voyager :*** ce verbe fait référence au thème du texte de départ.
- ***Imagination :*** ce mot convoque l'idée d'un voyage par la pensée, d'un voyage imaginaire ou dans le passé.

ÉTAPE 2 Comprendre le sujet

- ***Racontez :*** le sujet invite à produire un texte narratif, vous devez donc raconter une histoire.
- ***Circonstances :*** ce mot implique que vous évoquiez le contexte de la (re)découverte du lieu ou de l'objet choisi (personnes présentes, lieu, époque, activités...).
- ***Des passages descriptifs et narratifs :*** votre écrit devra combiner ces deux types de discours afin de raconter votre histoire (votre voyage) mais aussi de la faire visualiser à votre lecteur par des descriptions.

ÉTAPE 3 Rédiger un plan au brouillon

- **L'introduction** peut évoquer les circonstances dans lesquelles vous redécouvrez cet objet ou ce lieu (personnes présentes, lieu, époque, activités...).
- **Notez des réflexions** sur ce que vous avez ressenti et sur ce qui a déclenché votre imagination (Comment ce lieu ou cet objet vous fait-il voyager ? vers quoi ? pourquoi ?)
- **Pour conclure**, faites le point sur ce que vous procure « aujourd'hui encore » ce lieu ou cet objet. Vous développerez vos sentiments ou sensations.

› Mon brouillon

Les conseils du prof !

Dans votre introduction, n'hésitez pas à utiliser le lexique du souvenir et du doute : « je me souviens, je crois, il me semble... »

Communiquez vos sensations et vos sentiments en utilisant des tournures appropriées telles que : « je regardais ; l'odeur me saisit ; j'entends encore... ».

Pour parler de ce lieu ou de cet objet, utilisez un vocabulaire **mélioratif** (« fascinant, beau, intriguant... ») ou **péjoratif** (« horrible, sombre, désagréable... »).

Pensez à décrire le lieu ou l'objet choisi de façon organisée : de haut en bas ; en suivant un plan imposé par le regard du narrateur...

Sujet de réflexion → Corrigé p. 23

Selon vous, est-il nécessaire de voyager pour mieux observer le monde qui nous entoure ? Vous répondrez à cette question dans un développement organisé.

Par étapes

ÉTAPE 1 Repérer les mots-clés

- ***Voyager* :** le thème est en rapport avec le texte de départ.
- ***Observer* :** ce verbe signifie : « regarder, être attentif à, comprendre... »
- ***Le monde* :** ce mot peut aussi bien désigner un paysage qu'une culture.

ÉTAPE 2 Comprendre le sujet

- ***Selon vous* :** cette expression signifie que l'on sollicite votre point de vue personnel.
- ***Nécessaire* :** marque l'idée d'obligation.
- ***Dans un développement organisé* :** cette expression signifie que l'on attend de vous un écrit construit en paragraphes qui associent chaque argument à un exemple précis.
- Vous chercherez des exemples variés issus de votre expérience personnelle (souvenirs...), des livres et textes que vous avez lus (ou étudiés en classe), de l'actualité ou de l'art.

ÉTAPE 3 Rédiger un plan au brouillon

- Rédigez un paragraphe d'introduction en trois parties.
- Reformulez le sujet pour introduire le thème de votre devoir : le voyage est-il une étape indispensable pour une meilleure observation du monde ?
- Reprenez la question du sujet au style indirect « C'est ce que nous interrogerons... ».
- Annoncez votre plan à l'aide de connecteurs : « En montrant tout d'abord que... », « Puis, nous rappellerons en quoi... »
- L'expression « est-il nécessaire » appelle un **plan en deux parties** : oui/non.
- Aidez-vous du brouillon ci-dessous pour faire un tableau avec vos **arguments**.
- Rédigez un paragraphe de conclusion en deux parties : un **bilan** et une **ouverture**.

› Mon brouillon

Introduction : ....

....

....

Oui	Non
• **Argument** : Voyage = Remise en question personnelle. > **Exemple** : L'accès à Internet à Cuba. • **Argument** : .... > **Exemple** :	• **Argument** : Les sensations font voyager sans bouger > **Exemple** : Enfant dans une épicerie (J. Giono, *Rondeur des jours*). • **Argument** : .... > **Exemple** : ....

Conclusion : ....

....

Les conseils du prof !

Faites deux colonnes correspondant aux deux parties : oui/non.

Dans chaque colonne, trouvez au moins deux arguments et deux exemples.

Grammaire → p. 16

1 La figure de style de ces lignes est une énumération. Les éléments urbains s'y succèdent sous forme de liste pour montrer l'abondance du paysage et sa diversité.

2 Le mot « parfaitement » (l. 45-46) est construit à partir de l'adjectif « parfait » qui forme son radical et du suffixe « -ment » qui en fait un adverbe. Ce dernier nous indique que le narrateur est en harmonie totale avec son environnement. Il se sent bien dans ce cadre urbain qu'il connaît pleinement et qui nourrit son imagination.

3 « Ils connaissent cette ville par cœur ; ils pourraient la démonter pierre à pierre et la reconstruire ailleurs. Ils l'ont vue sous divers aspects. [...] Ils l'aiment. Elle est à leur taille, elle les botte parfaitement. »

Je comprends les corrigés

On repère l'énumération grâce à sa juxtaposition de virgules.

Le radical (« parfait ») correspond à la racine du mot, à son noyau à partir duquel on construit les autres mots de la même famille.

- Il faut bien identifier les sujets qui commandent les verbes.
- Attention au passage « elle les botte » ! « Les » est le COD et non le sujet du verbe, qui s'accorde avec « elle ».

Compréhension → p. 17

1 Plusieurs éléments du texte montrent que le narrateur se trouve dans un cadre urbain : « ville » (l. 2 et 37), « les dômes, les flèches [...] l'ardoise » (l. 11-13), « Des prisons, des casernes [...] des musées » (l. 32-34). Le narrateur fait référence à des lieux et des monuments et plus particulièrement à ceux de la ville de Paris : « À Ménilmontant, à Belleville » (l. 1), « Paris depuis le mont Valérien... l'observatoire de Montsouris » (l. 9-10), « la tour Eiffel » (l. 17).

Attention, un champ lexical doit contenir au minimum trois mots. Cette question est bien formulée au pluriel !

2 L'expression « une ville entière à domicile » (l. 2-3) indique que le narrateur a accès à une vue d'ensemble de la ville de Paris lorsqu'il regarde par sa fenêtre. Il surplombe la ville et en voit tous les contrastes : « un gris nuancé à l'extrême » (l. 14), « je l'ai vue sous toutes les coutures » (l. 43), et l'abondance : « De tout un peu. » (l. 31) et « des prisons, des casernes, [...] société » (l. 32) tout en restant chez lui : « Pourquoi s'en aller au loin ? » (l. 1).

Un décalage existe entre la mobilité qui environne le poète et son immobilité ; un autre est perceptible entre sa vue d'ensemble et son occupation d'un espace restreint.

3 Le narrateur côtoie deux univers : l'univers maritime que nous repérons grâce aux mots : « à bâbord... à tribord » (l. 9-10), « je navigue lentement » (l. 11). Puis il voit en ce paysage un monde rural : « mon champ » (l. 15), « que je laboure, que je sème » (l. 16). L'anaphore du verbe « croire », aux lignes 10 et 15, fait entendre aux lecteurs qu'il se laisse porter par sa rêverie et accède ainsi à des mondes imaginaires.

Le paragraphe 3 est consacré à l'univers maritime, le 4 à celui du monde rural.

Je comprends les corrigés

4 Le narrateur décrit la tour Eiffel à travers diverses métaphores. Elle est « cette grande perche amicale, maigre, rousse, vêtue de dentelle de Paris », puis « une énorme aiguille à tricoter les nuées », « un simple presse-papiers souvenir » (l. 17-20). Il en véhicule une image agréable, douce et protectrice où sa finesse est mise en avant. La personnification de la ligne 22 : « elle a deux gros yeux rouges [...] » développe cette même idée et montre combien ce cadre urbain lui est familier.

- Les métaphores créent des images positives ou négatives du lieu décrit.
- Le portrait peut en être péjoratif (négatif) ou **mélioratif** (positif).

5 Les métaphores (l. 17), énumérations (l. 30), personnifications (l. 22) et anaphores (l. 39) relevées tout au long du texte révèlent sa dimension poétique. De nombreux paragraphes forment un poème en prose où des phrases rythmées et irrégulières se succèdent (« les styles [...] nouveau-nés. De tout un peu », l. 30-31). Des jeux sur les sonorités « abandonnée, inhabitée, pavoisée » (l. 42-43) y participent également. De plus, le narrateur contemple un paysage urbain qui invite au voyage et sollicite son sens de la vue (« j'ai vue sur », l. 8).

Ce type de questions revient dans la plupart des sujets où le texte est poétique : il faut réussir à en saisir les particularités, même quand il n'y a pas de vers (figures de style, jeux sur les sonorités, les rythmes, expression des sentiments...).

6 Ces deux œuvres mettent en scène un homme qui contemple la ville de Paris par sa fenêtre : « De ma lucarne » (l. 8). Comme dans le texte, certains éléments du tableau renvoient au monde réel : la fenêtre, la tour Eiffel, les immeubles... Mais la rêverie prend une place tout aussi importante dans la construction de l'image : le train avance à l'envers, dans l'air ; le chat est un animal hybride... Les couleurs chaudes de la peinture font écho aux mots d'Henri Calet car elles créent un univers onirique.

Les deux œuvres donnent une image chaleureuse et douce de Paris, propice au rêve.

- Il est important de créer un va-et-vient entre les deux œuvres dans votre réponse.
- Vous devez montrer que vous avez compris pourquoi elles ont été mises en relation.

Dictée → p. 18

Je relevais le couvercle de la boîte au poivre. L'odeur. Ah ! cette plage aux palmiers avec le Chinois et ses moustaches. J'éternuais. [...] Je tirais le tiroir à café. L'odeur. Sous le plancher l'eau molle ondulait : on la sentait profonde, émue de vents magnifiques. On n'entend plus les cris du port. Dehors, le vent tirait sur les pavés un long câble de feuilles sèches. J'allais à la cachette de la cassonade. Je choisissais une petite bille de sucre roux. Pendant que ça fondait sur ma langue, je m'accroupissais dans la logette entre le sac de pois chiches et la corbeille des oignons ; l'ombre m'engloutissait : j'étais parti.

Jean Giono, « Le voyageur immobile », dans *Rondeur des jours, L'Eau vive*, © Gallimard, 1943.

- La conjugaison de l'imparfait : repérez la valeur du temps (c'est une valeur d'habitude).
- Les doubles consonnes :
  – **« Cassonade »** : le doublement du « s » est nécessaire pour obtenir le son [s] et non le son [z].
  – **« m'accroupissais »** : la même lettre finit le préfixe « ac » et commence le radical « croupir », cette consonne est donc automatiquement doublée.
- Les chaînes d'accord : identifiez bien les mots qui fonctionnent ensemble.

Sujet d'imagination → p. 19

L'autre jour, en rangeant ma chambre, j'ai retrouvé mon kaléidoscope. Je l'ai sorti de son étui et mon esprit s'est mis à vagabonder…

> Il s'agit de rédiger un texte à la première personne du singulier (« Je »).

Quel âge avais-je ? Six ans… Il me semble que j'entrais en classe de CP… Nous nous promenions avec mes parents dans la vieille ville de La Gacilly. C'était pendant les vacances d'été. Nous avions sillonné la ville pour observer, en plein air, une exposition de photographies sur le Japon. Les baleines et les couleurs me fascinaient.

> • Votre récit doit être enchâssé. Il comporte donc un premier récit introducteur, déclencheur du voyage faisant référence au moment de la narration.
> • Les temps utilisés sont l'imparfait, et le présent.

L'heure du goûter résonna dans mon ventre et je me souviens que je regardais ma mère avec de grands yeux à l'approche d'une crêperie. Nous nous installâmes en terrasse et ma mère décida de traverser la route vers un magasin de jouets en bois en attendant que notre commande arrive. J'étais naturellement de l'expédition ! Une fois les trois marches de l'entrée du magasin franchies, je levai les yeux vers les suspensions colorées, les moulins à vents et autres trésors… Je crois que mes yeux et ma bouche étaient grands ouverts. Maman m'autorisa à regarder de plus près ce qui m'intriguait… Qu'était-ce donc que ce long tube coloré ? À quoi cela servait-il ? Quel mystère cachait-il ?

> • Le second récit correspond au voyage en lui-même.
> • Les temps dominants sont l'imparfait et le passé simple.

Machinalement, je mis mon œil sur la lentille qui se situait à l'extrémité de ce tube et ma surprise fut totale ! Mon excitation se ravive encore à l'évocation de ce souvenir. Quel spectacle ! Les étoiles vertes, les lunes dorées et les cristaux multicolores s'entremêlaient et dansaient devant mes yeux. Un monde merveilleux s'ouvrait à moi : j'étais une exploratrice au cœur d'un lieu féerique où les éléments valsaient, s'entrechoquaient pour donner naissance à de nouveaux mouvements lents et dilués. J'agitais le bâton et un nouveau feu d'artifice éclatait. Mon œil essayait de suivre la trajectoire d'une de ces paillettes mais en vain ; il était appelé par de nouvelles rencontres. J'étais à l'initiative de toutes ces combinaisons mais je n'en comprenais aucunement l'origine…

> Des sentiments personnels doivent être développés tout au long du texte.

> Pensez à structurer l'ensemble en paragraphes pour distinguer les étapes du récit.

Face à cet enthousiasme et à l'éveil de ma curiosité, ma mère décida de m'en faire cadeau. Je ramenai donc le kaléidoscope, triomphante et fière de partager ma découverte avec les autres membres de la famille.

Aujourd'hui encore, cet objet me transporte vers un univers fascinant qui garde sa part de mystère. Moi qui comptais trier mes affaires d'enfants, je crois que je n'y suis pas prête pour le moment…

> Le retour au présent (et donc au premier récit) est marqué par l'utilisation d'« Aujourd'hui » et du présent.

Sujet de réflexion → p. 20

Henri Calet, dans son texte poétique *De ma lucarne*, observe Paris de sa fenêtre et se laisse aller au voyage onirique. Ainsi ouvre-t-il son poème en écrivant : « Pourquoi s'en aller au loin ? ». Est-il, en effet, nécessaire de voyager pour mieux observer le monde qui nous entoure ? C'est ce que nous interrogerons en montrant d'abord qu'un « voyage immobile » est tout à fait possible et enrichissant. Puis, nous rappellerons en quoi l'expérience du voyage constitue une ouverture inimitable sur le monde.

> L'introduction est composée de trois parties :
> – la phrase d'appel introduit le thème. Vous pouvez faire un lien avec le texte étudié en guise d'amorce ;
> – une question qui reprend le sujet ;
> – l'annonce du plan.

Je comprends les corrigés

De fait, le voyage n'est pas indispensable pour développer une observation minutieuse du monde qui nous entoure. Ainsi, Janot le jeune narrateur de *Rondeur des jours* de Jean Giono, connaît par cœur l'épicerie de son village. Il y vient souvent et les diverses odeurs d'épices l'invitent à un voyage exotique alors que l'endroit lui est familier.

De plus, l'observation du monde peut nous être transmise par l'art. Grâce aux livres, aux musiques ou aux tableaux on peut, comme le chante Renaud, « voyager d'sa chambre /Autour de l'humanité ». C'est le cas des tableaux de Paul Gauguin. Cet ancien marin devenu peintre continue de faire voyager vers Tahiti tous ceux qui s'attardent devant ses toiles mêlant rêve et réalité, les deux ingrédients souvent recherchés par les voyageurs.

- L'exemple choisi dans ce paragraphe est en lien avec l'art mais celui du paragraphe suivant fait écho à la vie contemporaine pour donner de la force à notre argumentation.
- Des exemples variés évitent des redondances dans la construction du devoir.

Cependant, le véritable voyage physique permet de prendre du recul et de se remettre en question. Si l'on voyage à Cuba par exemple, on sera surpris de ne pas pouvoir se connecter à Internet aussi simplement qu'en France. En effet, les fournisseurs d'accès, comme de nombreux médias, appartiennent à l'État qui concède seulement à un petit nombre de personnes le droit à un accès privé. Une réalité qui permettrait de relativiser lorsque l'on s'énerve contre une mauvaise connexion.

« Cependant » est un adverbe qui amorce une nuance dans le raisonnement : on passe ici à la deuxième partie du plan.

Enfin, le voyage ouvre la perspective de nouvelles rencontres et donne accès à une autre culture. C'est la motivation principale de nombreux voyageurs comme les deux baroudeurs de l'émission *Nus et culottés* qui ne progressent dans leurs tribulations que grâce aux rencontres qu'ils font avec des inconnus. C'est là la plus grande richesse du voyage : ce sont les rencontres avec de nouvelles personnes qui nous enrichissent et nous transforment.

Le connecteur « Enfin » permet d'annoncer votre dernière idée.

Pour conclure, on peut comprendre que le voyage soit l'occasion d'une ouverture sur le monde extérieur et qu'il change notre façon d'appréhender le quotidien. Néanmoins, il n'est pas toujours indispensable, car les voyageurs, qu'ils soient mobiles ou immobiles, sont surtout habités par la curiosité, qui n'est dans ce cas, certainement pas un défaut.

La conclusion permet de synthétiser l'ensemble du devoir tout en proposant une ouverture sur un autre point de vue.

JE FAIS LE POINT

	J'ai bien compris et j'ai réussi	Il manque des connaissances → Je revois le cours	Je n'ai pas compris la méthode → Je relis les conseils
Questions de grammaire → p. 16	❑	❑	❑
Questions de compréhension → p. 17	❑	❑	❑
Dictée → p. 18	❑	❑	❑
Rédaction			
– Sujet d'imagination → p. 19	❑	❑	❑
– Sujet de réflexion → p. 20	❑	❑	❑

SUJET 2

100 pts

3H

THÈME Dénoncer les travers de la société

SUJET 2 FRANÇAIS Dénoncer les travers de la société

Travail sur les documents

50 pts 1H10 → Corrigé p. 32

TEXTE *La Lacune*, **Eugène Ionesco**

La scène se passe tôt le matin dans l'appartement d'un membre de l'Académie française[1]. L'Académicien a été contraint de passer son baccalauréat parce que l'administration avait constaté qu'il n'avait pas obtenu ce diplôme... Un ami est venu leur apporter, à lui et à son épouse, une nouvelle essentielle : il a été recalé[2] à cet examen !

Entre l'Académicien en uniforme, épée au côté, la poitrine couverte de décorations jusqu'à la ceinture. […]

L'ACADÉMICIEN : Recalé au bac ! Les canailles ! Ils ont osé me faire ça !

L'AMI : Ils ont affiché les résultats très tard dans la soirée.

L'ACADÉMICIEN : S'il faisait sombre, on ne les a peut-être pas vus ? Comment avez-vous pu les lire ?

L'AMI : Il y avait des projecteurs.

L'ACADÉMICIEN : Ils font tout pour me compromettre.

L'AMI : Je suis repassé ce matin : les listes étaient toujours là.

L'ACADÉMICIEN : Vous auriez dû soudoyer le concierge pour qu'on les arrache.

L'AMI : C'est ce que j'ai fait. Hélas ! La police était là. Votre nom est en tête des candidats qui ont échoué. Il y a la queue. On se bouscule pour voir.

L'ACADÉMICIEN : Qui ? Les parents d'élèves ?

L'AMI : Pas seulement eux.

LA FEMME : Il doit y avoir tous vos rivaux, vos collègues. Tous ceux que vous avez attaqués dans la presse pour leur ignorance ; vos anciens élèves, vos étudiants, tous les agrégatifs[3], qui ont été refusés à cause de vous quand vous avez présidé le jury.

L'ACADÉMICIEN : C'est le déshonneur. Mais je ne me laisserai pas faire. C'est peut-être une erreur.

L'AMI : J'ai vu les examinateurs. Je leur ai parlé. Ils m'ont donné vos notes. Zéro en maths.

L'ACADÉMICIEN : Je ne suis pas un scientifique.

L'AMI : Zéro en grec, zéro en latin.

---

1. Institution prestigieuse chargée de la défense de la langue française.
2. *Recalé :* refusé à un examen.
3. *Agrégatif :* candidat à l'agrégation, un concours réputé très difficile qui permet de devenir professeur.

Par étapes

ÉTAPE 1 Lire et comprendre le texte

- Surlignez dans le texte et le paratexte : les éléments qui permettent d'identifier le genre de ce texte : est-ce un extrait de roman ? de poème ? de texte documentaire ? de théâtre ?
- Repérez les indices de temps et de lieu (= repères spatio-temporels) qui permettent de contextualiser la situation : « tôt le matin » ; « dans l'appartement ».

LA FEMME, À SON MARI : Vous, un humaniste, porte-parole attitré de l'humanisme, auteur de Défense et Illustration de l'humanisme !

L'ACADÉMICIEN : Pardon ! C'est de l'humanisme moderne qu'il est question dans ce livre. *(À l'ami)* Mais le français, ma note en composition française ?

L'AMI : On vous a mis neuf cents. Neuf cents points.

L'ACADÉMICIEN : Mais c'est parfait. Ça rattrape les autres matières.

L'AMI : Hélas, non ! C'est noté sur deux mille. Il faut mille points pour avoir la moyenne.

Eugène Ionesco, *La Lacune*, *in Théâtre*, © Éditions Gallimard, 1966.

Par étapes

ÉTAPE 2 Repérer les personnages

- Repérez les trois personnages afin de ne pas les confondre.
- Au brouillon, dressez un schéma pour comprendre leurs liens et leurs caractéristiques.

Compréhension

Les réponses aux questions doivent être entièrement rédigées.

1 Dressez le portrait de l'Académicien. Appuyez votre réponse sur des éléments précis du texte. 6 pts

2 En quoi la situation de l'Académicien est-elle surprenante pour le lecteur ? Justifiez votre réponse. 6 pts

3 Quelle est la tonalité de ce texte ? Relevez des éléments dans le texte qui le prouvent. 4 pts

Les conseils du prof !

- Il faut relever dans le texte toutes les informations qui concernent ce personnage. Surlignez-les et triez-les ensuite par ordre d'importance.
- Cette question appelle une réponse développée nourrie de citations du texte.

Expliquez ce que vous comprenez de cette situation cocasse.

On attend que vous repériez les intentions de l'auteur : faire rire, divertir, dénoncer…

Les conseils du prof !

4 À l'annonce de son échec, l'Académicien a plusieurs réactions. Étudiez précisément la progression des émotions ressenties par ce personnage au fil de l'extrait. Citez le texte. 8 pts

Cette question est rédigée au pluriel. Il faut donc identifier plusieurs réactions ainsi que leur progression (plus ou moins fortes).

5 Que cherche à dénoncer Eugène Ionesco dans ce texte ? Justifiez votre réponse. 6 pts

- Cette question a un rôle de conclusion ; elle appelle donc une réponse développée.
- Appuyez-vous sur vos réponses précédentes pour construire son contenu.

Grammaire

Les réponses aux questions doivent être entièrement rédigées.

1 À quoi reconnaît-on que cet extrait est issu d'un texte théâtral ? Relevez au moins trois indices qui le prouvent. 4 pts

Il s'agit ici de repérer les particularités du dialogue théâtral qu'il faut distinguer du dialogue inséré dans le récit.

2 Dans les phrases, « Ils ont osé me faire ça ! » (l. 1-2) et « Ils font tout pour me compromettre » (l. 7), qui sont les personnes désignées par le pronom « ils » ? 6 pts

- Relisez l'intégralité du texte pour repérer à qui renvoie ce pronom personnel.
- Vous pouvez formuler des hypothèses de lecture en vous appuyant sur des citations du texte.

3 Il doit y avoir tous vos rivaux, vos collègues. Tous ceux que vous avez attaqués dans la presse pour leur ignorance : vos anciens élèves, vos étudiants, tous les agrégatifs, qui ont été refusés à cause de vous quand vous avez présidé le jury.

› **Réécrivez ce passage en mettant au féminin les termes soulignés et en faisant tous les accords nécessaires.** 10 pts

Par étapes

ÉTAPE 1 Comprendre la consigne

- Attention, il faut transformer les mots soulignés mais aussi tous les termes qui s'accordent avec : adjectifs, déterminants, participes passés.
- Il y a deux types d'accord du participe passé, l'un avec l'auxiliaire « avoir », l'autre avec l'auxiliaire « être ».

ÉTAPE 2 Souligner les transformations

- Attention, ce ne sont pas uniquement les mots soulignés dans la consigne.
- Il faut relire le texte dans sa globalité afin de veiller à conserver la **cohérence de vos phrases** (chaînes d'accord, ordre des mots...).
- Ne portez pas uniquement votre regard sur les mots soulignés car le texte doit **former un ensemble cohérent**.

Dictée

10 pts 20 min → Corrigé p. 33

› Écoutez la dictée sur le site abcbrevet.com.

Mot donné : *connivence.*

Titre :

Les conseils du prof !

- Lors de la première lecture, concentrez-vous bien sur le sens général du texte.
- Pensez à vérifier :
  – l'écriture des chiffres en toutes lettres (sauf pour les années) ;
  – les conjugaisons du futur simple ;
  – les sujets inversés ou sous-entendus ;
  – on/ont.

Rédaction

40 pts — 1H30 — Imprimez votre copie pour rédiger

› Vous traiterez au choix l'un des sujets suivants :

Sujet d'imagination → Corrigé p. 34

La presse s'empare de cette information. Imaginez l'article qu'un journaliste compose pour rendre compte de la mésaventure de l'Académicien tourné en ridicule.

Par étapes

ÉTAPE 1 Repérer les mots-clés

- ***Un journaliste :*** votre écrit devra prendre une forme journalistique.
- ***Mésaventure de l'Académicien tourné en ridicule :*** votre article devra être critique.

ÉTAPE 2 Comprendre le sujet

- ***La presse s'empare de cette information :*** cette scène qui appartenait à la sphère privée va être portée à la connaissance du public.
- ***Imaginez l'article :*** il vous faudra respecter la forme d'un article de presse fictif.
- Votre article devra comporter des **passages narratifs** (où vous racontez la situation) et des **passages argumentatifs** (où le journaliste ou des personnages interviewés donnent leur point de vue sur la question).

ÉTAPE 3 Rédiger un plan au brouillon

- **L'introduction**, le chapeau, est un résumé de la situation. Vous y récapitulez les informations importantes de cette scène : personnes présentes, lieu, époque, particularités de la situation, conséquences... pour annoncer les **points forts** de l'article.
- Rappelez, ensuite, la **carrière de l'Académicien**, le **scandale de cette révélation** ainsi que les **réactions de ses collègues**, de **ses anciens élèves**...
- Certaines informations sont passées sous silence dans le texte de Ionesco, il faudra donc les inventer.
- **La chute de l'article** doit proposer une citation, un détail qui résume bien la situation, une appréciation générale ou une perspective d'avenir. L'important est d'être **bref** et **percutant**.

› Mon brouillon

Les conseils du prof !

Pour commencer votre introduction et construire votre titre, notez bien ce que la situation a d'insolite.

Utilisez un lexique permettant l'expression d'un jugement (la modalisation) : « sans conteste », « peut-être » ; « pour moi », « aurait pu » (le conditionnel).

Ayez recours à un **vocabulaire appréciatif** : « inquiétant », « de qualité » et à l'**expression des sentiments** : « honte », « amusement »...

Les réactions des personnages peuvent être rapportées sous forme d'interview (au discours direct entre guillemets).

Sujet de réflexion → Corrigé p. 35

Selon vous, quels sont les différents rôles de l'école dans la formation des personnes ?

Par étapes

ÉTAPE 1 Repérer les mots-clés

- ***L'école :*** en rapport avec le texte de départ, vous pourrez y faire référence.
- ***Les différents rôles :*** autrement dit les fonctions de l'école.
- ***La formation des personnes :*** signifie que vous pouvez évoquer les apprentissages qui aident les écoliers à devenir des adultes responsables.

ÉTAPE 2 Comprendre le sujet

- ***Selon vous :*** cette expression signifie que l'on sollicite votre point de vue personnel.
- ***Quels sont... :*** ce sujet n'exige pas de défendre un point de vue « pour » ou « contre ». Il faut plutôt lister vos **différentes idées** pour répondre à cette question, puis les regrouper en grands thèmes au brouillon ci-dessous.

ÉTAPE 3 Rédiger un plan au brouillon

- Un paragraphe d'**introduction en trois parties** :
  – **reformulez la phrase de départ** pour introduire le thème de votre devoir : quelles sont les différentes missions de l'école dans le développement des personnes ?
  – **reprenez la question du sujet** au style indirect « nous pouvons interroger... ».
  – **annoncez votre plan** à l'aide de connecteurs : « Nous montrerons, tout d'abord, que ... » ; « Puis, nous nous attacherons à démontrer que... ».
- Veillez à ne pas vous contenter d'énumérer vos idées sans lien entre elles, ni développement.
- Rédigez un paragraphe de **conclusion en deux parties** : un bilan et une ouverture.

› Mon brouillon

Les conseils du prof !

Listez vos différentes idées puis regroupez-les en deux ou trois grands thèmes.

Trouvez des mises en situation concrètes (des exemples) qui confirment ce que vous avancez.

Vérifiez que tous vos arguments répondent bien à la question.

Compréhension

→ p. 27

Je comprends les corrigés

1 L'Académicien est un personnage d'importance, nous le comprenons grâce à son « uniforme », le port de son « épée » et de ses « décorations » (didascalie). L'expression : « vous avez présidé le jury » (l. 19-20) souligne cette même idée. Cet homme, sûr de lui, refuse son échec et ne se remet aucunement en question : « ils font tout pour me compromettre » (l. 7). Il se pense érudit et supérieur (« tous ceux [...] attaqués [...] pour leur ignorance », l. 17-18). L'Académicien semble également malhonnête car il est prêt à « soudoyer » un homme pour sauver son honneur (l. 9).

> Un portrait peut être physique et moral. Il est donc important de ne négliger aucun de ces deux aspects.

2 La situation de l'Académicien est surprenante pour le lecteur car ses compétences sont remises en question : « Zéro en maths » (l. 24) ; « Zéro en grec, zéro en latin » (l. 26). Il ne parvient pas à obtenir l'un des premiers examens du cursus scolaire français alors qu'il est membre de l'une des institutions littéraires les plus prestigieuses : l'Académie française.

> Vous devez repérer le paradoxe de la situation de ce personnage que l'on dit érudit mais qui reçoit des notes lamentables à l'examen et qui propose de « soudoyer » le concierge.

3 La tonalité de ce texte est comique. L'auteur cherche à faire rire : il prête à son personnage un vocabulaire familier, décalé par rapport à ses fonctions : « Recalé au bac ! les canailles ! » (l. 1). Ce dernier essaye de se rassurer avec des hypothèses absurdes : « s'il faisait sombre, on ne les a peut-être pas vus ? » (l. 4-5). Ses résultats le ridiculisent : « Zéro... » (l. 24 et l. 26). L'attitude des autres personnages participe également à cet effet comique. Sa femme s'offusque d'une telle nouvelle (l. 27-29) (non sans ironie) tandis que son ami reste impassible et fataliste (« Hélas ! l. 12 et 36).

> La situation paradoxale évoquée à la réponse précédente crée le comique et met en avant le ridicule du personnage principal. L'auteur cherche donc à faire rire son lecteur tout en remettant en question le prestige des institutions françaises.

4 À la nouvelle de son échec, l'Académicien a plusieurs réactions. Il se met tout d'abord en colère et semble indigné : « Recalé au bac ! Les canailles ! ils ont osé me faire ça ! » (l. 1-2). Puis, il doute de cette information et montre son incrédulité : « Comment avez-vous pu les lire ? » (l. 5). Enfin, il manifeste son inquiétude : « Qui ? les parents d'élèves ? » (l. 14) et sa honte : « C'est le déshonneur » (l. 21). Il tente de se rassurer mais en vain : « Mais le français, ma note en composition française ? » (l. 31-32) ; « Ça rattrape les autres matières » (l. 34-35). Le personnage perd donc progressivement son assurance.

> Repérez bien l'évolution : de la colère à la perte d'assurance.

5 Dans ce texte, Eugène Ionesco cherche à dénoncer le ridicule de certaines institutions dont les membres s'éloignent de la réalité de « terrain ». Leur légitimité est également remise en question tout comme le système scolaire de manière plus large.

> La question de la dénonciation revient dans la plupart des sujets sur le théâtre comique : l'auteur, par le rire, pousse souvent son lecteur à la réflexion.

Grammaire → p. 28

1 Plusieurs éléments de ce texte nous permettent d'identifier le genre théâtral. Les didascalies « *Entre l'Académicien…* » ou « (*À l'ami*) » (l. 31) nous donnent des indications de jeu et de costume. La présence des noms des personnages avant leur réplique nous prouve également qu'il s'agit de théâtre. De plus, cet extrait est uniquement composé de dialogues.

> Repérez les indices qui prouvent qu'il s'agit de théâtre. Il faut donc en retrouver les particularités par rapport à la poésie ou au roman.

2 Dans les phrases, « Ils ont osé me faire ça ! » (l. 1-2), « Ils font tout pour me compromettre » (l. 7), le pronom « ils » désigne toutes les personnes qui ont été attaquées, critiquées ou refusées à un examen/concours par l'Académicien. L'énumération de la ligne 18, nous conduit vers la réponse : « vos collègues […], vos anciens élèves, vos étudiants, tous les agrégatifs… »

> • Le pronom au pluriel indique bien qu'il s'agit d'un collectif.
> • Plusieurs propositions sont attendues.

3 Il doit y avoir toutes vos rivales, vos collègues. Toutes celles que vous avez attaquées dans la presse pour leur ignorance : vos anciennes élèves, vos étudiantes, toutes les agrégatives, qui ont été refusées à cause de vous quand vous avez présidé le jury.

> • Le mot « collègues » est identique au masculin et au féminin.
> • Auxiliaire « être » : le participe passé s'accorde avec le sujet.
> • Auxiliaire « avoir » : le participe passé ne s'accorde pas avec le sujet, il s'accorde avec le COD lorsque celui-ci est placé avant le verbe.

Dictée → p. 29

– Pas de panique, dans vingt-six ans il possédera parfaitement son alphabet.
Ainsi ironisait mon père pour distraire ses propres craintes. Bien des années plus tard, comme je redoublais ma terminale à la poursuite d'un baccalauréat qui m'échappait obstinément, il aura cette formule :
– Ne t'inquiète pas, même pour le bac on finit par acquérir des automatismes…
Ou, en septembre 1968, ma licence de lettres enfin en poche :
– Il t'aura fallu une révolution pour la licence, doit-on craindre une guerre mondiale pour l'agrégation ?
Cela dit sans méchanceté particulière. C'était notre forme de connivence. Nous avons assez vite choisi de sourire, mon père et moi.

Daniel Pennac, *Chagrin d'école*, © Gallimard, 2007.

> • Les terminaisons du futur. Attention « at » n'existe pas !
> • Veillez à repérer le sujet inversé et l'impératif présent (qui ne prend pas de « s » avec les verbes du 1er groupe).
> • « On » est un pronom personnel remplaçable par « il », tandis qu'« ont » est le verbe « avoir » remplaçable par « avaient ».

Sujet d'imagination

→ p. 30

Un Académicien recalé au bac : quelle épreuve !

Paris. XVIe Arrondissement. *Ils étaient nombreux ce matin à se précipiter devant les grilles du lycée Jean Moulin pour obtenir le verdict. Admis ou recalé ? Au milieu des pleurs, des cris de joie et des soupirs des étudiants, nous avons retrouvé quelques curieux soucieux du sort d'un Académicien.*

- Cet écrit doit prendre la forme d'un article de presse.
- Mobilisez vos connaissances sur sa forme : titre, chapeau, intertitres, chute...

Vous utiliserez le passé composé et le présent car il s'agit d'un fait d'actualité.

En effet, un Académicien, âgé de 54 ans, en fonction depuis plus d'une vingtaine d'années, s'est vu contraint de passer l'examen du baccalauréat série générale suite à une demande de son administration. Ce diplôme manquait et continuera de manquer à son cursus...

Votre rédaction doit s'appuyer au maximum sur le texte de Ionesco.

Un homme reconnu...

L'Académicien est, sans conteste, un homme décoré à maintes reprises, qui s'est démarqué des siens par ses qualités oratoires et littéraires. Il a intégré l'Académie française, une institution chargée de défendre la langue française il y a plus de vingt ans et publie de nombreux ouvrages où il revendique la formation humaniste de nos ancêtres. Comment justifier alors ses résultats désormais connus du grand public ?

Zéro en mathématiques, en grec comme en latin. Sa note de composition française aurait pu rehausser ces résultats inquiétants si l'épreuve n'avait pas été évaluée sur mille points ! De fait, l'Académicien n'a obtenu que neuf cents points pour cette épreuve...

Des résultats très controversés

« Je viens constater de mes propres yeux que l'Académicien fait partie des élèves recalés à l'examen ! Je n'en reviens pas ! » déclare une jeune enseignante. « On me l'a dit par message assez tard, hier soir, mais je souhaitais en avoir la confirmation par moi-même ! Cet homme qui semait la terreur dans les jurys d'examen, n'a pas obtenu ce diplôme... Quelle honte ! » ajoute-t-elle.

Il doit contenir des paroles rapportées directement sous forme d'interview pour créer un effet de réalisme. Les guillemets et la ponctuation expressive sont donc essentiels.

« Je suis un de ses anciens élèves. J'avais entendu dire qu'il devait passer cet examen suite à une demande de l'administration mais j'étais loin d'en imaginer le résultat... J'ai peine à croire que cet homme si exigeant n'ait pas le niveau d'études requis... » affirme Pierre X. dubitatif.

« Pour moi, c'était une évidence ! déclare Josette, mère d'élèves. Il était incapable de tenir une conversation et se fermait systématiquement aux remarques et demandes qu'on pouvait formuler. C'est un incapable, un malhonnête, un zéro ! Il n'hésitait pas à dévaloriser le travail des élèves et de leurs enseignants ! »

Au petit matin, la police a dû se rendre sur les lieux pour éviter les mouvements de foule et les rixes.

Chaque nouvelle idée, ou nouvel « épisode » de l'article doit faire l'objet d'un nouveau paragraphe avec un alinéa.

Pour le moment, l'homme ne souhaite pas témoigner sur cette expérience ; à moins qu'il ne révise déjà pour le baccalauréat de l'an prochain ?

E. I.

Soyez attentifs à bien conserver l'anonymat en signant votre article. Utilisez par exemple les initiales de l'auteur.

Sujet de réflexion

→ p. 31

« De toutes les écoles que j'ai fréquentées, c'est l'école buissonnière qui m'a paru la meilleure » écrit Anatole France dans *Le Petit Pierre* en 1918. Au regard de cette citation et du texte de Ionesco que nous venons d'étudier, nous pouvons interroger le rôle ou les rôles de cette institution qu'est l'école dans la formation des personnes. Nous montrerons, tout d'abord, que l'école a pour rôle d'instruire les jeunes. Puis, nous nous attacherons à démontrer qu'elle a un rôle socialisant. Enfin, nous expliquerons qu'elle permet de former de futurs citoyens responsables trouvant leur place dans la société.

L'introduction est composée de trois parties :
- la phrase d'appel pour introduire le thème. Vous pouvez proposer une citation en lien avec le texte de départ ;
- la question : vous pouvez la reformuler mais veillez à ne pas la dénaturer ;
- l'annonce du plan.

En premier lieu, l'école a pour rôle d'instruire les jeunes en leur apportant des connaissances qui leur permettent de se cultiver, d'évoluer et de développer leurs compétences. L'école offre une ouverture culturelle qui permet aux écoliers de découvrir un autre univers que la sphère familiale pour vivre d'autres expériences. Prenons l'exemple d'Annie Ernaux, dans son roman autobiographique *La Place*. Elle y raconte comment l'école lui a permis d'accéder à un autre milieu social que le sien, alors que toutes les jeunes filles de son âge, autour d'elle, travaillaient et gagnaient déjà leur vie à 17 ans.

Dans ce type de sujet, les arguments ne cherchent pas à défendre un point de vue « pour » ou « contre ». Il faut donc sélectionner et hiérarchiser vos idées pour être convaincants.

Mais l'école ne cherche pas uniquement à enseigner de purs savoirs ; elle vise également à développer des savoir-être. Elle permet aux jeunes gens de se retrouver en collectivité et d'apprendre à gérer cette vie de groupe. Elle ouvre donc à de belles rencontres comme à des rencontres parfois plus douloureuses car elle contraint les écoliers à s'affirmer et à se positionner face à un groupe, pour vivre ensemble. Par exemple, dans l'œuvre de Fred Uhlman, *L'Ami retrouvé*, Hans mène sa vie d'élève moyen jusqu'au jour où un nouvel élève fait son entrée dans sa classe, Conrad Graf von Hohenfels. Pour faire en sorte que Conrad devienne son ami, Hans va développer un grand nombre de stratagèmes (performances en cours, en gymnastique, partage de sa collection de pièces...). Une forte amitié naît entre ces deux enfants malgré un contexte historique peu favorable.

Chaque indicateur logique introduit un paragraphe argumentatif.

De même, dans le roman *La Belle Adèle* de Marie Desplechin, Adèle est un personnage en marge du groupe. Elle vit très mal son quotidien de collégienne et la dictature de la mode qui règne dans son école. Pourtant, un jour, elle parvient avec l'aide de Frédéric (son nouvel allié) à trouver sa place au sein du groupe.

Enfin, l'école permet de penser de manière autonome et forme des citoyens libres et éclairés. Nous pouvons prendre l'exemple de ce groupe de jeunes étudiants du Val-de-Marne qui s'est donné pour mission de

Dans ce type de devoir, deux exemples, s'ils sont complémentaires, peuvent être développés pour mettre en valeur une même idée.

rencontrer les personnes de leur quartier défavorisé afin de les pousser à s'inscrire sur les listes électorales pour voter aux élections présidentielles et défendre leurs droits.

Si, selon certains, l'école et son fonctionnement sont à remettre en question, elle joue néanmoins un rôle important dans la formation des personnes. Qu'elle soit instructive ou socialisante, l'école permet à un individu de se construire afin de devenir autonome tout en trouvant sa place dans la société.

La conclusion a pour rôle de synthétiser l'ensemble du devoir. Essayez d'y conserver l'ordre de vos idées pour guider votre lecteur dans votre raisonnement et montrer que ce dernier est construit.

JE FAIS LE POINT

	J'ai bien compris et j'ai réussi	Il manque des connaissances → Je revois le cours	Je n'ai pas compris la méthode → Je relis les conseils
Questions de compréhension → p. 27	❑	❑	❑
Questions de grammaire → p. 28	❑	❑	❑
Dictée → p. 29	❑	❑	❑
Rédaction			
– Sujet d'imagination → p. 30	❑	❑	❑
– Sujet de réflexion → p. 31	❑	❑	❑

SUJET 3

100 pts

3H

THÈME Se rencontrer, se représenter

Travail sur les documents 50 pts 1H10 → Corrigé p. 45

TEXTE ***Baby-foot*, Joseph Joffo**

Dans Baby-foot, *Joseph Joffo se rappelle les épisodes marquants de son enfance.*

En 1945, donc, le chewing-gum c'est quelque chose d'extrêmement précieux. Personnellement, mon premier chewing-gum m'a duré deux semaines. Je le rangeais soigneusement chaque soir dans le tiroir de ma table de nuit pour le retrouver au matin, totalement insipide[1] mais, c'est cela qui importe, toujours élastique.

Cet hiver, la pénurie est si grande que je le partage avec Franck : il mâche les jours pairs, je mâche les jours impairs. Malheureusement, au cours d'une récréation, alors que je joue au prisonnier, une bourrade[2] plus violente que les autres me fait avaler la précieuse boulette. Je reste pétrifié au milieu de la cour.

« Qu'est-ce que t'as, Jo ? »

Je n'ose pas répondre. Ils sont tous autour de moi.

« Qu'est-ce que t'as, mec ? Accouche…

– Mon chouingom, dis-je, du coup, perdant mon semblant d'accent yankee.

– Ben quoi ton chouingom ?

– Je l'ai avalé. »

Je sens leurs yeux vaguement apitoyés. Franck me remonte le moral à sa manière. Un sadique !

« Ma mère dit que ça colle les boyaux et qu'on peut en mourir.

– Forcément, dit Cottard, ça colle aux parois et ça fait des fils, alors tout ce que tu bouffes, ça passe plus, ça reste au-dessus. »

Ils tournent autour de moi comme si j'étais une statue de musée.

« C'est con, commente Franck, peut-être va falloir l'ouvrir. »

Je sens déjà mes intestins se révolter.

« Non, mais ça va pas, tu crois pas qu'on va m'opérer parce que j'ai avalé ce petit truc ? »

Je quête une approbation dans leurs yeux, mais ils n'ont pas l'air d'opiner en mon sens. Je n'ose plus bouger comme

1. *Insipide* : sans goût.
2. *Bourrade* : poussée brutale, coup.

Par étapes

ÉTAPE 1 Lire et comprendre le texte

- **Surlignez** dans le texte et le paratexte **les éléments autobiographiques** : « *Joseph Joffo se rappelle les épisodes marquants de son enfance* » ; « Personnellement, mon » ; « Je le rangeais » ; « ma table de nuit » ; « je le partage » ; « je mâche les jours impairs » ; « Ils sont tous autour de moi » ;
- **Surlignez les indices de temps et de lieu** (= repères spatio-temporels) : « En 1945 » ; « Cet hiver, au cours d'une récréation » ; « au milieu de la cour ».

si j'avais une bombe à retardement dans le ventre ! Il est vrai qu'il court de sinistres légendes sur le chewing-gum. Ce sont les mères françaises qui les ont inventées pour protéger leur progéniture de ce bonbon d'outre-Atlantique aux propriétés inconnues, donc dangereuses. Le chewing-gum développe les muscles des mâchoires jusqu'à vous donner une allure de Cro-Magnon. Le chewing-gum coupe l'appétit et on devient maigre comme un fil, et enfin, à force de mâcher, on ne pense plus qu'à ça et on devient fou. Celui qui abuse donc de chewing-gum a une énorme mâchoire, pèse vingt-cinq kilos et se prend pour Napoléon. Et en plus, s'il vient à l'avaler, alors c'est le pire de tout. La catastrophe !

Voilà M. Maillard, le maître.

« Qu'est-ce qu'il se passe, Joseph ? »

Il a remarqué que cela fait cinq bonnes minutes que je suis immobile au milieu de la cour ; comme ce n'est pas dans mes habitudes, il vient aux nouvelles.

C'est un brave homme, la retraite en poche, sa blouse est aussi grise que sa moustache.

« J'ai avalé mon chouingom. »

Il se gratte le crâne et a envie de dire quelque chose, mais il doit surprendre l'anxiété dans mes yeux, aussi sourit-il en tripotant son sifflet.

« Avec un peu de chance, tu le récupéreras demain matin. »

J'imagine le trajet suivi par le chewing-gum. Me voilà sauvé ! Mais je l'ai échappé belle…

Joseph Joffo, *Baby-foot*, © Éditions Jean-Claude Lattès, 1977.

IMAGE ***La Voiture fondue*, Robert Doisneau, 1944**

Par étapes

ÉTAPE 2 Comprendre l'image

- Notez les informations données par la légende (date, auteur, titre).
- Observez précisément l'image pour repérer les plans, les personnages, la nature du document.

ÉTAPE 3 Mettre en relation les documents

- Trouvez deux points communs entre les documents : personnages, situation, époque…

Grammaire

Les réponses aux questions doivent être entièrement rédigées.

1 Quel niveau de langue est utilisé dans les dialogues ? Comment comprenez-vous ce choix de l'auteur ? 6 pts

2 Relevez les comparaisons successives qui décrivent l'attitude du personnage. En quoi renforcent-elles le ridicule de sa situation ? 6 pts

3 Quel est le temps verbal majoritairement utilisé dans ce texte ? Pour quelle raison, à votre avis, l'auteur fait-il ce choix ? 6 pts

4

Cet hiver, la pénurie est si grande que je le partage avec Franck : il mâche les jours pairs, je mâche les jours impairs. Malheureusement, au cours d'une récréation, alors que je joue au prisonnier, une bourrade plus violente que les autres me fait avaler la précieuse boulette. Je reste pétrifié au milieu de la cour.

› Réécrivez ce passage en remplaçant le présent par les temps du passé appropriés et en opérant toutes les modifications nécessaires. 8 pts

Les conseils du prof !

- Vous connaissez **trois niveaux de langue** : familier, courant et soutenu.
- Pensez à citer le texte pour illustrer votre réponse.

Une comparaison se construit avec un outil de comparaison : *tel que, le même... que, ainsi que...*

- « majoritairement » : vérifiez plusieurs verbes à différents endroits du texte.
- Mobilisez vos connaissances sur les valeurs des temps.

Par étapes

ÉTAPE 1 Comprendre la consigne

- Le présent va être remplacé par deux temps du passé : l'imparfait et le passé simple.

ÉTAPE 2 Souligner les transformations

- Cela vous oblige à vous relire précisément.

Compréhension

Les réponses aux questions doivent être entièrement rédigées.

1 Relevez les éléments du texte qui évoquent le monde de l'enfance. 4 pts

2 Montrez que les souvenirs du narrateur sont liés à un contexte historique précis que vous indiquerez. Appuyez-vous sur le texte pour justifier votre réponse. 6 pts

3 Selon vous, quel regard l'auteur porte-t-il sur l'enfant qu'il était ? Appuyez-vous sur l'ensemble de l'extrait pour répondre. 6 pts

Les conseils du prof !

Vous devez relever un **champ lexical** : des mots et des expressions autour du thème de l'enfance.

- Cette question fait un lien avec votre programme d'histoire de 3e : « Guerres mondiales, société de l'entre-deux-guerres ».
- Pour vous aider, relevez les repères temporels et les éléments de culture américaine comme le « chewing-gum ».

On attend de vous un adjectif pour qualifier le regard du narrateur adulte sur le narrateur enfant : *critique*, *moqueur*, *honteux*...

4 Quels éléments peuvent rapprocher le texte de Joseph Joffo et la photographie de Robert Doisneau ? 4 pts

Les conseils du prof !

- Trouvez au moins deux points communs entre le texte et l'image.
- Pensez à utiliser les indications fournies par la légende.

5 Comment les enfants transforment-ils la réalité de la guerre ? Quel message semble ainsi nous transmettre le photographe ? 4 pts

- Décrivez les attitudes de jeux de chaque enfant par rapport au décor qui les environne.
- Rappelez ce que symbolisent les enfants : vie, joie, innocence…

Dictée

10 pts 20 min → Corrigé p. 46

› Écoutez la dictée sur le site abcbrevet.com.
Mot donné : *calotte*.

Titre :

- Écrivez les mots que vous ne connaissez pas de la manière la plus simple possible.
- Portez votre attention sur les **points suivants** :
  – la conjugaison de l'imparfait ;
  – leurs/leur.

Rédaction

40 pts — 1H30 — Imprimez votre copie pour rédiger

› Vous traiterez au choix l'un des sujets suivants :

Sujet d'imagination → Corrigé p. 46

Racontez le souvenir d'une bêtise commise pendant l'enfance. Vous évoquerez ce que vous avez ressenti alors et comment vous le comprenez aujourd'hui.

Par étapes

ÉTAPE 1 Repérer les mots-clés

- ***Souvenir ; pendant l'enfance :*** on attend un texte autobiographique, rédigé à la première personne (je), vous n'êtes pas obligés de raconter la vérité, mais il faut que ce soit vraisemblable.
- ***Bêtise :*** comme dans le texte de Joffo, les bêtises de l'enfance peuvent faire sourire, il ne s'agit pas d'un événement dramatique ou traumatisant.

ÉTAPE 2 Comprendre le sujet

- ***Racontez :*** le sujet invite à produire un texte narratif, vous devez donc raconter une histoire.
- ***Alors/aujourd'hui :*** on attend de vous que vous évoquiez vos sensations et sentiments dans l'enfance et ce que vous en pensez aujourd'hui : « J'ai eu très peur alors, aujourd'hui je trouve que j'étais ridicule. »

ÉTAPE 3 Rédiger un plan au brouillon

- **L'introduction** peut évoquer les circonstances dans lesquelles le souvenir vous revient en mémoire. Pour cela, n'hésitez pas à faire appel aux sensations liées à ce souvenir.
- **Écrivez les moments importants du souvenir** : personnes présentes, lieu, époque, objets…
  – Que s'est-il passé ?
  – Quelles ont été les conséquences ?
- **Notez des réflexions** sur ce que vous avez ressenti et sur ce qui a déclenché vos émotions.
- **Pour conclure**, montrez que le recul vous a permis d'analyser votre expérience.

› **Mon brouillon**

Les conseils du prof !

Pour commencer votre introduction, utilisez des verbes évoquant le **souvenir** : « je me revis », « je me replongeai », « cela me rappela »…

- Pour parler de vos sensations et de vos sentiments, utilisez des tournures appropriées : « je sentais ; j'observais ; j'écoutais ; j'éprouvais ; il me semblait que ; j'avais l'impression de… »
- Expliquez ce qui a déclenché vos émotions : « J'étais véritablement ému parce que… », « C'était la première fois que… », « Je ressentais de la colère car… », « J'aurais aimé alors… »

Insérez des phrases au présent dans votre texte au passé pour montrer que vous avez pris du recul : « Aujourd'hui je comprends que… », « Je sais maintenant que… ».

Sujet de réflexion → Corrigé p. 47

On dit souvent que l'enfance est le plus bel âge de la vie. Vous discuterez cette affirmation. Vous vous appuierez sur votre expérience et sur vos lectures pour illustrer votre réflexion.

Par étapes

ÉTAPE 1 Repérer les mots-clés

- ***L'enfance :*** le thème est en rapport avec le texte de départ, vous pourrez y faire référence.
- ***Le plus bel âge de la vie :*** cette affirmation signifie que les autres périodes de la vie (adolescence, adulte, vieillesse) seront hors sujet.

ÉTAPE 2 Comprendre le sujet

- ***Vous discuterez :*** ce verbe signifie qu'il faudra envisager deux réponses à l'affirmation de départ.
- Vous pouvez reformuler le sujet sous forme de question : « Pensez-vous que l'enfance est le plus bel âge de la vie ? »
- Vous vérifierez ensuite que tous vos arguments répondent bien à cette question.
- ***Illustrer :*** ce verbe signifie qu'il faut donner des exemples précis pour chacun de vos arguments.
- ***Votre expérience et vos lectures :*** les exemples devront venir de votre expérience personnelle (souvenirs, amis d'enfance...) ou des livres et textes que vous avez lus (ou étudiés en classe).

ÉTAPE 3 Rédiger un plan au brouillon

- Un paragraphe d'**introduction en trois parties** :
  – **reformulez la phrase de départ** pour introduire le thème de votre devoir : *l'enfance est le plus bel âge de la vie* ;
  – **reprenez la question du sujet** au style indirect « On peut se demander si... » ;
  – **annoncez votre plan** : « Nous répondrons à cette question en deux parties... »
- L'expression « vous discuterez cette affirmation » appelle un plan en **deux parties** : oui/non. Aidez-vous du brouillon ci-dessous pour faire un tableau avec vos arguments.
- Un paragraphe de **conclusion en deux parties** : un bilan et une ouverture.
- Chaque partie devra comporter au moins **deux paragraphes** : 1 paragraphe = 1 argument + 1 exemple.

› Mon brouillon

Introduction : ....

....

Oui	Non
• **Argument** : enfance = insouciance. > **Exemple** : Marcel Pagnol, *La Gloire de mon père*. • **Argument** : .... > **Exemple** :	• **Argument** : enfance = incertitude et doutes. > **Exemple** : Gilles Paris, *Autobiographie d'une courgette*. • **Argument** : .... > **Exemple** : ....

Conclusion : ....

....

Les conseils du prof !

- Faites deux colonnes pour les deux parties : oui/non.
- Dans chaque colonne, trouvez au moins deux arguments et deux exemples.

Grammaire → p. 40

Je comprends les corrigés

1 L'auteur a choisi le langage familier dans les dialogues : « Ben quoi ton chouingom ? » (l. 18), « tu bouffes » (l. 25). Ce niveau de langue permet de rapporter les paroles des enfants dans la cour de récréation avec plus de réalisme et contribue aussi à installer la tonalité humoristique de l'extrait.

> Les **niveaux de langue** permettent de placer les personnages dans une situation particulière (âge, milieu social...) et donnent une tonalité au texte.

2 Les deux comparaisons du texte « comme si j'étais une statue de musée » (l. 27), « Je n'ose plus bouger comme si j'avais une bombe à retardement dans le ventre ! » (l. 35) insistent sur la peur du narrateur. Cette peur est démesurée par rapport à l'événement raconté, ce qui accentue le ridicule du personnage et de la situation.

> On repère les **comparaisons** avec l'outil **« comme »**. Le décalage (ici : peur/événement) fait naître l'humour.

3 Le temps majoritairement utilisé dans l'extrait est le présent de l'indicatif : « je mâche ; ils tournent ; j'imagine... ». Il permet de rendre le récit plus vivant et d'impliquer le lecteur qui a l'impression de découvrir les faits au moment où ils se produisent. On parle de présent de narration.

> Les trois valeurs principales du présent sont : **l'énonciation**, **la vérité générale** et **la narration**, vous devez les connaître.

4 Cet hiver, la pénurie était si grande que je le partageais avec Franck : il mâchait les jours pairs, je mâchais les jours impairs. Malheureusement au cours d'une récréation, alors que je jouais au prisonnier, une bourrade plus violente que les autres me fit avaler la précieuse boulette. Je restais pétrifié au milieu de la cour.

> - L'imparfait est utilisé pour les descriptions et pour les actions longues ou répétées.
> - Le passé simple est utilisé pour les actions ponctuelles.

Compréhension → p. 41

1 Plusieurs éléments du texte évoquent le monde de l'enfance : l'univers de l'école avec ses jeux « récréation ; je joue au prisonnier ; une bourrade ; le maître... ».

> Reprendre les termes de la question pour introduire le champ lexical de l'enfance.

2 Cet épisode se situe juste après la Seconde Guerre mondiale : « En 1945 » (l. 1), « la pénurie » (l. 7). Plusieurs détails montrent également la fascination pour la culture des États-Unis qui viennent de contribuer à libérer l'Europe : « accent yankee » (l. 17), « ce bonbon d'outre-Atlantique » (l. 39).

> **Bien identifier** qu'il s'agit de la fin de la Seconde Guerre mondiale et ne pas simplement dire « pendant la Seconde Guerre mondiale ».

3 L'auteur porte un regard amusé et moqueur sur lui-même. Il n'hésite pas à montrer le ridicule de sa réaction en restant « pétrifié » (l. 11) par la peur. Sa fascination pour la culture américaine le tourne également en dérision : le chewing-gum devient une « précieuse boulette » (l. 11) et son accent américain disparaît à la première occasion : « perdant mon semblant d'accent yankee » (l. 17).

> Cette question revient dans la plupart des **sujets autobiographiques** : l'auteur adulte porte un regard soit amusé, soit critique sur l'enfant qu'il était.

Je comprends les corrigés

4 On retrouve dans les deux documents les éléments de l'enfance : le groupe de copains de la cour de récréation se retrouve ici sur un terrain vague à proximité d'une grande ville. La présence de la guerre se fait aussi sentir dans les deux documents, l'anecdote de Joseph Joffo se déroule dans le Paris de 1945, et la photographie est prise en 1944 et montre une voiture sans doute détruite pendant des combats.

Les deux éléments doivent être évoqués en parallèle : les enfants dans le texte/sur la photographie, la guerre dans le texte/sur la photographie.

5 Les enfants échappent chacun à leur manière à la réalité de la guerre : le paysage désolé du terrain vague et de la voiture détruite devient un terrain de jeu : les enfants sourient, une petite fille « princesse » attend le départ de sa « calèche », les grands sur le capot ont le regard tourné vers l'horizon... En cette période de fin de guerre, Doisneau semble faire passer un message d'espoir vers un avenir plus riant incarné par les sourires des enfants jouant sur les ruines.

La réponse est construite en deux temps : la description puis l'interprétation de ce que symbolisent les enfants.

Dictée → p. 42

Ce jour-là, ils traînaient le long des chemins et leurs pas semblaient alourdis de toute la mélancolie du temps, de la saison et du paysage. Quelques-uns cependant, les grands, étaient déjà dans la cour de l'école et discutaient avec animation. Le père Simon, le maître, sa calotte en arrière et ses lunettes sur le front, dominant les yeux, était installé devant la porte qui donnait sur la rue. Il surveillait l'entrée, gourmandait les traînards, et, au fur et à mesure de leur arrivée, les petits garçons, soulevant leur casquette, passaient devant lui, traversaient le couloir et se répandaient dans la cour.

Louis Pergaud, *La Guerre des boutons*, 1912.

- Les terminaisons de l'imparfait sont très régulières, elles sont les mêmes pour tous les verbes : *-ais/-ais/-ait/-ions/-iez/-aient*.
- Leur + nom : il s'accorde avec le nom (déterminant possessif, exemple : « Ils ont rangé leurs affaires. »). **Astuce :** on peut remplacer par *nos/vos*.
- **Leur + verbe** : invariable (pronom personnel, exemple : « Je leur parle. »). **Astuce :** on peut remplacer par *lui*.

Sujet d'imagination → p. 43

J'avais tout juste cinq ans le jour où mes parents sont rentrés d'un grand magasin d'ameublement avec l'objet convoité par toute la famille depuis quelques semaines. Nous avions débattu longuement devant le catalogue pour choisir la couleur et l'emplacement de ce que nous appelions « La Poire ». Un fauteuil d'une conception très moderne qui nous enveloppait et épousait nos formes dès que l'on s'asseyait dessus – dedans serait plus juste tant il savait s'adapter à nos moindres mouvements en exerçant sur nous une force d'attraction quasi irrésistible !

Très tôt, il avait fallu instaurer des tours pour que chacun puisse se « vautrer » à tour de rôle et de façon équitable. Mon frère et moi nous disputions ce privilège dès le retour de l'école. Il y avait quelque chose de magique qui opérait lorsque l'on se sentait ainsi enveloppé... Après quelque temps, alors que nos parents étaient absents, je remarquai sous La Poire une petite bille blanche... J'avisai mon grand frère, qui, lorsque j'y repense aujourd'hui, ne me fut pas d'un grand secours en m'encourageant à explorer pour voir d'où elle venait. Et c'est là que je découvris la chose la plus fabuleuse qu'il m'ait été donné de comprendre : La Poire était dotée d'une fermeture Éclair ! Il y avait donc un moyen de connaître son

Il s'agit ici d'écrire un passage autobiographique dont les principales caractéristiques sont :
- l'emploi de la 1re personne du singulier ;
- l'emploi de l'imparfait ;
- le récit d'un souvenir ;
- l'évocation de ses sentiments.

Chaque **nouvelle idée**, ou **nouvel « épisode »** du récit doit faire l'objet d'un nouveau paragraphe avec un **alinéa**.

secret, de savoir de quoi elle était constituée, comment elle s'y prenait pour nous retenir ainsi !

Je décidai donc d'ouvrir la fermeture... et la magie opéra, suivie de très près par la catastrophe. Je plongeai mes mains dans une piscine de billes blanches de polystyrène, comprenant qu'elles étaient la source de notre confort, mais à peine avais-je eu cette illumination que les billes décidèrent de reprendre leur liberté et de quitter les entrailles de La Poire ! Une vague blanche recouvrit immédiatement le tapis du salon... J'appelai mon frère à l'aide, il m'exhorta à en ramasser le plus possible pour les remettre en place, mais l'opération était délicate : les billes collaient aux vêtements, au tapis et refusaient de se laisser enfermer à nouveau ! La solution fut l'aspirateur... après une inspection minutieuse du tapis, je pensais avoir réparé la bêtise. Je crois encore que je n'étais pas vraiment convaincu.

Le passage au présent montre le jugement du narrateur devenu adulte.

Mes parents arrivèrent « Tout va bien ? – Oui ! » Après les comptes rendus habituels de la journée passée, mon père se laissa tomber lourdement sur La Poire... je compris immédiatement à sa tête surprise par l'absence d'amorti du pouf qu'il allait falloir donner quelques détails supplémentaires sur notre journée...

Sujet de réflexion → p. 44

D'après les adultes, l'enfance semble être le plus bel âge de la vie, à l'écart des vrais problèmes. On s'interrogera sur le bien-fondé de cette affirmation en montrant d'abord qu'elle se vérifie dans bien des situations, mais qu'il convient parfois de la nuancer.

L'introduction est composée de trois parties : la phrase d'appel pour introduire le thème, une question : « on s'interrogera » et l'annonce du plan.

La première pensée qui nous vient à l'esprit lorsque l'on évoque l'enfance est l'insouciance qui lui est attachée. En effet, les enfants n'ont pas à se préoccuper des problèmes quotidiens qui peuvent se poser aux adultes : l'argent, l'organisation de la vie familiale, le travail... C'est ce que nous retrouvons dans le roman autobiographique de Marcel Pagnol *La Gloire de mon père*, où l'emploi du temps du narrateur est partagé entre les amis, les vacances en famille et l'école, sans autre souci que celui de passer du bon temps en toutes circonstances.

De plus, l'enfance est aussi une période d'épanouissement et de construction de sa personnalité, riche en émotions, en réflexions et en rencontres, dont on garde par la suite un souvenir souvent ému et centré sur les épisodes heureux. À cet égard, la bande dessinée autobiographique de Riad Sattouf, *L'Arabe du futur*, raconte son enfance partagée entre la Syrie et la Bretagne, parsemée de souvenirs émouvants, mais qui ne montrent jamais de souffrance de la part de l'enfant, même lorsqu'il est confronté à des situations parfois dramatiques.

- Chaque alinéa correspond à un **paragraphe argumentatif**.
- Chaque argument doit être illustré par un exemple.

Cependant, cette vision idyllique de l'enfance comme d'un « vert paradis » doit être nuancée en fonction des époques, des situations et des pays. Il est par exemple certain que l'adage « l'enfance est le plus bel âge de la vie » ne pourrait pas trouver d'écho pour les nombreux enfants qui vivent dans des pays en guerre comme nous le montre quotidiennement l'actualité.

« Cependant » est un adverbe qui montre une **transition** : on passe ici à la deuxième partie du plan.

De même, certaines situations plongent les enfants dans une réalité très dure qui les éloigne de l'insouciance associée habituellement à leur âge. Par exemple, le livre *Oscar et la Dame rose* d'Éric-Emmanuel Schmitt, montre la relation qui se noue entre une vieille infirmière et les enfants malades qu'elle accompagne dans leurs derniers moments de vie.

Enfin, l'enfance est aussi une période d'incertitudes et de doutes qui peut être particulièrement angoissante pour certaines personnes. La pression exercée pour savoir ce que l'on fera plus tard, quelle sera notre situation, si nous aurons les mêmes problèmes que nos parents… toutes ces questions « brisent » parfois les rêves et la tranquillité des enfants, comme on peut le voir dans le roman *Autobiographie d'une courgette* de Gilles Paris, qui a été adapté en téléfilm sous le titre très parlant de *C'est mieux la vie quand on est grand*.

Pour conclure, on peut comprendre que des adultes portent un regard nostalgique sur l'enfance, mais il semble faux dans bien des circonstances d'affirmer que c'est le plus bel âge de la vie. D'autant que cette perspective serait bien pessimiste !

On annonce le début de la conclusion grâce au connecteur « pour conclure ».

JE FAIS LE POINT

	J'ai bien compris et j'ai réussi	Il manque des connaissances → Je revois le cours	Je n'ai pas compris la méthode → Je relis les conseils
Questions de grammaire → p. 40	❏	❏	❏
Questions de compréhension → p. 41	❏	❏	❏
Dictée → p. 42	❏	❏	❏
Rédaction			
– Sujet d'imagination → p. 43	❏	❏	❏
– Sujet de réflexion → p. 44	❏	❏	❏

SUJET 4

100 pts

3H

THÈME Agir dans la cité : individu et pouvoir

Travail sur les documents

50 pts — 1H10 → Corrigé p. 57

TEXTE « La boue », Maurice Genevoix

C'est très long, quand on ne voit même pas la fumée de sa pipe, quand l'homme qui est tout près n'est plus qu'une masse d'ombre indistincte, quand la tranchée pleine d'hommes s'enfonce dans la nuit, et se tait. Sous les planches les gouttes d'eau tombent, régulières. Elles tombent, à petits claquements vifs, dans la mare qu'elles ont creusée. Une… deux… trois… quatre… cinq… Je les compte jusqu'à mille. Est-ce qu'elles tombent toutes les secondes ?… Plus vite : deux gouttes d'eau par seconde, à peu près ; mille gouttes d'eau en dix minutes… On ne peut pas en compter davantage.

On peut, remuant à peine les lèvres, réciter des vers qu'on n'a pas oubliés. Victor Hugo ; et puis Baudelaire ; et puis Verlaine ; et puis Samain… C'est une étrange chose, sous deux planches dégouttelantes, au tapotement éternel de toutes ces gouttes qui tombent… Où ai-je lu ceci ? Un homme couché, le front sous des gouttes d'eau qui tombent, des gouttes régulières qui tombent à la même place du front, le taraudent[1] et l'ébranlent, et toujours tombent, une à une, jusqu'à la folie… Une… deux… trois… quatre… Il n'y a pourtant, sur les planches, qu'une mince couche de boue. Depuis des heures il ne pleut plus. D'où viennent toutes les gouttes qui tombent devant moi, et mêlées à la boue enveloppent ainsi mes jambes, montent vers mes genoux et me glacent jusqu'au ventre ?

Le bois était triste aussi,
Et du feuillage obscurci,
Goutte à goutte,
La tristesse de la nuit
Dans nos cœurs noyés d'ennui
Tombait toute…

Les gouttes tombent au rythme de ce qui fut la *Chanson violette*, je ne sais quelle burlesque antienne[2] qui s'est mise à danser sous mon crâne… Une… deux… trois… quatre…

La planche était triste aussi
Et de son bois obscurci,
Goutte à goutte…

Je vais m'en aller. Il faut que je me lève, que je marche, que je parle à quelqu'un…

Maurice Genevoix, « La Boue », *Ceux de 14*, © Éditions G. Durassié & Cie, 1916.

1. *Tarauder* : tourmenter, préoccuper.
2. *Antienne* : refrain.

Par étapes

ÉTAPE 1 Lire et comprendre le texte

- **Surlignez** dans le texte et le paratexte **les indices** qui précisent les circonstances du récit (où, quand, dans quelles conditions ?). Exemples : « la tranchée », « la nuit », « la boue », etc.
- **Repérez les temps des verbes** (vous pouvez les surligner dans le texte).

IMAGE ***C'était la guerre des tranchées*, Tardi, 1993.**

Par étapes

ÉTAPE 2 Comprendre l'image

- **Relevez la nature du document** : BD ? Tableau ? Photographie ?
- **Soulignez les informations** données par la légende et le récitatif (cadre de texte dans l'image). Exemples : « tranchées », « boue », « la pipe »...
- **Observez plan par plan les détails de l'image** : les pinces au premier plan, la pipe du guetteur et les barbelés en arrière-plan.

ÉTAPE 3 Mettre en relation les documents

- Entourez les détails de l'image que l'on retrouve dans le texte (boue, tranchée, etc.).

Grammaire

Les réponses aux questions doivent être entièrement rédigées.

1 « Dégouttelantes » (l. 14) : comment ce mot est-il construit ? Quel sens lui donnez-vous ? 5 pts

2 Quel est le temps verbal dominant dans le texte ? Quel est l'intérêt de son emploi dans ce récit ? 5 pts

3

> D'où viennent toutes les gouttes qui tombent devant moi, et mêlées à la boue enveloppent ainsi mes jambes, montent vers mes genoux et me glacent jusqu'au ventre ?

› Réécrivez ce passage en commençant par « Il se demandait d'où venaient… » et en faisant toutes les transformations nécessaires. 10 pts

Compréhension

Les réponses aux questions doivent être entièrement rédigées.

1 Présentez précisément la situation du narrateur. 4 pts

Les conseils du prof !

- Mobilisez vos connaissances sur la formation des mots : préfixe/radical/suffixe.
- **Attention pour le sens** : ce mot n'existe pas mais à quoi vous fait-il penser ?

- « Dominant » : vérifiez plusieurs verbes à différents endroits du texte.
- Pensez à citer un ou deux exemples dans votre réponse.
- Demandez-vous quel est l'intérêt de ce temps par rapport aux temps habituels du récit.

Par étapes

ÉTAPE 1 Comprendre la consigne

- La première personne (je, me, moi…) va être remplacée par la troisième personne (il, se…).
- Le présent va être remplacé par l'imparfait.
- On passe d'une question au style direct à une interrogation au style indirect : la ponctuation finale va être modifiée.

ÉTAPE 2 Souligner les transformations

- Cela vous oblige à vous relire précisément pour éviter les erreurs de copie.

Il faut citer les éléments du texte :
– qui montrent qui est le narrateur ;
– dans quelles conditions il se trouve (*où* et *quand* ?).

2 Qu'est-ce qui attire l'attention du narrateur ? Pour quelles raisons ? 4 pts

....

....

....

....

....

Les conseils du prof !

Attention au « s » à « quelles raisons ».

3 Comment le texte crée-t-il un effet d'obsession ? Justifiez votre réponse en vous appuyant sur l'ensemble du texte. 4 pts

....

....

....

....

....

- Repérez les répétitions, y compris dans les sons.
- « L'ensemble du texte » : cherchez dans tout le texte, ne vous contentez pas d'un seul passage.

4 Quelles sont les actions tentées par le narrateur pour s'opposer à cette obsession ? (l. 5 à 15) 4 pts

....

....

....

....

....

....

Trouvez deux actions : « D'abord il... » ; « Puis il... » en n'oubliant pas de citer le texte.

5 Comment ressentez-vous l'écoulement du temps dans ce texte ? Quels indices confirment cette impression ? 4 pts

....

....

....

....

....

Recherchez les indices temporels : mots ou expressions en rapport avec le temps (le temps qui passe et non le temps qu'il fait).

6 Comment pourrait-on adapter cette scène au cinéma ? Vous décrirez et expliquerez vos choix en tant que réalisateur ou réalisatrice du film : mouvements de caméra, cadrages, lumière, son… 6 pts

Les conseils du prof !

- On vous donne des propositions de réponses (cadrages, son…), vous devez en développer au moins deux.
- Pensez à mobiliser vos connaissances en analyse de l'image (histoire des arts).

7 Quels éléments du texte retrouvez-vous sur l'image ? Quelle atmosphère s'en dégage ? 4 pts

- Appuyez-vous sur le texte pour qualifier l'atmosphère (l'impression générale) qui se dégage de l'image.
- Reprenez les éléments que vous avez entourés sur l'image (étape 3, page 51).

Dictée 10 pts 20 min → Corrigé p. 58

Dictée

› Écoutez la dictée sur le site abcbrevet.com.
Mot donné : *effleure.*

Titre :

- Écrivez les mots que vous ne connaissez pas de la manière la plus simple possible.
- Portez votre attention sur les points suivants :
  – on/ont/on n' ;
  – la conjugaison du présent ;
  – c'est/s'est/ses/ces.

Rédaction

40 pts — 1H30 — Imprimez votre copie pour rédiger

› Vous traiterez au choix l'un des sujets suivants :

Sujet d'imagination → Corrigé p. 58

« Il faut que je me lève, que je marche, que je parle à quelqu'un… »
Vous imaginerez la suite du récit, en montrant comment l'intervention d'un autre personnage permet au narrateur de sortir de sa situation. Votre texte devra mêler narration, description et dialogue.

Par étapes

ÉTAPE 1 Repérer les mots-clés

- ***Suite du récit :*** revoir la fiche de synthèse (p. 246).
- ***Autre personnage :*** l'identité du personnage doit être en cohérence avec le contexte (soldat).
- ***Sortir de sa situation :*** la situation d'obsession du narrateur va devoir évoluer.

ÉTAPE 2 Comprendre le sujet

- ***Narration :*** il faut respecter la situation d'énonciation du récit de départ (première personne, présent) et raconter une histoire.
- ***Description :*** le contexte de départ doit être développé (tranchée, boue, nuit…) et le personnage rencontré peut faire l'objet d'une courte description.
- ***Dialogue :*** attention à la présentation du dialogue (guillemets, tirets, verbes introducteurs…). Le dialogue permet aux personnages d'exprimer leurs sentiments et leurs sensations.

ÉTAPE 3 Rédiger un plan au brouillon

- Commencez votre texte avec la phrase citée.
- Décrivez ce que voit le narrateur en se déplaçant.
- Imaginez les circonstances de la rencontre.
- Développez le dialogue.
- Imaginez une fin cohérente à votre texte.

› Mon brouillon

Les conseils du prof !

Préparez au brouillon un champ lexical de la guerre, pensez notamment au lexique appris en histoire : le front, les marmites (les obus), un bleu (jeune soldat), le jus (le café), les grolles (les chaussures)…

Variez les verbes introducteurs dans le dialogue : « chuchoter, murmurer, balbutier, expliquer, s'exclamer, hurler, interroger, répliquer, rétorquer, objecter, insister…

Dans le dialogue, évitez les banalités qui alourdissent le texte et ne font pas avancer l'action : « Bonjour Paul, ça va ? – Oui, ça va, et toi ? – Oui. »

Attention le narrateur ne peut pas mourir car c'est lui qui raconte !

Sujet de réflexion → Corrigé p. 59

Maurice Genevoix a cherché dans la poésie une source de réconfort. En vous appuyant sur votre connaissance des œuvres étudiées en classe, sur votre expérience personnelle ou sur vos émotions, vous expliquerez à votre tour, dans un développement organisé, ce que les œuvres d'art peuvent vous apporter. Vous pourrez emprunter vos exemples aux formes artistiques de votre choix (littérature, musique, chanson, cinéma, peinture...).

Par étapes

ÉTAPE 1 **Repérer les mots-clés**

- ***Les œuvres d'art :*** le thème est en rapport avec le texte de départ, mais de façon plus large : il ne faut pas se limiter à la poésie.
- ***Votre connaissance ; votre expérience personnelle ; vos émotions :*** on vous demande une réponse personnelle, dans laquelle vous devrez livrer vos ressentis sur des œuvres d'art.

ÉTAPE 2 **Comprendre le sujet**

- ***Ce que les œuvres d'art peuvent vous apporter :*** on attend un développement personnel organisé autour de deux ou trois arguments (l'évasion, les connaissances sur le monde actuel ou passé, l'espoir d'un monde meilleur, la connaissance de soi, le plaisir esthétique...)
- Les exemples devront être précis, développés et variés (issus de domaines artistiques différents)

ÉTAPE 3 **Rédiger un plan au brouillon**

- **Un paragraphe d'introduction en trois parties :**
  – **reformulez la phrase de départ** pour introduire le thème de votre devoir : la poésie peut être une source de réconfort ;
  – **reprenez le sujet** pour élargir la réflexion : « On cherchera ce que les œuvres d'art peuvent nous apporter... » ;
  – **annoncez votre plan** : « Nous étudierons trois apports principaux de l'art... »
- Essayez de trouver **trois paragraphes** pour que votre devoir puisse répondre pleinement au sujet.
- **Un paragraphe de conclusion en deux parties** : un bilan et une ouverture.

› Mon brouillon

Introduction : ....

Arguments	Exemples
• Les œuvres d'art sont une source de rêve et d'évasion	> Tolkien, *Bilbo le Hobbit*
•	> ....
•	> ....

Conclusion : ....

Les conseils du prof !

- **Faites deux colonnes** : arguments/exemples.
- Chaque argument doit être illustré par un exemple précis.

Ne faites pas un « catalogue » d'exemples, le bon équilibre pour un paragraphe argumentatif, c'est un argument + un exemple.

Grammaire → p. 52

Je comprends les corrigés

1 Ce mot est construit avec le préfixe : « dé- », le radical « goutte » et le suffixe « -lantes ». Il signifie dégoulinantes, suintantes... et fait penser au mot « dégoûtant » pour montrer le dégoût de la pluie éprouvé par le narrateur.

> Rappel : le **pré**fixe **pré**cède le radical, le **su**ffixe le **su**it.

2 Le temps verbal dominant est le présent de l'indicatif « je compte ; elles tombent... ». Il permet de rendre le récit plus vivant : on a l'impression de vivre les actions avec le personnage.

> C'est un présent d'actualité. Il faut expliquer ce que cela apporte au texte : il rend le récit plus vivant par rapport à un récit au passé (passé simple et imparfait).

3 « Il se demandait d'où venaient toutes les gouttes qui tombaient devant lui, et mêlées à la boue enveloppaient ainsi ses jambes, ses genoux et le glaçaient jusqu'au ventre.

> - La 1re personne est remplacée par la 3e. Le présent est remplacé par l'imparfait.
> - Le point final fait partie des modifications attendues (transformation de l'interrogative directe en interrogative indirecte.

Compréhension → p. 52

1 Le narrateur est un soldat dans une tranchée (« quand la tranchée pleine d'hommes », l. 3). La scène se déroule le soir (« s'enfonce dans la nuit », l. 4), sur une longue durée. C'est un moment d'attente et d'ennui, sans combat (« c'est très long », l. 1) et il est dans une position inconfortable, sous la pluie, dans la boue et le froid : « les gouttes[...] mêlées à la boue enveloppent mes jambes » (l. 23-24).

> La réponse doit préciser qui est le narrateur, dans quel lieu, à quel moment se déroule l'action et dans quelle situation il se trouve.

2 L'attention du narrateur se porte sur les gouttes d'eau qui tombent régulièrement (« des gouttes [...] régulières » l. 5). Cet élément s'impose à lui par le bruit (« claquements vifs », l. 6), par la répétition (« une... deux... trois... », l. 6-7) et par la fréquence « deux gouttes d'eau par seconde » (l. 9).

> Il faut identifier l'élément qui attire l'attention et donner au moins deux raisons.

3 L'obsession se traduit par la répétition du nom « gouttes » et le décompte qui forme une gradation : « une »... « deux gouttes »... « mille » (l. 7). L'allitération en « t » (l. 15) reprend le rythme de la pluie. Les questions sans réponses (l. 23-25) montrent l'emprise exercée par les gouttes sur l'esprit du narrateur, de même que les références poétiques qui développent ce thème.

> - On attend deux éléments pris sur l'ensemble du texte (la répétition et les questions par exemple).
> - Le repérage de l'allitération n'est pas indispensable, mais le correcteur valorisera les élèves qui auront su la voir.

4 Pour s'opposer à son obsession, le narrateur commence par compter les gouttes (l. 7). Puis il cherche refuge dans ses souvenirs de poésie « réciter les vers qu'on n'a pas oubliés ». Les deux tentatives sont des échecs.

> Chaque action doit être justifiée par une référence au texte pour avoir l'intégralité des points.

Je comprends les corrigés

5 Le temps s'écoule lentement, on a une impression d'ennui, de langueur. Les indices qui confirment cette impression sont : « c'est très long » (l. 1), « depuis des heures » (l. 21), « éternel » (l. 14) ainsi que le décompte des gouttes.

> Ici, on attend une réponse classique en deux parties : l'impression et la justification avec au moins une citation.

6 On pourrait adapter cette scène au cinéma grâce aux éléments suivants :

– un cadrage en plongée pour montrer la solitude du personnage dans sa tranchée, écrasé par la pluie ;

– des gros plans sur les gouttes qui tombent ;

– un éclairage presque absent : la scène se passe la nuit, le personnage est isolé ;

– le son des gouttes qui tombent et la récitation des poèmes en voix *off*.

> • On attend seulement deux éléments clairement exprimés.
> • La maîtrise du lexique technique (plongée, voix *off*...) n'est pas exigée mais elle peut être valorisée par le correcteur.

7 On retrouve le soldat emmitouflé dans sa pèlerine, fumant sa pipe, guettant l'extérieur de la tranchée dans le froid, les planches de l'abri. Il y a, comme dans le texte, une atmosphère d'attente, de froid et d'ennui, on sent que c'est le calme avant la bataille.

> Votre réponse doit montrer que vous avez bien établi des liens entre le texte et l'image : dans la description précise et dans l'impression générale.

Dictée → p. 54

Mais il est six heures du soir. La nuit vous entre dans les yeux. On n'a plus que ses mains nues, que toute sa peau offerte à la boue. Elle vous effleure les doigts, légèrement et s'évade. Elle effleure les marches rocheuses, les marches solides qui portent bien les pas. Elle revient, plus hardie, et claque sur les paumes tendues. Elle baigne les marches [...], les engloutit : brusquement, on la sent qui se roule autour des chevilles... Son étreinte d'abord n'est que lourdeur inerte. On lutte contre elle, et on lui échappe. C'est pénible, cela essouffle ; mais on lui arrache ses jambes, pas à pas...

Maurice Genevoix, « La Boue », *Ceux de 14*, © Éditions G. Durassié & Cie, 1916.

> Pour bien accorder le verbe, repérez le sujet en posant la question : « Qui est-ce qui ? + verbe » (Qui est-ce qui entre ? –> la nuit).

> • On : pronom personnel, vous pouvez remplacer par « il/elle ». Ne pas confondre avec : ont, 3e pers. pl. d'avoir au présent.
> • On n' : pr. personnel + négation.
> • C'est : contraction de « cela est ».

Sujet d'imagination → p. 55

Il faut que je me lève, que je marche, que je parle à quelqu'un. Ces gouttes, cette obscurité, cette boue sont en train de me rendre fou ! Un à un je décolle mes pieds, une force irrésistible semble les retenir, comme si des mains invisibles s'accrochaient à mes mollets. Je fais quelques pas, hagard, guidé par une vapeur que je ne parviens pas encore à identifier. « La tristesse de la nuit », j'accélère le pas de peur que le poème me rattrape.

Je remonte la tranchée, mes grolles sont pesantes, mais l'odeur qui me guide devient plus familière : c'est celle du jus qui réchauffe dans une popote ! Je reprends espoir : un café, quelqu'un avec qui le partager ! Au détour d'un boyau à la lueur d'un petit brasero, j'aperçois un jeune soldat, un bleu, il ne doit pas avoir 20 ans, ses mains sont presque collées à sa gamelle pour trouver un peu de chaleur.

« Eh l'ami, tu partages ton jus ? » Le bleu sursaute et se redresse d'un bond, le fusil pointé vers moi.

> Il s'agit d'une suite de texte : vous devez commencer par la dernière phrase du texte pour faire le lien.

> Les éléments du texte initial sont repris et utilisés dans la description.

> Il faut intégrer un déplacement et un nouveau personnage.

« Qui va là ? Demande-t-il d'une voix apeurée.

– Baisse ton arme, on est du même camp ! La fumée de ton café est passée à travers les gouttes pour venir me chercher, tu ne vas quand même pas me faire tâter de ta baïonnette pour un café chaud !

– Excuse-moi, réplique-t-il, avec cette pluie on ne sait plus qui est qui ! Je m'appelle Eugène, sers-toi.

– Merci, moi c'est Maurice, du 52e. T'as raison, on devient fou ici, à force de ne voir que des ombres. »

Le café et cette présence humaine me réchauffent, je crois que la pluie s'est arrêtée pour de bon. Quelques lueurs commencent à apparaître à l'horizon : le jour se décide enfin à se lever. Je sors ma blague à tabac pour en offrir au bleu. Il bourre sa pipe et l'allume. Un éclair. Une marmite vient de tomber devant la tranchée : je suis couvert de boue, un long sifflement retentit dans mes oreilles, je tourne la tête, celle d'Eugène est presque décollée, il a une expression de surprise dans les yeux.

Le sifflement s'apaise et c'est une pluie de bombes qui prend le relais : une... deux... trois...

Présentation d'un dialogue :
- après la dernière phrase du récit il faut aller à la ligne, ouvrir des guillemets.
- à chaque fois que quelqu'un intervient dans le dialogue, aller à la ligne, et mettre un tiret.
- Les guillemets ne seront fermés qu'à la fin du dialogue.

Le lexique de la Première Guerre mondiale donne plus de réalisme au texte et montre que vous faites le lien avec votre cours d'Histoire.

Sujet de réflexion → p. 56

La poésie a été pour Maurice Genevoix une source de réconfort. De façon plus générale, on peut s'interroger sur ce que les œuvres d'art, quelles qu'elles soient, nous apportent. Nous étudierons trois des principaux apports de l'art à la construction des individus.

L'introduction est composée de trois parties :
– la phrase d'appel, qui peut être reprise du texte, pour introduire le thème ;
– la question posée par le sujet ;
– l'annonce du plan.

Les œuvres d'art sont avant tout une source d'évasion, de rêve, d'oubli du quotidien. Face à une actualité souvent violente et sombre elles peuvent nous offrir également un éclairage sur l'histoire ou le présent ou encore une ouverture vers un ailleurs idéal dans lequel on se projette.

Les connecteurs logiques permettent de structurer le devoir.

C'est le cas notamment des films de *fantasy* comme *Le Hobbit*, de P. Jackson, adapté du roman de J.R.R. Tolkien. Dès que l'on est plongé dans l'obscurité de la salle de cinéma, on suit les aventures de Bilbo, de Gandalf et des nains dans leur voyage vers la Montagne solitaire. Même si les dangers sont omniprésents, l'univers créé par les décors et les personnages permet de s'évader du monde réel, en cheminant presque aux côtés du héros.

De plus, les œuvres d'art nous apportent des connaissances sur le passé qui s'inscriront durablement dans notre mémoire parce qu'elles nous ont particulièrement touchés. Ainsi, l'étude des tableaux de Otto Dix sur la Première Guerre mondiale nous permet d'en ressentir toute l'horreur. *Les Joueurs de skat*, par exemple, met en scène trois gueules cassées et révèle les mutilations dont sont victimes les soldats.

Variez les exemples : ici, ils sont empruntés au cinéma, à la littérature, à la peinture expressionniste et au *street art*.

Enfin, le plus important selon moi, est la remise en question à laquelle nous invitent de nombreuses œuvres d'art. Par leur caractère engagé, elles nous font réagir et influencent notre vision du monde. Le *street art*, en s'adressant à un large public, sait faire passer efficacement des messages importants. Par exemple, les graffitis de Banksy sur le mur de Gaza qui

Le sujet vous invite à prendre position personnellement, n'hésitez pas à employer la première personne, surtout vers la fin du devoir, c'est ici que doit s'exprimer votre avis.

sépare Israéliens et Palestiniens montre des enfants qui jouent et ouvrent des brèches dans le mur un message d'espoir et de lutte contre les murs que l'on construit pour séparer les peuples.

En définitive, les apports de l'art sont donc multiples et varient pour chacun selon les moments de la vie. Au-delà du plaisir esthétique qu'elles nous apportent, elles sont indispensables pour véhiculer des connaissances et surtout des émotions.

On annonce le début de la conclusion grâce à un connecteur.

JE FAIS LE POINT

	J'ai bien compris et j'ai réussi	Il manque des connaissances → Je revois le cours	Je n'ai pas compris la méthode → Je relis les conseils
Questions de grammaire → p. 52	❑	❑	❑
Questions de compréhension → p. 52	❑	❑	❑
Dictée → p. 54	❑	❑	❑
Rédaction			
– Sujet d'imagination → p. 55	❑	❑	❑
– Sujet de réflexion → p. 56	❑	❑	❑

SUJET 5

100 pts 3H

THÈME Progrès et rêves scientifiques

Travail sur les documents 50 pts 1H10 → Corrigé p. 71

TEXTE ***Le Grand Secret*, René Barjavel**

En 1955, un nouveau virus, le JL3, est découvert par le savant indien Bahanba, qui expérimente ses propriétés…

Scientifiquement, Bahanba n'aurait de certitude absolue en ce qui concernait l'action du JL3 sur le vieillissement humain que lorsqu'il aurait dépassé de façon déraisonnable la durée habituelle de la vie. Il ne pouvait pas attendre cent ans pour prendre une décision. Cette décision était déjà formulée dans son esprit.

Hindouiste[1] et croyant, il pensait que la mort est nécessaire. Elle n'est qu'une porte entre deux vies. C'est seulement après avoir passé une infinité de portes que l'âme humaine se trouve nettoyée, purifiée, libérée, et peut alors rejoindre Dieu. Supprimer la mort, c'était fermer ces portes, condamner les âmes incarnées à rester à tout jamais prisonnières de la matière, des illusions et des douleurs. C'était le bagne pour l'éternité.

En dehors de toutes croyances, que se passerait-il si les propriétés du JL3 étaient divulguées ? Ou bien les gens au pouvoir, arguant[2] du danger de donner l'immortalité à tout le monde, restreindraient ou interdiraient l'emploi du vaccin, c'est-à-dire se le réserveraient. Alors s'instituerait une effrayante inégalité, celle de la vie et de la mort, qui susciterait les plus sanglantes révolutions.

Ou bien, au nom de l'égalité et de la justice, l'humanité entière serait vaccinée en quelques années et, la non-mortalité des adultes s'ajoutant à la non-mortalité infantile, la densité de la population deviendrait telle que la mort prendrait abominablement sa revanche par la famine, l'assassinat des vieillards et des enfants, l'empoisonnement général par les déchets, et l'asphyxie.

Bahanba était indien. Il connaissait de ses yeux et dans son cœur les effets de la surpopulation et du manque d'aliments. Il avait vu à Calcutta les camions ramasser chaque matin dans les rues les cadavres d'enfants morts de faim. Contre cette agonie-là, le JL3 ne pouvait rien. Il ne pouvait que la rendre universelle. Tous les stocks de bombes H[3] du monde

1. *Hindouiste* : pratiquant de la religion hindoue.
2. *Arguant* : prétextant.
3. *Bombe H* : bombe nucléaire.

Par étapes

ÉTAPE 1 Lire et comprendre le texte

- Soulignez dans le texte et le paratexte les caractéristiques des personnages.
- Soulignez d'une autre couleur le vocabulaire médical.
- Identifiez le genre du texte : autobiographie ? policier ? science-fiction ? poésie ?

ÉTAPE 2 Comprendre les intentions de l'auteur

- Quel est le thème du texte (de quoi parle-t-il) ?
- Sur quoi l'auteur veut-il faire réfléchir son lecteur ?

feraient moins de ravages que l'immortalité.

C'est pourquoi, dès qu'il fut certain que le JL3 avait été partout détruit comme il l'avait demandé, son soulagement fut immense.

Or voici que son assistant Acharya, qui n'avait pas reçu d'inoculation du vaccin, présentait tout à coup, après avoir travaillé auprès de lui pendant trois semaines, le premier symptôme de l'infection par le virus. Ou bien il avait été infecté, avant son départ, par les souris, ou, depuis son retour, par Bahanba lui-même. Conclusion identique : l'immortalité était contagieuse… […]

Bahanba eut la vision d'une terre submergée par un fantastique déchaînement de vie animale et végétale, hommes, plantes et bêtes se chevauchant et s'entre-tuant pour la place et la nourriture, jusqu'à l'inanition[4], l'asphyxie et l'écroulement. Il fallait immédiatement opérer l'ablation[5] de ces foyers d'infection. On ne pouvait prendre aucun risque. Toute personne ayant subi ou ayant pu subir la contagion devait être retirée de la circulation avec ou sans son consentement, et transportée dans un endroit du monde où elle pourrait être isolée de façon totale. Cela ne pouvait être fait, dans chaque pays concerné, qu'avec l'appui de la plus haute autorité et dans un secret absolu.

René Barjavel, *Le Grand Secret,* © Éditions Presse de la Cité, un département de Place des Éditeurs, 1973, 2012.

4. *Inanition* : faiblesse due au manque de nourriture.
5. *Ablation* : suppression.

Compréhension

Les réponses aux questions doivent être entièrement rédigées.

1 Quelle est la propriété du virus JL3 ? Citez le texte. 4 pts

2 Pourquoi représente-t-il un rêve pour les êtres humains ? 2 pts

3 Quels dangers risquent les hommes si ce virus se propage ? Citez le texte. 4 pts

Les conseils du prof !

- La réponse est sous-entendue dans plusieurs passages du texte.
- Trouvez au moins deux citations qui confirment votre réponse.

Cette question vous demande une analyse personnelle, la réponse n'est pas forcément contenue dans le texte.

Attention au pluriel : vous devez citer plusieurs dangers, relisez bien l'ensemble du texte.

Les conseils du prof !

4 À quel choix Bahanba est-il confronté ? Est-il certain de sa découverte ? Citez le texte. 4 pts

Une partie de la réponse à cette question apparaît dès le premier paragraphe.

5 Quelle figure du savant incarne-t-il ? 4 pts

- En littérature, les savants sont souvent représentés comme des savants fous ou, au contraire, comme des savants humanistes.
- Citez au moins deux phrases du texte dans votre réponse.

6 « Tous les stocks de bombes H du monde feraient moins de ravages que l'immortalité » (l. 34-35). Quelle image est donnée de la science ? 6 pts

Les conseils du prof !

Ce type de question appelle une réponse développée qui commencera par : « C'est une image positive/négative... »

7 À quel choix Bahanba est-il confronté ? Est-il certain de sa découverte ? Citez le texte. 4 pts

Faites un lien entre le titre et le contenu du texte.

Grammaire

Les réponses aux questions doivent être entièrement rédigées.

1 Quel mode est principalement utilisé dans les paragraphes 3 et 4 ? Comment comprenez-vous ce choix de l'auteur ? 4 pts

Il existe sept modes que l'on utilise en fonction de la façon dont on envisage l'action (ordre, hypothèse, certitude...) : indicatif, subjonctif, conditionnel, impératif, infinitif, participe et gérondif.

Les conseils du prof !

2 Relevez dans le deuxième paragraphe une expression au présent qui montre quelle décision prend Bahanba. En quoi le choix de ce temps renforce-t-il la décision ? 4 pts

Mobilisez vos connaissances sur les valeurs du présent de l'indicatif : narration, actualité, vérité générale.

3 De « C'est pourquoi » (l. 36) à « contagieuse » (l. 45), relevez les indicateurs logiques et précisez quels liens logiques ils expriment. À quel genre de texte s'apparente donc ce passage ? 4 pts

Les liens logiques les plus fréquents sont la cause, la conséquence, l'opposition, l'alternative et l'hypothèse.

4 Il connaissait de ses yeux et dans son cœur les effets de la surpopulation et du manque d'aliments. Il avait vu à Calcutta les camions ramasser chaque matin dans les rues les cadavres d'enfants morts de faim.

› **Réécrivez ce passage en mettant les verbes au passé composé et en remplaçant « il » par « ils ». Vous ferez toutes les modifications nécessaires.** 10 pts

Par étapes

ÉTAPE 1 Comprendre la consigne

- Le passage à la troisième personne du pluriel entraîne le changement de deux déterminants possessifs et de deux terminaisons verbales.
- Le passage au passé composé demande de faire attention à l'accord des participes passés et à l'ajout de l'auxiliaire être ou avoir.

ÉTAPE 2 Souligner les transformations

- Cela vous oblige à vous relire précisément pour éviter les erreurs de copie.

Dictée

10 pts — 20 min — → Corrigé p. 72

› Écoutez la dictée sur le site abcbrevet.com.

Mots donnés : *Nova – Eiffel – Orly.*

Titre :

Les conseils du prof !

- Pensez à mettre au féminin les participes passés en « i » pour trouver la dernière lettre : « prise » → « pris ».
- Derrière la préposition « à », les verbes sont à l'infinitif.
- La plupart des verbes en « app- » prennent deux p sauf : « apercevoir ».

Rédaction 40 pts 1H30 Imprimez votre copie pour rédiger

› Vous traiterez au choix l'un des sujets suivants :

Sujet d'imagination → Corrigé p. 72

Vous avez été contaminé(e) par le virus JL3. Dans une page de votre journal de bord datée de l'an 2275, vous racontez votre quotidien en exprimant ce que vous ressentez et décrivez le monde dans lequel vous vivez désormais.

Par étapes

ÉTAPE 1 Repérer les mots-clés

- ***Contaminé(e) par le virus JL3 :*** il ne s'agit pas vraiment d'une suite de texte, mais vous devez prendre en compte certains éléments.
- ***Votre journal de bord :*** la forme vous est imposée (narration à la 1re personne : « je », et journal intime).
- ***Racontez ; ressentez ; décrivez :*** vous devez mêler récit et description sans oublier d'évoquer vos sentiments, vos doutes, vos angoisses...

ÉTAPE 2 Comprendre le sujet

- Les caractéristiques d'un journal de bord (ou journal intime) :
  – Le lieu et la date sont inscrits en haut, à gauche ;
  – l'expression se fait à la première personne du singulier ;
  – il faut utiliser le système du présent et les indicateurs spatio-temporels correspondants : « ici », « aujourd'hui », « hier », « maintenant »...

ÉTAPE 3 Rédiger un plan au brouillon

- Vous devez envisager **deux temps** :
  – **la narration** : récit des activités d'une journée en tenant compte de ce qui s'est passé depuis plus de 200 ans.
  – **la description** : le monde peut être futuriste, archaïque, dévasté...

› **Mon brouillon**

Les conseils du prof !

- Il faut tenir compte du texte de Barjavel pour raconter votre quotidien : les craintes qu'avaient Bahanba se sont-elles révélées vraies ? Avez-vous réussi à garder le « secret » ? Comment s'organise la vie avec les autres ?
- Vous pouvez évoquer rapidement ce qui vous est arrivé ces dernières années.
- Surtout, insistez sur ce que vous ressentez.

Le monde peut avoir évolué selon plusieurs schémas, à vous de choisir celui qui vous inspire le plus : peu de choses ont changé ; le secret a été bien gardé ; la Terre a été dévastée ; la technologie règne sur le monde...

Sujet de réflexion → Corrigé p. 73

Pensez-vous que les progrès scientifiques représentent toujours une avancée pour l'être humain ? Vous vous appuierez sur votre expérience, sur vos lectures et sur les connaissances acquises dans l'ensemble des disciplines.

Par étapes

ÉTAPE 1 Repérer les mots-clés

- ***Les progrès scientifiques :*** le thème est en rapport avec le texte de départ et votre programme de français.
- ***Une avancée pour l'être humain :*** cela doit jouer un rôle positif pour l'ensemble de l'humanité.

ÉTAPE 2 Comprendre le sujet

- La question implique une réponse en deux parties : les atouts et les dangers des progrès scientifiques.
- ***Votre expérience, vos lectures, l'ensemble des disciplines :*** vos exemples seront empruntés à des domaines très divers.

ÉTAPE 3 Rédiger un plan au brouillon

- **Un paragraphe d'introduction en trois parties** :
  – **Introduisez** le thème ;
  – **reformulez** le sujet : « On peut se demander si les progrès scientifiques représentent toujours un atout pour l'humanité. » ;
  – **annoncez** votre plan : « Nous étudierons d'abord… puis… ».
- **Pensez aux améliorations** de la vie quotidienne apportées par les sciences : médecine, communication, recherche, droits sociaux…
- **Envisagez les problèmes éthiques** (moraux) et écologiques liés aux progrès scientifiques : pollution, clonage, dépendance à la technologie, déshumanisation du travail…
- **Un paragraphe de conclusion** en deux parties : un bilan et une ouverture.

› Mon brouillon

Atouts des progrès scientifiques	Dangers des progrès scientifiques
• **Argument :** Avancées médicales. > **Exemple :** Vaccins de Pasteur.	• **Argument :** Impact sur l'environnement. > **Exemple :** Pollution par les carburants.
• **Argument :** …………	• **Argument :** …………
> **Exemple :** …………	> **Exemple :** …………
• **Argument :** …………	• **Argument :** …………
> **Exemple :** …………	> **Exemple :** …………

Les conseils du prof !

Faites deux colonnes pour les deux parties : atouts/dangers.

Dans chaque colonne, trouvez au moins deux arguments et deux exemples.

Compréhension → p. 64

Je comprends les corrigés

1 Le virus JL3 transmet l'immortalité aux êtres humains : « supprimer la mort », « donner l'immortalité à tout le monde », « la non-mortalité », « l'immortalité était contagieuse ».

> La réponse doit clairement parler de l'immortalité qui est évoquée à plusieurs reprises dans le texte.

2 Les êtres humains sont angoissés par l'idée de la mort et ce qu'elle apporte : perte des gens proches, ignorance de l'avenir... L'immortalité semble donner un pouvoir absolu d'invincibilité.

> La réponse doit montrer que la mort est associée à la peur et que l'immortalité permet de vaincre cette angoisse.

3 Si le virus JL3 se propage, les dangers sont multiples : inégalité et rivalité entre ceux qui sont infectés et les autres (« effrayante inégalité, [...] les plus sanglantes révolutions » (l. 21), surpopulation mondiale qui entraînerait la famine et un désastre écologique : « la famine, [...] l'empoisonnement général par les déchets ».

> Chaque danger doit être illustré par une citation.

4 Le personnage de Bahanba est confronté au dilemme de diffuser ou non sa découverte alors qu'il n'a pour l'instant aucune certitude sur ses effets : « Bahanba n'aurait de certitude absolue en ce qui concernait l'action du JL3 [...] » (l. 1-2).

> La réponse est double : dévoiler ou non le secret et l'incertitude de la découverte.

5 Bahanba incarne l'image d'un savant humaniste, préoccupé par le bien-être des êtres humains. Ses recherches sont destinées à lutter contre les fléaux qu'il a pu observer : « Il avait vu à Calcutta les camions ramasser chaque matin dans les rues les cadavres d'enfants morts de faim » (l. 31-32). Sa découverte allant à l'encontre de ces principes, il veut la faire disparaître : « le JL3 avait été partout détruit comme il l'avait demandé » (l. 36-37).

> Les personnes humanistes placent l'être humain au centre de leurs préoccupations. Les savants fous sont au contraire obsédés par leurs recherches, quelles qu'en soient les conséquences.

6 Cette comparaison avec les désastres causés par les bombes nucléaires donne une image négative et inquiétante de la science : ce virus, comme le nucléaire, est destiné au départ à améliorer le sort des populations, mais son utilisation peut s'avérer bien plus dangereuse et elle risque d'échapper au contrôle humain.

> « Moins... que » : notez bien qu'il s'agit d'une comparaison particulièrement négative.

7 Le titre du roman *Le Grand Secret* s'explique par la décision que prend Bahanba de retirer « de la circulation » toutes les personnes porteuses du virus JL3 « dans un secret absolu » (l. 57).

> Cette dernière question est une question de synthèse, vous devez montrer que vous avez compris le texte en expliquant le titre de l'ouvrage.

Je comprends les corrigés

Grammaire
→ p. 66

1 Dans les paragraphes 3 et 4, l'auteur utilise principalement le conditionnel présent : « interdiraient ; s'instituerait ; deviendrait... ». Ce mode permet ici d'exprimer l'hypothèse : l'auteur se projette en faisant des suppositions sur l'avenir.

> Le conditionnel possède les valeurs suivantes : atténuation d'un ordre, hypothèse, souhait, regret, incertitude, fait imaginaire.

2 Bahanba prend la décision de ne pas diffuser sa découverte ; le présent de vérité générale dans l'expression « la mort est nécessaire » (l. 7) renforce son idée en la présentant comme une vérité absolue et indiscutable de tout temps.

> Le présent de vérité générale présente les faits comme toujours vrais. On le trouve souvent dans les conclusions scientifiques : « L'eau bout à 100 °C. »

3 « C'est pourquoi » et « conclusion » indiquent la conséquence ; « or » marque une légère opposition ; « ou bien » et « ou » soulignent une alternative, un choix. Ces indicateurs donnent l'impression de suivre un raisonnement scientifique, le texte suit les pensées du savant qui analyse les éléments avant de prendre une décision.

> Il faut identifier au moins deux liens logiques puis expliquer à quel type de texte on a affaire (texte scientifique).

4 Ils ont connu de leurs yeux et dans leur cœur les effets de la surpopulation et du manque d'aliments. Ils ont vu à Calcutta les camions ramasser chaque matin dans les rues les cadavres d'enfants morts de faim.

> - Le participe passé s'accorde avec le COD si celui-ci est placé devant, ce qui n'est pas le cas ici.
> - « Leur » (déterminant possessif) s'accorde avec le nom qu'il accompagne : ici on a bien deux yeux, mais un seul cœur.

Dictée
→ p. 68

Nous sommes dans l'atmosphère. Les rétrofusées entrent en action. Nova me regarde en souriant. Elle a appris à sourire et aussi à pleurer. Mon fils tend les bras et ouvre des yeux émerveillés. Au-dessous de nous, c'est Paris. La tour Eiffel est toujours là.

J'ai pris les commandes et me dirige d'une manière très précise. Miracle de la technique ! Après sept cents ans d'absence, je parviens à me poser à Orly, qui n'a pas beaucoup changé, au bout du terrain, assez loin des bâtiments. On a dû m'apercevoir ; je n'ai qu'à attendre. Il ne semble pas y avoir de trafic aérien ; l'aéroport serait-il désaffecté ? Non, voici un appareil. Il ressemble en tout point aux avions de mon époque !

Pierre Boulle, *La Planète des singes*, Julliard, 1963.

> - « Atmosphère » et « technique » viennent de racines grecques, comme de nombreux mots scientifiques, on retrouve donc la graphie « ph » pour le son [f] et « ch » pour le son [k].
> - « À », comme toutes les prépositions, est toujours suivie d'un verbe à l'infinitif.

> - Le participe passé du verbe « devoir » prend un accent circonflexe sur le u : « dû ».

Sujet d'imagination
→ p. 69

Journal de bord : 1er mai 2275

Aujourd'hui, c'est la fête du travail ! Un jour férié donc... mais j'ai bien du mal à m'en réjouir : une journée de plus à occuper, ça peut sembler long quand on a 272 ans ! J'ai bien réfléchi et je crois que je suis la

> Présentez-vous brièvement en respectant la situation d'énonciation imposée par le sujet (date, narrateur immortel).

dernière immortelle, c'est pour cette raison que je me décide enfin à tenir ce journal.

Les choses se sont précipitées quelques années après notre isolement sur l'île du docteur Bahanba : il a trouvé un antidote contre le JL3 ! Belle trouvaille en vérité, mais tout le monde n'a pas été d'accord pour suivre son exemple et se faire vacciner : la tentation était trop grande. Moi-même, j'avais juste 16 ans... et toute la vie devant moi ! Je me suis donc enfuie. Juste à temps. Enfin, sur le moment, j'ai cru que c'était une bonne idée, aujourd'hui je ne sais plus trop...

Quelques années plus tard, vers 35 ans, j'ai constaté que je ne vieillissais plus, j'ai voulu retourner sur l'île, mais elle était déserte : les bâtiments eux-mêmes avaient disparu ! J'ai donc décidé d'organiser ma vie comme une personne « normale »... mais mes rapports avec les autres étaient faussés : après quelques années d'amitié ou d'amour, les personnes se demandaient comment j'arrivais à garder une telle fraîcheur... Ne pouvant trahir mon secret, j'ai été contrainte à vivre en marge de la société, en changeant de lieu régulièrement.

C'est ainsi que je suis devenue une observatrice discrète de notre monde. Avec le recul, je trouve que les choses n'évoluent pas si vite. En fait, depuis la disparition des voitures et l'avènement de la téléportation, il n'y a pas eu beaucoup de bouleversements technologiques. Les fléaux du XXIe siècle sont restés les mêmes au XXIIe siècle : les guerres, famines, inégalités... rien n'a changé si ce n'est la prise de conscience que la planète Terre n'est pas éternelle (elle !) et qu'il faut la préserver.

La suppression des énergies fossiles a été un soulagement pour moi, je me demandais bien où j'irais si la Terre disparaissait ! C'est sûrement que j'ai pris goût à ne plus attendre la fin des choses, même si parfois je trouve que l'éternité est un peu longue... comme le disait un écrivain il y a plus de deux siècles : « surtout vers la fin » !

> La reprise et le développement des éléments du texte permettent d'expliquer rapidement la situation dans laquelle vous vous trouvez et de montrer que vous avez bien compris le texte.

> L'expression de vos sentiments est demandée par le sujet : l'usage de la première personne est indispensable.

> Vous pouvez, dans ce type de sujet, livrer des réflexions en rapport avec le thème, comme dans un devoir argumentatif : c'est le personnage qui donne ici ses arguments (fin de la pollution mais continuité des conflits).

Sujet de réflexion → p. 70

Depuis la révolution industrielle du XIXe siècle, l'humanité s'est lancée dans une course au progrès. Les sciences et techniques tendent à nous conduire vers la modernité et le bien-être. On peut se demander si cela représente toujours une avancée pour l'être humain. Nous étudierons d'abord les atouts des progrès scientifiques avant d'en aborder les dangers.

Les progrès scientifiques et techniques ont toujours eu pour but de faciliter la vie des êtres humains. Le développement du chemin de fer au XIXe siècle a été un atout pour l'industrie et a permis de réduire les distances. Zola, dans *La Bête humaine*, décrit ainsi les voies ferrées : « C'était comme un grand corps, un être géant couché en travers de la terre », montrant par cette personnification la fascination qu'exerce déjà la technique au XIXe siècle.

Ensuite, les progrès scientifiques ont permis de se débarrasser de fléaux qui s'abattaient sur l'humanité, comme les maladies. Ainsi, Louis Pasteur a expliqué le principe de la vaccination pour que ce procédé permette de vaincre d'autres maladies comme le tétanos ou la tuberculose.

> Pensez à utiliser vos connaissances acquises en cours d'Histoire.

> Une citation d'œuvre étudiée en classe est bienvenue, de même que l'utilisation d'un vocabulaire littéraire spécifique.

Cependant, on peut aussi s'inquiéter de certaines pratiques liées aux progrès scientifiques. Ainsi, le développement technique a des impacts sur notre environnement. Par exemple, les véhicules que nous utilisons quotidiennement nous simplifient la vie mais sont aussi une source de pollution à cause de la combustion des carburants !

Enfin, les progrès scientifiques doivent toujours être accompagnés d'une réflexion morale pour éviter les dérives qui iraient à l'encontre de l'humanité. C'est ce que l'on peut observer dans de nombreux ouvrages de science-fiction, tels que *Le Meilleur des mondes* de Aldous Huxley, où les êtres humains sont créés en laboratoire pour correspondre à un rang dans la hiérarchie sociale.

Nous voyons que dans la majorité des cas, les progrès scientifiques sont motivés par l'amélioration des conditions de vie des humains, mais qu'ils nécessitent toujours d'être encadrés voire modérés pour que les ambitions économiques n'altèrent pas leur vocation première. Dans cette optique, il pourrait être intéressant d'élargir cette réflexion au développement des nouvelles technologies qui soulèvent les mêmes inquiétudes.

Je comprends les corrigés

Cet indicateur logique marque l'opposition, il permet de faire la transition entre les deux parties du devoir.

L'ouverture doit élargir la question posée par le sujet à un thème proche : ici les nouvelles technologies.

JE FAIS LE POINT

	J'ai bien compris et j'ai réussi	Il manque des connaissances → Je revois le cours	Je n'ai pas compris la méthode → Je relis les conseils
Questions de compréhension → p. 64	❑	❑	❑
Questions de grammaire → p. 66	❑	❑	❑
Dictée → p. 68	❑	❑	❑
Rédaction			
– Sujet d'imagination → p. 69	❑	❑	❑
– Sujet de réflexion → p. 70	❑	❑	❑

MATHÉMATIQUES

L'épreuve de Mathématiques expliquée

Comment s'organise l'épreuve ?

- **La durée de l'épreuve** n'est pas segmentée, c'est à vous de vous organiser en essayant de répartir votre temps en fonction des exercices du sujet.
- **Le sujet est constitué de plusieurs exercices** (de 6 à 10) indépendants qui peuvent être traités dans le désordre. En face de chaque exercice est indiqué le nombre de points.
- Les exercices peuvent prendre différentes formes : **exercices à prise d'initiative, questionnaire à choix multiples**. Ils peuvent s'appuyer sur des situations issues de la vie courante ou d'autres disciplines. Un exercice au moins porte sur l'algorithmique.

Comment s'organiser le jour de l'épreuve ?

- **Commencez par une lecture rapide de l'intégralité du sujet** : cela vous permettra de voir quelles notions sont abordées dans les différents exercices et d'organiser votre temps.
- **En fonction du nombre de points de chaque exercice,** vous pourrez aussi évaluer le temps à consacrer à chaque exercice.
- **Choisissez l'ordre** dans lequel vous souhaitez faire les différents exercices : ceux-ci sont indépendants et peuvent être traités dans l'**ordre de votre choix**.
- **Vérifiez que votre matériel est à portée de main** : règle, équerre, compas et calculatrice.
- Si le sujet comporte un exercice de trigonométrie, assurez-vous que votre **calculatrice est en mode degrés**.

Astuce
Au cours de votre lecture rapide, vous pouvez également numéroter les exercices dans l'ordre dans lequel vous souhaitez les traiter.

Top chrono !

Pour vous organiser efficacement, prévoyez environ :
- **5 minutes** pour lire attentivement le sujet. Cela vous permet de cibler les exercices avec lesquels vous êtes le plus à l'aise et de commencer par ceux-là
- **10 à 25 minutes** par exercice, selon sa longueur. Surveillez attentivement le temps qu'il vous reste. Ne vous éternisez pas sur une question.
- **10 minutes** pour vous relire en fin d'épreuve : mettez en évidence les résultats, effacez les ratures, vérifiez l'orthographe…

Quel matériel pour cette épreuve ?

- **Le kit du bon géomètre** : compas, règle, équerre et rapporteur.
- **Votre calculatrice** (avec les piles chargées) : indispensable et irremplaçable !
- **Attention** : « L'utilisation des téléphones portables et, plus largement, de tout appareil permettant des échanges ou la consultation d'informations, est interdite » et ce, dans tous les examens. Aussi vous n'avez pas le droit d'utiliser votre téléphone pour effectuer des calculs ou pour consulter l'heure. Vous devrez veiller à le ranger éteint dans votre sac, lui-même déposé à l'entrée ou au fond de la salle.

Comment aborder le sujet de mathématiques ?

De la méthode avant toute chose…

- **Lisez très attentivement** l'énoncé de chaque exercice.
- **Utilisez le brouillon** qui vous sera fourni : vous pouvez y tracer des figures à main levée, faire les calculs dont vous aurez besoin, etc.
- Sauf si l'énoncé le précise, les réponses doivent être **justifiées** soit en faisant appel à vos connaissances, soit à l'aide des données de l'énoncé ou d'un résultat établi précédemment.
- **Si le sujet comporte un QCM**, ne répondez pas au hasard. Utilisez votre brouillon pour faire vos calculs et tester chaque solution proposée. Ainsi, vous pourrez trouver la bonne réponse par élimination.

Le conseil du prof !
Commencez par les exercices que vous préférez, vous prendrez confiance en vous au début de l'épreuve et gagnerez tout de suite des points !

De la rigueur

- **Utilisez les théorèmes et les propriétés** à bon escient. **Par exemple**, le théorème de Pythagore et les formules de trigonométrie ne s'appliquent que dans un triangle rectangle.
- Certains exercices exigent une **prise d'initiative**. Même si vous ne trouvez pas la réponse, laissez sur votre copie toutes les traces de votre raisonnement : elles seront prises en compte par le correcteur.
- **Essayez de traiter les questions les unes après les autres dans un même exercice**. Si toutefois vous séchez sur une question, passez à la suite en considérant le résultat comme démontré.
- **Dans tous les cas, ne paniquez pas !** Si vous êtes bloqué sur un exercice, passez au suivant.

Astuce
Parfois, le résultat d'une question peut apparaître plus loin dans l'exercice .

Comment mettre toutes les chances de votre côté ?

De la cohérence

- **Vérifiez la vraisemblance de vos résultats. Par exemple**, la distance entre deux villes ne peut pas être de 10 cm ; le prix d'un gâteau ne peut pas être de 40 000 €, etc.
- Si des **tracés** vous sont demandés, ils doivent être **nets et précis** : utilisez toujours **votre crayon à papier**.
- **Dans un QCM**, si vos calculs ne mènent à aucune des réponses proposées, vous devez chercher l'erreur…

Du soin

- **Soignez l'orthographe et la grammaire** et rédigez des phrases complètes.
- **Utilisez les connecteurs logiques** (« donc », « or », « ensuite », « d'où », « en conclusion ») pour expliciter votre raisonnement.
- **Évitez les ratures** et les pâtés : votre copie n'en sera que plus difficilement lisible.
- Soulignez ou encadrez vos résultats. Et vérifiez par la même occasion que ce que vous avez mis en évidence répond bien à la question posée dans le sujet.
- **Aérez votre présentation** en sautant des lignes. Utilisez du blanc correcteur.
- Accordez-vous au moins 10 minutes pour vous **relire attentivement** : n'oubliez pas que **10 points sur 100** sont consacrés à la présentation de la copie et à l'utilisation de la langue française.
- Au moment de rendre votre copie, **vérifiez que vous n'oubliez rien** (par exemple, une feuille annexe).

Astuce
Sur votre copie, faites bien apparaître les numéros des exercices. Le correcteur perdra ainsi moins de temps et sera moins agacé !

Retenez bien !

- Les mathématiques sont une discipline qui requiert de la rigueur. Aussi, pensez à expliquer le plus clairement possible vos raisonnements.
- Les enseignants qui corrigent vos copies sont sensibles aux efforts faits pour rendre une copie soignée et agréable à lire. Prenez alors votre plus belle écriture et rendez un travail propre !

SUJET 6

100 pts* 2H

* Dont 10 points pour la présentation de la copie, l'orthographe, la syntaxe et le vocabulaire.

Exercice 1

12 pts 15 min → Corrigé p. 86

1 Lorsque Lisandre commence sa balade à vélo, le plateau a 42 dents et le pignon a 14 dents. Combien de tours fait le pignon quand le plateau fait un tour complet ?

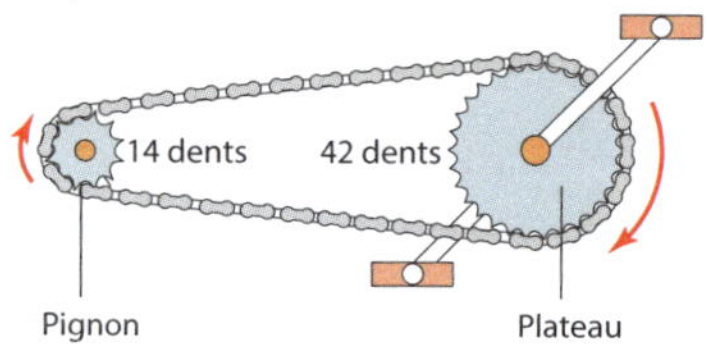

2 Lisandre change de vitesse, c'est-à-dire qu'elle change le nombre de dents du plateau et du pignon : elle choisit un plateau qui a 48 dents. Lorsque le plateau fait 5 tours, le pignon fait alors 16 tours. Combien de dents compte le pignon ?

3 Le diamètre des roues du vélo de Lisandre est de 70 cm. Combien de tours ces roues doivent-elles effectuer pour parcourir 10 km ? Donner une valeur approchée à l'unité près.

› Je réponds aux questions

1 ....

2 ....

....

3 ....

....

....

Comprendre l'exercice

- Le plateau et le pignon tournent du même nombre de dents.
- Il faut connaître la formule permettant de calculer la longueur d'un cercle.

Les conseils du prof !

Complétez la phrase : « Quand le plateau fait un tour complet, le pignon tourne de 42 dents soit ... tours de 14 dents. »

En 5 tours, le plateau tourne de 5 × 48 dents, ce qui correspond aussi à 16 fois le nombre de dents du pignon.

- En un tour de roue, le vélo avance d'une longueur qui correspond à la longueur du tour d'une roue.
- Pensez à exprimer les longueurs dans la même unité.

Exercice 2

10 pts 10 min → Corrigé p. 86

Un sac contient 6 jetons rouges, 2 jetons jaunes et 7 jetons verts.

1 Quelle est la probabilité de tirer un jeton rouge de ce sac ?

2 Combien de jetons jaunes faudrait-il rajouter dans le sac pour que la probabilité de tirer un jeton jaune soit égale à 0,5 ?

Comprendre l'exercice

- **Notion à revoir :** probabilités.
- La somme des probabilités de deux événements contraires est égale à 1.

› Je réponds aux questions

1 ...

2 ...

Les conseils du prof !

Avant toute chose, calculez combien de jetons contient le sac.

Dans un premier temps, déterminez le nombre de jetons qui ne sont pas jaunes. Ensuite, utilisez l'événement contraire de « Tirer un jeton jaune ».

Exercice 3

14 pts 20 min → Corrigé p. 86

L'écran du téléviseur *Normal* est un agrandissement de celui du téléviseur *Small*.

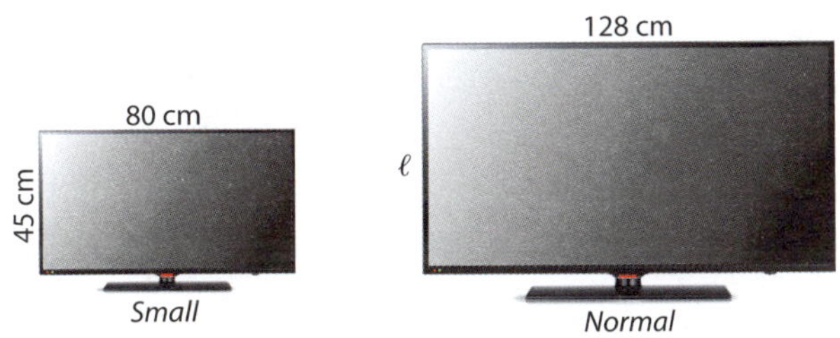

1 **a.** Calculer le rapport k d'agrandissement.

b. Calculer la largeur l de l'écran du téléviseur *Normal*.

2 En général, un écran est décrit par la longueur de sa diagonale en pouces : 1 pouce est égal à 2,54 cm.
Déterminer la longueur, en pouces, de la diagonale de l'écran du téléviseur *Small*. On donnera une valeur approchée à l'unité près.

Comprendre l'exercice

- **Notions à revoir :**
  – agrandissement-réduction ;
  – théorème de Pythagore.
- Dans un agrandissement de rapport k, les longueurs sont multipliées par k.

› Je réponds aux questions

1 **a.** ...

b. ...

Les conseils du prof !

Déterminez le nombre k par lequel on a multiplié 80 pour obtenir 128.

2 ....

....

....

....

....

....

....

....

....

....

- Après avoir mis en évidence un triangle rectangle, on applique le théorème de Pythagore dans ce triangle pour calculer la longueur en cm de l'écran du téléviseur *Small*.
- Utilisez ensuite l'information 1 pouce = 2,54 cm pour exprimer la longueur de la diagonale en pouces.

Exercice 4

10 pts 15 min → Corrigé p. 87

Retrouver les informations manquantes sur chacune de ces deux étiquettes.

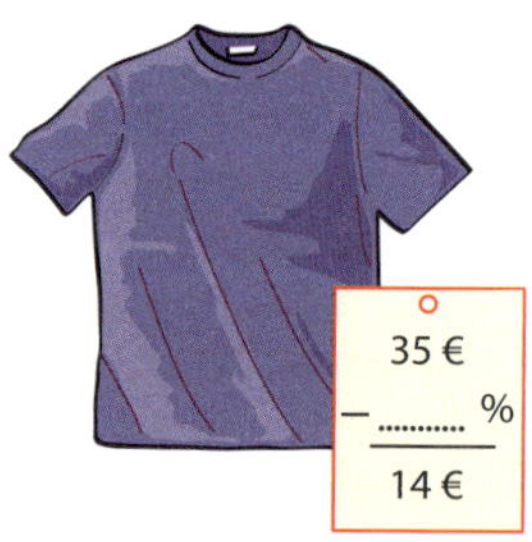

› Je réponds à la question

....

....

....

....

....

....

....

....

Comprendre l'exercice

- **Notion à revoir :** pourcentages.
- Un pourcentage est une fraction que l'on a écrit avec un dénominateur égal à 100.

Les conseils du prof !

- Pour le pantalon, calculez d'abord le montant en euros de la réduction.
- Pour le tee-shirt, calculez d'abord le montant de la réduction en euros puis écrivez le quotient $\frac{\text{Réduction}}{\text{Prix initial}}$ avec un dénominateur égal à 100.

Exercice 5

12 pts 20 min → Corrigé p. 87

La figure ci-contre est donnée à titre indicatif.
AB = 11 cm ; CD = 7,2 cm ; AC = 8 cm ; CE = 9,6 cm.
Les droites (AB) et (DE) sont parallèles.

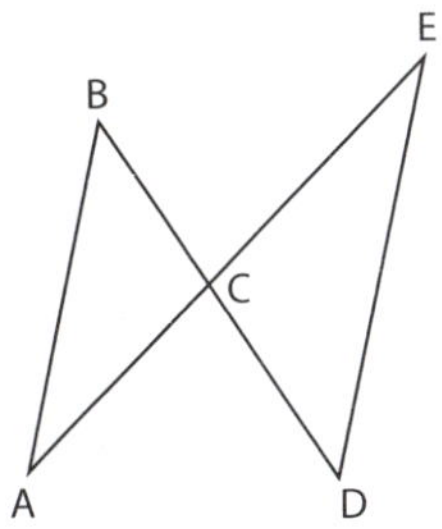

1 Calculer les longueurs CB et DE.

2 Tom affirme que le triangle BDE est isocèle. A-t-il raison ?

› Je réponds aux questions

1 ……………………………………

2 ……………………………………

Comprendre l'exercice

- **Notion à revoir :** théorème de Thalès.
- Un triangle isocèle est un triangle qui a 2 côtés de la même longueur.

Les conseils du prof !

Précisez dans quels triangles on utilise le théorème de Thalès.

Calculez les longueurs de 2 des côtés du triangle BDE.

Exercice 6

16 pts 20 min → Corrigé p. 87

1 Voici le script que Juliette veut utiliser pour dessiner un carré de côté 50.
Indiquer les nombres que Juliette peut saisir dans les zones rouge, verte et jaune.

2 **a.** Lequel des scripts ci-après a permis de réaliser la figure suivante ?

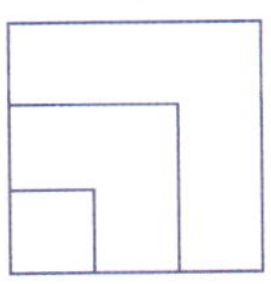

Comprendre l'exercice

- **Notions à revoir :**
  – coordonnées ;
  – boucles ;
  – variables.
- Pour la question **2**, n'hésitez pas à faire des schémas et à les compléter à chaque étape du script.

Script 1

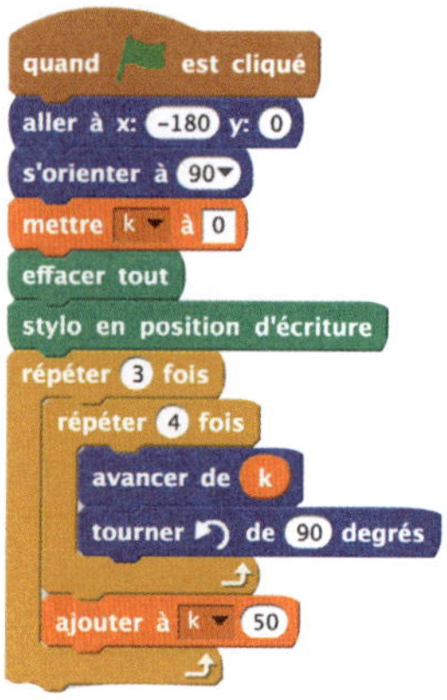

Script 2

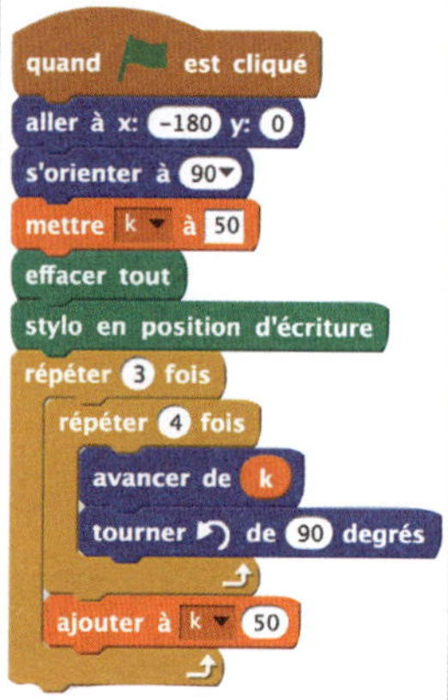

Script 3

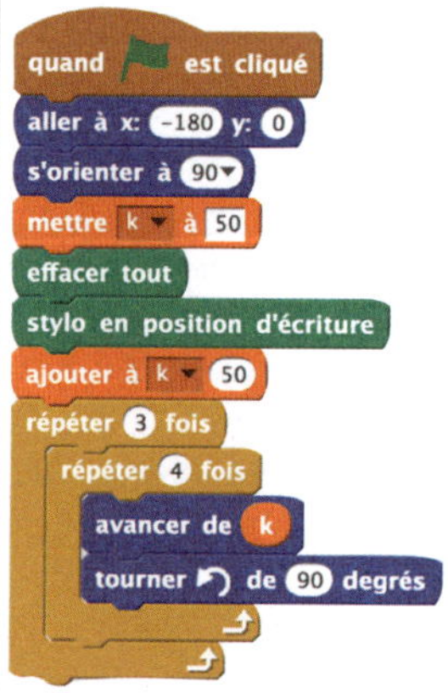

b. Quelle est la longueur d'un côté du grand carré ?

c. Représenter la figure obtenue avec chacun des deux autres scripts, en prenant 1 cm pour 50.

› Je réponds aux questions

1 ....

....

....

....

....

2 **a.** ....

....

b. ....

....

c.

Les conseils du prof !

La longueur des côtés du carré de départ est 50 et, à chaque étape, cette longueur est modifiée.

On peut réaliser un tableau de ce type pour chaque script :

	Valeur de *k*
Départ	
Boucle 1	
Boucle 2	
...	

Exercice 7

16 pts — 20 min → Corrigé p. 87

Une citerne en forme de parallélépipède rectangle est utilisée pour récupérer l'eau de pluie. On a représenté ci-dessous cette citerne avant un épisode pluvieux.

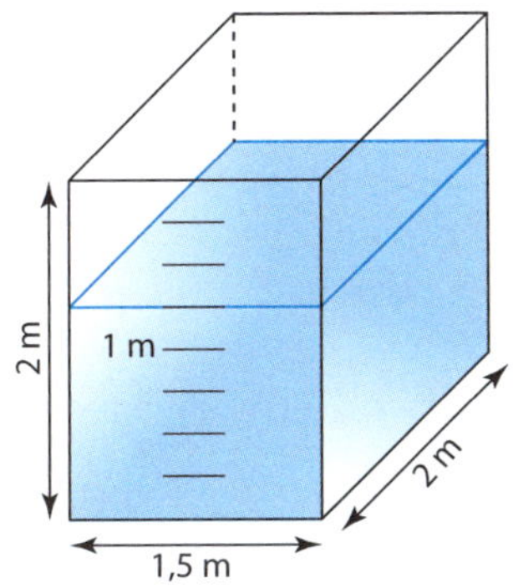

1 **a.** Quelle était la hauteur de l'eau dans la citerne avant l'épisode pluvieux ?

b. Combien de litres contenait la citerne avant l'épisode pluvieux ? On rappelle que 1 m^3 = 1 000 L.

2 L'épisode pluvieux a commencé à 14 h 30 et s'est terminé à 21 h. Durant cette période, il est tombé en moyenne 16 L d'eau par m^2 et par heure.
Quelle était la hauteur de l'eau dans la citerne à la fin de l'épisode pluvieux ?

› Je réponds aux questions

1 **a.** ....

b. ....

....

....

2 ....

....

....

....

....

....

....

....

Comprendre l'exercice

- **Notions à revoir :**
  – calcul de volumes ;
  – durées ;
  – proportionnalité.
- C'est un exercice à prise d'initiatives : n'hésitez pas à écrire toute trace de votre recherche.
- Il faut connaître la formule du volume d'un parallélépipède rectangle.

Les conseils du prof !

Aidez-vous des lignes dessinées sur le parallélépipède.

Aidez-vous de la conversion donnée dans l'énoncé.

Commencez par déterminer combien de temps l'épisode pluvieux a duré.

Trouvez ensuite sur quelle surface la pluie est tombée.

Je comprends les corrigés

Exercice 1 → p. 80

1 42 : 14 = 3.
Le pignon fait 3 tours quand le plateau fait 1 tour.

> Faites une phrase qui explique chaque calcul.

2
- 5 × 48 = 240.
  16 tours de pignon correspondent à 240 dents.
- 240 : 16 = 15.
  Le pignon a 15 dents.

3
- □ × d = □ × 70 cm.
  En un tour de roue, Lisandre avance de 70 □ cm soit 0,7 □ m.
- 10 km = 10 000 m et 10 000 : 0,7 □ ≈ 4 547,3
  Les roues doivent donc effectuer 4 548 tours.

> - La longueur d'un cercle de diamètre d est $\pi \times d$.
> - Pensez à exprimer les longueurs dans la même unité.

Exercice 2 → p. 80

1 6 + 2 + 7 = 15. Le sac contient 15 jetons.
La probabilité de tirer un jeton rouge est $\frac{6}{15}$ ou 40 % ou 0,4.

> Une probabilité s'exprime sous la forme d'une fraction, d'un pourcentage ou d'un nombre décimal.

2
- Le nombre de jetons jaunes doit être égal au nombre de jetons qui ne sont pas jaunes.
- 6 + 7 = 13. Dans le sac, il y a 13 jetons qui ne sont pas jaunes.
- 13 – 2 = 11. Il faudrait ajouter 11 jetons jaunes.

> N'oubliez pas la dernière étape qui permet de répondre à la question.

Exercice 3 → p. 81

1 **a.** $k = \frac{128}{80} = 1{,}6$ donc $k = 1{,}6$.

b. $\ell = 1{,}6 \times 45$ cm = 72 cm, donc la largeur ℓ de l'écran du téléviseur *Normal* est 72 cm.

> - Lorsqu'on multiplie 80 cm par k, on obtient 128 cm.
> - Lorsqu'on multiplie 45 cm par k, on obtient ℓ.

2
- On utilise le théorème de Pythagore dans le triangle ABC ci-contre rectangle en A.

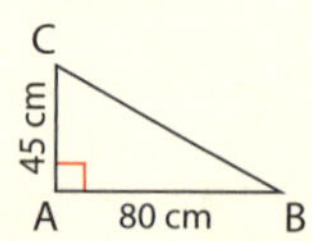

  $BC^2 = BA^2 + AC^2$
  $BC^2 = 80^2 + 45^2$, donc $BC^2 = 6\,400 + 2\,025$
  $BC^2 = 8\,425$, donc $BC = \sqrt{8\,425}$
  BC ≈ 91,8 cm.
  La longueur de la diagonale du téléviseur *Small* est d'environ 91,8 cm.
- 91,8 : 2,54 ≈ 36. La longueur de la diagonale du téléviseur *Small* est d'environ 36 pouces.

> - N'oubliez pas de préciser le triangle dans lequel vous vous placez et de citer le théorème utilisé.
> - On aurait aussi pu, dans un premier temps, exprimer 80 cm et 45 cm en pouces.

Exercice 4 → p. 82

- $70\text{ €} \times \frac{30}{100} = 21\text{ €}$ et $70\text{ €} - 21\text{ €} = 49\text{ €}$.
  L'information manquante pour le pantalon est **49**.
- $35 - 14 = 21$ et $\frac{21}{35} = \frac{60}{100} = 0{,}6 = 60\ \%$.
  L'information manquante pour le tee-shirt est **60**.

Pour le pantalon, il est aussi possible de multiplier 70 par $1 - \frac{30}{100}$, c'est-à dire par 0,7.

Exercice 5 → p. 83

1 Les droites (AE) et (BD) sont sécantes en C et les droites (AB) et (DE) sont parallèles. Donc, d'après le théorème de Thalès :
$\frac{CA}{CE} = \frac{CB}{CD} = \frac{AB}{DE}$, soit $\frac{8}{9{,}6} = \frac{CB}{7{,}2} = \frac{11}{DE}$.

De $\frac{8}{9{,}6} = \frac{CB}{7{,}2}$, on obtient $CB = \frac{8 \times 7{,}2}{9{,}6}$ d'où CB = 6 cm.

De $\frac{8}{9{,}6} = \frac{11}{DE}$, on obtient $DE = \frac{11 \times 9{,}6}{8}$ d'où DE = 13,2 cm.

N'oubliez pas de préciser les droites qui sont parallèles et de citer le théorème utilisé.

2 BD = BC + CD = 6 cm + 7,2 cm = 13,2 cm.
BD = DE, donc le triangle BDE est isocèle en D et Tom a raison.

En reportant les longueurs connues sur la figure, on s'aperçoit que l'on peut facilement calculer la longueur BD.

Exercice 6 → p. 83

1 Zone rouge : –130 (car – 180 + 50 = –130). Zone verte : –130
Zone jaune : 50.

On aurait aussi pu écrire – 50 dans la zone jaune.

2 **a.** Le script 2 a permis de réaliser la figure.
b. Le côté d'un grand carré mesure 150 (car 3 × 50 = 150).
c. Script 1

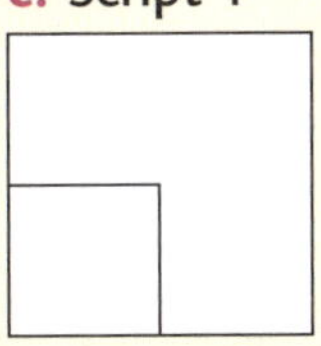

Script 3

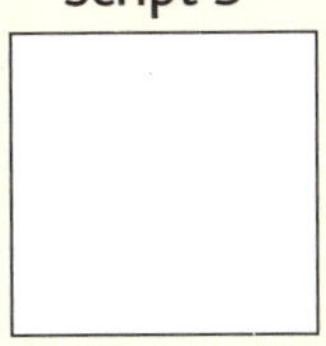

- Pour le script 1, *k* vaut 0 pour la première boucle, donc seuls deux carrés (de côtés 50 et 100) seront tracés.
- Pour le script 3, « ajouter 50 à *k* » est en dehors de la boucle, donc *k* vaut 100 pour les 3 carrés, qui sont donc superposés. On ne voit donc qu'un seul et même carré de côté 100.

Exercice 7 → p. 85

1 **a.** La hauteur de l'eau était 1,25 m.
b. L'eau forme un parallélépipède rectangle de dimensions 1,25 m, 1,5 m et 2 m.
$V = 1{,}25\text{ m} \times 1{,}5\text{ m} \times 2\text{ m} = 3{,}75\text{ m}^3$.
Le volume V de l'eau est $3{,}75\text{ m}^3$ et la citerne contenait 3 750 L.

Le volume V d'un parallélépipède rectangle de dimensions l, L et h est $V = l \times L \times h$.

2
- 21 h – 14 h 30 min = 6 h 30 min = 6,5 h.
L'épisode pluvieux a duré 6,5 h.
- 2 m × 1,5 m = 3 m². La pluie tombe sur une surface de 3 m².
- 3 × 6,5 × 16 L = 312 L. Il est tombé 312 L, soit 0,312 m^3 dans la citerne.
- 0,312 : 3 = 0,104. La hauteur de l'eau a augmenté de 0,104 m.
- 1,25 m + 0,104 m = 1,354 m. La hauteur de l'eau après l'épisode pluvieux était 1,354 m.

Je comprends les corrigés

- Il est tombé 16 L par heure et par m^2 donc, sur 3 m^2, il est tombé, en 6,5 h : 3 × 6,5 × 16 L.
- L'eau qui est tombée dans la citerne forme un nouveau parallélépipède rectangle de volume 0,312 m^3.
- L'aire de la base de ce parallélépipède rectangle est 3 m^2, donc sa hauteur (en m) est 0,312 : 3.

JE FAIS LE POINT

	J'ai bien compris et j'ai réussi	Il manque des connaissances → Je revois le cours	Je n'ai pas compris la méthode → Je relis les conseils
EXERCICE 1 → p. 80			
Question 1	❑	❑	❑
Question 2	❑	❑	❑
Question 3	❑	❑	❑
EXERCICE 2 → p. 80			
Question 1	❑	❑	❑
Question 2	❑	❑	❑
EXERCICE 3 → p. 81			
Question 1	❑	❑	❑
Question 2	❑	❑	❑
EXERCICE 4 → p. 82			
Question	❑	❑	❑
EXERCICE 5 → p. 83			
Question 1	❑	❑	❑
Question 2	❑	❑	❑
EXERCICE 6 → p. 83			
Question 1	❑	❑	❑
Question 2	❑	❑	❑
EXERCICE 7 → p. 85			
Question 1	❑	❑	❑
Question 2	❑	❑	❑

SUJET 7

100 pts*

2H

* Dont 10 points pour la présentation de la copie, l'orthographe, la syntaxe et le vocabulaire.

SUJET 7 MATHÉMATIQUES

Exercice 1

14 pts 20 min → Corrigé p. 96

On considère le programme de calcul ci-dessous :

- Choisir un nombre.
- Soustraire 7.
- Multiplier le résultat par 3.
- Soustraire au résultat le double du nombre choisi au départ.

1 **Donner le résultat lorsqu'on choisit comme nombre de départ :**

a. 47 ; b. 4 ; c. $\frac{23}{3}$.

2 **Anne a obtenu 4 avec ce programme de calcul. Quel nombre avait-elle choisi ?**

Comprendre l'exercice

- **Notion à revoir :** calcul littéral.
- Présentez les calculs en détaillant chacune des étapes du programme.

› Je réponds aux questions

1 a. 47 - 7 = 40 40 × 3 = 120
47 × 2 = 94 120 - 94 = 26.

b. 4 - 7 = -3 3 × -3 = -9
4 × 2 = 8 (-9) - 8 = -17

c. 7,6 - 7 = 0,6 0,6 × 3 = 1,8
7,6 × 2 = 15,2 1,8 - 15,2 = -13,4

2 ....

Les conseils du prof !

Veillez à reprendre chacune des étapes du programme de calcul.

- Vous pouvez faire des essais ou utiliser le calcul littéral.
- Vous pouvez appeler x le nombre recherché.

Exercice 2

8 pts 10 min → Corrigé p. 96

Le 16 juillet 1969 à 13 h 32, le vaisseau Apollo 11 décollait de Houston (États-Unis). Le 20 juillet 1969, à 20 h 17, le vaisseau atterrissait sur la Lune, à 384 400 km de la Terre.

1 **Quelle a été la durée de ce vol Terre-Lune ?**

2 **Est-il vrai que, lors de ce vol, la vitesse moyenne du vaisseau a été supérieure à 3 500 km/h ?**

Comprendre l'exercice

- **Notions à revoir :**
  – unités de durée ;
  – définition de la vitesse moyenne.
- N'oubliez pas de justifier toutes vos réponses.

13h32 → 0h28 → 14h → 10h28 → 00h00
3500r = 72 + 10h28 = 82,28 + 20h17

› Je réponds aux questions

102,45.

1 13h32 + 0h28 = 14h   14h + 10h = 00h
0,28 + 10h = 10h28   Il y a 3 jours complet
72h + 10h28 = 82,28   82,28 + 20h17 = 102,45
Il met 102h45 ou 4 jours 6h45

2 $v = \frac{d}{t}$ $v = \frac{384\,400}{102,45} \approx 3\,752$.

la vitesse est superieure a 3500 km/h.

Les conseils du prof !

Vous pouvez vous aider d'un schéma.

Vous pouvez soit calculer la vitesse moyenne du vaisseau, soit calculer la distance qu'il aurait parcourue avec une vitesse moyenne de 3 500 km/h.

Exercice 3

16 pts 15 min → Corrigé p. 97

ABC est un triangle tel que
AB = 5 cm, AC = 8 cm et $\widehat{ACB} = 35°$.
O est le point de [AC] tel que AO = 2 cm
et L est le point de [AB] tel que
$\widehat{OLA} = 35°$.

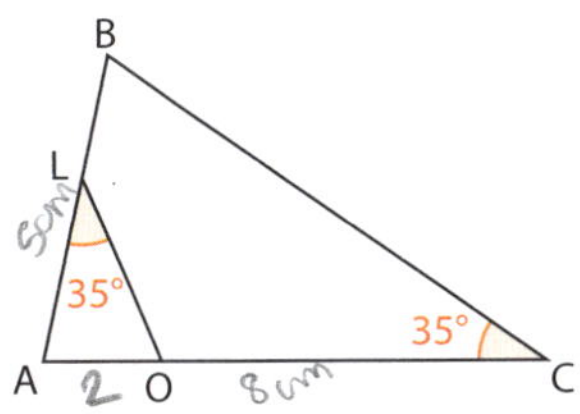

1 Démontrer que les triangles ABC et OLA sont semblables.

2 Calculer la longueur LA.

Comprendre l'exercice

- **Notion à revoir :** triangles semblables.

› Je réponds aux questions

1

2

Les conseils du prof !

Vous pouvez montrer que les deux triangles ont deux angles de même mesure.

- Des triangles semblables ont les longueurs de leurs côtés deux à deux proportionnelles.
- Il faut mettre en évidence les côtés homologues.

Exercice 4

18 pts 25 min → Corrigé p. 97

On a représenté ci-dessous le coût de l'électricité, en €, en fonction de la consommation, en kWh (kilowattheure).

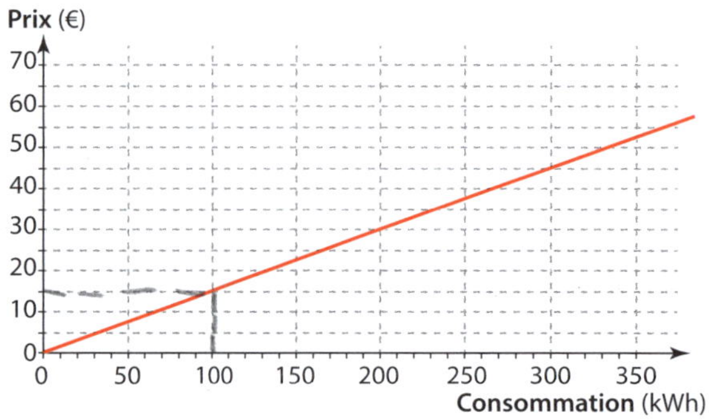

1 **a.** Le coût, en €, est-il proportionnel à la consommation en kWh ? Justifier.

b. Indiquer le coût d'une consommation de 100 kWh.

2 On note $p(x)$ le coût de x kWh. Donner l'expression de $p(x)$.

3 Sur une facture d'électricité, on ajoute au coût de la consommation le prix de l'abonnement. Le montant total de la facture de Sophie est de 45 € et le prix de l'abonnement est de 9 €. Quel pourcentage du montant total de la facture de Sophie représente le prix de l'abonnement ?

4 Déterminer la consommation, en kWh, de Sophie :

a. par lecture graphique ; **b.** par un calcul.

5 Représenter sur le graphique la fonction donnant le montant d'une facture, en €, abonnement inclus, en fonction de la consommation.

Comprendre l'exercice

- **Notions à revoir :**
  - proportionnalité ;
  - fonctions linéaires ;
  - fonctions affines.

› Je réponds aux questions

1 **a.** oui car la corbe est rectiligne et et monte en etant uniforme.

b. pour 100 kWh on pay 15€

2

Les conseils du prof !

Vous pouvez répondre sans effectuer de calculs mais en citant une propriété du cours.

- Vous pouvez utiliser vos réponses aux questions précédentes.
- Quelle est la nature de la fonction p ?

Les conseils du prof !

3 ...

Cela revient à exprimer une fraction avec un dénominateur égal à 100.

4 ...

Le coût de la consommation s'obtient en enlevant à la facture le montant de l'abonnement.

5 *Complétez directement sur le graphique de l'énoncé* *p. 92.*

Le montant de la facture est toujours supérieur de 9 € au coût de l'électricité.

Exercice 5

8 pts 15 min → **Corrigé p. 98**

Clara utilise une échelle de 8 m pour laquelle le fabricant recommande un angle de 65° à 75° avec l'horizontale.

1 Sur la situation ci-contre, Clara respecte-t-elle les recommandations du fabricant ?

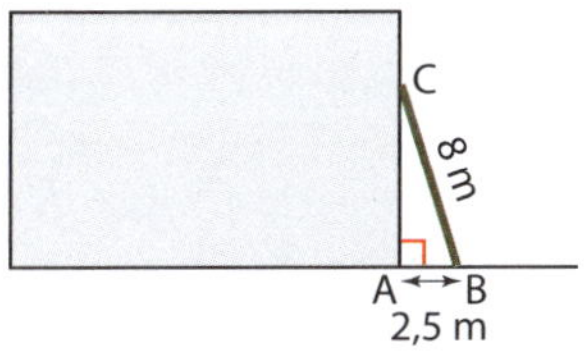

2 Quelle est la hauteur maximale (c'est-à-dire lorsque l'échelle fait un angle de 75° avec l'horizontale) que Clara peut atteindre en respectant les recommandations du fabricant ?

Donner une valeur approchée au cm près.

Comprendre l'exercice

- **Notion à revoir :** trigonométrie dans le triangle rectangle.
- Vérifiez que votre calculatrice est en mode degré.

SOH CAH TOA

› Je réponds aux questions

1 Sin = $\frac{2,5}{8}$

Les conseils du prof !

Il faut calculer la mesure d'un angle en s'aidant de la trigonométrie.

2 ...

Vous devez calculer la longueur AC.

Exercice 6

14 pts · 20 min → Corrigé p. 98

Une terrasse rectangulaire a pour dimensions 390 cm et 650 cm.
On souhaite la recouvrir avec des carreaux de forme carrée, tous de même taille, posés bord à bord sans jointure et sans les découper.

1 Peut-on utiliser des carreaux de :

a. 25 cm de côté ?

b. 26 cm de côté ?

c. 30 cm de côté ?

2 a. Décomposer 390 en produit de facteurs premiers.

b. En déduire la longueur maximale du côté d'un carreau.

3 On décide finalement d'utiliser des carreaux de 26 cm de côté, qui sont vendus par paquets de 60 carreaux.

À l'aide de l'étiquette ci-contre, déterminer le coût des carreaux pour cette terrasse.

Paquet de 60 carreaux
- Dimensions des carreaux : 26 cm × 26 cm
- Prix du paquet : 75 €

Comprendre l'exercice

- **Notion à revoir :** décomposition d'un nombre en produit de facteurs premiers.
- Les nombres premiers de 0 à 20 sont à connaître.

› Je réponds aux questions

1 a. ……

b. ……

c. ……

2 a. ……

b. ……

3 ……

Les conseils du prof !

La longueur du côté d'un carreau doit diviser 390 et 650.

253800

390 = 39 × 10 = …

Exercice 7

12 pts 15 min → Corrigé p. 99

Voici un travail réalisé avec le logiciel Scratch :

- **Le programme**

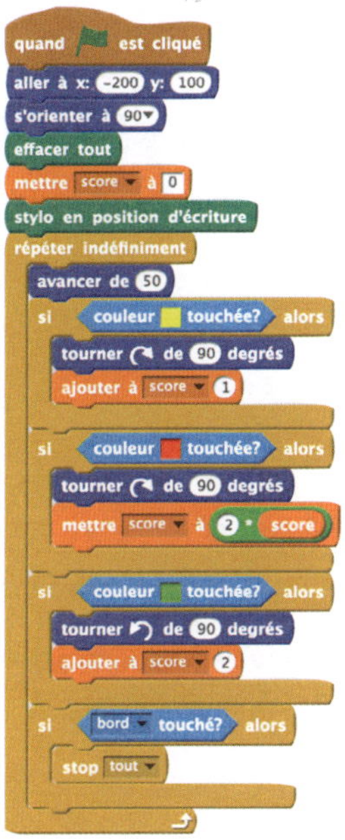

- **La scène et le lutin**

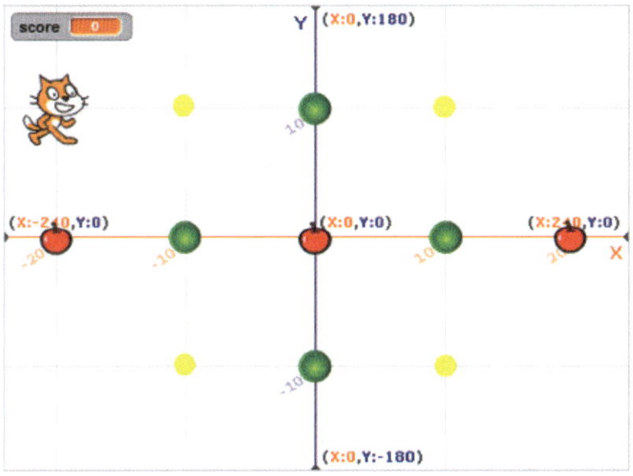

On clique sur le drapeau vert.

1 Représenter, sur la scène ci-dessus, le trajet du lutin.

2 Quelle est la valeur de la variable « score » quand le script s'arrête ?

3 Quelle brique peut-on modifier pour que, lorsque le script s'arrête, le lutin se trouve au point de coordonnées (–200 ; 180) ?

Comprendre l'exercice

- **Notions à revoir :**
  - instructions conditionnelles ;
  - déplacements ;
  - variables.

› Je réponds aux questions

1 *Complétez directement le schéma de la scène ci-dessus.*

2 ……………………………………………

……………………………………………

……………………………………………

3 ……………………………………………

……………………………………………

……………………………………………

……………………………………………

……………………………………………

Les conseils du prof !

Il faut tracer pas à pas le parcours du lutin.

Le score évolue de façon différente selon la couleur qui est touchée.

SUJET 7 CORRIGÉS

Exercice 1 → p. 90

1 **a.** $47 \rightarrow 47 - 7 = 40 \rightarrow 3 \times 40 = 120$
$\rightarrow 120 - 2 \times 47 = 120 - 94 = 26.$
Si l'on choisit 47, on obtient 26.

b. $4 \rightarrow 4 - 7 = -3 \rightarrow 3 \times (-3) = -9 \rightarrow -9 - 2 \times 4 \rightarrow -9 - 8 = -17.$
Si l'on choisit 4, on obtient −17.

c. $\frac{23}{3} \rightarrow \frac{23}{3} - 7 = \frac{23}{3} - \frac{21}{3} = \frac{2}{3} \rightarrow 3 \times \frac{2}{3} = 2$
$\rightarrow 2 - 2 \times \frac{23}{3} = \frac{6}{3} - \frac{46}{3} = -\frac{40}{3}.$
Si l'on choisit $\frac{23}{3}$, on obtient $-\frac{40}{3}$.

2 On note x le nombre choisi au départ.
$x \rightarrow x - 7 \rightarrow 3 \times (x - 7) \rightarrow 3 \times (x - 7) - 2x = 3x - 21 - 2x = x - 21.$
Le nombre obtenu est donc $x - 21$. Déterminer le nombre choisi par Anne revient à résoudre l'équation $x - 21 = 4$.
$x - 21 + 21 = 4 + 21$
$x = 25$. Anne a choisi 25.

> **Je comprends les corrigés**
>
> Vous pouvez utiliser la calculatrice pour vérifier vos calculs mais vous devez présenter les différentes étapes sur votre copie.
>
> Ce programme revient à soustraire 21. Pour obtenir 4, il faut donc choisir 21 + 4, soit 25.

Exercice 2 → p. 90

1

4 × 24 h soit 96 h	+ 28 min	+ 6 h	+ 17 min	→ 4 jours 6 h 45 min ou 102 h 45 min

16 juillet 13 h 32	20 juillet 13 h 32	20 juillet 14 h	20 juillet 20 h	20 juillet 20 h 17

Le vol a duré 4 jours 6 h 45 min ou 102 h 45 min.

2 $102 \text{ h } 45 \text{ min} = 102 \text{ h} + \frac{45}{60} \text{ h} = 102 \text{ h} + 0{,}75 \text{ h} = 102{,}75 \text{ h}.$

$v = \frac{d}{t}$ soit $v = \frac{384\,400}{102{,}75}$. Donc $v \approx 3\,741$ km/h.

La vitesse moyenne du vaisseau a donc bien été supérieure à 3 500 km/h.

> On aurait aussi pu, par exemple, constater que :
> $103 \times 3\,500 = 360\,500$.
> $360\,500 < 384\,400$, donc on peut en conclure que la vitesse moyenne du vaisseau était supérieure à 3 500 km.

Exercice 3 → p. 91

1 $\widehat{ACB} = \widehat{ALO}$ et $\widehat{BAC} = \widehat{LAO}$. Les triangles ABC et OLA ont deux angles de même mesure, donc ils sont semblables.

2 On peut construire ce tableau :

Sommets homologues	Côtés homologues
O et B	[LA] et [AC]
A et A	[LO] et [BC]
L et C	[AO] et [AB]

- Les triangles ABC et OLA sont semblables, donc les longueurs des côtés sont deux à deux proportionnelles. D'où les égalités :

$\frac{LA}{AC} = \frac{LO}{BC} = \frac{AO}{AB}$, c'est-à-dire $\frac{LA}{8} = \frac{LO}{BC} = \frac{2}{5}$.

- De $\frac{LA}{8} = \frac{2}{5}$, on déduit $5 \times LA = 2 \times 8$ et $LA = \frac{2 \times 8}{5}$.

Donc LA = 3,2 cm.

On aurait aussi pu remarquer que LAO est une réduction de ABC de rapport $\frac{AO}{AB} = 0{,}4$.
On a alors LA = 0,4 × AC, c'est-à-dire : LA = 0,4 × 8 cm = 3,2 cm.

Exercice 4 → p. 92

1 **a.** La situation est représentée par une demi-droite qui passe par l'origine du repère.
Il s'agit donc d'une situation de proportionnalité. Le coût, en €, est proportionnel à la consommation en kWh.

b. On lit sur le graphique (tracé en bleu cf p. suivante) que le coût d'une consommation de 100 kWh est 15 €.

2 La fonction p est une fonction linéaire, donc $p(x) = ax$.

100 kWh coûtent 15 €, donc 1 kWh coûte $\frac{15}{100}$ € soit 0,15 €.

x kWh coûtent alors $0{,}15 \times x$ € et donc, $p(x) = 0{,}15x$.

- On peut aussi construire ce tableau de proportionnalité :

kWh	100	x
€	15	$p(x)$

- $p(x) = 0{,}15x$

3 $\frac{9}{45} = 0{,}2 = \frac{20}{100}$. Le prix de l'abonnement représente 20 % du montant total de la facture.

4 **a.** 45 € – 9 € = 36 €.
Le coût de la consommation est de 36 € et on lit sur le graphique (tracé en vert cf p. suivante) que Sophie a consommé 240 kWh.

b. $p(x) = 36$, donc $0{,}15x = 36$ et $x = \frac{36}{0{,}15} = 240$.
Sophie a consommé 240 kWh.

Le coût de l'électricité n'est pas de 45 € mais de 45 € – 9 €, soit 36 €.

Je comprends les corrigés

5 La représentation graphique est une demi-droite parallèle à la demi-droite déjà tracée. Cette demi-droite (tracée en orange ci-dessous) passe par le point (0 ; 9) et aussi par le point (240 ; 45).

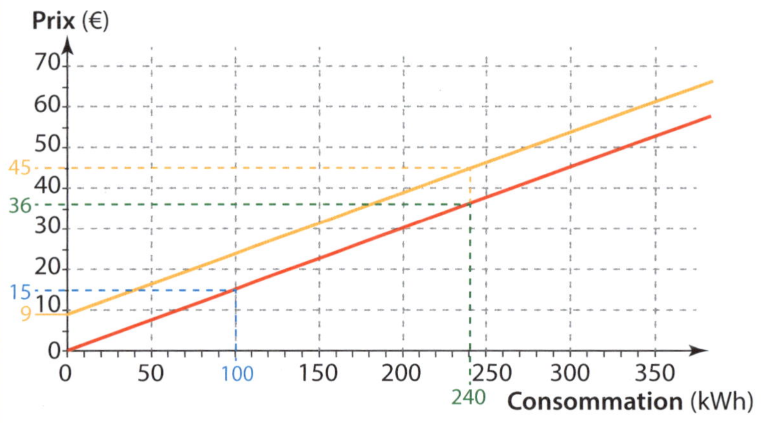

Si l'on note $h(x)$ le montant, en €, d'une facture, on a alors $h(x) = 0{,}15x + 9$.
h est une fonction affine.

Exercice 5 → p. 93

1 **a.** Dans le triangle ABC rectangle en A : $\cos \widehat{ABC} = \dfrac{BA}{BC} = \dfrac{2{,}5}{8}$.

Donc $\widehat{ABC} \approx 71{,}8°$. $65° < 71{,}8° < 75°$, donc Clara respecte les recommandations du fabricant.

b. On doit ici calculer la longueur AC lorsque l'angle $\widehat{ABC}$ mesure 75°.

Dans le triangle ABC, rectangle en A :

$\sin \widehat{ABC} = \dfrac{AC}{BC}$; $\sin 75° = \dfrac{AC}{8}$; $AC = 8 \times \sin 75°$; $AC \approx 7{,}73$.

La hauteur maximale que Clara peut atteindre est environ 7,73 m.

Pour l'angle $\widehat{ABC}$, [BA] est le côté adjacent et [BC] l'hypoténuse, donc on utilise le cosinus. On tape sur la calculatrice :
Seconde cos 2,5 ÷ 8 Enter

Pour l'angle $\widehat{ABC}$, [AC] est le côté opposé et [BC] l'hypoténuse, donc on utilise le sinus. On tape sur la calculatrice :
8 × sin 75 Enter

Exercice 6 → p. 94

1 **a.** 390 : 25 = 15,6. 15,6 n'est pas un nombre entier, donc on ne peut pas utiliser des carreaux de 25 cm de côté.

b. 390 : 26 = 15 et 650 : 26 = 25, donc on peut utiliser des carreaux de 26 cm de côté.

c. 390 : 30 = 13, mais 650 : 30 ≈ 21,66, donc on ne peut pas utiliser des carreaux de 30 cm de côté.

- 25 n'est pas un diviseur de 390.
- 26 est un diviseur de 390 et de 650.
- 30 est un diviseur de 390, mais pas de 650.

2 **a.** $390 = 10 \times 39 = 2 \times 5 \times 3 \times 13 = 2 \times 3 \times 5 \times 13$.

b. 650 est divisible par 2, par 5 et par 13 mais pas par 3.

On utilise la décomposition en facteurs premiers de 390 pour déterminer les nombres premiers qui divisent à la fois 650 et 390.

La longueur maximale du côté d'un carreau est donc 2 × 5 × 13 cm soit 130 cm.

3 • On a vu que 390 : 26 = 15 et 650 : 26 = 25.
15 × 25 = 375 ; donc il faudra 375 carreaux.
• 375 : 60 = 6,25 ; donc il faudra acheter 7 paquets.
• 7 × 75 € = 525 €.
Le coût des carreaux pour cette terrasse sera de 525 €.

• Il y aura 15 lignes de 25 carreaux, soit 15 × 25 carreaux.
• On aurait aussi pu diviser l'aire de la terrasse (en cm²) par l'aire d'un carreau (en cm²).

Exercice 7 → p. 95

1

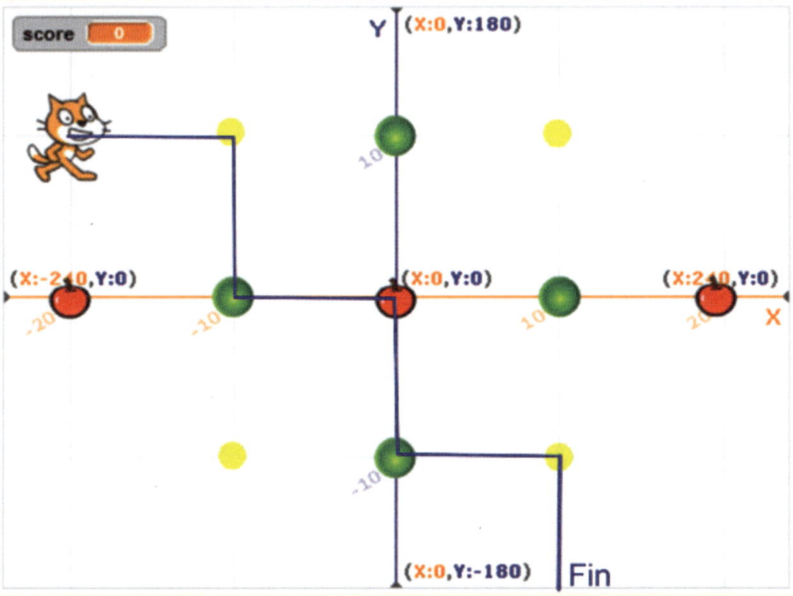

On peut indiquer avec des flèches la direction du lutin le long de son trajet.

2 On peut construire ce tableau :

Couleur rencontrée	Jaune	Vert	Rouge	Vert	Jaune
Score	0 + 1 = 1	1 + 2 = 3	2 × 3 = 6	6 + 2 = 8	8 + 1 = 9

Quand le script s'arrête, la valeur de la variable « score » est 9.

Le tableau aide à suivre l'évolution du score.

3 On peut, par exemple, remplacer la brique **tourner ↺ de 90 degrés** par la brique **tourner ↻ de 90 degrés**.

Voici le trajet du lutin avec cette modification :

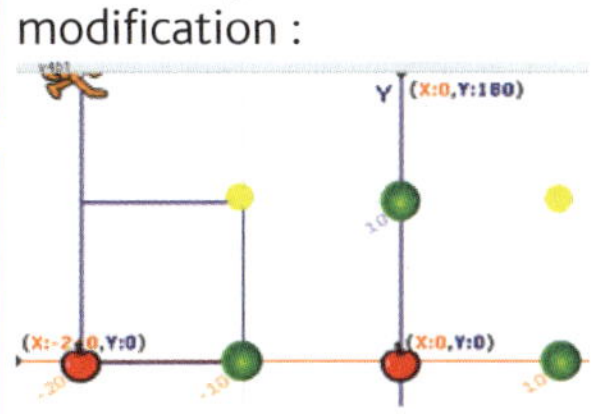

JE FAIS LE POINT

	J'ai bien compris et j'ai réussi	Il manque des connaissances → Je revois le cours	Je n'ai pas compris la méthode → Je relis les conseils
EXERCICE 1 → p. 90			
Question 1	❑	❑	❑
Question 2	❑	❑	❑
EXERCICE 2 → p. 90			
Question 1	❑	❑	❑
Question 2	❑	❑	❑
EXERCICE 3 → p. 91			
Question 1	❑	❑	❑
Question 2	❑	❑	❑
EXERCICE 4 → p. 92			
Question 1	❑	❑	❑
Question 2	❑	❑	❑
Question 3	❑	❑	❑
Question 4	❑	❑	❑
Question 5	❑	❑	❑
EXERCICE 5 → p. 93			
Question 1	❑	❑	❑
Question 2	❑	❑	❑
Question 3	❑	❑	❑
EXERCICE 6 → p. 94			
Question 1	❑	❑	❑
Question 2	❑	❑	❑
Question 3	❑	❑	❑
EXERCICE 7 → p. 95			
Question 1	❑	❑	❑
Question 2	❑	❑	❑
Question 3	❑	❑	❑

SUJET 8

100 pts*

2H

* Dont 10 points pour la présentation de la copie, l'orthographe, la syntaxe et le vocabulaire.

Exercice 1

12 pts — 20 min

→ Corrigé p. 108

Pour la fête d'un village, on organise un concours de pétanque. 500 € seront répartis entre les trois premiers. Le vainqueur touchera 100 € de plus que le deuxième et le deuxième touchera deux fois plus d'argent que le troisième.

Déterminer la somme que chacun des trois premiers joueurs touchera.

› Je réponds à la question

Comprendre l'exercice

- **Notions à revoir :**
  – mise en équation d'un problème ;
  – résolution d'une équation.

Les conseils du prof !

Pour modéliser la situation, vous pouvez soit réaliser un schéma, soit écrire une équation.

Exercice 2

12 pts — 15 min

→ Corrigé p. 108

Sur la figure ci-dessous, construire :

a. l'image ① du triangle rouge par la symétrie de centre A ;

b. l'image ② du triangle rouge par la translation qui amène A en B ;

c. l'image ③ du triangle rouge par la rotation de centre M et d'angle 90° dans le sens des aiguilles d'une montre ;

d. l'image ④ du triangle rouge par l'homothétie de centre M et de rapport 3.

› Je construis les triangles

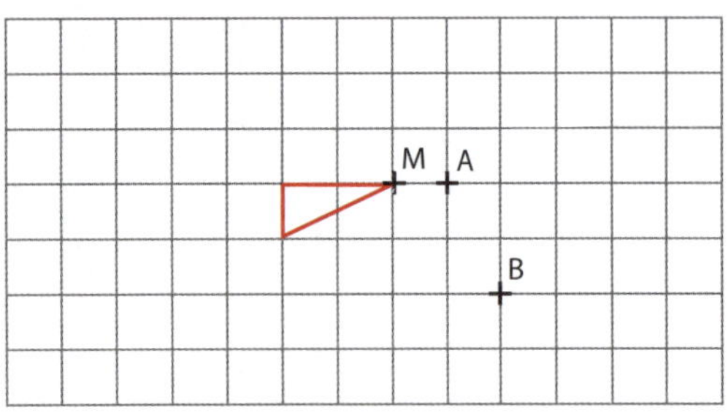

Comprendre l'exercice

- **Notion à revoir :** transformations du plan.

Les conseils du prof !

- Vous devez construire 4 triangles rectangles.
- N'hésitez pas à vous aider du quadrillage.

Exercice 3

16 pts 10 min → Corrigé p. 108

Comprendre l'exercice

- **Notions à revoir :**
  – puissances de 10 ;
  – pourcentages.

1 En 2016, parmi les 66 millions de Français, environ 1,65 million étaient du groupe sanguin AB+. Quel pourcentage de la population française était du groupe AB+ ?

2 Chez un adolescent, le volume moyen d'un globule rouge est de 90 femtolitres (1 femtolitre = 1 fL = 10^{-15} L). Combien de litres représentent les 25×10^{12} globules rouges présents en moyenne dans le corps d'un adolescent ?

› Je réponds aux questions

1 ....

....

....

2 ....

....

....

....

Les conseils du prof !

N'oubliez pas de donner votre réponse en litres.

Exercice 4

10 pts 15 min → Corrigé p. 108

Comprendre l'exercice

- **Notions à revoir :**
  – échelle d'une carte ;
  – théorème de Pythagore.
- Il est nécessaire de bien étudier cette carte avant de vous lancer dans l'exercice.

On a représenté sur la carte ci-contre le tracé du futur télésiège de « Courvalanche ». Sur cette carte :
– tous les points situés sur une même courbe de niveau sont à la même altitude ;
– la différence d'altitude entre deux courbes consécutives est constante.

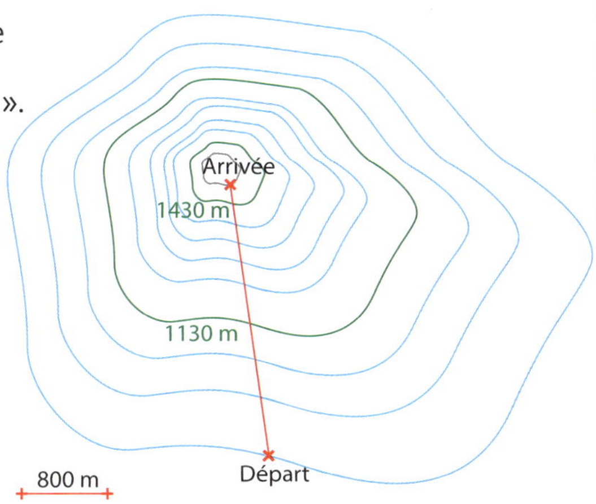

1 Indiquer l'échelle de cette carte.

2 a. Calculer l'altitude de départ puis l'altitude d'arrivée.
b. En déduire le dénivelé (c'est-à-dire la différence d'altitude) du télésiège.
c. La pente est-elle plus raide au départ ou à l'arrivée ? Justifier votre réponse.

Pour calculer la longueur réelle du télésiège, Enzo a réalisé le schéma ci-contre.

3 À l'aide du schéma d'Enzo, calculer la longueur réelle du télésiège.

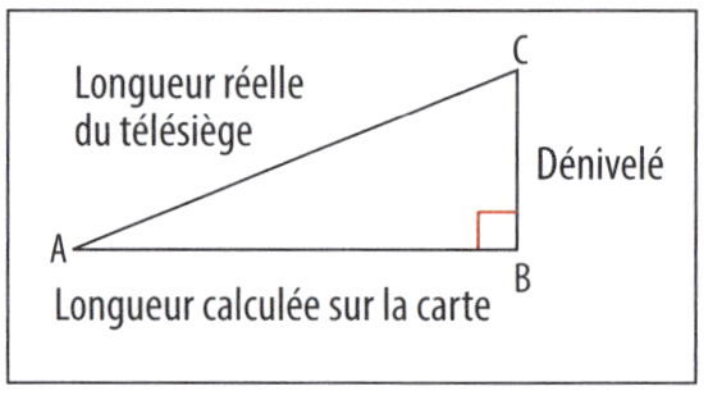

› Je réponds aux questions

1 ....

2 a. ....

b. ....

c. ....

3 ....

Les conseils du prof !

Dans le calcul d'une échelle, les longueurs doivent être exprimées avec la même unité.

Dans un premier temps, déterminez la différence d'altitude entre deux courbes de niveau consécutives.

Observez bien les courbes de niveau au départ et à l'arrivée.

Vous pouvez obtenir « la longueur calculée sur la carte » à l'aide de votre règle et de l'échelle de la carte.

Exercice 5

14 pts 25 min → Corrigé p. 109

Dans un souci d'écologie et d'économie, Numa envisage d'équiper le toit de sa maison pour récupérer les eaux de pluie.

Déterminer les économies qu'il pourrait ainsi réaliser chaque année sur sa facture d'eau.

Comprendre l'exercice

- Même si vous ne parvenez pas au résultat final, écrivez vos calculs et vos recherches : chacun de vos travaux sera pris en compte lors de la correction.

DOC. 1 Le plan du toit plat de la maison de Numa

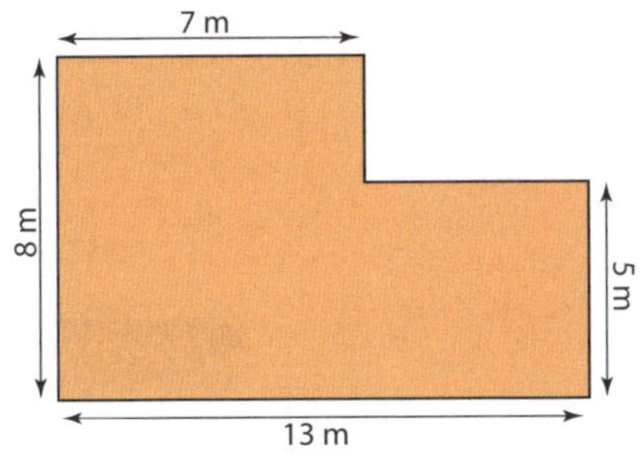

DOC. 2 Formule de la pluviométrie

Si Q désigne la quantité d'eau de pluie, en L, que l'on peut récupérer chaque année, alors $Q = 0{,}7 \times P \times A$, où P désigne la pluviométrie annuelle, en mm, de la région et A désigne l'aire, en m², du toit.

DOC. 3 Renseignements divers

- Dans la ville de Numa, $P = 761{,}9$ mm et le prix de 1 m³ d'eau est de 3,50 €.
- 1 m³ = 1 000 L.

› Je réponds à la question

....

....

....

....

....

Exercice 6

12 pts 15 min → Corrigé p. 109

Lors d'un EPI, des classes de 3ᵉ A et de 3ᵉ B ont calculé leurs vitesses maximales aérobies (VMA). Voici les résultats présentés par les élèves de ces classes :

3ᵉ A

VMA (en km/h)	8	9	10	11	12	13	15	16
Effectif	2	1	2	4	8	5	4	2

3ᵉ B
Effectif total : 26
Moyenne : 12
Médiane : 12
VMA la plus basse : 9
Étendue : 8

1 **a.** Combien d'élèves y a-t-il en 3ᵉ A ?

b. Comparer la moyenne des VMA des deux classes.

c. Dans quelle classe se trouve l'élève qui la VMA la plus élevée ? Expliquer.

Comprendre l'exercice

- Les trois documents vous donnent des indications pour résoudre l'exercice.

Les conseils du prof !

- Pour calculer l'aire du toit, vous pouvez par exemple décomposer ce toit en deux rectangles.
- Une fois cette aire calculée, vous pouvez calculer Q.
- N'oubliez pas de convertir les L en m³.

Comprendre l'exercice

- **Notions à revoir :**
– moyenne ;
– médiane ;
– étendue d'une série statistique.
- Pour répondre à la question **2**, vous devez connaître la formule de la vitesse moyenne.
- La VMA est la vitesse de course à pied à partir de laquelle une personne consomme le maximum d'énergie.

Lors d'un test de 4 minutes 30 secondes, les élèves courent le long de plots espacés régulièrement tous les 20 m. Lucie, qui a une VMA de 15 km/h, avait pour objectif de courir à une vitesse moyenne correspondant à 80 % de sa VMA.

2 **Lucie, qui a finalement passé 46 plots, a-t-elle réalisé son objectif ?**

› Je réponds aux questions

1 a. ……………………………………………………………

b. ……………………………………………………………

……………………………………………………………

c. ……………………………………………………………

……………………………………………………………

2 ……………………………………………………………

……………………………………………………………

……………………………………………………………

……………………………………………………………

……………………………………………………………

Les conseils du prof !

Utilisez les indications sur l'étendue.

Calculez dans un premier temps la vitesse qui correspond à 80 % de la VMA de Lucie.

Calculez ensuite la distance que Lucie devait parcourir à cette vitesse

Exercice 7 14 pts 20 min

→ Corrigé p. 110

Comprendre l'exercice

• x et y désignent les coordonnées du lutin « Ball ». Ces coordonnées varient tout au long du script.

Juliette réalise une animation avec les lutins « Avery » et « Ball ».
Voici le script du lutin « Ball ».

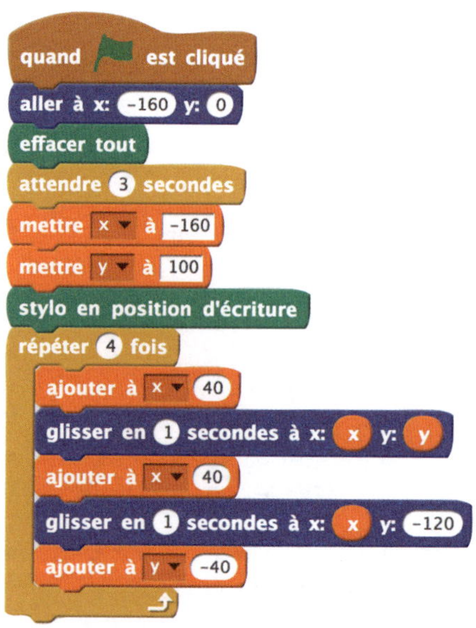

1 **a.** **Au début du script, quelles sont les coordonnées du lutin « Ball » ?**

b. **Sur le graphique ci-après, tracer la trajectoire du lutin « Ball ».**

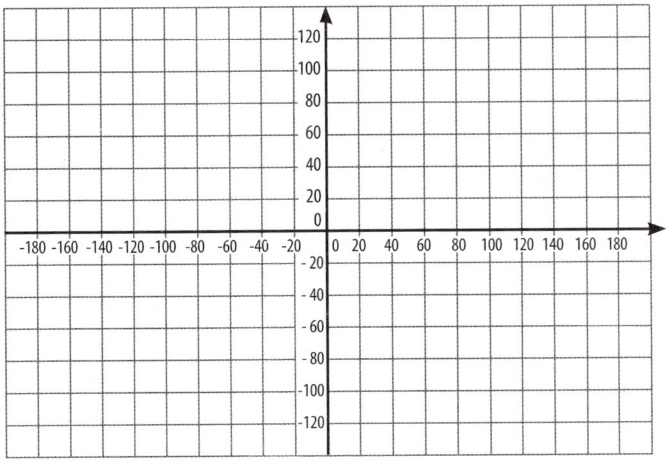

2 Juliette veut créer le script ci-dessous pour le lutin « Avery ».

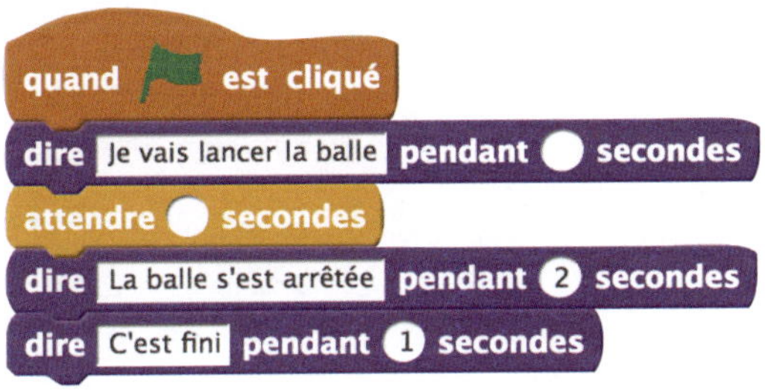

a. Compléter ce script de façon à ce que le lutin « Avery » parle lorsque le lutin « Ball » ne bouge pas.

b. Quelle est alors la durée totale de l'animation ?

› Je réponds aux questions

1 a. ……………………………………………………………………………

……………………………………………………………………………

b. *Complétez directement sur le graphique ci-dessus.*

……………………………………………………………………………

……………………………………………………………………………

2 a. *Complétez directement sur le script ci-dessus.*

……………………………………………………………………………

b. ……………………………………………………………………………

……………………………………………………………………………

……………………………………………………………………………

Les conseils du prof !

Seules les trois briques bleues correspondent à un déplacement du lutin.

- Vous pouvez déterminer les deux valeurs manquantes à l'aide du script du lutin « Ball ».
- Vous pouvez répondre à la dernière question avec le script que vous venez de compléter.

SUJET 8 CORRIGÉS

Exercice 1 → p. 102

On note x la somme, en €, que touchera le troisième. Le deuxième touchera alors $2x$ € et le vainqueur touchera $2x + 100$ €. On peut alors écrire l'équation : $x + 2x + 2x + 100 = 500$.

$5x + 100 = 500 \rightarrow 5x + 100 - 100 = 500 - 100 \rightarrow 5x = 400$

$\rightarrow \frac{5x}{5} = \frac{400}{5} \rightarrow x = 80$.

Le troisième touchera 80 €, le deuxième touchera 160 € (2 × 80 = 160) et le vainqueur touchera 260 € (160 + 100 = 260).

Je comprends les corrigés

- Le deuxième touche deux fois plus que le troisième, c'est-à-dire $2 \times x$ soit $2x$.
- Le premier touche 100 € de plus que le deuxième, c'est-à-dire $2x + 100$.

Exercice 2 → p. 102

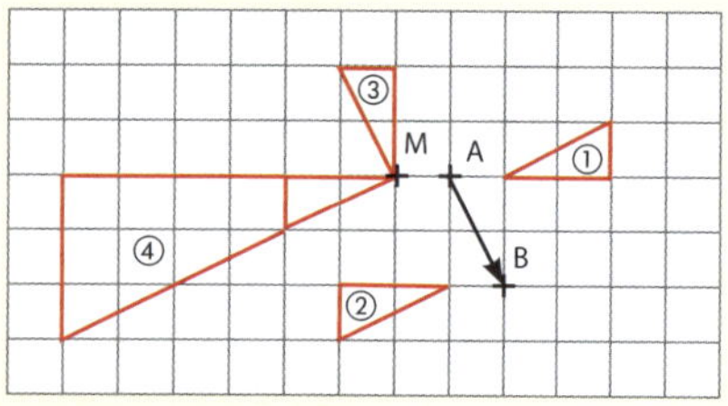

- Le triangle ② s'obtient en faisant glisser le triangle initial.
- Le triangle ④ est un agrandissement de rapport 3 du triangle initial.

Exercice 3 → p. 103

1 $\frac{1{,}65}{66} = 0{,}025 = \frac{2{,}5}{100}$.

2,5 % de la population française était du groupe AB+.

2 90 fL = 90×10^{-15} L.

$25 \times 10^{12} \times 90 \times 10^{-15}$ L $= 25 \times 90 \times 10^{12} \times 10^{-15}$ L $= 2\,250 \times 10^{12+(-15)}$ L

$= 2\,250 \times 10^{-3}$ L $= 2{,}25$ L.

Les globules rouges représentent 2,25 L.

25×10^{12} globules rouges occupent un volume 25×10^{12} fois plus grand que 1 seul globule rouge.

Exercice 4 → p. 103

1 1 cm sur la carte représente 800 m, soit 80 000 cm dans la réalité.

L'échelle de cette carte est $\frac{1}{80\,000}$.

L'échelle d'une carte est $\frac{\text{Distance sur la carte}}{\text{Distance réelle}}$, les deux distances étant exprimées dans la même unité.

2 **a.** • 1 430 m – 1 130 m = 300 et 300 m : 5 = 60 m.

La différence d'altitude entre deux lignes de niveau consécutives est 60 m.

• 1 130 m – 3 × 60 m = 1 130 m – 180 m = 950 m.

L'altitude de départ est 950 m.

• 1 430 m + 60 m = 1 490 m. L'altitude d'arrivée est 1 490 m.

b. 1 490 m – 950 m = 540 m. Le dénivelé est de 540 m.

c. Les lignes de niveau sont moins espacées autour de l'arrivée, donc la pente est plus raide à l'arrivée qu'au départ.

- Entre 1 130 m et 1 430 m, il y a 5 fois l'écart entre deux lignes de niveau consécutives. Donc l'écart entre deux lignes de niveau consécutives est (1 430 m – 1 130 m) : 5.

3 • Sur la carte, 3,2 cm séparent le départ de l'arrivée.
$3{,}2 \times 800$ m = 2 560 m.
La longueur calculée sur la carte est 2 560 m.

> 1 cm sur la carte représente 800 m, donc 3,2 cm représentent $3{,}2 \times 800$ m.

• Le triangle ABC est rectangle en B donc, d'après le théorème de Pythagore :
$AC^2 = AB^2 + BC^2 = 2\,560^2 + 540^2 = 6\,553\,600 + 291\,600$
Donc $AC^2 = 6\,845\,200$.
$AC = \sqrt{6\,845\,200}$. Donc $AC \approx 2\,616$. La longueur réelle du télésiège est d'environ 2 616 m.

Exercice 5 → p. 104

• $7 \times 8 + (13 - 7) \times 5 = 56 + 6 \times 5 = 56 + 30 = 86$.
L'aire A du toit est 86 m².

> Pour calculer l'aire du toit, on le décompose en deux rectangles de dimensions 7 m et 8 m d'une part et 13 m – 7 m et 5 m d'autre part.

• $Q = 0{,}7 \times 761{,}9 \times 86 = 45\,866{,}38$.
Numa devrait récupérer chaque année 45 866,38 L d'eau.

• 45 866,38 L = 45,866 38 m³.
$45{,}866\,38 \times 3{,}5 \approx 160{,}53$.
Numa devrait économiser environ 160,53 € chaque année.

Exercice 6 → p. 105

1 **a.** $2 + 1 + 2 + 4 + 8 + 5 + 4 + 2 = 28$.
Il y a 28 élèves dans la classe de 3ᵉ A.

b. $\dfrac{8 \times 2 + 9 \times 1 + 10 \times 2 + 11 \times 4 + 12 \times 8 + 13 \times 5 + 15 \times 4 + 16 \times 2}{28}$
$= \dfrac{342}{28}$.
Et $\dfrac{342}{28} \approx 12{,}2$.
$12{,}2 > 12$.
Donc la moyenne des VMA est supérieure dans la classe de 3ᵉ A.

c. L'étendue de la classe 3ᵉ B est 8.
Donc l'élève de 3ᵉ B qui a la plus grande VMA a une VMA de 17 ($9 + 8 = 17$).
L'élève qui a la plus grande VMA se trouve donc dans la classe de 3ᵉ B, car $17 > 16$.

> L'étendue est la différence entre la plus grande valeur et la plus petite valeur.

2 $\dfrac{80}{100} \times 15 = 0{,}8 \times 15 = 12$.
Lucie devait courir à la vitesse moyenne de 12 km/h.

• 12 km : 60 = 0,2 ;
donc Lucie doit courir à la vitesse moyenne de 0,2 km/min.

- $d = v \times t$, c'est-à-dire $d = 0{,}2 \times 4{,}5 = 0{,}9$.
  Lucie devait parcourir 0,9 km, soit 900 m en 4 min 30 s.
- $46 \times 20 = 920$. $920 > 900$;
  Donc Lucie a réalisé son objectif.

- On peut construire un tableau de proportionnalité pour calculer la distance parcourue par Lucie.
- On peut aussi calculer la vitesse moyenne de Lucie en km/h et la comparer à 12 km/h.

Exercice 7 → p. 106

1 **a.** Au début du script, les coordonnées du lutin « Ball » sont (–160 ; 0).

b.

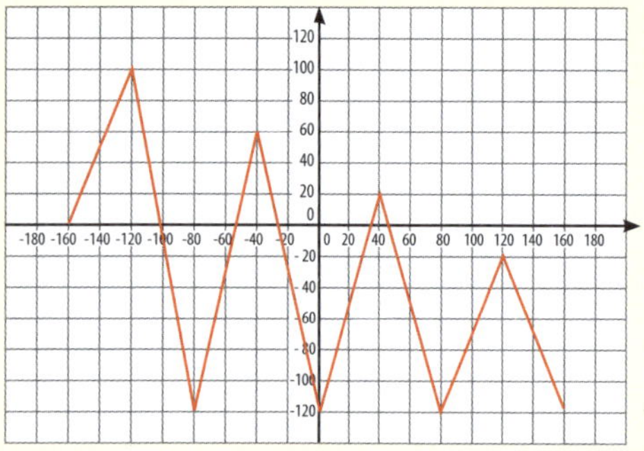

- À chaque déplacement, l'abscisse du lutin augmente de 40. (–160 + 40 = –120).
- Tous les deux déplacements, l'ordonnée du lutin est –120.

JE FAIS LE POINT

	J'ai bien compris et j'ai réussi	Il manque des connaissances → Je revois le cours	Je n'ai pas compris la méthode → Je relis les conseils
EXERCICE 1 → p. 102			
Question	❑	❑	❑
EXERCICE 2 → p. 102			
Question	❑	❑	❑
EXERCICE 3 → p. 103			
Question 1	❑	❑	❑
Question 2	❑	❑	❑
EXERCICE 4 → p. 103			
Question 1	❑	❑	❑
Question 2	❑	❑	❑
Question 3	❑	❑	❑
EXERCICE 5 → p. 104			
Question	❑	❑	❑
EXERCICE 6 → p. 105			
Question 1	❑	❑	❑
Question 2	❑	❑	❑
EXERCICE 7 → p. 106			
Question 1	❑	❑	❑
Question 2	❑	❑	❑

SUJET 9

100 pts*

2H

* Dont 10 points pour la présentation de la copie, l'orthographe, la syntaxe et le vocabulaire.

Exercice 1

12 pts 15 min → Corrigé p. 119

On considère le programme de calcul ci-contre :

- Choisir un nombre.
- Ajouter 5.
- Multiplier par le nombre de départ.
- Soustraire le carré du nombre de départ.

1 Vérifier que, si l'on choisit 7, on obtient 35.

2 Quel nombre obtient-on si l'on choisit :

a. -8 ? b. 10^{-2} ?

Louise est capable de calculer mentalement le nombre obtenu avec ce programme.

3 a. Comment Louise s'y prend-elle ?

b. Démontrer que la méthode de Louise fonctionne quel que soit le nombre choisi au départ.

Comprendre l'exercice

- **Notion à revoir :** calcul numérique.
- À la dernière question, on attend une démonstration, qui fait intervenir le calcul littéral.

› Je réponds aux questions

1 ....

....

2 a. ....

....

....

b. ....

....

....

3 a. ....

....

b. ....

....

....

....

....

Les conseils du prof !

Veillez à reprendre chacune des étapes du programme de calcul.

- Le carré d'un nombre négatif est un nombre positif.
- Vous pouvez utiliser l'écriture décimale de 10^{-2}.

À partir des trois exemples précédents, étudiez comment on peut passer du nombre choisi au nombre obtenu.

- **Attention**, des exemples ne suffisent pas.
- Notez x le nombre choisi, puis exprimez le nombre obtenu en fonction de x.
- Développez, puis réduisez l'expression obtenue.

Exercice 2

12 pts 20 min → Corrigé p. 119

On s'intéresse à la trajectoire d'une balle lors d'un lancer.
La courbe ci-dessous représente la hauteur (en m) en fonction de la distance horizontale (en m) parcourue par la balle.

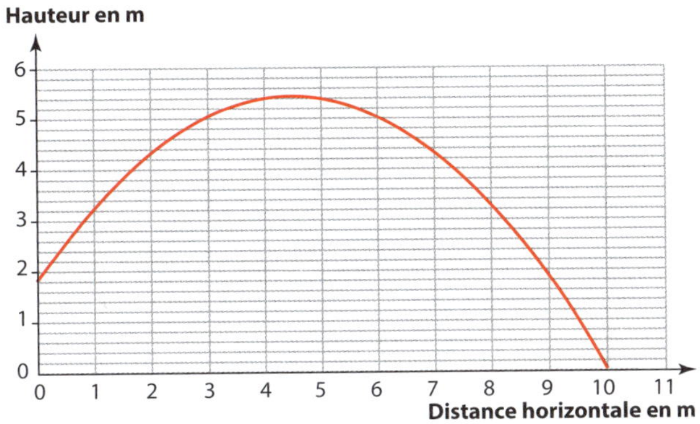

1 En utilisant la courbe, répondre aux questions suivantes :

a. Quelle est la distance obtenue pour ce lancer ?

b. À quelle hauteur la balle a-t-elle été lâchée par le lanceur ?

c. Quelle semble être la hauteur maximale atteinte par la balle ?

La courbe ci-dessus représente la fonction f définie par :

$$f(x) = -0,18x^2 + 1,62x + 1,8.$$

2 Répondre aux questions suivantes à l'aide de calculs.

a. Calculer $f(10)$. Que signifie ce résultat pour la balle ?

b. Calculer la hauteur exacte à laquelle la balle a été lancée.

› Je réponds aux questions

1 a. ....

b. ....

....

c. ....

2 a. ....

....

b. ....

....

Comprendre l'exercice

- **Notion à revoir :** fonctions.
- La question **1** fait intervenir la lecture et la compréhension du graphique.
- À la question **2**, $f(x)$ désigne la hauteur de la balle.

Les conseils du prof !

- Avant toute chose, déterminez la valeur d'une graduation sur chaque axe.
- Sur l'axe des ordonnées, 1 unité est partagée en 5.

Remplacez x par 10 dans l'expression de $f(x)$.

La hauteur à laquelle la balle a été lancée correspond à une certaine valeur de $f(x)$.

Exercice 3

12 pts — 20 min → Corrigé p. 119

Un chocolatier a fabriqué 90 œufs et 144 poissons en chocolat. Il souhaite vendre des assortiments d'œufs et de poissons de sorte que :

- tous les paquets aient la même composition ;
- après mise en paquet, il ne reste ni œufs, ni poissons.

1 **a.** **Le chocolatier peut-il faire 15 paquets ? Justifier.**

b. **Quel est le nombre maximal de paquets que le chocolatier peut réaliser ? Expliquer. Quel est alors le contenu d'un paquet ?**

2 **À l'aide des informations ci-dessous, calculer le coût du chocolat utilisé pour un œuf.**

- Les œufs ont la forme d'une boule pleine de 3 cm de diamètre.
- 1 cm^3 de chocolat pèse 1,2 g.
- Volume V d'une boule de rayon R : $V = \frac{4}{3} \times \pi \times R^3$.
- 1 kg de chocolat coûte 12,90 €.

› Je réponds aux questions

1 **a.** ....

....

....

....

b. ....

....

....

....

....

2 ....

....

....

....

....

....

Comprendre l'exercice

- **Notions à revoir :**
  – diviseurs ;
  – décomposition d'un nombre en facteurs premiers.
- À la question **2**, même si vous ne trouvez pas la réponse, écrivez toutes les traces de vos recherches.

Les conseils du prof !

- Le nombre de paquets doit diviser à la fois 90 et 144 et ce nombre doit être le plus grand possible.
- Vous pouvez décomposer 90 et 144 en produits de facteurs premiers.

- **Attention**, vous avez besoin du rayon de l'œuf en chocolat pour calculer son volume !
- Vous pouvez convertir la masse d'un œuf en kg (1 kg = 1 000 g).

Exercice 4

12 pts 15 min → Corrigé p. 120

Lors d'un séisme, les stations d'observation enregistrent deux types d'ondes sismiques : P et S. Dans certains cas, la distance *d* (en km) qui sépare la station d'observation de l'épicentre du séisme est donnée par la formule :
$d = 8 \times (t_S - t_P)$, où t_S et t_P sont les heures d'arrivée respectives des ondes S et P.
La différence de temps est exprimée en secondes.

1 **Lors d'un séisme, la station de Tahiti a relevé :**
t_S = 3 h 15 min 7 s et t_P = 3 h 13 min 56 s.
À quelle distance de cette station était situé l'épicentre du séisme ?

2 **Le 15 janvier, un séisme a déclenché un tsunami (c'est-à-dire une vague géante) dans l'océan Pacifique.**

À l'aide des documents ci-dessous, déterminer l'heure à laquelle la vague devrait atteindre Tahiti.

DOC. 1 Le séisme

- Le séisme a eu lieu à 8 h 48 min 34 s.
- L'épicentre était situé à 6 000 km de Tahiti.

DOC. 2 La vague

La vitesse moyenne de la vague est d'environ 800 km/h.

› Je réponds aux questions

1 ....

....

....

....

....

....

2 ....

....

....

....

....

....

Comprendre l'exercice

- **Notions à revoir :**
– vitesse moyenne ;
– calcul de durées.

Les conseils du prof !

- Il suffit de calculer $t_S - t_P$ et d'exprimer cette différence en secondes.
- 1 min = 60 s.

- Calculez, dans un premier temps, la durée nécessaire à la vague pour atteindre Tahiti.
- Utilisez la relation $d = v \times t$ pour calculer cette durée.

Exercice 5

14 pts — 15 min → Corrigé p. 120

Un an après avoir effectué des travaux, un magasin a réalisé une étude pour observer l'évolution du nombre de clients.
Voici le résumé de cette étude :

Magasin « L'épicerie de Lola »

- À présent, le magasin est ouvert tous les jours sauf le dimanche.
- En semaine, le nombre moyen de clients est de 160 clients par jour.
- Le samedi, le nombre de clients augmente de 40 % par rapport à un jour de semaine.
- Depuis les travaux, le nombre de clients a augmenté de 28 %.

1 Actuellement, en moyenne, combien de clients fréquentent le magasin le samedi ? Chaque semaine ?

2 Quel pourcentage de la clientèle représentent les clients du samedi ?

3 Avant les travaux, combien de clients fréquentaient en moyenne le magasin chaque semaine ?

› Je réponds aux questions

1 ....

....

....

....

2 ....

....

....

....

3 ....

....

....

....

Comprendre l'exercice

- **Notion à revoir :** pourcentages.
- « En semaine » signifie lundi, mardi, mercredi, jeudi ou vendredi.

Les conseils du prof !

- Calculez, dans un premier temps, 40 % de 160.
- Le magasin est ouvert le samedi et 5 autres jours.

Cela revient à exprimer la proportion :

$$\frac{\text{Nombre de clients le samedi}}{\text{Nombre de clients en une semaine}}$$

avec un dénominateur égal à 100.

- On ne peut pas ici prendre 28 % de la fréquentation actuelle.
- La fréquentation a augmenté de 28 %, donc elle a été multipliée par 1,28.

Exercice 6

16 pts 20 min → Corrigé p. 121

ABC est un triangle tel que AB = 6 cm et M est un point du segment [AB]. Avec un logiciel de géométrie, on étudie différentes configurations de cette figure.

1 Dans cette question, le triangle ABC est rectangle isocèle en C et M est le point de [AB] tel que les droites (CM) et (AB) soient perpendiculaires.

a. Expliquer pourquoi le triangle ACM est isocèle.

b. Calculer l'aire du triangle ABC.

c. Calculer une valeur approchée au dixième près de la longueur AC.

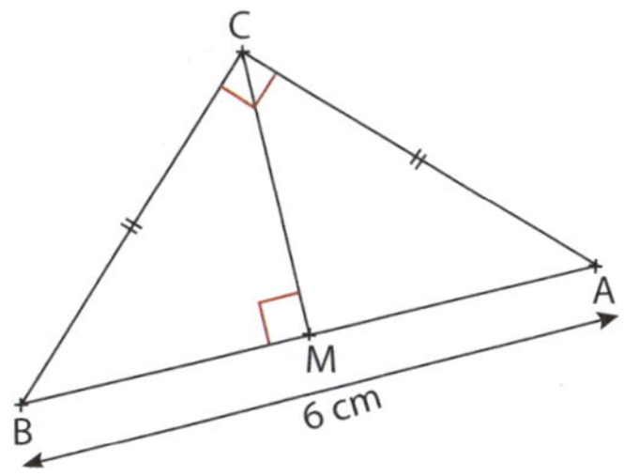

2 Dans cette question on a : BC = 2,6 cm et AC = 4,4 cm.

Où doit-on placer le point M sur le segment [AB] pour que les triangles ACM et BCM aient le même périmètre ?

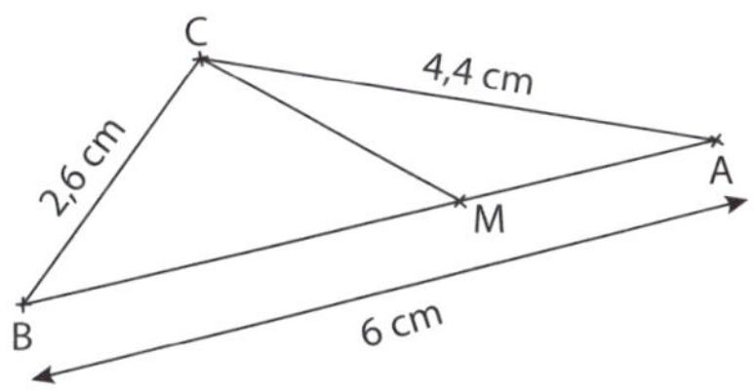

Comprendre l'exercice

- Cet exercice utilise de nombreuses **notions de géométrie** vues tout au long du collège :
  – la somme des angles d'un triangle ;
  – la formule de l'aire d'un triangle ;
  – le théorème de Pythagore.

› Je réponds aux questions

1 a. ......

......

......

......

b. ......

......

......

c. ......

......

......

2 ......

......

......

......

......

Les conseils du prof !

- Calculez les mesures des angles du triangle ACM.
- Un triangle qui a deux angles de même mesure est un triangle isocèle.

- L'aire d'un triangle est $\frac{\text{côté} \times \text{hauteur}}{2}$.
- Complétez l'égalité : CM = AM = BM= ...

Utilisez le théorème de Pythagore dans le triangle ACM.

Exercice 7

12 pts — 15 min

→ Corrigé p. 121

Voici le travail réalisé par Anaïs avec le logiciel Scratch.

- La scène

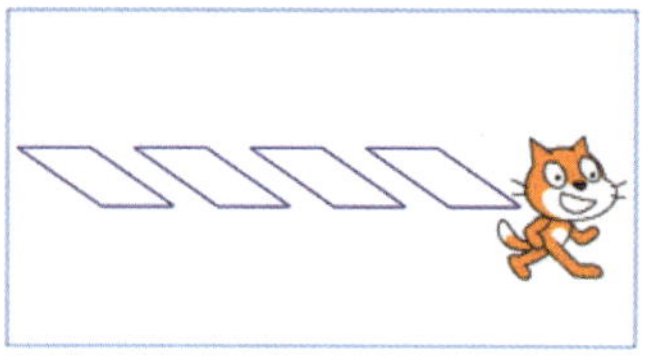

- Le script

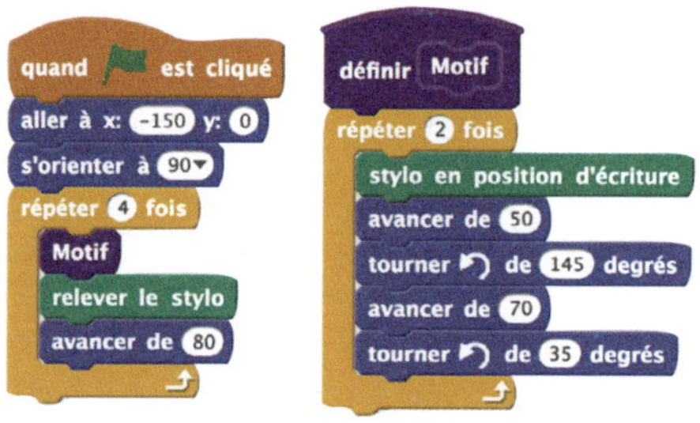

1 Quelle est la nature du quadrilatère dessiné par le bloc « Motif » ? Quelle propriété permet d'affirmer cela ?

2 Quelles sont les coordonnées du lutin à la fin du script ?

Au début, Anaïs avait inversé les deux briques ci-contre.

3 Sur la scène ci-dessus, dessiner ce qu'elle avait alors obtenu avec ce script.

Comprendre l'exercice

- **Notion à revoir :** propriétés du parallélogramme.
- À la fin du bloc « Motif », le lutin est revenu à son point de départ (au début du bloc).

› Je réponds aux questions

1 ....

....

....

....

2 ....

....

....

....

....

....

3 *Complétez directement le dessin de la scène ci-dessus.*

Les conseils du prof !

Vous pouvez étudier les côtés opposés de ce quadrilatère.

Complétez la phrase suivante : « Le stylo était alors en position d'écriture entre ... »

Exercice 1 → p. 112

Je comprends les corrigés

1 $7 \to 7 + 5 = 12 \to 12 \times 7 = 84 \to 84 - 7^2 = 84 - 49 = 35$.
Si on choisit 7, on obtient bien **35**.

2 **a.** $-8 \to -8 + 5 = -3 \to (-3) \times (-8) = 24 \to 24 - (-8)^2$.
$= 24 - 64 = -40$
Si on choisit -8, on obtient **-40**.

> Le carré de -8 est 64.

b. $10^{-2} = 0{,}01 \to 0{,}01 + 5 = 5{,}01 \to 0{,}01 \times 5{,}01 = 0{,}0501$
$\to 0{,}0501 - 0{,}01^2 = 0{,}0501 - 0{,}0001 = 0{,}05$.
Si on choisit 10^{-2} on obtient **0,05**.

> Ici, il est plus simple d'utiliser l'écriture décimale de 10^{-2}.

3 **a.** Louise a remarqué que $35 = 5 \times 7$; $-40 = 5 \times (-8)$ et $0{,}05 = 5 \times 0{,}01 = 5 \times 10^{-2}$.
Louise multiplie le nombre choisi par 5.

b. On note x le nombre choisi :
$x \to x + 5 \to (x + 5) \times x \to (x + 5) \times x - x^2$
Le nombre obtenu est alors $(x + 5) \times x - x^2$.
Or $(x + 5) \times x - x^2 = x^2 + 5x - x^2 = 5x$. Quel que soit le nombre x choisi, le nombre obtenu est $5x$, soit 5 fois le nombre choisi.

> - Des exemples ne suffisent pas, d'où l'introduction d'une lettre pour désigner le nombre choisi.
> - C'est $x + 5$ et non 5 qui est multiplié par x, donc on met des parenthèses autour de $x + 5$.

Exercice 2 → p. 113

1 **a.** La distance obtenue pour ce lancer est 10 m.

b. Sur l'axe des ordonnées, 1 unité est partagée en 5 et $1 : 5 = 0{,}2$. Donc un carreau correspond à 0,2 m et la balle est lancée à 1,80 m de hauteur.

c. La hauteur maximale atteinte par le poids semble être d'environ 5,4 m.

2 **a.** $f(10) = -0{,}18 \times 10^2 + 1{,}62 \times 10 + 1{,}8$
$f(10) = -0{,}18 \times 100 + 1{,}62 \times 10 + 1{,}8 = -18 + 16{,}2 + 1{,}8 = 0$.
La balle retombe à 10 m de l'endroit où elle a été lancée.

> - $-0{,}18 \times 10^2 = -0{,}18 \times 10 \times 10$.
> - $f(10) = 0$ signifie que la balle est à 0 m de hauteur : elle touche le sol.

b. $f(0) = -0{,}18 \times 0^2 + 1{,}62 \times 0 + 1{,}8 = 1{,}8$.
Donc la balle a été lancée à exactement 1,80 m de hauteur.

> La hauteur à laquelle la balle est lancée correspond à $f(0)$.

Exercice 3 → p. 114

1 **a.** $90 : 15 = 6$ mais $144 : 15 = 9{,}6$, donc le chocolatier ne peut pas faire 15 paquets.

b. • Le nombre de paquets doit diviser à la fois 90 et 144, donc ce nombre est un diviseur commun de 90 et 144. Comme ce nombre doit être le plus grand possible, il s'agit du plus grand diviseur commun à 90 et 144. Pour déterminer ce plus grand diviseur commun, on décompose 90 et 144 en produits de facteurs premiers.

> Les facteurs premiers communs aux deux décompositions sont 2, 3 et 3, donc le plus grand diviseur commun à 90 et 144 est $2 \times 3 \times 3$.

$90 = 10 \times 9 = 2 \times 5 \times 3 \times 3$ et
$144 = 2 \times 72 = 2 \times 2 \times 36 = 2 \times 2 \times 2 \times 3 \times 2 \times 3$.
Donc $90 = \mathbf{2 \times 3 \times 3} \times 5$ et $144 = 2 \times 2 \times 2 \times \mathbf{2 \times 3 \times 3}$.
Le plus grand diviseur commun à 90 et 144 est $2 \times 3 \times 3$, soit 18.
Le chocolatier peut réaliser au maximum 18 paquets.

- 90 : 18 = 5 et 144 : 18 = 8. Donc un paquet contient 5 œufs et 8 poissons.

2 • **Calcul du volume V d'un œuf :**
$R = \frac{3\text{ cm}}{2}$ et $V = \frac{4}{3} \times \pi \times 1{,}5^3$. Donc $V \approx 14\text{ cm}^3$.

- **Calcul de la masse d'un œuf :**
$14 \times 1{,}2\text{ g} = 16{,}8\text{ g}$. Un œuf pèse environ 16,8 g.
- **Calcul du coût du chocolat :**
16,8 g = 0,0168 kg. $0{,}0168 \times 12{,}9$ € $\approx 0{,}22$ €.
Donc le coût du chocolat utilisé pour un œuf est environ 0,22 €.

> • 1 cm³ pèse 1,2 g, donc 14 cm³ pèsent 14 fois plus, soit $14 \times 1{,}2$ g.
> • On aurait pu aussi remarquer que 1 g de chocolat coûte 0,0129 €.

Exercice 4 → p. 115

1 3 h 15 min 7 s – 3 h 13 min 56 s = 1 min 11 s = 71 s
donc $t_S - t_P = 71$ s.
$8 \times 71 = 568$, donc l'épicentre du séisme était situé à 568 km de la station.

> On peut aussi construire ce schéma :
>
> 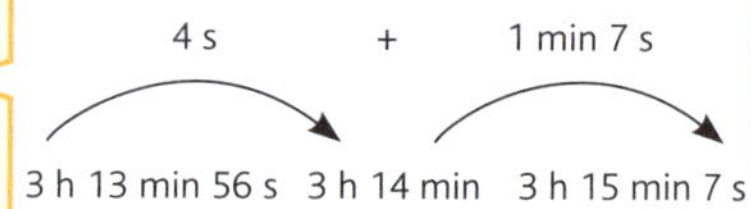
>

2 $d = v \times t$, c'est-à-dire $6\,000 = 800 \times t$. Donc $t = \frac{6\,000}{800}$.
La vague met 7,5 h soit 7 h 30 min pour atteindre Tahiti.
8 h 48 min 34 s + 7 h 30 min = 15 h 78 min 34 s = 16 h 18 min 34 s.
La vague devrait atteindre Tahiti à 16 h 18 min 34 s.

> On ajoute la durée obtenue à l'heure à laquelle s'est déclenché le séisme.

Exercice 5 → p. 116

1 • $\frac{40}{100} \times 160 = 64$ et $160 + 64 = 224$.
Donc, en moyenne, 224 clients fréquentent le magasin le samedi.

- $5 \times 160 + 224 = 1\,024$. Donc, actuellement, 1024 clients fréquentent le magasin chaque semaine.

> Le magasin est ouvert 5 jours par semaine, en plus du samedi.

2 $\frac{224}{1024} = 0{,}21875 = \frac{21{,}875}{100}$.
Donc les clients du samedi représentent 21,875 % de la clientèle.

> Cela revient aussi à chercher la valeur de x dans l'égalité $\frac{224}{1024} = \frac{x}{100}$.

3 Augmenter une quantité de 28 % revient à la multiplier par $1 + \frac{28}{100}$, c'est-à-dire par 1,28. Depuis les travaux, le nombre de clients a donc été multiplié par 1,28.
1 024 : 1,28 = 800. Donc, avant les travaux, 800 personnes fréquentaient le magasin chaque semaine.

> Le nombre y de clients a été multiplié par 1,28. On cherche donc la valeur du nombre y tel que $1{,}28 \times y = 1\,024$.

Exercice 6 → p. 117

1 **a.** Le triangle ABC est un triangle rectangle isocèle en B, donc $\widehat{BAC} = 45°$. D'où $\widehat{MAC} = 45°$. La somme des angles du triangle ACM est égale à 180° donc :

$\widehat{MAC} = 180° - (\widehat{MAC} + \widehat{AMC}) = 180° - (45° + 90°)$
$= 180° - 135° = 45°$.

$\widehat{MCA} = \widehat{MAC} = 45°$, donc le triangle ACM est isocèle en M.

b. On montre de même que le triangle BCM est isocèle en M donc BM = MC = MA. Comme BM = AM, on en déduit que M est le milieu de [AB] donc $BM = \dfrac{AB}{2}$; c'est-à-dire $BM = \dfrac{6 \text{ cm}}{2} = 3$ cm.
D'où MC = 3 cm.

Aire de ABC $= \dfrac{AB \times MC}{2} = \dfrac{6 \times 3}{2} = 9$. Donc l'aire du triangle ABC est 9 cm².

- On peut aussi utiliser les valeurs exactes de AC et CB :
AC = CB = $\sqrt{18}$ cm.
- On a ensuite :
Aire de ABC $= \dfrac{AC \times CB}{2}$
$= \dfrac{\sqrt{18} \times \sqrt{18}}{2} = 9 \text{ cm}^2$

c. Le triangle AMC est rectangle en M donc, d'après le théorème de Pythagore :
$AC^2 = AM^2 + MC^2 = 3^2 + 3^2 = 18$ et $AC = \sqrt{18}$ cm.
Donc AC ≈ 4,2 cm.

On pouvait aussi calculer la valeur exacte de AC avec le théorème de Pythagore dans le triangle ABC.

2 On note x la longueur AM. Le périmètre du triangle ACM est $x + 4{,}4 + MC$ et le périmètre du triangle BCM est $6 - x + 2{,}6 + MC$.
D'où l'équation :

$$x + 4{,}4 + MC = 6 - x + 2{,}6 + MC$$
$$x + 4{,}4 + MC = 8{,}6 - x + MC$$
$$x + 4{,}4 + MC - MC = 8{,}6 - x + MC - MC$$
$$x + 4{,}4 = 8{,}6 - x$$
$$x + x + 4{,}4 = 8{,}6 - x + x$$
$$2x + 4{,}4 = 8{,}6$$
$$2x + 4{,}4 - 4{,}4 = 8{,}6 - 4{,}4$$
$$2x = 4{,}2$$
$$\frac{2x}{2} = \frac{4{,}2}{2}$$
$$x = 2{,}1$$

Le point M doit être situé à 2,1 cm de A.

Exercice 7 → p. 118

1 Le quadrilatère a ses côtés opposés deux à deux de même longueur (40 pixels et 70 pixels), donc c'est un parallélogramme.

2 L'abscisse du lutin à la fin du script est $-150 + 4 \times 80$ soit 170.
L'ordonnée du lutin à la fin du script est 0. Donc les coordonnées du lutin à la fin du script sont (170 ; 0).

Autre méthode possible :

	x	y
Départ	–150	0
1	–150 + 80 = 70	0
2	–70 + 80 = 10	0
3	10 + 80 = 90	0
4	90 + 80 = 170	0

3

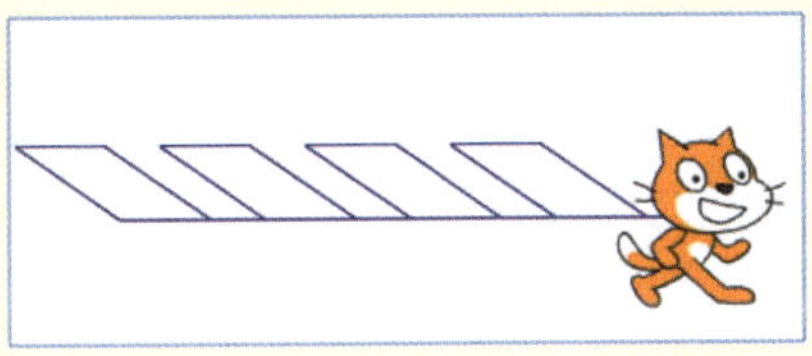

Le stylo est relevé puis, immédiatement après, remis en position d'écriture.

JE FAIS LE POINT

	J'ai bien compris et j'ai réussi	Il manque des connaissances → Je revois le cours	Je n'ai pas compris la méthode → Je relis les conseils
EXERCICE 1 → p. 112			
Question 1	❏	❏	❏
Question 2	❏	❏	❏
Question 3	❏	❏	❏
EXERCICE 2 → p. 113			
Question 1	❏	❏	❏
Question 2	❏	❏	❏
EXERCICE 3 → p. 114			
Question 1	❏	❏	❏
Question 2	❏	❏	❏
EXERCICE 4 → p. 115			
Question 1	❏	❏	❏
Question 2	❏	❏	❏
EXERCICE 5 → p. 116			
Question 1	❏	❏	❏
Question 2	❏	❏	❏
Question 3	❏	❏	❏
EXERCICE 6 → p. 117			
Question 1	❏	❏	❏
Question 2	❏	❏	❏
EXERCICE 7 → p. 118			
Question 1	❏	❏	❏
Question 2	❏	❏	❏
Question 3	❏	❏	❏

SUJET 10

100 pts* 2H

* Dont 10 points pour la présentation de la copie, l'orthographe, la syntaxe et le vocabulaire.

Exercice 1 – QCM

12 pts — 15 min → Corrigé p. 130

Dans ce questionnaire à choix multiple, pour chaque question, des réponses sont proposées. Une seule est exacte. Pour chacune des questions, entourer la bonne réponse. Aucune justification n'est attendue.

1 La forme développée de $(x-3)^2$ est :

a. $x^2 - 9$;
c. $x^2 - 6x + 9$;
b. $x^2 - 3x + 9$;
d. $x^2 - 6x - 9$.

2 f est la fonction définie par $f(x) = 3x - 4$. Alors...

a. $f(8) = 34$;
c. l'antécédent de 11 est 5 ;
b. l'image de 11 est 5 ;
d. f est une fonction linéaire.

3 L'aire de ce triangle rectangle ABC est :

a. 60 cm² ;
c. 240 cm² ;
b. 120 cm² ;
d. 3 120 cm².

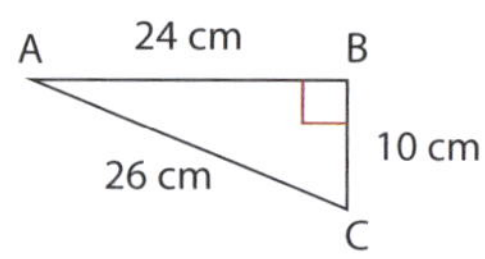

4 Quand on triple le rayon d'une boule, son volume est multiplié par :

a. 3 ; b. 9 ; c. 27 ; d. π

Comprendre l'exercice

- **Notions à revoir :**
– identités remarquables ;
– fonctions affines ;
– formule de l'aire d'un triangle ;
– effet d'un agrandissement sur les volumes.

À la question **2**, pour les 3 premières propositions, vous pouvez calculer l'image du nombre.

À la question **4**, par quoi sont multipliés les volumes dans un agrandissement de rapport k ?

Exercice 2

10 pts — 10 min → Corrigé p. 130

Dans le collège de Noah, 52,5 % des 640 élèves sont soit en 4ᵉ soit en 3ᵉ.

1 Compléter le tableau des effectifs de ce collège :

	Garçons	Filles	Total
6ᵉ et 5ᵉ	150	....	....
4ᵉ et 3ᵉ	160	....	....
Total	....	....	640

Pour représenter le collège lors d'une cérémonie, on choisit au hasard deux élèves : un dans les classes de 6ᵉ et 5ᵉ et l'autre dans les classes de 4ᵉ et de 3ᵉ.

2 La probabilité qu'une fille soit choisie dans les classes de 6ᵉ et de 5ᵉ est-elle supérieure à la probabilité qu'une fille soit choisie dans les classes de 4ᵉ et de 3ᵉ ?

Comprendre l'exercice

- **Notions à revoir :**
– pourcentages ;
– probabilités ;
– effectif.

› Je réponds aux questions

1 *Complétez directement sur le tableau ci-dessus.*

Les conseils du prof !

Commencez par calculer 52,5 % de 640, puis complétez le tableau en effectuant uniquement des additions et des soustractions.

2 ....

Vous devez calculer les 2 probabilités, puis les comparer.

Exercice 3 **12 pts** 15 min → Corrigé p. 131

La planète Mars possède deux petits satellites naturels : Phobos et Déimos.

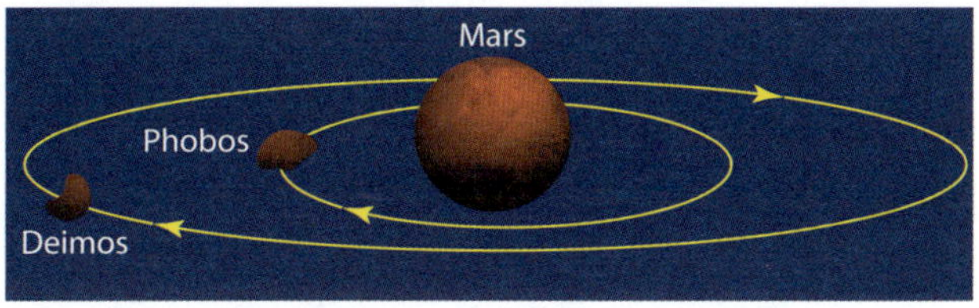

Phobos met 459 min pour faire le tour complet de Mars, tandis que Déimos met 1 818 min.

1 **Recopier et compléter cette décomposition en produit de facteurs premiers de 1 818 :**
1 818 = ... × ... × ... × 101.

Lucie, passionnée d'astronomie, a observé qu'à cet instant, Mars, Phobos et Déimos étaient alignés.

2 a. **Dans combien de minutes Lucie pourra-t-elle de nouveau observer cet alignement ?**

b. **Exprimer cette durée en jours, heures et minutes.**

Comprendre l'exercice

- **Notions à revoir :**
  - nombres premiers ;
  - diviseurs ;
  - multiples ;
  - critères de divisibilité.

› Je réponds aux questions

1 ....

2 a. ....

b. ....

Les conseils du prof !

Vous pouvez utiliser les critères de divisibilité.

Déterminez le plus petit multiple commun à 459 et 1 818.

- Exprimez dans un premier temps la durée en heures et minutes.
- 1 jour = 24 heures.

Exercice 4 **12 pts** 15 min → Corrigé p. 131

On a réalisé avec un logiciel de géométrie la figure ci-contre, sur laquelle les droites (AH) et (MS) sont sécantes en T.

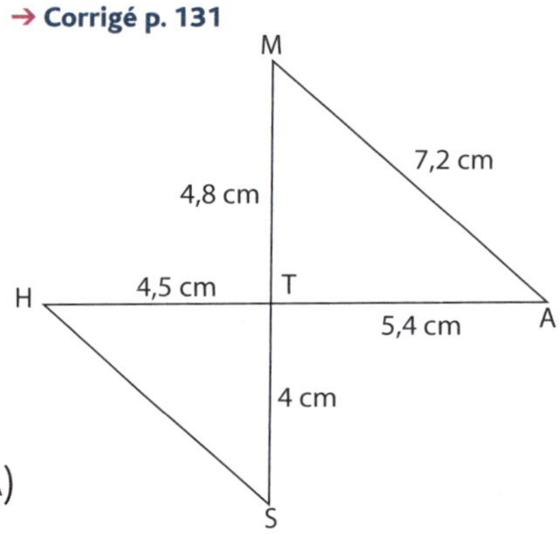

Dans chaque cas, dire si l'affirmation est vraie ou fausse. Justifier les réponses.

1. **Affirmation A** : les droites (MA) et (SH) sont parallèles.
2. **Affirmation B** : le quadrilatère MASH est un parallélogramme.
3. **Affirmation C** : les droites (MS) et (HA) sont perpendiculaires.
4. **Affirmation D** : HS = 6 cm

Comprendre l'exercice

- **Notions à revoir :**
  – théorème de Thalès et sa réciproque ;
  – réciproque du théorème de Pythagore ;
  – propriétés des parallélogrammes.
- L'énoncé demande explicitement de justifier les réponses.

› Je réponds aux questions

1. ....

2. ....

3. ....

4. ....

Les conseils du prof !

1.
- Utilisez la réciproque du théorème de Thalès.
- Pour cela, il faut comparer deux rapports.

2. Vous pouvez étudier les diagonales du quadrilatère MASH.

4. Vous pouvez à présent utiliser le théorème de Thalès.

Exercice 5

16 pts — 25 min → Corrigé p. 132

Un club de sport organise un concert pour financer ses déplacements.
La recette s'élève à 2 480 €.
Dans le public, il y a 80 adultes et 80 enfants.
Le tarif enfant coûte 5 € de moins que le tarif adulte.

Quel est le tarif enfant ?

› Je réponds à la question

Comprendre l'exercice

- **Notions à revoir :**
  – mise en équation d'un problème ;
  – résolution d'une équation.

Les conseils du prof !

Vous pouvez modéliser la situation par une équation ou utiliser un schéma.

Exercice 6

14 pts — 20 min → Corrigé p. 132

Le graphique ci-dessous donne la variation de la pression atmosphérique en hPa (hectopascals), en fonction de l'altitude en m.

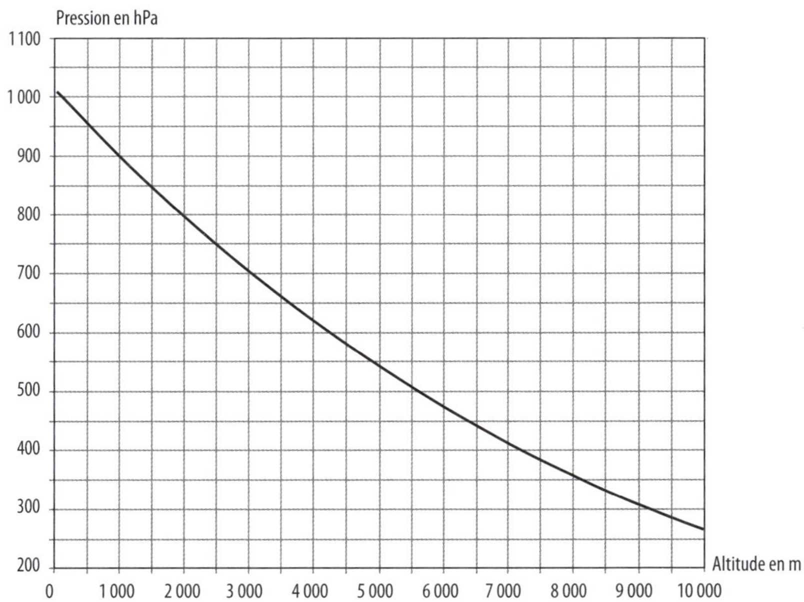

1 La pression atmosphérique est-elle proportionnelle à l'altitude ? Justifier.

Comprendre l'exercice

- Cet exercice nécessite de bien savoir lire un graphique et de savoir relier graphique et situations de proportionnalité.
- On vous demande de bien laisser visibles, sur le graphique, les tracés qui vous ont permis de répondre : ils seront pris en compte par le correcteur.

2 Pour les questions suivantes, laisser sur le graphique les tracés apparents.
On répondra avec la précision permise par le graphique.

a. **Quelle est la pression atmosphérique**
- **au niveau de la mer ?**
- **au sommet du Mont-Blanc (altitude 4 807 m) ?**

Quand on se trouve sur la commune de Divonne-les-Bains, la pression atmosphérique peut varier de 850 hPa à 950 hPa.

b. **Donner l'altitude minimale et l'altitude maximale de cette commune de Haute-Savoie.**

En Bolivie, un téléphérique permet de relier la capitale La Paz, où la pression atmosphérique est de 650 hPa, à la ville d'El Alto, située 500 m plus haut.

c. **De combien diminue la pression atmosphérique quand on prend ce téléphérique pour aller de La Paz à El Alto ?**

› Je réponds aux questions

1 ....

....

2 a. ....

b. ....

....

c. ....

....

....

....

Les conseils du prof !

Vous pouvez répondre sans effectuer de calculs, mais en citant une propriété du cours.

Quelle est l'altitude au niveau de la mer ?

Déterminez, dans un premier temps, l'altitude de La Paz.

Exercice 7

14 pts 20 min → Corrigé p. 133

Des élèves devaient réaliser un jeu avec les lutins « Sprite » et « Ball ».

Voici les exigences du jeu :

- la balle doit avancer sans arrêt de 20 et rebondir quand les bords sont touchés, jusqu'à ce qu'elle touche le lutin « Sprite » ;
- quand la balle touche le lutin « Sprite », la balle doit dire « Touché » pendant 1 seconde.

1 Lequel des scripts ci-dessous respecte les exigences du jeu ? Expliquer ce que font les deux autres scripts.

Script 1

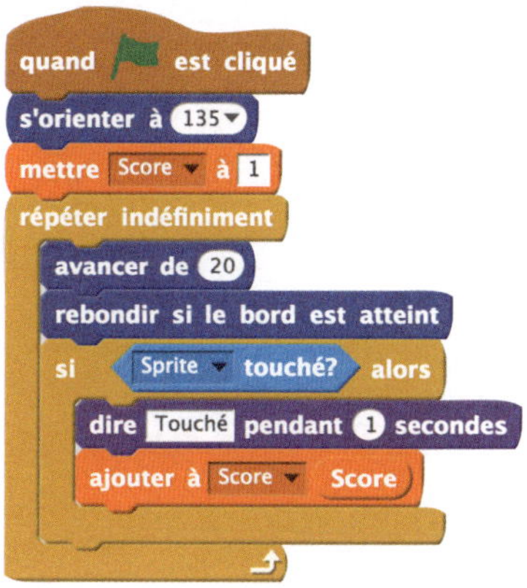

Script 2

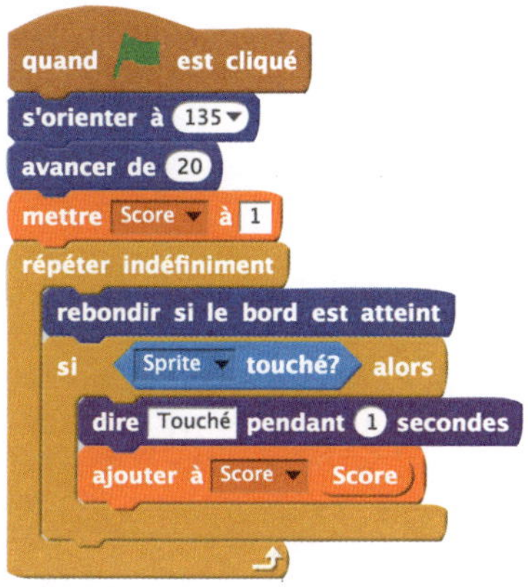

Script 3

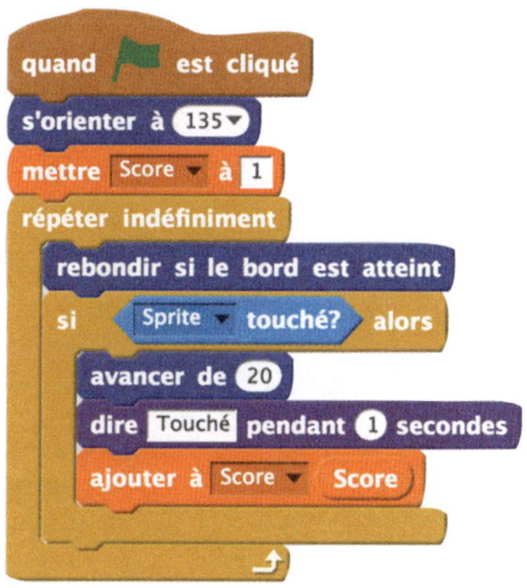

Avec le script qui convient, le jeu affiche un score qui évolue chaque fois que le chat est touché.

2 Quel score sera affiché quand la balle touchera le lutin « Sprite » pour la troisième fois ?

› Je réponds aux questions

1 ....

....

....

2 ....

....

....

Comprendre l'exercice

- Étudiez les actions qui doivent se trouver à l'intérieur des briques « répéter indéfiniment » et « si Sprite touché ? ».
- Analysez la façon dont le score évolue quand le chat est touché.

Les conseils du prof !

L'emplacement de la brique « avancer de 20 » est différent pour chacun des scripts.

Vous pouvez construire un tableau pour calculer le nouveau score chaque fois que le lutin est touché.

Exercice 1 → p. 124

Je comprends les corrigés

1 Réponse **c.**
En effet, $(x - 3)^2 = x^2 - 2 \times x \times 3 + 3^2 = x^2 - 6x + 9$

On reconnaît l'identité remarquable $(a - b)^2 = a^2 - 2ab + b^2$ avec, ici, $a = x$ et $b = 3$.

2 Réponse **c.**
En effet : $f(8) = 3 \times 8 - 4 = 20$, donc la réponse **a.** est fausse ; $f(11) = 3 \times 11 - 4 = 29$, donc la réponse **b.** est fausse ; $f(5) = 3 \times 5 - 4 = 11$, donc la réponse **c.** est exacte ; $f(x)$ n'est pas de la forme ax, donc f n'est pas une fonction linéaire (c'est une fonction affine), donc la réponse **d.** est fausse.

Dans l'égalité $f(a) = b$, on dit que « b est l'image de a » ou que « a est l'antécédent de b ».

3 Réponse **b.**
En effet :

$$\text{Aire de ABC} = \frac{\text{AB} \times \text{BC}}{2} = \frac{24 \text{ cm} \times 10 \text{ cm}}{2} = 120 \text{ cm}^2.$$

4 Réponse **c.**
En effet, dans un agrandissement de rapport 3, les volumes sont multipliés par 3^3, c'est-à-dire par 27.

Dans un agrandissement de rapport k, les volumes sont multipliés par k^3.

Exercice 2 → p. 124

1 $150 + 160 = 310$, $640 - 310 = 330$; $\frac{52,5}{100} \times 640 = 336$.
$640 - 336 = 304$;
$304 - 150 = 154$ et $336 - 160 = 176$.

52,5 % de 640 élèves font 336 élèves, donc 336 élèves sont soit en 4e, soit en 3e.

	Garçons	Filles	Total
6e et 5^e	150	**154**	**304**
4e et 3^e	160	**176**	**336**
Total	**310**	**330**	640

2 La probabilité qu'une fille soit choisie dans les classes de 6e et 5e est $\frac{154}{304}$; soit environ 0,507.

La probabilité qu'une fille soit choisie dans les classes de 4e et 3e est $\frac{176}{336}$, soit environ 0,524.

0,507 < 0,524 donc cette affirmation est fausse.

Sur les 304 élèves de 6e et de 5e, 154 élèves sont des filles, donc la probabilité qu'une fille soit choisie dans les classes de 6e et de 5e est $\frac{154}{304}$.

Exercice 3 → p. 125

1 1 818 = **2** × **3** × **3** × 101.

> On effectue 1 818 : 101, et on en déduit, dans un premier temps, que 1 818 = 18 × 101.

2 **a.** On recherche dans un premier temps la décomposition en produit de facteurs premiers de 459. 4 + 5 + 9 = 18, donc 459 est divisible par 9.

D'où 459 = 9 × 51 et 51 = 3 × 17.

Donc 459 = 3 × 3 × 3 × 17.

Le premier multiple commun à 1 818 et 459 est donc 2 × 3 × 3 × 101 × 3 × 17 soit 92 718. Lucie pourra à nouveau observer cet alignement dans 92 718 min.

> On utilise les critères de divisibilité pour écrire la décomposition en facteurs premiers de 459.

b. 92 718 = 60 × 1 545 + 18, donc 92 718 min = 1 545 h 18 min.

1 545 = 24 × 64 + 9, donc 1 545 h = 64 jours 9 h.

92 718 min = 64 jours 9 h 18 min. Lucie pourra à nouveau observer cet alignement dans 64 jours 9 h 18 min.

> On peut utiliser la touche « division euclidienne » de la calculatrice.
>
> ```
> 92718⊢60
>     Q=1545 R=18
> ```
>
> 92 718 = 60 × 1 545 + 18

Exercice 4 → p. 126

1 **Vrai.** Les points M, T, S et A, T, H sont alignés dans le même ordre.

$\frac{TM}{TS} = \frac{4,8}{4} = 1,2$ et $\frac{TA}{TH} = \frac{5,4}{4,5} = 1,2$.

$\frac{TM}{TS} = \frac{TA}{TH}$ donc d'après la **réciproque du théorème de Thalès**, les droites (MA) et (SH) sont parallèles.

> Pour déterminer si les droites (MA) et (SH) sont parallèles, il suffit de comparer les rapports $\frac{TM}{TS}$ et $\frac{TA}{TH}$.

2 **Faux.** Les diagonales [MS] et [HA] du quadrilatère MASH se coupent en T. T n'est pas le milieu du segment [MS], donc le quadrilatère MASH n'est pas un parallélogramme.

> Les diagonales d'un parallélogramme se coupent en leur milieu.

3 **Faux.** [MA] est le côté le plus long du triangle MAT.

$MA^2 = 7,2^2 = 51,84$; $MT^2 + TA^2 = 5,4^2 + 4,8^2 = 29,16 + 23,04 = 52,2$.

$MA^2 \neq MT^2 + TA^2$, donc le triangle MAT n'est pas rectangle. On en déduit que les droites (MS) et (HA) ne sont pas perpendiculaires.

> On connaît les longueurs des côtés du triangle MAT, donc on peut déterminer si ce triangle est rectangle ou non.

4 **Vrai.** Les droites (AH) et (MS) sont sécantes en T et les droites (MA) et (SH) sont parallèles. Donc, d'après le théorème de Thalès :

$\frac{TM}{TS} = \frac{TA}{TH} = \frac{MA}{SH}$ soit $\frac{4,8}{4} = \frac{5,4}{4,5} = \frac{7,2}{SH}$.

De $\frac{5,4}{4,5} = \frac{7,2}{SH}$, on déduit que 5,4 × SH = 4,5 × 7,2.

$SH = \frac{4,5 \times 7,2}{5,4}$ soit SH = 6 cm.

> Comme on a montré avec l'affirmation A que les droites (MA) et (SH) sont parallèles, on peut utiliser le théorème de Thalès.

Exercice 5 → p. 127

• **Avec une équation :**

On note x le tarif enfant. Le tarif adulte est alors $x + 5$.
On obtient l'équation $80x + 80(x + 5) = 2\,480$.
En développant le membre de gauche, cette équation devient :

$80x + 80x + 400 = 2\,480$, soit $160x + 400 = 2\,480$.

$$160x + 400 - 400 = 2\,480 - 400.$$
$$160x = 2\,080$$
$$\frac{160x}{160} = \frac{2\,080}{160}$$
$$x = 13$$

Le tarif enfant est de 13 €.

• **Avec un schéma :**

Les 80 adultes ont donné 80 × 5 € ; soit 400 € de plus que les 80 enfants.

On peut alors construire ce schéma :

80 enfants	80 enfants	400 €

←→ 2 480 €

(2 480 – 400) : (80 + 80) = 13. Le tarif enfant est de 13 €.

Je comprends les corrigés

• On aurait aussi pu effectuer des essais jusqu'à trouver la solution.
• Si on a le temps, on peut vérifier que :
80 × 13 + 80 × (13 + 5) = 2 480.

Exercice 6 → p. 127

1 La situation n'est pas représentée par des points alignés avec l'origine, donc la pression atmosphérique n'est pas proportionnelle à l'altitude.

Dans un graphique, une situation de proportionnalité est représentée par des points alignés avec l'origine.

2

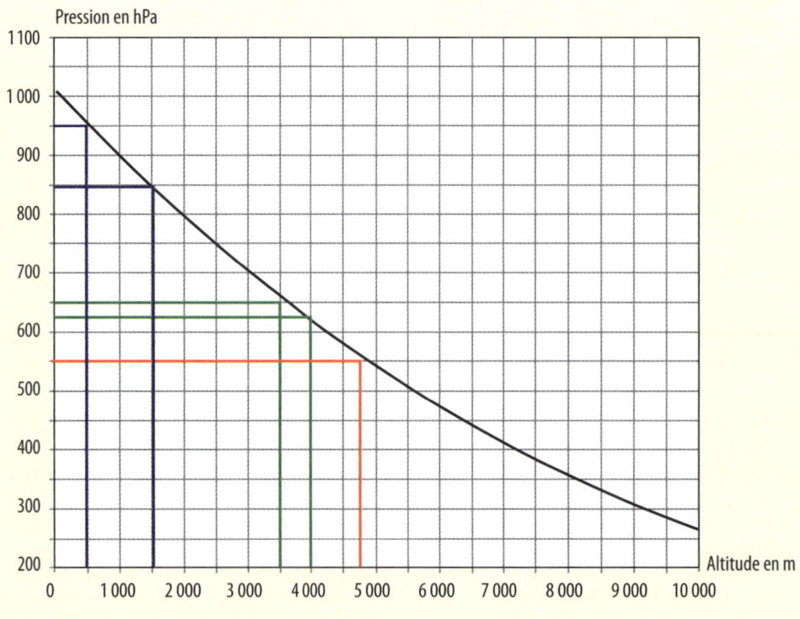

a. La pression atmosphérique au niveau de la mer est d'environ 1 020 hPa.
La pression atmosphérique au sommet du Mont-Blanc est d'environ 550 hPa (tracé en orange ci-avant).

> L'altitude au niveau de la mer est 0 m.

b. L'altitude minimale est 500 m et l'altitude maximale est 1 500 m (tracés en bleu ci-avant).

> Il suffit ici de déterminer les altitudes qui correspondent à 850 hPa et à 950 hPa.

c. On lit que l'altitude de La Paz est 3 500 m (tracé en vert ci-avant).
On en déduit que l'altitude de El Alto est 4 000 m
(3 500 m + 500 m = 4 000 m).
On lit ensuite que la pression atmosphérique à El Alto est environ 620 hPa.
650 hPa – 620 hPa = 30 hPa.
La pression atmosphérique diminue de 30 hPa.

> Après avoir déterminé l'altitude de La Paz, on peut déterminer l'altitude de El Alto puis en déduire la pression atmosphérique.

Exercice 7 → p. 128

1 Le script 1 respecte les exigences du jeu. Avec le script 2, la balle s'oriente à 135°, avance de 20, puis s'arrête. Avec le script 3, la balle s'oriente à 135°, puis s'arrête (sauf si elle touche Sprite).

2

Nombre de fois où le lutin est touché	Score
0	1
1	2 (1 + 1 = 2)
2	4 (2 + 2 = 4)
3	8 (4 + 4 = 8)

Quand la balle touchera le chat pour la troisième fois, le score sera de 8.

> On aurait aussi pu remarquer que la brique
> ajouter à Score ▾ Score
> revient à multiplier le score par 2.

JE FAIS LE POINT

	J'ai bien compris et j'ai réussi	Il manque des connaissances → Je revois le cours	Je n'ai pas compris la méthode → Je relis les conseils
EXERCICE 1 → p. 124			
Question 1	❏	❏	❏
Question 2	❏	❏	❏
Question 3	❏	❏	❏
Question 4	❏	❏	❏
EXERCICE 2 → p. 124			
Question 1	❏	❏	❏
Question 2	❏	❏	❏
EXERCICE 3 → p. 125			
Question 1	❏	❏	❏
Question 2	❏	❏	❏
EXERCICE 4 → p. 126			
Question 1	❏	❏	❏
Question 2	❏	❏	❏
Question 3	❏	❏	❏
Question 4	❏	❏	❏
EXERCICE 5 → p. 127			
Question	❏	❏	❏
EXERCICE 6 → p. 127			
Question 1	❏	❏	❏
Question 2	❏	❏	❏
EXERCICE 7 → p. 128			
Question 1	❏	❏	❏
Question 2	❏	❏	❏

HISTOIRE-GÉOGRAPHIE-EMC

L'épreuve d'Histoire, Géographie, Enseignement moral et civique expliquée

Réussir l'exercice 1 : analyser des documents

- Ce premier exercice se compose **d'un ou de plusieurs documents** en relation avec les programmes d'Histoire ou de Géographie ; il vise à évaluer vos capacités à **comprendre un document** en utilisant les méthodes et connaissances fondamentales vues tout au long de l'année au sein des programmes des différentes matières.
- **Les questions** qui accompagnent les documents ont pour objectif de vous guider pour évaluer vos capacités à **dégager le sens des documents**, à **prélever les informations** adéquates pour **comprendre l'intérêt** mais aussi les limites des documents.
- **Observez et lisez attentivement les documents.** N'oubliez pas les légendes des cartes. Analysez les chiffres, notez les détails d'une photographie ou d'un dessin en lien avec le sujet.
- Certaines questions vous demandent de **prélever des informations dans les documents**, d'autres de vous servir de vos **connaissances** pour répondre à la question, d'autres encore d'**analyser les informations** données par les documents.
- **Soyez vigilants par rapport** aux **dates**, aux **lieux de production** et aux **auteurs des documents**, à **l'espace en Géographie**, cela peut vous donner des informations précieuses pour bien répondre aux questions.
- **Utilisez le plus possible les mots-clés** appris en cours. N'hésitez pas à expliquer les notions demandées, ou à présenter un personnage si on vous le demande. Montrez que vous avez des connaissances précises.

Gagnez des points !
Prenez le temps de bien lire les questions et soyez **précis** dans vos réponses. Par exemple, si on vous demande de citer « trois mesures », veillez à bien en citer trois.

Réussir l'exercice 2 : maîtriser différents langages

- Un **développement,** construit sur un thème donné dans les consignes et de longueur correspondant aux attentes des correcteurs, est attendu de votre part. Vous devrez **mettre en œuvre toutes vos connaissances et bien les sélectionner** pour répondre le plus précisément possible au sujet donné.
- **Pensez à structurer votre propos**. Vos idées doivent s'organiser par thèmes.
- **Un second exercice faisant appel à un autre langage** peut éventuellement être prévu. Il s'agit de remplir une **frise**, un **croquis** ou un **schéma**, en respectant les consignes données.
- **Mémorisez** les différentes sortes de **figurés** (linéaires, ponctuels) et pensez à varier les couleurs et leur intensité, selon le phénomène à représenter.
- **Lisez bien la consigne** : si on vous demande de situer dans le temps, il ne faut pas colorier ; si on vous demande de localiser, il faut le faire avec précision sur la carte.

Gagnez des points !
Pensez à utiliser un **vocabulaire** précis, le lexique appris en cours.

Réussir l'exercice 3 : EMC

- Une **situation pratique** vous sera proposée ainsi qu'un **ensemble de questions en relation avec la situation**. Vous devrez comprendre le cas décrit mais aussi **mettre à profit toutes les connaissances acquises tout au long de l'année** pour répondre correctement.

Les clés du succès !

- **Munissez-vous** toujours d'une **règle** et de **crayons de couleur**.
- **Soyez attentifs** au **barème des questions** : développez davantage celles qui peuvent vous rapporter le plus de points.
- Gardez 5 minutes pour vous **relire** et éviter au maximum les fautes d'orthographe.
- **Ayez confiance** en vous, le travail de toute une année portera ses fruits.

Pour davantage de conseils de méthode, voir la fiche de synthèse p. 258.

SUJET 11

50 pts 2H

Exercice 1 Analyser et comprendre des documents 20 pts

45 min → Corrigé p. 144

DOC. 1 Paris se libère

Affichette anonyme éditée par *L'Avant-Garde*, publication pour la jeunesse communiste, au second semestre de 1944.

DOC. 2 Le 25 août 1944, une journée décisive

Nos troupes ont fait 14 800 prisonniers. 3 200 Allemands sont morts, sans compter ceux – au moins un millier – que les partisans[1], à eux seuls, ont tués les jours précédents. Les pertes de la 2e division blindée se montent à 28 officiers et 600 soldats. Quant aux forces de l'intérieur, le professeur Pasteur Vallery-Radot, qui a pris en charge le service de santé, évalue à 2 500 hommes tués ou blessés ce que leur ont coûté les combats qu'elles mènent depuis six jours. En outre, plus de 1 000 civils sont tombés.

Charles de Gaulle, *Mémoires de guerre*, t. II, *L'Unité*, © Plon, 1956.

1. Membres d'un mouvement de la Résistance fondé par le Parti communiste.

Par étapes

ÉTAPE 1 Extraire les informations pertinentes

DOC. 1 et DOC. 2
- Quelle est la nature de ces documents ?
- À quel événement historique se rapportent-ils ?
- À quelles dates ont-ils été publiés ?

ÉTAPE 2 Confronter les documents à ses connaissances

DOC. 1
- Où a été publié ce document pour la première fois ?
- Quel rôle le parti politique correspondant a-t-il joué dans la Résistance en France ?

DOC. 2
- Qui est l'auteur de ce texte ?
- Qu'avez-vous retenu de son action pendant la Seconde Guerre mondiale ?

Questions

Les conseils du prof !

1 Quand la libération de Paris intervient-elle ? Quelle en est la durée ? 4 pts

Prélevez ces informations directement sur le DOC. 1.

2 La libération de Paris met fin à une situation imposée par l'Allemagne nazie à la capitale française dès 1940. De quoi s'agit-il ? 3 pts

Attention à ne pas confondre la libération de Paris avec la fin de la Seconde Guerre mondiale (8 mai 1945).

3 Quelle est la fonction du général de Gaulle au moment de cet événement ? 3 pts

Attention ! Le moment de l'événement n'est pas le même que la date de publication du texte.

4 Relevez sur l'affichette et dans le texte les éléments qui :

a. montrent la diversité des acteurs participant à la libération de Paris ; 5 pts

Pour distinguer les différents acteurs impliqués, vous pouvez considérer soit leur statut (civil ou militaire), soit la manière dont ils participent à l'événement (à titre individuel ou dans le cadre d'un groupe).

b. témoignent de la violence des combats. 5 pts

L'image et le texte sont très **complémentaires** : n'hésitez pas à le souligner dans votre réponse.

Exercice 2 Maîtriser différents langages 20 pts

45 min → Corrigé p. 144

1 Associez par une flèche chaque définition au terme ou à l'expression qui lui correspond. 6 pts

Ces notions ont été vues à plusieurs reprises en 4e et en 3e.

Grande ville qui concentre population, richesse et fonctions de commandement et qui exerce son influence sur un territoire étendu •	• **Aire urbaine**
Espace continu qui se compose d'une ville-centre, de ses banlieues immédiates et d'une couronne périurbaine. •	• **Métropolisation**
Mouvement de concentration de la population et des lieux de pouvoirs économiques, administratifs et politiques. •	• **Métropole**

2 Sous la forme d'un développement construit d'une vingtaine de lignes, expliquez ce qui fait de l'aire urbaine de Paris une métropole d'influence mondiale. 14 pts

Par étapes

ÉTAPE 1 **Caractériser un espace géographique**
- La question 1 vous aide à répondre à la question 2.
- Dans quelle mesure les trois définitions proposées en question 1 s'appliquent-elles à Paris ?
- En quoi sont-elles complémentaires ?

ÉTAPE 2 **Comprendre le sujet**
- À quelle notion étudiée en classe renvoie l'expression « métropole d'influence mondiale » ?
- Quels sont les facteurs qui font de Paris une telle métropole ?

ÉTAPE 3 **Rédiger un plan au brouillon**
- **Dans l'introduction**, présentez le sujet en définissant la notion-clé du libellé.
- **Construisez votre développement en trois parties** qui correspondent chacune à une forme d'influence exercée par l'aire urbaine de Paris.
- **En conclusion**, faites le bilan de votre démonstration et proposez une ouverture du sujet.

› Je rédige ma réponse

Les conseils du prof !

- **Attention** à ne pas traiter le sujet à l'échelle nationale en abordant par exemple l'influence qu'exerce l'aire urbaine de Paris sur le reste du territoire français. Ce n'est pas ce que l'on attend de vous ici.
- On vous demande d'envisager la manière dont l'aire urbaine de Paris rayonne à l'**échelle planétaire** en énumérant plusieurs types d'influence. Pour chaque type d'influence, proposez un exemple précis.

Exercice 3 Enseignement moral et civique 10 pts 30 min

→ Corrigé p. 145

DOC. « Google face au droit à l'oubli »

Le droit à l'oubli sur Internet (ou droit au déréférencement) permet de demander à un moteur de recherche de supprimer certains résultats de recherche associés à vos noms et prénoms. En France, c'est la Commission nationale de l'informatique et des libertés (CNIL) qui est chargée de faire respecter le droit à la protection des données personnelles établi par la Cour de justice de l'Union européenne.

Un million : c'est le nombre d'URL[1] que les internautes européens ont demandé à Google de déréférencer au nom du « droit à l'oubli » mis en place en mai 2014. À la suite d'une décision de la Cour de justice de l'Union européenne, le moteur de recherche leur permet de réclamer la suppression de résultats de recherche les concernant.

Google donne des exemples, anonymes, de requêtes reçues ces derniers mois.

En France, pays le plus demandeur avec près de 200 000 URL concernées et 47,7 % de requêtes acceptées, un prêtre condamné pour détention d'images pédophiles a souhaité, en vain, faire désindexer des articles sur le sujet.

En Italie, une femme a pu faire retirer des articles de plus de dix ans sur le meurtre de son mari, dans lesquels son nom était mentionné.

En Grande-Bretagne, un fonctionnaire a exigé le retrait d'une pétition réclamant sa démission. Google n'a pas accédé à sa demande…

Morgane Tual, © *Le Monde*, 15 juillet 2015

1. Adresse d'une ressource Internet.

Par étapes

ÉTAPE 1 Extraire les informations pertinentes

- Quelle est la nature de ce document ?
- Qui en est l'auteur ?
- Quand a-t-il été publié ?

ÉTAPE 2 Confronter le document à ses connaissances

- Qu'est-ce qui justifie que le « droit à l'oubli » dont il est question dans cet article soit abordé dans un sujet d'EMC consacré aux « principes pour vivre avec les autres » ?
- Quels éléments de vos cours sur l'usage d'Internet dans la vie sociale et politique pouvez-vous utiliser ici pour approfondir votre réflexion ?

Questions

1 Qu'est-ce que le « droit à l'oubli » ? 2 pts

Les conseils du prof !

Vous pouvez utiliser la définition proposée dans le texte introductif du document ou citer un extrait de son premier paragraphe : si tel est votre choix, n'oubliez pas d'employer des guillemets.

2 Est-il systématiquement respecté par Google ? Pour quelles raisons selon vous ? 2 pts

- La réponse se trouve à la fin de l'article.
- Pour la justifier, on vous demande de faire appel à votre bon sens : quels sont les intérêts économiques et financiers d'un moteur de recherche tel que Google ?

3 Quelles réflexions cette situation vous inspire-t-elle au sujet de l'utilisation d'Internet dans notre société ? 6 pts

Pour traiter cette question, il faut faire appel à des arguments plus larges que ceux utilisés par le journaliste. C'est le moment de réactiver ce que vous avez appris en EMC.

HISTOIRE

Exercice 1 → p. 138

Je comprends les corrigés

1 La libération de Paris intervient le 25 août 1944, au terme de huit jours de combat. Elle s'inscrit dans la reconquête du territoire français par les alliés suite au débarquement en Normandie, le 6 juin, puis en Provence, le 15 août.

> L'Histoire impose de mettre en relation les faits d'une période donnée : le lien entre le débarquement et la libération de Paris doit être souligné.

2 Cet événement aboutit à la fin de l'occupation de Paris par l'armée allemande qui avait débuté quatre ans plus tôt.

> L'occupation allemande de la capitale a débuté le 14 juin 1940.

3 En 1944, Charles de Gaulle est le chef de la France libre.

4 **a.** L'affichette montre des civils, femmes et hommes, qui affrontent l'occupant. C'est la force du collectif qui est mise en avant. Outre les partisans, le texte évoque le rôle de l'armée française (la 2e division blindée) et celui des FFI (Forces françaises de l'intérieur), principaux groupements de la Résistance militaire. Les deux documents mentionnent également l'importance de l'engagement individuel de certains héros de la Résistance parisienne : les colonels Fabien et Rol-Tanguy sur l'affiche, le professeur Pasteur Vallery-Radot dans le texte.

> On n'attend pas de vous que vous connaissiez précisément le rôle de ces différents acteurs, mais simplement que vous soyez capable de les distinguer selon la source.

b. L'affichette témoigne de l'intensité de l'événement : Paris est à feu et à sang. Des bombes incendiaires sont larguées par l'aviation nazie pour soutenir l'action des troupes allemandes au sol. L'affrontement est souvent direct de part et d'autre des barricades. Il peut aussi être diffus : les tireurs embusqués n'ont en effet aucun mal à se fondre dans ce tissu urbain très dense. Quant au général de Gaulle, chef de la France libre, il souligne l'ampleur du bilan humain de l'événement. La libération de Paris a fait plus de 8 000 victimes : 4 200 du côté des Allemands et presque autant de l'autre, qu'il s'agisse de militaires, de résistants ou de simples riverains.

> - Le titre « Paris se libère » souligne le rôle essentiel des Parisiens dans la libération de leur ville.
> - Le 26 août, à l'occasion d'un discours prononcé à l'Hôtel de ville, de Gaulle résume la situation par une formule devenue célèbre : « Paris outragé ! Paris brisé ! Paris martyrisé ! Mais Paris libéré ! »

GÉOGRAPHIE

Exercice 2 → p. 140

1 **Aire urbaine** : Espace continu qui se compose d'une ville-centre, de ses banlieues immédiates et d'une couronne périurbaine.

Métropolisation : Mouvement de concentration de la population et des lieux de pouvoirs économiques, administratifs et politiques.

Métropole : Grande ville qui concentre population, richesse et fonctions de commandement et qui exerce son influence sur un territoire étendu.

> - Ces trois définitions s'appliquent à Paris : c'est ce que démontre la réponse à la question 2.
> - *Métropole* et *aire urbaine* correspondent à un territoire, *métropolisation* désigne un processus.

2 Paris est la seule aire urbaine française de rayonnement mondial. C'est une ville-monde dont l'influence internationale s'exerce dans tous les domaines, en particulier économique, culturel et géopolitique.

La métropole compte plus de 12 millions d'habitants, plus jeunes et mieux formés qu'ailleurs. Elle concentre proportionnellement deux fois plus de cadres que les autres aires urbaines du pays, ce qu'apprécient beaucoup les investisseurs étrangers. L'implantation de nouvelles activités économiques accentue le phénomène de métropolisation. Première région exportatrice et importatrice de biens en France, elle produit à elle seule le tiers de la richesse nationale.

L'influence de Paris se manifeste également sur le plan culturel. Musées, grands restaurants, sites du patrimoine... ont une réputation qui dépasse les frontières de l'Europe et contribue au développement de son attractivité.

D'un point de vue géopolitique, Paris est le siège de grandes organisations internationales comme l'Unesco. Bénéficiant d'un réseau de transports moderne et performant, la capitale accueille régulièrement des manifestations de grande envergure telles que la COP 21 en 2015.

Si la mondialisation renforce le poids de Paris à l'échelle mondiale, elle accentue les déséquilibres au sein même de la métropole comme avec certains autres territoires nationaux qui en sont tenus à l'écart.

> Dans vos leçons sur la France et l'Union européenne, vous avez appris à distinguer ces trois formes d'influence : elles sont utiles pour caractériser le rayonnement international de Paris.

> Pensez à aller à la ligne entre chaque argument.

> Rien ne vous empêche de faire référence aux liens entre *métropolisation* et *mondialisation* : ils ont été évoqués en classe dans le cadre du chapitre consacré aux espaces productifs et à leur évolution.

> En conclusion, n'hésitez pas à nuancer votre démonstration en évoquant les limites des dynamiques que vous avez identifiées précédemment.

EMC

Exercice 3 → p. 142

1 Le droit à l'oubli consiste pour tout citoyen français ou européen à faire retirer par un moteur de recherche l'association d'un résultat de recherche à la requête « nom + prénom ».

2 Si un moteur de recherche estime qu'une demande est abusive ou injustifiée, il peut refuser d'y donner suite. Par principe, les sociétés telles que Yahoo, Bing, Google... ont en effet pour vocation de mettre à disposition de leurs utilisateurs le plus grand nombre d'informations consultables en un minimum de temps. Les enjeux économiques et financiers sont énormes.

Google ne satisfait ainsi qu'une demande sur deux pour la France. L'article ne précise pas pourquoi la plaignante italienne a été entendue alors que le citoyen britannique n'a pas obtenu gain de cause. On peut comprendre en revanche dans un cas comme dans l'autre les raisons qui sont à l'origine de leur demande.

3 Les usages sociaux d'Internet se sont spectaculairement développés

> C'est donc, selon les termes du journaliste, la possibilité offerte aux Européens de « réclamer la suppression de résultats de recherche les concernant » sur Internet.

> Droits et libertés individuels ne sont pas toujours compatibles avec les intérêts des entreprises.

> En 2016, Google emploie 57 000 salariés et réalise un chiffre d'affaires de 75 milliards de dollars.

> Attention à ne pas confondre *droit à l'oubli* et *droit à l'image*. L'image est aussi une donnée personnelle : vous avez donc un droit sur l'utilisation de vos photographies dans le respect de votre vie privée.

au cours de ces dernières années. Les moteurs de recherche, les médias en ligne, les réseaux sociaux sont au cœur de notre quotidien. Ils offrent d'infinies possibilités dans le domaine de la connaissance, des échanges, des rencontres, mais ils peuvent également être à l'origine de sérieux problèmes dès lors qu'ils mettent en cause nos libertés et nos droits individuels.

Dans les régimes démocratiques, des institutions telles que la CNIL et la Cour européenne de justice offrent aux citoyens un certain niveau de protection. Elles ne peuvent pour autant tout empêcher : la prudence s'impose en toutes circonstances quand on navigue sur la toile. Il s'agit pour chacun d'entre nous de bien réfléchir avant de publier certaines photos ou vidéos, de sécuriser ses comptes, de ne pas tout dire de soi, de respecter les autres, afin d'éviter bien des désagréments.

Je comprends les corrigés

Ces deux institutions sont citées dans le texte introductif : ce n'est pas un hasard !

Vous pouvez évoquer ici des exemples concernant le droit d'accès, de rectification, d'opposition, qui s'appliquent également aux données personnelles en ligne.

JE FAIS LE POINT

	J'ai bien compris et j'ai réussi	Il manque des connaissances → Je revois le cours	Je n'ai pas compris la méthode → Je relis les conseils
EXERCICE 1 → p. 138			
Question 1	❑	❑	❑
Question 2	❑	❑	❑
Question 3	❑	❑	❑
Question 4	❑	❑	❑
EXERCICE 2 → p. 140			
Question 1	❑	❑	❑
Question 2	❑	❑	❑
EXERCICE 3 → p. 142			
Question 1	❑	❑	❑
Question 2	❑	❑	❑
Question 3	❑	❑	❑

SUJET 12

50 pts · 2H

EXERCICE 1 · 20 pts · 45 min

Analyser et comprendre des documents

Géographie

EXERCICE 2 · 20 pts · 45 min

Maîtriser différents langages

Histoire

EXERCICE 3 · 10 pts · 30 min

Mobiliser des compétences

EMC

Exercice 1 Analyser et comprendre des documents 20 pts 45 min

→ Corrigé p. 154

DOC. 1 **Le Vercors, la renaissance d'un territoire rural**

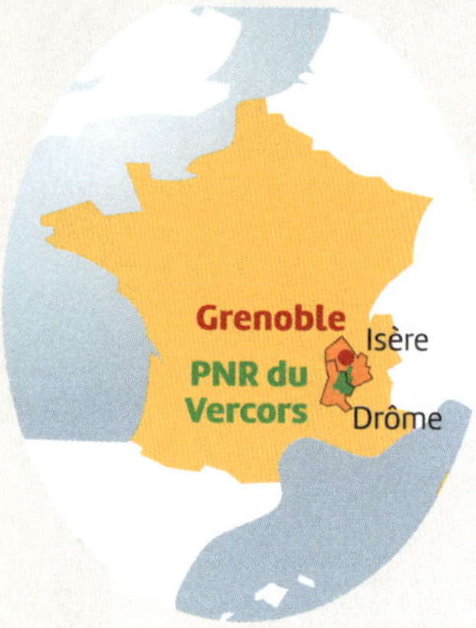

Créé en 1970, le parc naturel régional (PNR) du Vercors s'étend sur 76 communes à cheval sur les départements de la Drôme et de l'Isère. Son territoire culmine à près de 2 400 mètres d'altitude.
Dans le Vercors, l'exode rural s'est poursuivi jusque dans les années 1970 avant de connaître un fort retournement avec l'afflux de populations. Les arrivées sont aujourd'hui plus nombreuses que les départs, la plus grande partie d'entre elles étant issues de l'aire urbaine de Grenoble dans un mouvement de desserrement urbain. Le PNR attire également des actifs venus d'autres régions, souvent des travailleurs qualifiés venus exercer un emploi à Grenoble.
Si les personnes en situation de précarité ne sont pas plus nombreuses qu'en moyenne régionale, les temps d'accès aux équipements y sont plus longs en particulier pour ceux qui sont totalement absents du PNR (hypermarché, théâtre ou agence de travail temporaire par exemple).
Le Vercors offre 14 000 emplois, dont 16 % relèvent des activités touristiques (hébergement, sports et loisirs, restauration) contre seulement 5 % en Rhône-Alpes. L'agriculture a un poids économique modeste. À cause d'un relief accidenté, il y a peu de terres cultivables. Les exploitants exercent souvent plusieurs activités en lien avec la forte présence des activités touristiques.

INSEE, *Analyses Auvergne-Rhône-Alpes*, n° 7, mars 2016.

DOC. 2 **Le PNR du Vercors dans son environnement régional**

Chiffres-clés	PNR du Vercors	Région Rhône-Alpes
Population (en milliers)	46,2	6341,1
Densité de population (hab./km²)	23	145

INSEE, *Analyses Auvergne-Rhône-Alpes*, n° 7, mars 2016 (données de 2012).

Par étapes

ÉTAPE 1 **Extraire les informations pertinentes**

DOC. 1 et **DOC. 2**

- Quelle est la nature de ces documents ?
- Quand ont-ils été publiés ?
- Dans quelle région se trouve le territoire concerné ?

ÉTAPE 2 **Confronter les documents à ses connaissances**

DOC. 1

- Qu'est-ce qu'un territoire « rural » ?
- « Exode rural », « arrivées », « départs » : à quel type de dynamique correspondent ces notions ?
- En quoi cette dynamique justifie-t-elle le titre du texte ?

DOC. 2

- En France, sous quel seuil peut-on parler d'espace de faible densité ?

Questions

1 Combien le Vercors compte-t-il d'habitants ? 2 pts

2 Quelle est sa densité de population ? Quelle est celle de la région Rhône-Alpes ? 4 pts

3 Comment la population a-t-elle évolué jusqu'aux années 1970 ? 2 pts

4 Qu'est-ce qui justifie aujourd'hui l'inversion de cette tendance ? 4 pts

5 Quel est l'inconvénient auquel sont exposés les habitants du Vercors dans leur vie quotidienne ? 4 pts

6 Quel secteur d'activité économique bénéficie de l'attractivité de ce territoire ? 4 pts

Les conseils du prof !

Attention, les chiffres de la première ligne du tableau sont exprimés en milliers.

- Ces deux questions vous demandent de comparer des ordres de grandeur.
- Essayez d'estimer le rapport entre la densité du Vercors et celle de la région.

La réponse correspond à la définition de l'exode rural.

Il s'agit d'expliquer ce que désigne l'expression « mouvement de desserrement urbain », notion que vous avez étudiée cette année dans la première partie du programme de géographie.

Plus généralement, qu'est-ce qui peut poser problème quand on habite en dehors des aires urbaines les plus importantes ?

Il ne peut s'agir de l'agriculture. Privilégiez le second secteur dont parle le texte.

Exercice 2 Maîtriser différents langages 20 pts 45 min → Corrigé p. 154

1 Sous la forme d'un développement construit d'une vingtaine de lignes, expliquez pourquoi le monde se divise en deux blocs au lendemain de la Seconde Guerre mondiale ; illustrez leur affrontement par deux exemples de votre choix. 14 pts

Par étapes

ÉTAPE 1 Repérer les mots-clés

- ***Monde :*** le sujet est envisagé à l'échelle planétaire ;
- ***Deux blocs :*** ce sont les principaux acteurs de l'événement ;
- ***Lendemain de la Seconde Guerre mondiale :*** on indique le début de la période concernée.

ÉTAPE 2 Comprendre le sujet

- ***Expliquez :*** donnez des arguments permettant d'aller au-delà d'une simple description.
- ***Illustrez :*** choisissez deux exemples représentatifs de l'opposition entre les deux blocs.

ÉTAPE 3 Nommer et localiser des lieux et des espaces

- La carte offre la possibilité de changer d'échelle dans l'analyse de l'événement (de l'échelle mondiale à l'échelle européenne).
- Elle permet de mobiliser vos connaissances pour expliciter votre démonstration.

ÉTAPE 4 Rédiger un plan au brouillon

- Dans l'introduction, présentez le sujet en définissant la notion de « Guerre froide ».
- Construisez votre développement en deux parties :
  – les facteurs de l'opposition des deux blocs ;
  – les modalités de leur affrontement.
- En conclusion, précisez comment s'achève cette période et proposez une ouverture du sujet.

› Je rédige ma réponse

Les conseils du prof !

Vous pouvez aussi commencer par la question ② : on mentionne sur la carte un lieu emblématique des tensions entre les deux blocs que vous pouvez utiliser dans le développement à rédiger.

Indiquez sur quoi repose la « division du monde en deux blocs » : idéologie, organisation militaire.

Soyez précis dans la présentation des deux exemples choisis : dates, acteurs, lieux…

Utilisez le présent ou un temps du passé lors de la rédaction.

2 Sur la carte ci-dessous :
– nommez et localisez deux États qui font partie du bloc de l'Ouest ;
– nommez et localisez deux États qui font partie du bloc de l'Est ;
– complétez la légende en indiquant le nom de la limite entre ces deux blocs. 6 pts

› Je complète la carte

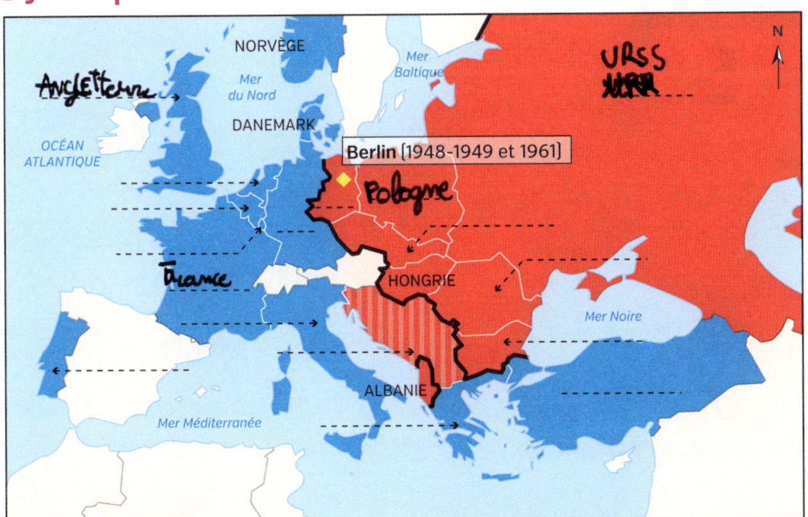

Le bloc de l'Ouest
- Membres de l'OTAN

Le bloc de l'Est
- Membres du pacte de Varsovie
- Démocratie populaire ayant rompu avec l'URSS en 1948

Les grandes crises
- — ……………
- Crises

500 km

- La limite entre les deux blocs n'est pas une simple frontière.
- Son nom correspond à une expression utilisée en 1946 par Winston Churchill, Premier ministre britannique, pour souligner son caractère hermétique.

Exercice 3 Enseignement moral et civique 10 pts 30 min

→ Corrigé p. 155

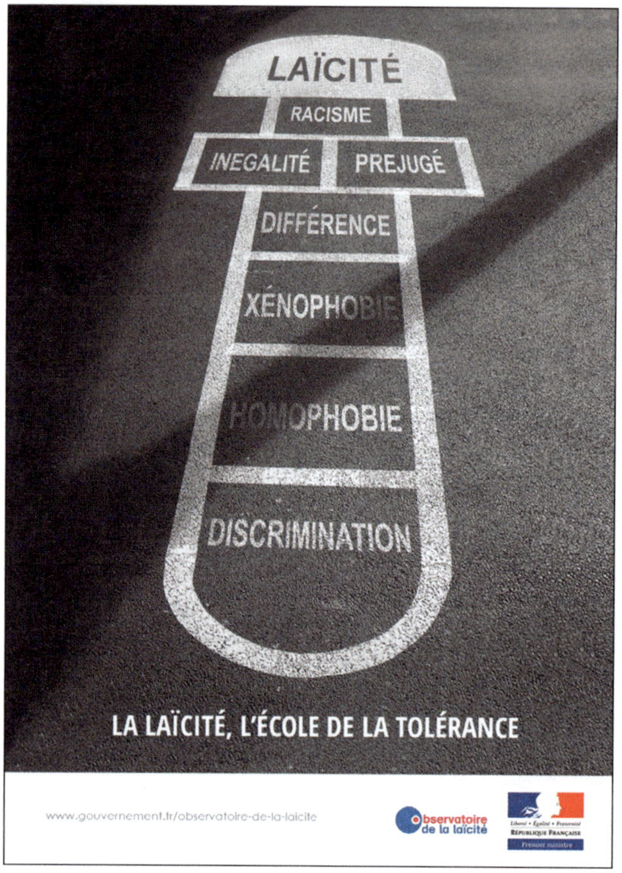

DOC. 1 La laïcité, l'école de la tolérance
Affiche publiée dans le rapport annuel de l'Observatoire de la laïcité, services du Premier ministre, 2015-2016.

DOC. 2 Charte de la laïcité à l'École (2013)

Article 1
La France est une République indivisible, laïque, démocratique et sociale. Elle assure l'égalité devant la loi, sur l'ensemble de son territoire, de tous les citoyens. Elle respecte toutes les croyances.

Article 14
Dans les établissements scolaires publics, les règles de vie des différents espaces, précisées dans le règlement intérieur, sont respectueuses de la laïcité. Le port de signes ou tenues par lesquels les élèves manifestent ostensiblement une appartenance religieuse est interdite.

Par étapes

ÉTAPE 1 Extraire les informations pertinentes
- Que représente l'image dans son ensemble ?
- À quoi correspondent les différents éléments qui la constituent ?
- Quel lien peut-on établir avec le titre de l'affiche ?

ÉTAPE 2 Confronter le document à ses connaissances
- Quelle est la loi qui fait de la laïcité un principe républicain fondamental ?
- De quand date-t-elle ?

Questions

1 Présentez ces documents (nature, source, date). 2 pts

....

....

....

2 Sous quelle forme sont représentées les huit notions mentionnées ? Quelle place y occupe la laïcité ? Que pouvez-vous en déduire ? 2 pts

....

....

....

3 Comment se manifeste le principe de la laïcité dans les établissements scolaires publics selon le document 2 ? 2 pts

....

....

....

....

....

4 À l'aide de l'ensemble de vos réponses, rédigez un article pour le blog de votre classe en expliquant pourquoi la laïcité est « l'école de la tolérance ». 4 pts

....

....

....

....

....

....

....

....

....

Les conseils du prof !

Pour traiter efficacement ce sujet, il convient d'accorder autant d'importance à l'image qu'au texte : c'est leur mise en relation qui permet d'aborder le thème de manière globale.

- Utilisez le document 1 pour répondre à la consigne sans faire de paraphrase.
- Les notions mentionnées n'ont pas à être définies les unes après les autres de manière détaillée.
- La « place » de la laïcité est à envisager d'un point de vue concret (sur l'image), mais aussi d'un point de vue symbolique (au sein des valeurs de la République).

Ne recopiez pas le texte des articles de la Charte : interprétez-les.

On vous demande de produire une synthèse. Cette question mérite donc que vous lui consacriez davantage de temps qu'aux précédentes.

GÉOGRAPHIE

Exercice 1 → p. 148

Je comprends les corrigés

1 Le Vercors compte 46 200 habitants.

2 La densité de population de ce territoire est de 23 habitants au km², soit entre 6 et 7 fois moins que la moyenne régionale. Espace montagnard, le Vercors appartient à la France des faibles densités.

- On parle de faible densité sous le seuil de 30 habitants au km², la moyenne nationale s'établissant autour de 118.
- Ces espaces occupent la moitié du territoire national mais ne représentent que 6 % de la population totale.

3 Jusqu'aux années 1970, la population du Vercors a diminué sous l'effet de l'exode rural. Ainsi, tout au long de la période de croissance économique soutenue des Trente Glorieuses, les habitants des campagnes se sont massivement installés en ville pour y occuper des emplois dans le secteur industriel ou tertiaire.

Exode s'écrit au masculin.

4 Aujourd'hui, la **dynamique démographique** s'est inversée. Ce sont les habitants des villes, et de Grenoble en particulier, qui viennent s'installer en milieu rural. Plus qu'un « exode urbain », c'est en fait un phénomène de « desserrement », la population concernée conservant des liens importants avec le cœur des aires urbaines (pour le travail, les études, les loisirs, la culture…) tout en faisant le choix de s'installer « au vert ».

- Une **dynamique démographique** associe le solde naturel (écart entre le nombre de naissances et de décès) et le solde migratoire (différence entre les arrivées et les départs).
- « Desserrement urbain » est synonyme de « périurbanisation ».

5 La population du Vercors met plus de temps pour accéder aux services que les autres habitants de la région car ils sont plus éloignés et/ou plus difficiles d'accès.

L'accessibilité correspond à la durée nécessaire pour atteindre un équipement ou un service, ce qui dépend de la distance et des infrastructures existantes (réseaux de transport par exemple).

6 Comme de nombreux autres espaces de faible densité, le Vercors offre un cadre de vie qui attire les touristes. La part des emplois de ce secteur y est trois fois plus importante qu'ailleurs dans la région. Les agriculteurs y trouvent la possibilité de compléter leurs revenus (accueil à la ferme, vente directe, etc.).

On parle de territoire attractif (pas « attirant », le terme étant réservé aux individus).

HISTOIRE

Exercice 2 → p. 150

1 La **Guerre froide** désigne la période de tension qui oppose les États-Unis, l'Union soviétique et leurs alliés respectifs à partir de 1947.

Montrez que vous avez identifié « l'affrontement » dont il est question en le désignant par son nom.

Dans ce conflit idéologique entre superpuissances, deux visions du monde sont face à face : celle de l'URSS communiste et de ses alliés, les démocraties populaires, contre celle des États-Unis et des pays d'économie libérale.

Identifiez clairement chacun des blocs en présence.

Chaque bloc défend sa doctrine (Truman ou Jdanov) et s'organise dans un cadre militaire commun (OTAN ou Pacte de Varsovie). Il s'agit de faire entendre sa voix tout en évitant un affrontement direct qui pourrait déboucher sur un désastre nucléaire.

Cet « équilibre de la terreur » débouche sur de multiples crises comme la guerre de Corée ou la guerre du Vietnam. En 1945, Berlin ex-capitale du régime nazi est divisée entre les quatre principaux vainqueurs. Elle devient le symbole majeur de la Guerre froide après le blocus instauré par Staline et la construction d'un mur par Khrouchtchev.

La chute du mur de Berlin (1989) et le démantèlement de l'URSS (1991) marquent la fin du monde bipolaire. Parallèlement, les États devenus indépendants se rapprochent pour former une nouvelle entité : le tiers-monde.

Situez les faits dans leur époque : OTAN (1949), Pacte de Varsovie (1955), guerre de Corée (1950-1953), guerre du Vietnam (1955-1975), blocus et mur de Berlin (1948-1949, 1961).

La conclusion permet d'évoquer la fin de la période et d'ouvrir le sujet sur d'autres problématiques majeures du XXe siècle.

2

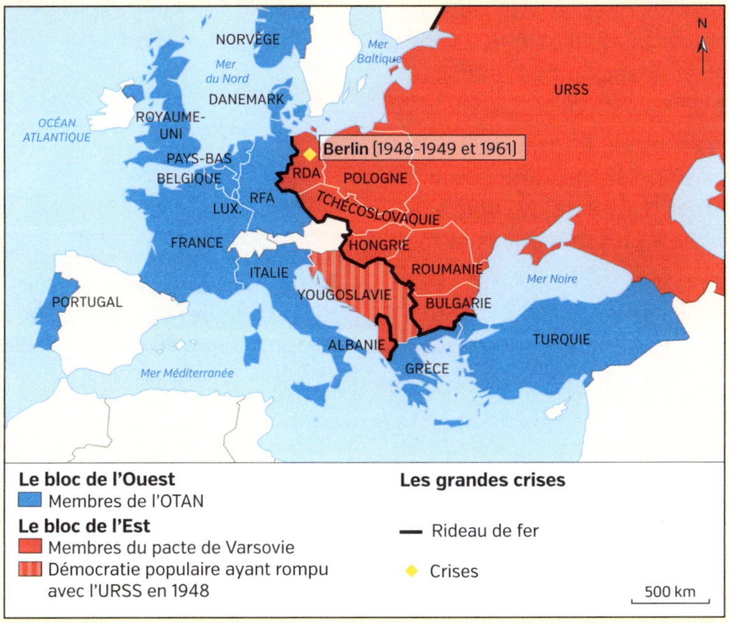

Attention à la situation particulière de l'Allemagne, divisée elle-même en deux États distincts de 1949 à 1990.

EMC

Exercice 3 → p. 152

1 Il s'agit d'une affiche publiée en 2016 par l'Observatoire de la laïcité, service placé sous la responsabilité du Premier ministre, et d'extraits de la Charte de la laïcité conçue par le ministère de l'éducation nationale en 2013.

C'est dans un contexte marqué par des tensions entre communautés religieuses que le gouvernement a rédigé la « Charte de la laïcité » et mis en œuvre des campagnes de promotion de la laïcité dans les établissements scolaires.

2 Le racisme et les discriminations sont représentés sous la forme d'un jeu de marelle. C'est une activité prisée par tous les élèves de France : cette image symbolise donc le milieu scolaire en général. La laïcité occupe le sommet du dispositif. Elle apparaît dans une surface claire alors que le reste du jeu est représenté sur un sol foncé où se dessine une ombre menaçante.

L'image est construite sur une double opposition visuelle entre le bas et le haut, entre ce qui est en clair et ce qui apparaît en foncé.

3 La laïcité, c'est-à-dire la liberté d'avoir ou non une religion en France, est garantie par l'État. Dans les établissements scolaires publics, les croyances des uns et des autres doivent demeurer confidentielles le cas échéant.

4 Vous avez sans doute remarqué que, tout près de la Charte de la laïcité, une nouvelle affiche ornait les murs de votre collège. Elle a peut-être provoqué chez vous une curiosité légitime… La laïcité ne serait-elle qu'un jeu ?

Bien évidemment, non. Il s'agit d'une campagne de communication tout à fait sérieuse. La laïcité est une valeur essentielle ; avec la liberté, l'égalité et la fraternité, elle constitue le socle de notre société. Rappelons qu'elle repose sur trois principes : la liberté de conscience et de culte, la séparation des institutions publiques et des organisations religieuses, l'égalité de tous devant la loi quelles que soient ses convictions. Depuis 1905, elle garantit en France à tout individu, croyant ou non, le même droit à la liberté d'expression.

La laïcité est donc incompatible avec le **racisme**, l'**homophobie**, la **xénophobie** et les **discriminations**. En garantissant le libre exercice d'un culte et la liberté de religion, elle permet le respect du droit à la **différence** et offre la possibilité de lutter contre les **inégalités** et les **préjugés** au sein de la société.

La laïcité n'est donc pas simplement une opinion parmi d'autres mais la liberté d'en avoir une. Elle n'est pas une conviction mais le principe qui les autorise toutes dans le respect de l'ordre public, y compris au collège. C'est donc bien « l'école de la tolérance ».

> Donnez une définition aussi complète que possible de la *laïcité*.

> On ne peut pas envisager de traiter un sujet sur la laïcité en France sans mentionner la loi fondatrice de 1905 dite de séparation des Églises et de l'État.

> Dans la conclusion, revenez aux documents ; c'est cet argument qui justifie que la laïcité occupe la case supérieure du jeu de marelle sur l'affiche et le contenu de l'article 14 de la Charte.

JE FAIS LE POINT

	J'ai bien compris et j'ai réussi	Il manque des connaissances → Je revois le cours	Je n'ai pas compris la méthode → Je relis les conseils
EXERCICE 1 → p. 148			
Question 1	❑	❑	❑
Question 2	❑	❑	❑
Question 3	❑	❑	❑
Question 4	❑	❑	❑
Question 5	❑	❑	❑
Question 6	❑	❑	❑
EXERCICE 2 → p. 150			
Question 1	❑	❑	❑
Question 2	❑	❑	❑
EXERCICE 3 → p. 152			
Question 1	❑	❑	❑
Question 2	❑	❑	❑
Question 3	❑	❑	❑
Question 4	❑	❑	❑

SUJET 13

50 pts 2H

EXERCICE 1 20 pts 45 min

Analyser et comprendre des documents

Histoire

EXERCICE 2 20 pts 45 min

Maîtriser différents langages

Géographie

EXERCICE 3 10 pts 30 min

Mobiliser des compétences

EMC

Exercice 1 Analyser et comprendre des documents 20 pts 45 min

→ Corrigé p. 164

DOC. 1 L'entrevue de Montoire-sur-le-Loir (Loir-et-Cher)
Poignée de main entre le maréchal Pétain et le chancelier Hitler à Montoire-sur-le-Loir, le 24 octobre 1940.

DOC. 2 La législation antisémite : le premier statut des Juifs

Article 1
Est regardé comme Juif, pour l'application de la présente loi, toute personne issue de trois grands-parents de race juive ou de deux grands-parents de la même race, si son conjoint lui-même est juif.

Article 2
L'accès et l'exercice des fonctions publiques et mandats énumérés ci-après sont interdits aux Juifs :
1. Chef de l'État, membres du gouvernement, Cour de cassation, Cour des comptes, cours d'appel, tribunaux de première instance, [...] ;
2. Ambassadeurs de France, [...], directeurs des administrations centrales des ministères, [...] préfets, sous-préfets, [...], fonctionnaires de tous grades attachés à tous services de police.
4. Membres des corps enseignants.
5. Officiers des armées de terre, de mer et de l'air, [...].

Fait à Vichy, le 3 octobre 1940
Philippe Pétain, maréchal de France, chef de l'État français Pierre Laval, vice-président du Conseil et huit autres ministres et secrétaires d'État

Par étapes

ÉTAPE 1 Extraire les informations pertinentes

DOC. 1 et **DOC. 2**
- Quelle est la nature de ces documents ?
- Dans quel contexte se trouve la France à cette période de l'Histoire ?

DOC. 1
- Que montre ce document ?

DOC. 2
- Soulignez les mots-clés (*Juif*, *loi*, *race*).
- Par qui ce texte a-t-il été signé ?
- Quel est le sujet de ce texte ?

ÉTAPE 2 Confronter les documents à ses connaissances
- À quelles dates ces documents correspondent-ils ?
- Quel est le régime politique en France à cette période ?

Questions

Les conseils du prof !

1 Identifiez l'événement représenté sur la photographie DOC. 1. Où et quand s'est-il produit ? 2 pts

La réponse à cette question doit être très courte.

2 Dans quelle forme de relation avec l'Allemagne nazie le maréchal Pétain engage-t-il la France à cette occasion ? 2 pts

- N'oubliez pas que cette photographie a été prise en **octobre 1940**, l'armistice entre la France et l'Allemagne ayant été signé en **juin de la même année**.
- Précisez le rôle joué par Pierre Laval aux côtés de Pétain dans la mise en œuvre de la politique du régime de Vichy.

3 Qu'est-ce qu'être Juif selon ce texte de loi DOC. 2 ? 4 pts

Concentrez-vous sur l'article 1 du texte qui définit la notion de « race juive ».

4 De quelles professions les Juifs sont-ils désormais exclus ? 4 pts

Relevez ce que ces professions ont en commun.

5 Confrontez ces deux documents pour montrer que le régime de Vichy est un régime anti-républicain. 8 pts

Bien organiser sa réponse

- Ce type de question appelle une réponse plus longue que les questions 1 à 4.
- Montrez que le régime de Vichy est **antirépublicain en insistant sur la rupture avec les valeurs et les principes républicains** : collaboration avec l'Allemagne nazie, interdiction des partis politiques, censure de la presse, propagande, culte du chef, xénophobie et antisémitisme.

Exercice 2 Maîtriser différents langages 20 pts

45 min → Corrigé p. 164

1 Sous la forme d'un développement construit d'une vingtaine de lignes, décrivez et expliquez l'organisation et les dynamiques de l'espace productif agricole français. 14 pts

Par étapes

ÉTAPE 1 Repérer les mots-clés

- ***Espace productif agricole français :*** le sujet est limité :
  1) à l'espace productif agricole
  2) à la France.
- ***Organisation :*** la manière dont les activités de production sont réparties sur le territoire national.
- ***Dynamiques :*** l'évolution des différents espaces de production, les relations qu'ils entretiennent entre eux.

ÉTAPE 2 Comprendre le sujet

- Le sujet envisage l'espace productif agricole français selon deux axes : son organisation, ses dynamiques.
- Il faut les analyser sans accorder plus d'importance à l'une ou aux autres.

ÉTAPE 3 Mobiliser ses connaissances de cours

- **Le système productif français** évolue sous l'effet de l'urbanisation du territoire et de la mondialisation.
- **Le secteur agricole** est particulièrement touché par ces transformations : entre recherche de qualité et course à la productivité, les hommes et les territoires de l'agriculture connaissent des situations contrastées qui sont au cœur de ce sujet.

ÉTAPE 4 Rédiger un plan au brouillon

- **Une introduction** qui présente le sujet.
- **Un développement en deux parties** qui correspondent chacune à une idée. Chaque partie repose sur des informations précises.
- **Une conclusion** qui rappelle les idées du développement et propose une ouverture du sujet.

› Je rédige ma réponse ....

....

....

....

....

....

....

....

....

....

....

....

Les conseils du prof !

Pour introduire votre développement, **définissez** la notion d'*espace productif agricole*.

Proposition de plan

- **1re partie :** expliquez comment s'organise l'espace agricole en France.
- **2e partie :** montrez que certaines productions ou régions agricoles sont bien intégrées à la mondialisation alors que d'autres sont délaissées.

Les conseils du prof !

- Un **paragraphe** correspond à un **argument**.
- N'oubliez pas de nommer et de localiser les grands repères géographiques que vous avez appris en cours.

En guise de **conclusion**, ouvrez le sujet vers des perspectives d'évolution à moyen ou long terme.

2 **Complétez le croquis en associant dans la légende chacune de ces propositions au figuré correspondant.** 6 pts

- Cultures tropicales (canne à sucre, bananes, ananas…)
- Cultures spécialisées (vignobles, cultures maraîchères, horticulture…)
- Grandes cultures intensives
- Élevage intensif
- Espaces agricoles à faible productivité (élevage extensif, polyculture…)
- Importations
- Exportations

- Pour ce type d'exercice, complétez directement sur la copie.
- Rien ne vous empêche de commencer l'exercice 2 par cette question pour vous permettre de consacrer plus de temps à la question 1.

› Je complète la légende du croquis

L'espace productif agricole français

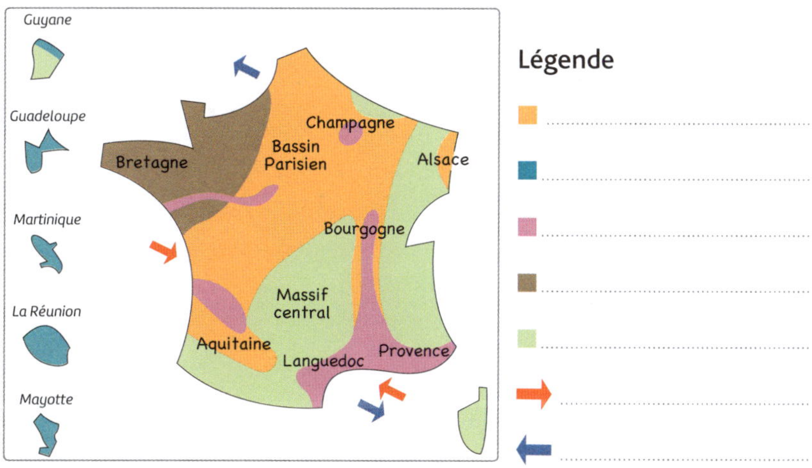

Exercice 3 Enseignement moral et civique

10 pts — 30 min

→ Corrigé p. 165

DOC. Lutter contre l'homophobie à l'école

Affiche de la campagne menée par le ministère de l'Éducation nationale en 2015.

Par étapes

ÉTAPE 1 Extraire les informations pertinentes

- Quelle est la nature du document ?
- Qui l'a édité ?
- Quel en est le thème ?

ÉTAPE 2 Utiliser ses connaissances

- Le sujet prend appui sur une fome de discrimination en particulier : l'homophobie. Il s'agit de savoir les définir l'une et l'autre.
- Rappelez les moyens qui existent dans un pays comme la France pour s'y opposer.

Questions

1 Qu'est-ce qu'une discrimination ? 3 pts

2 Qu'est-ce que l'homophobie ? 2 pts

3 Rédigez un petit article pour le journal du collège sur les moyens de s'y opposer quelles qu'en soient les victimes. 5 pts

Les conseils du prof !

Faites appel à ce que vous avez appris en cours.

Pour définir l'homophobie, reportez-vous aux situations représentées sur l'affiche ou à des situations observées autour de vous.

- Cette question appelle une réponse plus longue que les précédentes.
- Elle doit être structurée autour de deux ou trois idées-clés :
  – **l'homophobie** : ses manifestations, ses effets ;
  – **le soutien aux victimes** : le rôle de la justice, les campagnes de prévention...

SUJET 13 CORRIGÉS

HISTOIRE

Exercice 1 → p. 158

Je comprends les corrigés

1 La photographie a été prise le 24 octobre 1940 à Montoire-sur-le-Loir (Loir-et-Cher).

> Relevez directement les informations dans le titre et la légende du document.

2 Cette rencontre marque le début de la politique de **collaboration** dans laquelle s'engage l'État français. À l'initiative de Pétain et de Laval, le régime de Vichy choisit d'apporter son soutien à Hitler. De nation vaincue, il s'agit de faire de la France un partenaire du vainqueur dans le cadre du nouvel ordre européen du IIIe Reich.

> La réponse attendue est relativement courte. Elle doit mentionner la **collaboration** conformément au titre du thème.

3 La loi qui définit le statut des Juifs fournit l'opportunité au régime de Vichy de définir la notion de « race » juive. Selon ce texte, est juive toute personne dont deux ou trois des grands-parents sont juifs.

> Le mot « race » doit être utilisé entre guillemets.

4 Les Français reconnus juifs ne peuvent plus être fonctionnaires ; ils sont exclus de tous les emplois publics, en particulier de tous les postes à haut niveau de responsabilité de la justice, de la police ou de l'armée. Ils ne peuvent plus non plus être enseignants.

> Le terme *fonctionnaire* n'est pas utilisé dans le texte de loi mais son usage montre que vous avez compris le sens de l'expression « métiers de la fonction publique ».

5 Plusieurs éléments font de Vichy un régime profondément antirépublicain.

C'est d'abord une forme de dictature personnelle. Née de la défaite de juin 1940, elle met un terme à la IIIe République dont les valeurs sont balayées une à une avec l'interdiction des partis politiques ou la censure de la presse.

La collaboration avec l'Allemagne s'étend dans tous les domaines : elle est économique avec le service du travail obligatoire à partir de 1943 mais aussi militaire et policière avec la Milice et la Légion des volontaires français.

Fondé sur une propagande qui entretient activement le culte du chef, l'État français est également un régime xénophobe et antisémite. Les réfugiés politiques sont internés, les Juifs sont exclus de la société avant d'être arrêtés et déportés.

> - Pour structurer votre réponse, retournez à la ligne à chaque nouvelle idée.
> - Le **caractère antirépublicain du régime de Vichy** implique :
>   – une dictature personnelle ;
>   – une collaboration dans tous les domaines ;
>   – la xénophobie et l'antisémitisme.

GÉOGRAPHIE

Exercice 2 → p. 160

1 L'espace productif agricole français désigne l'ensemble des territoires aménagés et mis en valeur pour la production végétale ou animale.

1re puissance agricole européenne, la France dispose d'un système agricole performant qui s'organise en régions spécialisées (bassins céréaliers, régions d'élevage intensif, espaces viticoles ou maraîchers) :

> - L'**introduction** appelle une définition. Il est donc important d'apprendre par cœur et de manière régulière les définitions-clés du programme.
> - C'est pourquoi il est important d'apprendre par cœur les définitions du programme pour vous aider à amorcer la réponse.

ces espaces de l'agriculture intensive comme la Beauce, la vallée du Rhône ou la plaine d'Alsace, sont bien intégrés à la mondialisation. Ils participent activement au succès international du secteur : la France exporte beaucoup plus de produits agricoles et agro-alimentaires qu'elle en importe.

Inversement, certains espaces connaissent d'importantes difficultés (régions de moyenne montagne, territoires où dominent la polyculture et l'élevage : Massif Central, Corse...). Ici, la déprise agricole est la conséquence d'une rentabilité trop faible et de l'enclavement.

Le développement de l'agriculture « bio » annonce à n'en pas douter de nouvelles transformations du système productif agricole français dans les années à venir.

Le développement est organisé en deux temps : chaque paragraphe correspond à une idée-clé illustrée par des exemples.

En conclusion, on peut ouvrir la démonstration sur l'**agriculture biologique** : son développement modifie l'organisation et les dynamiques du système productif agricole français.

2 L'espace productif agricole français

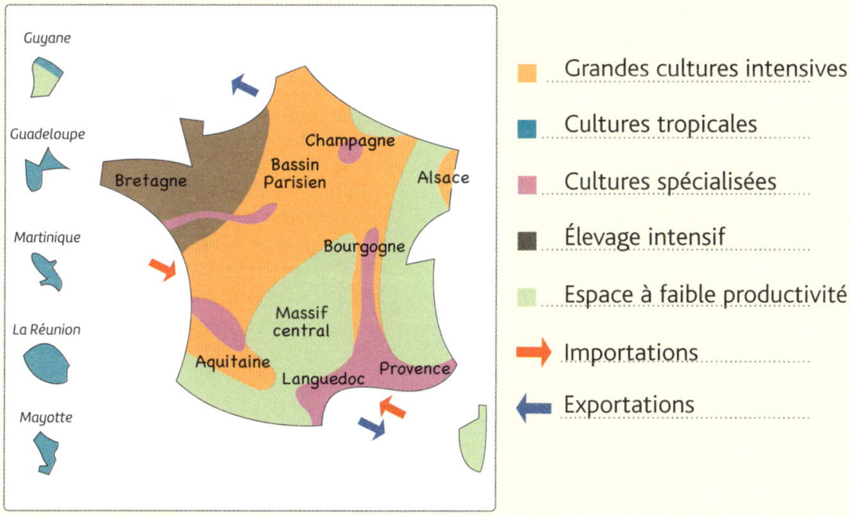

EMC

Exercice 3 → p. 162

1 Une discrimination, c'est le fait de traiter différemment, le plus souvent mal, un individu ou un groupe par rapport à d'autres personnes. On en distingue différentes formes : raciale, antisémite, religieuse, sexiste...

- Le mot *discrimination* est défini au sens large.
- Attention de ne pas confondre *discrimination sexiste* (liée au sexe d'une personne) et *discrimination sexuelle* (liée à ses pratiques sexuelles).

2 Quand la discrimination est liée à l'orientation sexuelle, on parle d'*homophobie*.

La réponse est dans la structure même de ce mot : **le préfixe** *homo*, comme dans « homosexuel » et **le suffixe** : *phobie* qui signifie « peur injustifiée ».

3 L'homophobie est présente de manière diffuse dans notre société : dans les entreprises, dans les médias, dans la rue… mais aussi parfois, au sein même des établissements scolaires. Elle consiste en des insultes, souvent accompagnées de réactions de rejet voire d'agressions physiques. Cette violence se manifeste de manière répétée, les victimes étant alors l'objet d'un véritable harcèlement. Ses conséquences peuvent être très lourdes : dépression, absentéisme et même comportement suicidaire.

Cette discrimination, comme toutes les autres, tombe sous le coup de la loi. Mais parallèlement à l'action de la justice, on peut aussi lutter contre l'homophobie par la prévention et par l'éducation. C'est le sens de la campagne engagée par l'Éducation nationale : elle doit mobiliser l'ensemble des acteurs de l'école.

Je comprends les corrigés

- Au-delà des exemples de l'affiche, vous pouvez citer ici des œuvres littéraires ou cinématographiques qui traitent des préjugés et des discriminations homophobes (*Billy Elliot*, *Tomboy*…).
- **Dans la conclusion**, il est important de montrer combien l'éducation à la citoyenneté est primordiale au collège.

JE FAIS LE POINT

	J'ai bien compris et j'ai réussi	Il manque des connaissances → Je revois le cours	Je n'ai pas compris la méthode → Je relis les conseils
EXERCICE 1 → p. 158			
Question 1	❏	❏	❏
Question 2	❏	❏	❏
Question 3	❏	❏	❏
Question 4	❏	❏	❏
Question 5	❏	❏	❏
EXERCICE 2 → p. 160			
Question 1	❏	❏	❏
Question 2	❏	❏	❏
EXERCICE 3 → p. 162			
Question 1	❏	❏	❏
Question 2	❏	❏	❏
Question 3	❏	❏	❏

SUJET 14

50 pts 2H

EXERCICE 1 20 pts 45 min

Analyser et comprendre des documents

Géographie

EXERCICE 2 20 pts 45 min

Maîtriser différents langages

Histoire

EXERCICE 3 10 pts 30 min

Mobiliser des compétences

EMC

Exercice 1 Analyser et comprendre des documents 20 pts 45 min → Corrigé p. 174

DOC. 1 Le Grand Est, une région transfrontalière

Avec plus de 500 kilomètres de frontières ouvertes sur l'Europe, le Grand Est espère rebondir en renforçant ses liens avec des économies en pleine ébullition. Cette région […] compte déjà 158 000 travailleurs frontaliers, soit plus de 6 % des actifs. Quelque 67 300 d'entre eux travaillent au Luxembourg, 47 600 en Allemagne, 35 600 en Suisse et 8 600 en Belgique. Une mobilité professionnelle qui s'accompagne d'un apport de pouvoir d'achat important, sachant que, au Luxembourg ou dans les cantons bâlois, le PIB[1] par habitant est quasiment le double de celui de la France, et les niveaux de salaire à l'avenant.

En trois ans, près de 10 000 emplois ont été créés par des entreprises à capitaux étrangers. Elles concourent à la moitié du chiffre d'affaires de l'industrie : […] 60 % en Alsace, à 47 % en Lorraine et à 19 % en Champagne-Ardenne. […]

La forte internationalisation de l'économie du Grand Est explique ses performances à l'exportation, avec 38,4 % de son PIB réalisé hors de l'Hexagone, un record national. […] Cette ouverture européenne va de pair avec une multiplication des initiatives de coopération transfrontalière. Dans la santé, avec des accords entre hôpitaux pour assurer la continuité des soins et mutualiser certains investissements coûteux comme les IRM[2]. Dans l'apprentissage, avec des contrats transfrontaliers.

Christian Lienhardt, *Les Échos*, n° 22074, 26 novembre 2015.

1. *PIB* : Produit intérieur brut.
2. *IRM* : Imagerie à résonnance magnétique.

Par étapes

ÉTAPE 1 Extraire les informations pertinentes

DOC. 1 et DOC. 2
- Quelle est la nature de ces documents ?

DOC. 1
- De quel espace régional est-il question ?

DOC. 2
- Localisez le territoire de l'agglomération de Bâle par rapport à celui de la région Grand Est.
- Quel type de déplacements a-t-on représenté ?

ÉTAPE 2 Confronter les documents à ses connaissances
- Qu'est-ce qu'un territoire transfrontalier ?
- Quels sont les effets de l'intégration européenne dans les régions situées de part et d'autre des frontières nationales ?

DOC. 2 Les déplacements domicile-travail dans la région de Bâle

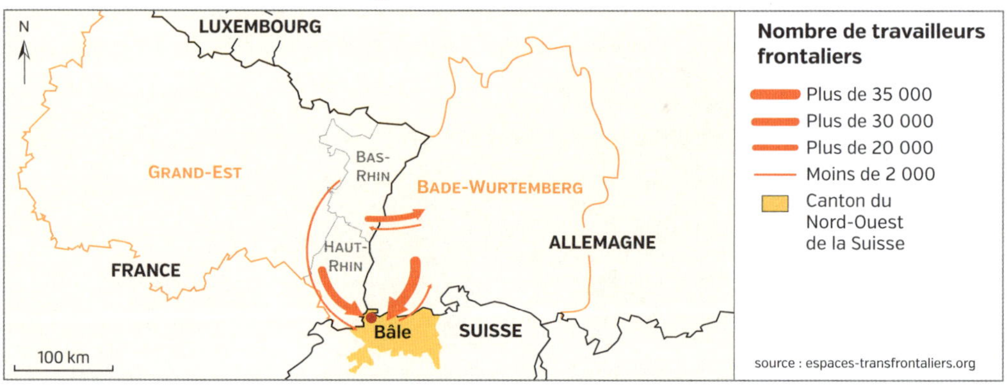

Mission opérationnelle transfrontalière, 2015.

Questions

1 Quelle est la particularité du territoire de la région Grand Est ? 4 pts

....

....

....

....

Les conseils du prof !

Cette particularité est liée à la situation géographique de la région.

2 Qu'est-ce qu'un « travailleur frontalier » ? Relevez les éléments du texte et de la carte montrant l'importance des flux à l'échelle de la région et dans l'agglomération de Bâle. 6 pts

....

....

....

....

....

Le texte cite des chiffres à l'échelle régionale alors que la carte apporte des précisions à l'échelle de la seule agglomération de Bâle.

3 Quels avantages économiques et financiers le Grand Est tire-t-il de sa situation frontalière ? 5 pts

....

....

....

....

Trois effets positifs sont mentionnés dans le texte ; ils concernent l'emploi, le pouvoir d'achat et le commerce international.

4 Quelles sont les perspectives qui se dessinent en matière de coopération transfrontalière pour cette région dans les prochaines années ? 5 pts

....

....

....

....

....

....

- Commencez par définir la coopération transfrontalière européenne, une notion vue en cours cette année.
- Puis identifiez dans l'article d'autres avantages liés à la proximité de la frontière que ceux cités dans la réponse à la question 3. Ils sont mentionnés en fin d'article.

Exercice 2 Maîtriser différents langages 20 pts 45 min → Corrigé p. 174

1 Sous la forme d'un développement construit d'une vingtaine de lignes, expliquez comment la République française est refondée entre 1944 et 1947. 14 pts

Par étapes

ÉTAPE 1 Repérer les mots-clés

- ***République française :*** c'est un régime politique démocratique spécifique.
- ***Refondée :*** marque l'idée d'une renaissance.
- ***1944-1947 :*** les bornes chronologiques du sujet sont rigoureusement définies. Il s'étend de la période de la Libération, à la fin de la Seconde Guerre mondiale, aux deux années qui ont suivi.

ÉTAPE 2 Comprendre les enjeux

- Qu'est-ce qui permet de saisir la nécessité de refonder la République en France à partir de 1944 ?
- Comment s'opère le retour à la démocratie au cours de ces trois années de transition ?

ÉTAPE 3 Rédiger un plan au brouillon

- **Dans l'introduction, présentez le sujet** en indiquant pourquoi il est nécessaire de refonder la République française.
- **Construisez votre développement en trois parties** :
  – Le contexte de la fin de la guerre et le rôle déterminant du GPRF ;
  – les modalités : des mesures spectaculaires ;
  – la naissance d'un nouveau régime.
- **En conclusion**, ouvrez sur la période suivante : la IVe République.

› Je rédige ma réponse ....

Les conseils du prof !

- On vous demande de rédiger un récit historique : il faut donc respecter la chronologie.
- Précisez le rôle joué par les différents acteurs de l'événement correspondant.

Pensez à illustrer votre démonstration par des exemples de mesures qui montrent comment s'opère cette refondation de la France.

2 **Associez chacun des événements proposés ci-dessous à la date qui lui correspond.** 6 pts

1944-1947 : les grandes étapes de la refondation de la République

Référendum sur la nouvelle Constitution •	• Mars 1944
1er vote des Françaises •	• Juin 1944
Mise en place du Gouvernement provisoire de la République française (GPRF) •	• Avril 1945
Élection du président Vincent Auriol •	• Octobre 1945
Création de la sécurité sociale •	• Octobre 1946
Adoption du programme du Conseil national de la Résistance (CNR) •	• Janvier 1947

Exercice 3 Enseignement moral et civique 10 pts 30 min

→ Corrigé p. 175

DOC. Le défenseur des droits

Le Défenseur des droits est une institution de l'État complètement indépendante. Créée en 2011, elle est actuellement dirigée par Claire Hédon, ancienne présidente de l'organisation non gouvernementale de lutte contre l'extrême pauvreté « ATD Quart Monde ». Elle a pour mission de défendre les personnes dont les droits ne sont pas respectés et de permettre l'égalité de tous et toutes dans l'accès aux droits. Voici trois exemples de son action.

A. Chantal a été licenciée pour inaptitude médicale. Au cours de ses démarches avec Pôle Emploi, elle rencontre de sérieuses difficultés en raison de l'existence d'un homonyme[1]. Son dossier est transféré, puis égaré. Elle se voit refuser sa demande d'allocation d'aide au retour à l'emploi.

L'intervention du Défenseur des droits auprès de la direction de Pôle Emploi a permis de faire examiner le dossier de nouveau. Cette personne a été officiellement réinscrite à Pôle Emploi.

B. Bernard est âgé et invalide. Il a pour seul revenu l'Allocation de solidarité aux personnes âgées. À ce titre, il ne doit payer ni de taxe d'habitation, ni de taxe foncière. Cependant, l'exonération à laquelle il a droit n'est pas automatiquement prise en compte. Ainsi reçoit-il chaque année un avis d'imposition et doit se rendre lui-même au service des impôts pour demander à en être exonéré.

Il demande de l'aide au Défenseur des droits. Celui-ci prend contact avec le service des impôts qui prend enfin en compte la situation de Bernard : son exonération sera désormais systématiquement appliquée.

C. Louis dispose de revenus confortables. Depuis peu, son activité professionnelle le conduit à se partager entre Paris et Mayotte dont il est originaire.

Il contacte une agence immobilière pour l'aider dans sa recherche d'appartement à Paris. L'agence lui refuse un accès à la location au prétexte que son garant est domicilié dans un DOM. Louis, qui estime être victime d'une discrimination, informe le Défenseur des droits de cette situation. Une enquête est en cours.

Site Internet du Défenseur des droits (www.defenseurdesdroits.fr).

1. *Homonyme* : Personne qui porte exactement le même nom.

Par étapes

ÉTAPE 1 Extraire les informations pertinentes

- De quelle institution est-il question ici ?
- Quelle personnalité l'incarne ?
- Quelle est la mission qui lui est confiée ?
- Pourquoi Chantal, Bernard et Louis l'ont-ils saisie ?

ÉTAPE 2 Confronter les documents à ses connaissances

- Qu'est-ce qu'un droit ?
- Quels sont les droits de la personne dans une démocratie ?
- Pourquoi et comment peut-on les défendre ?

Questions

Les conseils du prof !

1 Qui est la Défenseure des droits et quelles sont ses fonctions ? 2 pts

Tous les éléments de réponse à cette question se trouvent dans le texte introductif du document.

2 Qu'ont en commun les trois situations présentées sur son site Internet ? 3 pts

Soyez attentifs à ce que l'on vous demande. Il ne s'agit pas de résumer chacune de ces situations, mais bien de souligner ce qu'elles ont en commun.

3 Vous êtes chargé de préparer un exposé afin d'expliquer à vos camarades en quoi l'action du Défenseur des droits est à la fois légitime et nécessaire. Exprimez votre point de vue de futur citoyen sur cette institution. 5 pts

Cette question appelle une réponse un peu plus développée que les deux précédentes.

Prenez appui sur le document, mais réinvestissez aussi ce que vous avez appris cette année au sujet :
– des différentes formes de discrimination ;
– des principes d'un État démocratique ;
– des libertés fondamentales et des droits de la personne.

SUJET 14 CORRIGÉS

GÉOGRAPHIE

Exercice 1 → p. 168

Je comprends les corrigés

1 Le Grand Est, région née de la fusion de l'Alsace, de la Lorraine et de Champagne-Ardenne, compte 500 kilomètres de frontières communes avec les pays voisins de la France.

> Vous pouvez préciser qu'il s'agit d'une des treize nouvelles régions métropolitaines.

2 Près de 160 000 habitants du Grand Est (soit 6 % de la population active) traversent quotidiennement une frontière pour aller travailler. Ces « travailleurs frontaliers » sont particulièrement nombreux en Alsace : près de 30 000 personnes vont chaque jour travailler à Bâle.

> Montrez que vous êtes capables d'utiliser la légende de la carte en estimant l'importance du flux représenté.

3 Les salaires sont plus élevés en Suisse et au Luxembourg qu'en France : le niveau de vie des frontaliers est donc plus important que celui du reste de la population. La proximité de la frontière est également favorable à la création d'emplois et au commerce international.

> Les écarts de salaire avec la France sont liés principalement au PIB plus élevé de ses voisins.

4 La coopération transfrontalière, c'est l'ensemble des politiques européennes qui ont pour objectif de développer les liens entre les hommes et les territoires séparés par une frontière.

Dans le Grand Est, elle s'ouvre désormais sur de nouvelles perspectives : au-delà des activités économiques, elle concerne également les domaines de la santé et de la formation.

> • Vous pouvez commencer par rappeler ici que la coopération transfrontalière est un moyen mis en œuvre par l'Union européenne (UE) pour réduire les écarts de richesse d'une région à l'autre.
> • **Attention** : la Suisse n'est pas un État-membre de l'UE, mais l'une et l'autre sont liées par de multiples accords bilatéraux.

HISTOIRE

Exercice 2 → p. 170

1 Au sortir de la Seconde Guerre mondiale, trois années sont nécessaires pour permettre le retour de la démocratie en France.

> Une phrase d'introduction suffit pour montrer que vous avez bien compris le sens du sujet.

De 1940 à 1944, sous le régime de Vichy, la Résistance incarne la continuité de la République en France. Ses valeurs sont rassemblées dans le programme du Conseil national de la Résistance (CNR) adopté en mars 1944. Ce projet de refondation s'inscrit au cœur de l'action menée par le Gouvernement provisoire de la République française (GPRF) qui s'installe à Paris en août 1944 alors que le pays est en pleine libération.

> Dans un premier temps, définissez le contexte et identifiez les acteurs qui vont œuvrer au retour de la démocratie en France.

Sous la conduite du général de Gaulle, le GPRF rétablit les libertés fondamentales (liberté de la presse, de conscience...) et restaure la République par une série de mesures telles que la reconnaissance du droit de vote et d'éligibilité des femmes, la création de la sécurité sociale, la nationalisation de grandes entreprises dans les secteurs de l'énergie, des transports, de la banque et des assurances.

> • Expliquez ensuite la manière dont s'opère cette refondation.
> • Mentionnez au moins les décisions qui contribuent toujours aujourd'hui à l'organisation de notre société.

Le fonctionnement démocratique des institutions est également restauré dans le cadre de la nouvelle Constitution élaborée par l'Assemblée élue en octobre 1945. Elle est soumise à l'avis des Français en octobre 1946 et entre pleinement en vigueur avec l'élection du premier président de la IVe République, Vincent Auriol, en janvier 1947.

Cependant, ce nouveau régime connaît très vite des difficultés qui entraîneront sa disparition dès 1958...

- Abordez enfin l'adoption de la nouvelle Constitution et l'élection du président qui concluent ce processus.

2 1944-1947 : les grandes étapes de la refondation de la République

Référendum sur la nouvelle Constitution	Octobre 1946
1er vote des Françaises	Avril 1945
Mise en place du Gouvernement provisoire de la République française (GPRF)	Juin 1944
Élection du président Vincent Auriol	Janvier 1947
Création de la sécurité sociale	Octobre 1945
Adoption du programme du Conseil national de la Résistance (CNR)	Mars 1944

- Vous pouvez rappeler que la IVe République est un régime parlementaire : c'est le Parlement réuni en congrès à Versailles qui a élu Vincent Auriol.
- Le rôle exécutif du président est plutôt limité.

EMC

Exercice 3 → p. 172

1 Claire Hédon, ancienne présidente de l'ONG « ATD Quart Monde », est la Défenseure des droits. Elle est chargée, en toute indépendance, de défendre les personnes dont les droits ne sont pas respectés.

- L'institution a été fondée par l'État mais elle en est totalement indépendante.
- Le Défenseur des droits peut donc demander des comptes à l'administration.

2 Chantal et Bernard font l'objet d'un traitement défavorable de l'administration ; on peut même considérer que l'attitude de l'agence immobilière à l'égard de Louis est une forme de discrimination.

Estimant que leurs droits n'étaient pas pleinement respectés, ils ont saisi les services de Jacques Toubon.

Chantal va percevoir ses indemnités de chômage ; Bernard n'aura plus besoin de se déplacer pour être exonéré de ses impôts locaux. Quant à l'agence de location qui refuse le garant choisi par Louis sous prétexte qu'il n'habite pas la métropole, elle n'aura sans doute pas d'autre choix que de revenir sur sa position à l'issue de l'enquête en cours.

Rappelez qu'une discrimination est une inégalité de traitement fondée sur un critère interdit par la loi (sexe, âge...).

3 Mon exposé concerne le rôle du Défenseur des droits.

Cette institution est relativement récente (2011). Cela montre bien que même dans un pays comme le nôtre, il faut toujours être vigilant pour faire respecter ses droits.

Pour exprimer votre point de vue au-delà des exemples proposés, vous pouvez faire référence à d'autres critères de discrimination reconnus par la loi : les origines, l'opinion politique, le handicap...

Le Défenseur des droits, est chargé de permettre l'égalité de tous et toutes dans l'accès aux droits. Son action est donc *légitime* puisqu'il s'agit pour lui de faire respecter la loi.

En France, c'est en effet la loi qui garantit l'égalité entre les citoyens en matière d'accès à l'emploi, au logement, aux biens et services (publics ou privés), aux soins et aux services sociaux ainsi que l'égalité dans le domaine de l'éducation et de la formation.

Dans notre vie quotidienne, il peut arriver que la loi ne soit pas respectée ou qu'elle soit interprétée d'une manière trop rigide. L'action du Défenseur des droits est donc *nécessaire* afin d'éviter que nos concitoyens ne soient victimes de telles situations.

Le Défenseur des droits est une garantie supplémentaire du bon fonctionnement de notre démocratie.

JE FAIS LE POINT

	J'ai bien compris et j'ai réussi	Il manque des connaissances → Je revois le cours	Je n'ai pas compris la méthode → Je relis les conseils
EXERCICE 1 → p. 168			
Question 1	❑	❑	❑
Question 2	❑	❑	❑
Question 3	❑	❑	❑
Question 4	❑	❑	❑
EXERCICE 2 → p. 170			
Question 1	❑	❑	❑
Question 2	❑	❑	❑
EXERCICE 3 → p. 172			
Question 1	❑	❑	❑
Question 2	❑	❑	❑
Question 3	❑	❑	❑

SUJET 15

50 pts — 2H

Exercice 1 Analyser et comprendre des documents 20 pts 45 min

→ Corrigé p. 184

DOC. 22 août 1914

Combat commencé au point du jour. Toute la journée je me bats, je suis blessé très légèrement une première fois. [...] Je continue le combat, lorsque mon camarade Loiseau est atteint à la jambe. Je vois aussi mon lieutenant tomber, traversé par une balle. Le combat continue, une grande quantité de mes camarades sont couchés morts ou blessés autour de moi. Vers les trois heures de l'après-midi, [...] je suis atteint d'une balle au côté gauche, je ressens une grande douleur, [...]. La balle m'a traversé dans toute ma longueur en passant par le bassin et s'est logée au-dessus de mon genou. [...] Je fais donc tout mon possible pour me traîner dans un trou. [...] Le combat est terminé, tous mes camarades ont battu en retraite, et nous les blessés, nous restons abandonnés, sans soins, mourant de soif. Quelle affreuse nuit ! Rien que la fusillade, car à chaque bruit que fait un blessé, [...] la mitrailleuse balaye le terrain, les balles me passent par-dessus la tête, [...] la soif me torture de plus en plus, j'arrache des poignées d'avoine que je mâche. Le canon ne cesse de gronder car les Allemands bombardent [...] Longwy[1]. [...]

Vers deux heures de l'après-midi, [...] deux jeunes filles de la Croix-Rouge et deux infirmières [...] me prennent par les bras et les jambes [...]. Quelques minutes après, je suis en sûreté, à l'entrée de Longwy l'on m'installe dans une automobile qui m'emporte à l'asile Marlame qui est un orphelinat où plusieurs salles ont été aménagées pour recevoir et soigner des blessés. [...] Je passe une bien mauvaise nuit, et les obus qui éclatent très près me font bien souffrir. [...]

Lorsque, le 25 août à midi, un obus vient tomber dans la salle, personne ne s'y attendait, il fait donc un affreux massacre. [...] Le vieux jardinier et une petite infirmière viennent nous chercher, un par un, ils nous descendent dans la cave. [...] Le bombardement continue jusqu'au lendemain à 2 heures de l'après-midi ; le fort est complètement détruit, l'hôpital aussi. [La ville] n'est plus qu'un monceau de ruines, pas une maison ne reste. [...]

Extrait d'un carnet de Désiré Edmond Renault, soldat dans la 10e compagnie du 77e régiment d'infanterie, publié dans *Paroles de Poilus, lettres et carnets du front 1914-1918*, sous la direction de Jean-Pierre Guéno et d'Yves Laplume, © Librio, 1998.

1. Longwy : ville située en Lorraine, à cinquante kilomètres de Verdun.

Par étapes

ÉTAPE 1 Extraire les informations pertinentes

- Quelle est la nature de ce document (auteur, date, source) ?
- De combien de parties est-il constitué ?
- Indiquez, au brouillon, pour chacune d'entre elles, l'idée-clé correspondante.

ÉTAPE 2 Confronter les documents à ses connaissances

- Pendant quelle phase de la Première Guerre mondiale le document a-t-il été rédigé ?
- Dans quelle situation les troupes françaises se trouvent-elles alors par rapport aux troupes allemandes ?
- Quelles sont les conséquences de la violence des combats pour les civils des régions concernées ?

Questions

1 Quel est l'auteur de ce document ? Quand l'a-t-il écrit ? 2 pts

....

....

Les conseils du prof !

- Précisez le nom de l'auteur et sa fonction.
- Ce texte ne peut pas avoir été rédigé précisément à la date indiquée dans le titre : montrez que vous l'avez bien compris.

2 Quelles formes de violence les militaires subissent-ils pendant les combats de la Première Guerre mondiale ? Justifiez votre réponse à l'aide d'exemples tirés du texte. 4 pts

....

....

....

- Prenez appui sur des exemples du document : « traversé par une balle », « la mitrailleuse balaie le terrain », etc.
- Développez suffisamment votre réponse pour respecter la consigne de manière rigoureuse.

3 Les Français sont-ils vainqueurs de la bataille décrite dans ce document ? Cette situation est-elle conforme à ce que vous savez du début de la Première Guerre mondiale ? 4 pts

....

....

....

- Ne répondez pas par oui ou non à la 1re question : citez entre guillemets le passage du texte sur les conséquences des combats à la fin de la journée.
- Vous souvenir de la bataille de la Marne (5/12 septembre 1914) peut vous aider à répondre à cette question.

4 Quel est ici le rôle des femmes ? Quel autre rôle ont-elles joué entre 1914 et 1918 ? 5 pts

....

....

....

....

....

- Repérez d'abord le rôle exercé par les femmes dans le texte.
- Mobilisez vos connaissances pour décrire l'autre fonction qu'elles occupent massivement pendant la guerre.

5 Quelles sont les souffrances que subissent les civils, les blessés et les infirmières à l'écart du front, à Longwy ? 5 pts

....

....

....

....

....

Les souffrances des civils ne sont pas directement mentionnées dans le texte mais on peut les déduire de la description du bombardement de la ville.

Exercice 2 Maîtriser différents langages 20 pts 45 min

→ Corrigé p. 184

1 Sous la forme d'un développement construit d'une vingtaine de lignes, décrivez et expliquez l'influence de la France et de l'Europe dans le monde. 14 pts

Par étapes

ÉTAPE 1 Repérer les mots-clés

- ***Décrivez et expliquez :*** on attend une argumentation, des explications, pas un simple constat.
- ***Influence dans le monde :*** le rayonnement, la manière dont la France et l'Europe affirment leur présence à l'échelle planétaire.

ÉTAPE 2 Comprendre les enjeux du sujet

- Dans quels domaines des États ou des territoires peuvent-ils exercer une « influence » ?
- Comment se manifeste-t-elle et quelles en sont les limites ?
- En quoi leur situation géographique fait-elle des territoires ultramarins des « relais du rayonnement de la France dans le monde » (question 2) ?

ÉTAPE 3 Élaborer le plan

- **En introduction, définissez le sujet** : en quoi la France et l'Europe sont-elles des puissances d'influence mondiale ?
- **N'opposez pas** systématiquement l'influence exercée par la France à celle exercée par l'Europe : elles sont complémentaires. Il est donc maladroit de suivre un plan du type : 1. L'influence de la France ; 2. L'influence de l'Europe.
- **Développez** plutôt votre réponse en trois parties (un paragraphe par type d'influence).
- **En conclusion**, faites le bilan de votre démonstration et proposez une ouverture.

› Je rédige ma réponse

Les conseils du prof !

Chaque paragraphe doit envisager la situation de la France et celle de l'Europe dans l'ordre qui vous semble le plus logique.

Utilisez les notions-clés que vous avez apprises tout au long de l'année pour décrire et expliquer l'influence qu'exercent des territoires : puissance, firmes transnationales, investissements directs de/à l'étranger...

2 Nommez et localisez sur ce planisphère les cinq départements et régions d'outre-mer (DROM), relais du rayonnement de la France dans le monde. 6 pts

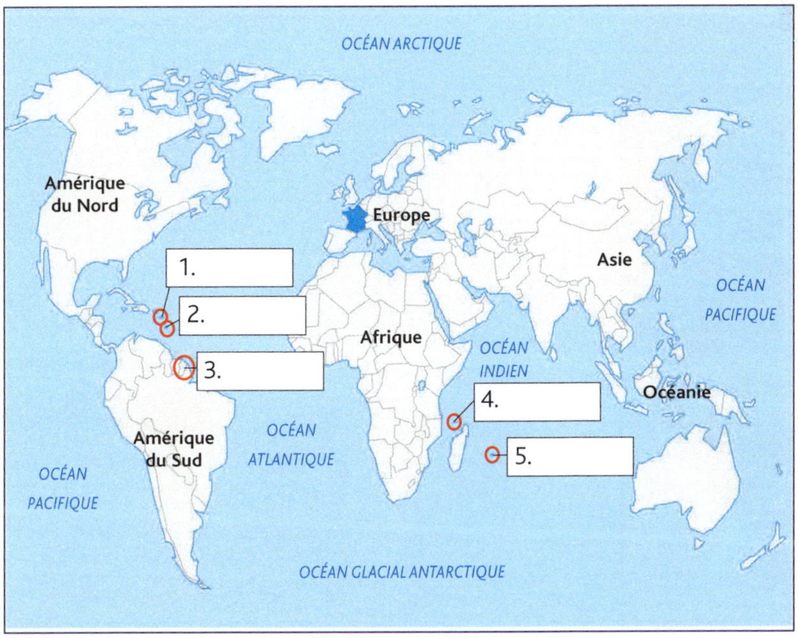

Ne confondez pas :
– **les DROM**, collectivités territoriales dont le statut est identique à celui des départements et régions de métropole ;
– les autres types de territoires ultramarins qui ont des statuts particuliers : collectivités d'outre-mer (**COM**), pays et territoires d'outre-mer (**PTOM**).

Exercice 3 Enseignement moral et civique 10 pts

30 min → Corrigé p. 185

DOC. 1 Les combats d'Hubertine Auclert, militante féministe sous la IIIe République

Née en 1848, Hubertine Auclert se bat toute sa vie pour que les femmes puissent voter et soient éligibles. Elle s'installe à Paris en 1870 quand la IIIe République ouvre la voie à la démocratie. Devenue journaliste, elle fonde, en 1876, le groupe « Le droit des femmes » et profite de la liberté de la presse pour lancer, en 1881, le journal *La Citoyenne*. On lui doit le sens moderne du mot « féminisme ». Elle se rend célèbre par des actions spectaculaires : grève des impôts, renversement d'une urne électorale. Elle a réussi à placer le droit de vote des femmes au cœur du débat public, jusqu'à sa mort en 1914.

Anne-Marie Hazard-Tourillon, *Vivre ensemble, comment ?*, © Nathan, 2016.

DOC. 2 Affiche du centre Hubertine Auclert pour la campagne « Féministes d'hier, combats d'aujourd'hui », 2014

Par étapes

ÉTAPE 1 Extraire les informations pertinentes

DOC. 1

Utilisez des couleurs différentes pour souligner dans le texte les informations essentielles : dates, lieux, fonctions…

DOC. 2

- Quelle est la nature de ce document (type, date, source) ?
- De quoi parle-t-il ?
- Pourquoi le slogan au centre de l'affiche est-il conjugué au passé et au présent ?

ÉTAPE 2 Confronter les documents à ses connaissances

- Qu'est-ce que le féminisme ?
- Pourquoi les droits politiques des femmes doivent-ils être défendus aujourd'hui encore dans notre société ?
- Par quels moyens peuvent-ils l'être ?

Questions

1 DOC. 1 Expliquez qui était Hubertine Auclert. Pourquoi et comment a-t-elle mené son combat pour le droit de vote des femmes ? 2 pts

2 DOC. 2 Quel est le message véhiculé par cette affiche ? Pourquoi le portrait d'Hubertine Auclert y figure-t-il ? 3 pts

3 À l'occasion de la Journée internationale des droits des femmes, vous devez rédiger un texte qui sera affiché dans votre collège.
À l'aide de vos connaissances et de ces documents, il s'agit d'expliquer qui était Hubertine Auclert et de montrer qu'il faut, de nos jours encore, poursuivre le combat féministe. 5 pts

Les conseils du prof !

- Il s'agit de rédiger la biographie de cette militante féministe qui a marqué son époque.
- Relevez dans le texte les informations essentielles pour construire votre réponse, sans pour autant le recopier.

- L'affiche a été publiée en 2014 par le centre Hubertine-Auclert qui défend les droits des femmes.
- Le slogan au centre du document permet de comprendre le but de cette association et pourquoi les combats menés par Hubertine Auclert sont toujours d'actualité.

Cette question appelle une réponse un peu plus longue que les précédentes.

Proposition de plan

- **Une introduction** pour présenter le sujet.
- Un paragraphe consacré à la **figure d'Hubertine Auclert et à la lutte** qu'elle a portée.
- Un paragraphe sur la **situation des droits politiques des Françaises** aujourd'hui pour expliquer qu'il est nécessaire de poursuivre le combat féministe.
- **Une conclusion** qui propose une ouverture.

SUJET 15 CORRIGÉS

HISTOIRE

Je comprends les corrigés

Exercice 1 → p. 178

1 L'auteur de ce document est un soldat du 77e régiment d'infanterie, Désiré Edmond Renaud. Il l'a écrit dans les jours qui ont suivi le 22 août 1914, quelques semaines après le début du conflit, alors que les troupes en présence s'affrontent dans le cadre de vastes opérations militaires : c'est la « guerre de mouvement ».

> L'Allemagne déclare la guerre à la France le 1er août 1914.

2 Le témoignage de ce soldat est représentatif des violences subies par les militaires pendant la Première Guerre mondiale. En effet, en quelques heures de combat, sa compagnie connaît de lourdes pertes : son camarade est blessé, son sergent tué, lui-même est touché deux fois par des tirs et finalement « une grande quantité de [ses] camarades sont couchés morts ou blessés ». Les mitrailleuses et les obus sont des exemples de ces nouvelles armes qui provoquent pendant tout le conflit une véritable hécatombe parmi les militaires. Les souffrances de Désiré se prolongent dans le *no man's land* quand, blessé, il ne peut ni boire ni manger : la souffrance morale se conjugue alors à la douleur physique.

> On estime à 10 millions de morts le nombre de victimes militaires du conflit, dont 1,4 million de Français.

> Montrez que vous avez bien retenu que la « Grande Guerre » était aussi une guerre industrielle et technologique.

3 Les vainqueurs de la bataille décrite dans le document sont les Allemands. Au début de la guerre, ceux-ci réussissent en effet à entrer en France et à repousser les troupes françaises jusqu'à la Marne. C'est là que l'armée française parvient à arrêter leur progression.

> Vous pouvez citer le passage du texte qui justifie votre réponse : « Le combat est terminé, tous mes camarades ont battu en retraite. »

4 Dans ce document, les femmes sont des infirmières qui viennent secourir les blessés sur le front et qui les soignent dans des hôpitaux proches des combats. Les femmes ont également joué un rôle essentiel dans « l'économie de guerre » en travaillant dans les usines d'armement ou en remplaçant les hommes dans les activités agricoles.

> Ces ouvrières qui servaient l'effort de guerre dans l'industrie étaient appelées des « munitionnettes ».

5 Les civils, les blessés et le personnel soignant vivent dans la peur des obus. L'hôpital et la ville sont soumis à des bombardements dévastateurs. En six jours, Longwy « n'est plus qu'un monceau de ruines, pas une maison ne reste ».

> Les villes situées le long de la ligne de front ont été systématiquement bombardées en 1914-1918 : elles sont donc nombreuses à avoir été touchées dans le Nord-Est du pays.

GÉOGRAPHIE

Exercice 2 → p. 180

1 La France et l'Europe sont des puissances d'influence mondiale. Elles exercent un rayonnement réel mais de portée variable, que ce soit d'un point de vue économique, politique ou culturel.

> Une brève introduction suffit pour montrer que vous avez bien compris le sens du sujet.

L'Union européenne est la première puissance **économique** mondiale. C'est l'un des trois pôles majeurs de la Triade. Elle compte de nombreuses firmes transnationales (FTN) parmi les plus grosses entreprises du monde et demeure la première région d'émission et de destination des investissements directs de/à l'étranger (IDE). Au 3e rang européen, la France est la 6e puissance économique de la planète.

> L'ordre dans lequel vous présentez et caractérisez les différents types d'influence n'est pas déterminant : vous pouvez donc traiter les différents types d'influence dans un ordre différent.

Sur le plan **géopolitique**, la France et l'UE exercent une influence importante dans le domaine de l'aide publique au développement ; elles jouent un rôle militaire déterminant dans certaines régions du monde comme l'Afrique et le Moyen-Orient, tant dans le règlement de conflits qu'en participant à des opérations de maintien de la paix. Ainsi plus de 30 000 soldats français participent à des opérations extérieures telles que les missions Barkhane (Afrique subsaharienne), Chammal (Syrie, Irak) et EUFOR RCA (mission placée sous commandement européen pour le maintien de la paix en République centrafricaine).

> Citez des exemples précis et récents d'interventions des soldats français et/ou européens dans le monde, qu'il s'agisse d'opérations strictement militaires ou d'actions humanitaires.

D'un point de vue **culturel**, la France et l'Europe exercent aussi une influence réelle à l'international : elle se manifeste par la diffusion des langues d'origine européenne, des productions cinématographiques, de la gastronomie, du luxe et de la mode à l'étranger. Elle se mesure aussi par l'attractivité que la France et l'Europe exercent auprès des touristes de toutes origines.

> L'influence culturelle se traduit par de nombreuses reconnaissances internationales : Prix Nobel, Oscars, Patrimoine mondial de l'Unesco, Golden Globes, etc.

Cependant, l'influence de la France et de l'UE se heurte à certaines limites dans un contexte de compétitivité accrue par la mondialisation : la concurrence des pays émergents contribue au déficit commercial croissant de la France et l'action militaire de l'UE demeure relativement modeste par rapport à celle des autres grandes puissances mondiales.

> Évoquer les limites de l'influence française et européenne dans le monde, c'est faire preuve d'esprit critique et d'un sens de la nuance qui sont des qualités appréciées par les correcteurs.

2 Les cinq DROM sont : **1.** Guadeloupe ; **2.** Martinique ; **3.** Guyane ; **4.** Mayotte ; **5.** La Réunion.

EMC

Exercice 3 → p. 182

1 Hubertine Auclert est née en 1848 et s'installe à Paris dès 1870 pour mener son combat. Elle veut en effet obtenir le droit de vote et d'éligibilité pour les femmes. Elle pense que la toute jeune IIIe République pourrait enfin le leur accorder. Mais ses espoirs sont déçus. Elle décide alors de fonder un journal, *La Citoyenne*, pour faire entendre sa voix. Elle n'hésite pas à entreprendre des actions plus spectaculaires, comme le renversement d'urnes électorales ou l'appel à la grève des impôts par exemple. Sa détermination en a fait une des représentantes les plus importantes du féminisme contemporain.

> - Si la IIIe République (1870-1940) accorde le droit de vote à tous les hommes de plus de 21 ans, les femmes ne pourront voter qu'à partir de 1944.
> - Le féminisme, c'est l'ensemble des mouvements et des idées qui cherchent à atteindre l'égalité politique, économique, culturelle, personnelle, sociale et juridique entre les femmes et les hommes.

Je comprends les corrigés

2 Cette affiche dénonce une inégalité politique importante dans notre pays : seuls 14 % des maires de France sont des femmes. En ajoutant la mention « C'était son combat, c'est le nôtre », associée au portrait d'Hubertine Auclert, il s'agit de souligner qu'aujourd'hui encore, il est nécessaire de « se battre » sous différentes formes pour permettre aux femmes d'être élues à des postes à haut niveau de responsabilité.

> La loi sur la parité garantit une représentation comparable des femmes et des hommes dans les conseils municipaux. Mais dans les communes les plus peuplées, c'est à un homme que les conseillers confient la fonction de maire.

3 Collégiens, Collégiennes,

Ou plutôt Collégiennes, Collégiens,

Comme vous l'avez appris, la Déclaration des droits de l'Homme et du Citoyen n'a pas accordé le droit de vote aux femmes en 1789, malgré les initiatives de révolutionnaires comme Olympe de Gouges.

> Vous pouvez mentionner dans votre texte d'autres figures majeures du féminisme que vous avez étudiées en classe : Louise Weiss, Simone de Beauvoir, Simone Veil, etc.

Jusqu'à l'avènement d'un nouveau régime, la IIIe République, les Françaises sont restées à l'écart du suffrage universel. Hubertine Auclert a voulu faire évoluer cette situation. Elle a fait du droit de vote et d'éligibilité des femmes le combat de sa vie. C'est dans cette perspective qu'elle a fondé un journal, *La Citoyenne*, et rejoint le mouvement des suffragettes qui organise des manifestations pour se faire entendre.

Mais ce n'est qu'en 1944, dans le contexte de la Libération et de la refondation de la République, que les Françaises ont enfin obtenu le droit de voter et d'être élues. La Constitution de la IVe République a garanti ce droit pour la première fois.

Pourtant, aujourd'hui encore, il est difficile pour les femmes d'accéder aux responsabilités politiques. Elles sont sous-représentées à tous les niveaux, en tant que maires, présidentes de conseil départemental ou de conseil régional, députées, sénatrices. En France, on ne compte qu'une seule femme ayant exercé à ce jour les fonctions de Premier ministre. Et si la première présidente de la République se trouvait aujourd'hui parmi nous, entre les murs de ce collège ?

> Édith Cresson est la seule Française à avoir été Premier ministre. Elle occupa cette fonction pendant le second septennat du président Mitterrand, entre mai 1991 et avril 1992.

JE FAIS LE POINT

	J'ai bien compris et j'ai réussi	Il manque des connaissances → Je revois le cours	Je n'ai pas compris la méthode → Je relis les conseils
EXERCICE 1 → p. 178			
Question 1	❑	❑	❑
Question 2	❑	❑	❑
Question 3	❑	❑	❑
Question 4	❑	❑	❑
Question 5	❑	❑	❑
EXERCICE 2 → p. 180			
Question 1	❑	❑	❑
Question 2	❑	❑	❑
EXERCICE 3 → p. 182			
Question 1	❑	❑	❑
Question 2	❑	❑	❑
Question 3	❑	❑	❑

PHYSIQUE-CHIMIE SVT – TECHNO

L'épreuve de Physique-Chimie – SVT – Technologie expliquée

Comment s'organise cette nouvelle épreuve ?

Les caractéristiques de l'épreuve

- Cette épreuve porte sur les programmes du cycle 4 de Physique-Chimie, SVT et Technologie.
- **La commission nationale d'élaboration des sujets** détermine les deux disciplines sur les trois qui sont évaluées (sur 25 points chacune) pour cette épreuve.
- Il y a donc **3 combinaisons possibles** : Physique-Chimie et SVT, Physique-Chimie et Technologie, SVT et Technologie. Chaque année, une de ces trois combinaisons sera proposée à l'examen.

À savoir
Cette épreuve est toute nouvelle et sera proposée pour la 1re fois en 2018.

En quoi consiste cette épreuve ?

- **Elle porte sur une thématique commune** en lien avec les programmes mais les deux sujets des deux disciplines traitées sont **indépendants** : vous pouvez commencer par la discipline que vous voulez.
- **Le sujet est constitué**, pour chaque discipline, d'un ou plusieurs **documents** (texte, photos, schémas, graphiques, données, etc) qui servent de support à un **questionnement**.
- **Les énoncés** sont volontairement concis afin qu'une éventuelle difficulté en lecture ne constitue pas un obstacle supplémentaire.
- Chaque discipline doit être traitée sur **une copie séparée.**

Comment bien s'organiser le jour de l'épreuve ?

- **Lisez l'intégralité du sujet** : cela permettra de voir quelles notions sont abordées et quelles disciplines sont traitées.
- **Organisez votre temps** : essayez d'accorder 30 minutes à chaque discipline.
- **Prévoyez** de garder un peu de temps pour la relecture des copies à la fin de l'épreuve.

Comment aborder le sujet de sciences ?

De la méthode avant toute chose...

- Une fois que vous avez choisi par quel sujet vous allez commencer, **lisez très attentivement** les documents et les questions posées.
- **Les questions** peuvent demander une **réponse rédigée** ou prendre la forme de **questionnaires à choix multiples. Dans le cas d'un QCM**, chaque question est posée avec au moins une réponse juste.
- **Quelle que soit la forme proposée**, l'évaluation peut porter sur les connaissances et/ou sur leur utilisation, ainsi que sur la mise en œuvre d'un raisonnement.
- **Repérez les informations essentielles** dans les documents, par exemple en soulignant ou en surlignant des mots-clés. **Dans un document, toutes les informations peuvent être importantes** : le titre, la source, la légende, le nom des axes, etc.
- Si des questions font appel aux documents, **utilisez le vocabulaire des documents** : cela montrera au correcteur que vous l'avez bien intégré.
- Si des questions font appel à vos connaissances, **ne récitez pas votre cours** ! Vous pourriez perdre du temps et risquer le hors-sujet.
- Si vous êtes bloqué à une question, passez à la suivante.

Astuce
Dans un QCM, lisez bien la consigne pour savoir s'il y a une ou plusieurs bonnes réponses.

Du bon usage du brouillon

- **Utilisez votre brouillon** : vous pouvez y écrire les termes importants dans les questions ou les documents, faire des schémas à main levée, des mots-clés…
- **Notez sur votre brouillon :**
  – **les informations extraites** des documents qui sont en rapport avec la consigne ;
  – **les mises en relation** entre les différents documents ;
  – **vos propres connaissances** en lien avec les informations du ou des documents.
- **Lorsque des calculs sont demandés**, faites-les d'abord au brouillon et vérifiez-les plusieurs fois, en faisant attention aux unités utilisées.

Le conseil du prof !
Ne rédigez pas toutes vos réponses sur le brouillon, vous n'en aurez pas le temps !

Comment rédiger sa copie ?

- **Si la question nécessite uniquement l'utilisation de documents**, présentez d'abord les informations précises qui vous serviront d'arguments et terminez par votre interprétation.
- **Si la question exige une mise en relation des documents avec des connaissances**, utilisez d'abord les documents en les décrivant précisément, puis interprétez-les à l'aide de vos connaissances.
- **Si la question est une restitution de connaissances ou nécessite un raisonnement sans s'appuyer sur des documents**, soyez le plus clair et le plus précis possible.

Gagnez des points !
Ne récitez pas votre cours. Les réponses aux questions posées sont souvent courtes, cela évite d'être hors sujet.

Comment mettre toutes les chances de votre côté ?

De la cohérence

- **Indiquez le titre de la partie traitée et précisez bien le numéro** de la question (surtout si vous n'avez pas répondu dans l'ordre) afin d'éviter les erreurs.
- **Si des calculs vous sont demandés**, détaillez-les puis n'oubliez pas de les vérifier.
- Les grandeurs doivent toujours être accompagnées de **leur unité**.
- **Vérifiez la vraisemblance de vos résultats** : le diamètre d'une roue ne peut pas être de 3 km, la masse d'un atome ne peut pas être de 400 g, etc.
- **Si un schéma est demandé**, utilisez votre crayon à papier et **soyez soigneux** : les traits doivent être tracés à la règle, le schéma doit avoir un titre et les axes (dans le cas d'un graphique) doivent avoir **un nom**.

À savoir
Deux enseignants corrigeront cette épreuve. Il est donc primordial de rédiger vos deux sujets sur deux copies séparées.

Du soin

- **Rédigez des phrases entières** (sujet, verbe, complément) : structurez vos phrases à l'aide de connecteurs logiques (« donc », « or », « car », etc.).
- **Soyez attentifs à l'orthographe et à la grammaire. Relisez-vous attentivement** : **5 points sur 50** sont consacrés à la présentation de la copie et à l'utilisation de la langue française.
- Si la réponse est longue, **faites des paragraphes**.
- **Évitez les ratures** et les pâtés : votre copie n'en sera que plus difficilement lisible.
- **Aérez votre présentation** en sautant des lignes. Utilisez du blanc correcteur.
- Au moment de rendre votre copie, **vérifiez que vous n'oubliez rien** (par exemple, une feuille annexe).

Les clés du succès !

- **Prenez le temps** de bien comprendre les termes du sujet et de la consigne.
- **Reliez les informations pertinentes** des documents à vos connaissances.
- Même si vous n'arrivez pas à trouver le résultat final, détaillez les démarches suivies et vos essais de calcul sur votre copie. Vous pourrez ainsi gagner des points.

SUJET 16

50 pts 1H

Les panneaux solaires

PHYSIQUE-CHIMIE 25 pts 30 min

Différents panneaux solaires

SVT 25 pts 30 min

Panneaux solaires et zones climatiques

Différents panneaux solaires 25 pts 30 min → Corrigé p. 196

DOC. 1 Les différents types de panneaux solaires

Il existe deux types de panneaux solaires : les panneaux solaires thermiques et les panneaux solaires photovoltaïques. Dans le premier cas, le panneau produit de l'eau chaude ; dans le second cas, il produit de l'électricité.
Le panneau solaire thermique absorbe l'énergie rayonnée par le Soleil pour la transformer en chaleur, transmise à un fluide caloporteur (qui peut transporter la chaleur). Les pertes se retrouvent sous forme rayonnante et thermique : en effet, une partie de la chaleur va chauffer le dispositif. Le rendement est de l'ordre de 40 %.
Le panneau solaire photovoltaïque transforme, quant à lui, l'énergie rayonnante du Soleil en énergie électrique. Les pertes sont de même type que pour le panneau solaire thermique. Selon la technologie, les rendements sont compris entre 5 et 40 %.

DOC. 2 Rendements de différents panneaux solaires

Type de panneau	Thermique	Photovoltaïque polycristallin	Photovoltaïque monocristallin
Rendement	15 à 45 %	11 à 15 %	12 à 20 %

DOC. 3 Énergie solaire reçue en France métropolitaine

L'ensoleillement varie en fonction de la zone géographique : l'énergie rayonnée par le Soleil varie ainsi, en moyenne, de 1 090 kWh/m²/an à Lille à plus de 1 900 kWh/m²/an en Corse.
Remarque : En physique, l'unité de l'énergie est le joule (J).
Afin de simplifier les écritures en industrie, on utilise souvent comme unité de l'énergie le kilowattheure (kWh) :
$1 \text{ kWh} = 3{,}6 \times 10^6 \text{ J}$.

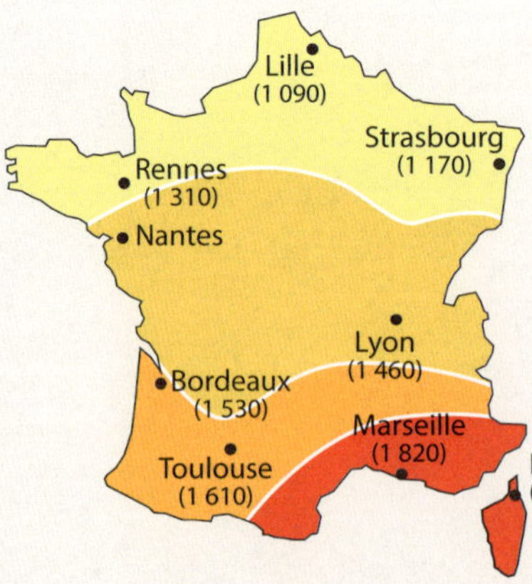

Valeurs exprimées en kWh/m²/an

Par étapes

ÉTAPE 1 Comprendre les documents

DOC. 1
- Il permet de comprendre la différence fondamentale entre les deux types de panneaux solaires.
- Cette différence n'est pas souvent explicite dans les médias.

DOC. 2
- Il présente trois types de panneaux solaires et leurs rendements.

DOC. 3
- Il présente les différences d'énergie solaire reçue en France.
- Le texte permet de mieux appréhender la carte.

ÉTAPE 2 Repérer les informations essentielles

- Repérez les mots-clés (par exemple « thermique » et « photovoltaïque ») et mettez en évidence leurs différences.
- Les questions portent sur la compréhension des différences entre ces panneaux.
- Sur la carte du DOC. 3, bien identifier les villes traitées dans les questions.

ÉTAPE 3 Savoir faire

- Lors de la lecture d'une unité, il faut la lire entièrement : 1 900 kWh/m²/an se lit « 1 900 kilowattheures **par** mètre carré **par** an », c'est donc 1 900 kWh pour 1 m² au sol, pendant une durée de 1 an.

Questions

1 Compléter les schémas de conversion énergétique du panneau solaire photovoltaïque et du panneau solaire thermique.

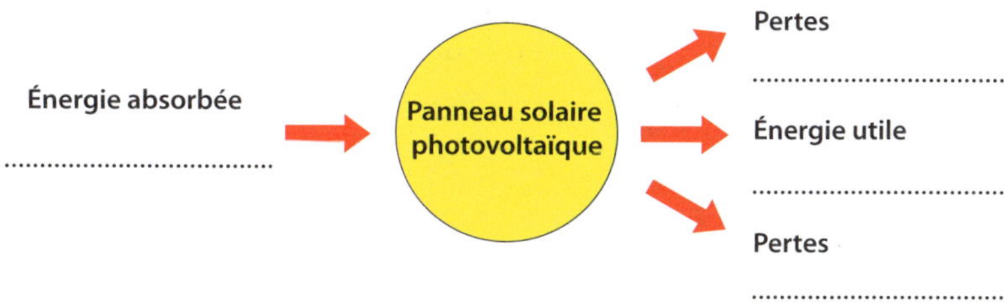

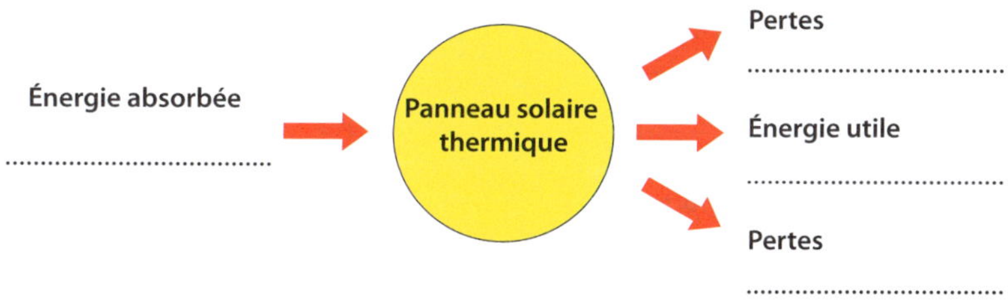

2 Parmi les panneaux solaires photovoltaïques présentés dans le DOC. 2, lequel est le plus intéressant ? Justifier.

……………………………………………………………………………………………

……………………………………………………………………………………………

3 **a.** Quelle est l'énergie solaire reçue en moyenne à Strasbourg et à Marseille ? Dans laquelle de ces villes un panneau solaire sera-t-il le plus rentable ?

……………………………………………………………………………………………

……………………………………………………………………………………………

……………………………………………………………………………………………

b. On considère une maison consommant 30 000 kWh par an, exclusivement alimentée par l'énergie solaire. Quelle doit être la surface de panneaux solaires photovoltaïques à poser sur le toit d'une maison située à Strasbourg ? À Marseille ?
Pour simplifier, on prendra un panneau solaire photovoltaïque idéal de rendement 100 %.

……………………………………………………………………………………………

……………………………………………………………………………………………

……………………………………………………………………………………………

……………………………………………………………………………………………

Les conseils du prof !

Soyez attentif au sens des flèches :
– dans un sens, c'est l'énergie reçue par le panneau ;
– dans l'autre, c'est l'énergie émise.

La technologie la plus intéressante est celle qui permet de récupérer le maximum d'énergie en limitant les pertes.

- Ce type d'informations se trouve nécessairement dans les documents.
- Pour être rentable, un panneau solaire devra fournir le plus d'énergie possible, quelle que soit la technologie utilisée.

- Ici, on demande une surface, dont l'unité est le m^2.
- N'hésitez pas à détailler les calculs, cela permet d'éviter des erreurs.

Panneaux solaires et zones climatiques

25 pts 30 min → Corrigé p. 197

L'efficacité énergétique de panneaux solaires est plus forte pour ceux installés en zone tropicale qu'en zone tempérée.

DOC. 1 Relation entre la latitude et la surface éclairée par un faisceau lumineux à l'équinoxe de printemps.

Compte tenu de la distance entre la Terre et le Soleil (environ 150 millions de kilomètres), on considère que les rayons solaires arrivant sur Terre sont parallèles. Mais, la Terre étant sphérique, les rayons solaires ont des angles d'incidence différents selon les régions du monde. Par exemple, à midi, il y a un angle de 72° entre la surface de la Terre et les rayons solaires au niveau du tropique Nord. Par conséquent, la surface éclairée par un même rayon sera différente selon les régions du monde.

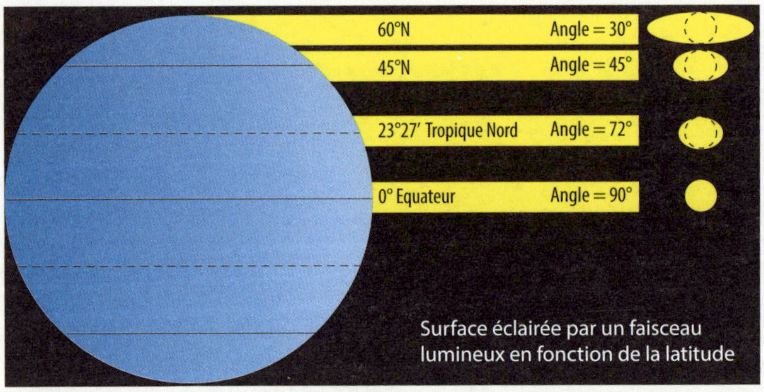

Surface éclairée par un faisceau lumineux en fonction de la latitude

DOC. 2 Carte mondiale de l'énergie solaire reçue en W/m².

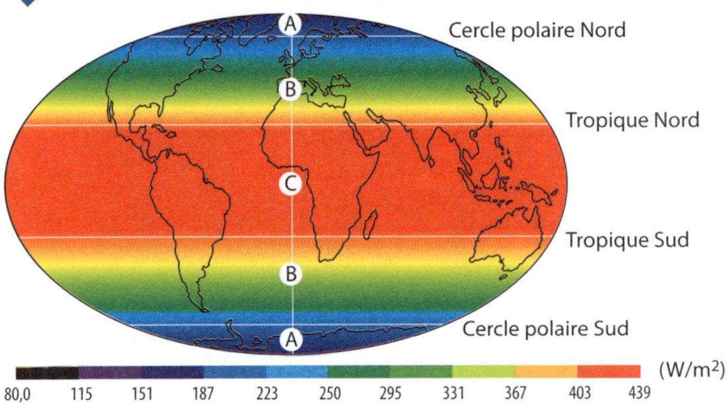

Par étapes

ÉTAPE 1 Comprendre les documents

DOC. 1

- Comment sont mesurés les angles des rayons solaires ?
- Quelle est la signification des taches jaunes à droite du document ?

DOC. 2

- À quoi correspondent les lettres A, B et C ?
- Pourquoi les bandes de couleurs sont-elles réparties symétriquement de part et d'autre de l'Équateur ?

ÉTAPE 2 Repérer les informations essentielles

DOC. 1

- Le titre indique qu'il existe un rapport entre la latitude et la surface éclairée par le rayonnement solaire.
- Cette notion est développée dans le texte qui suit et elle est illustrée par un schéma.

DOC. 2

- Les couleurs utilisées indiquent des valeurs d'énergie solaire reçue par la surface de la Terre.
- Une échelle de couleur placée sous la carte permet d'identifier ces valeurs.

ÉTAPE 3 Mettre en relation les documents

- **Il faut comparer les deux images :** positions des tropiques et des cercles polaires, angles d'incidence et énergie solaire reçue pour chaque zone climatique.

Questions

1 À l'aide du **DOC. 1**, compléter le tableau suivant.

Latitude	…………	45° Nord	…………
Angle (en °) d'incidence du rayonnement solaire par rapport à la surface terrestre	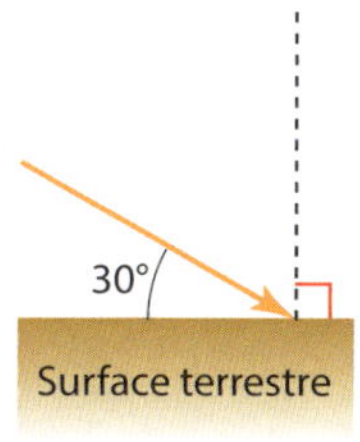	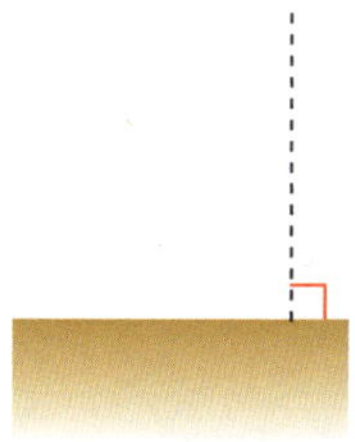	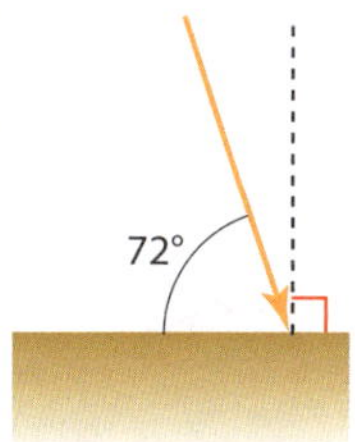

2 a. Écrire une phrase qui relie l'angle d'incidence du rayonnement solaire par rapport à la surface terrestre et la latitude.

b. À l'aide du **DOC. 1**, indiquer comment varie la surface éclairée en fonction de la latitude pour un même faisceau lumineux.

c. À l'aide du **DOC. 2**, associer chaque lettre (A, B et C) à une zone climatique, puis décrire les quantités d'énergie solaire reçues par ces grandes zones climatiques.

3 Pourquoi est-il est plus intéressant d'installer des panneaux solaires en zone tropicale qu'en zone tempérée ?

Les conseils du prof !

- Pour chaque situation, observez le **DOC. 1** pour savoir quel angle d'incidence est associé à chaque latitude.
- Complétez ensuite les latitudes manquantes et dessinez les rayons manquant en utilisant un rapporteur.

Comme pour toutes les relations entre deux grandeurs, formulez une phrase du type : « *Plus … augmente, plus… augmente/ diminue.* »

- Utilisez vos connaissances pour identifier chaque zone climatique sur la carte du **DOC. 2**.
- Servez-vous de l'échelle de couleur de la carte pour indiquer les quantités d'énergie reçues.
- Vous pouvez présenter les résultats dans un tableau.

Servez-vous des réponses aux questions précédentes.

SUJET 16 CORRIGÉS

PHYSIQUE-CHIMIE → p. 192

Je comprends les corrigés

1

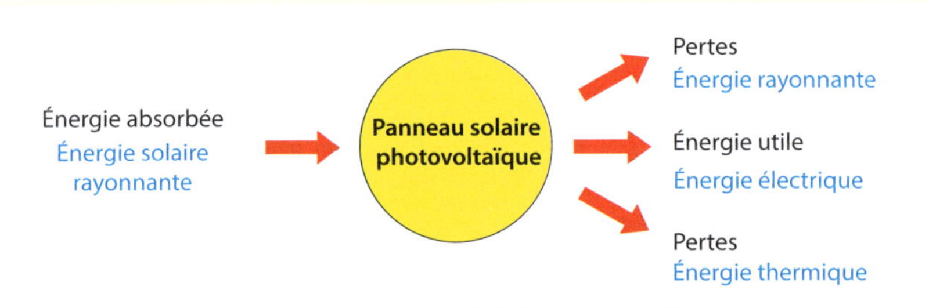

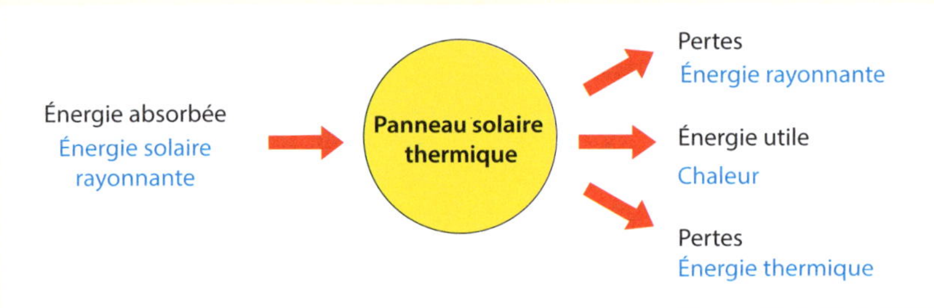

> Veillez à utiliser le même vocabulaire que dans les documents. Cela permet de montrer qu'il est bien assimilé.

2 Le panneau photovoltaïque monocristallin a un rendement supérieur. C'est donc le meilleur panneau, car il permet une meilleure production d'énergie électrique pour une même énergie reçue.

> Justifiez la maîtrise de la notion de rendement, c'est la conclusion du bilan énergétique.

3 **a.** D'après le **DOC. 3**, on peut lire que Strasbourg reçoit en moyenne 1 170 kWh/an/m² et que Marseille reçoit 1 820 kWh/an/m². Le panneau solaire sera donc plus rentable à Marseille, car l'ensoleillement y est supérieur.

b. • À Strasbourg, l'énergie reçue est de 1 170 kWh pour un mètre carré et pour un an. Il faut 30 000 kWh/an pour une maison, donc la surface cherchée est :

(30 000 kWh/an)/(1 170 kWh/m²/an) ≈ 26 m².

• Pour Marseille, un calcul analogue donne :

(30 000 kWh/an)/(1 820 kWh/m²/an) ≈ 16 m².

> • Pensez à bien indiquer les unités dans les réponses.
> • Vérifiez la cohérence des résultats :
> – **soit par un sens pratique** : la surface obtenue doit être cohérente (un résultat farfelu alerte généralement sur une erreur) ;
> – **soit par une analyse des unités** après les avoir simplifiées : ici il reste des m², ce qui correspond bien à une surface.

SVT → p. 194

1

Latitude	60° Nord	45° Nord	Tropique Nord
Angle (en °) d'incidence du rayonnement solaire par rapport à la surface terrestre	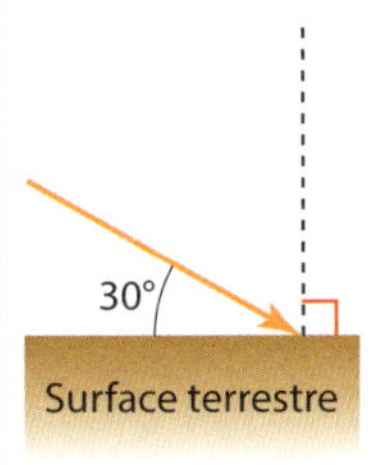	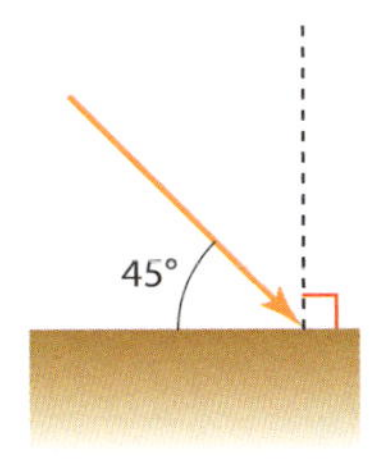	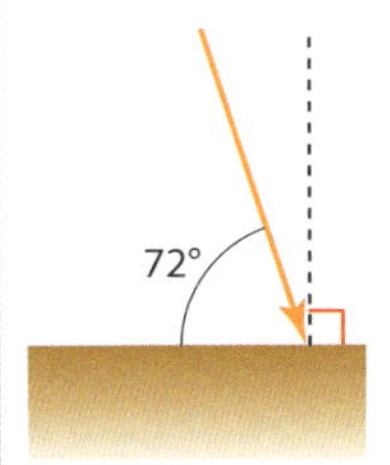

2 **a.** Plus la latitude est faible, plus l'angle d'incidence du rayonnement solaire par rapport à la surface terrestre est élevé.

b. Pour un même faisceau lumineux, on constate que la surface éclairée augmente de l'Équateur vers le pôle Nord.

c. La quantité d'énergie solaire reçue varie beaucoup selon les zones climatiques. Le tableau suivant récapitule ces quantités :

Zone sur la carte	Type de zone climatique	Quantité d'énergie solaire reçue (en W/m²)
A	Polaire	Entre 115 et 187
B	Tempérée	Entre 187 et 367
C	Tropicale	Entre 367 et 439

3 On constate que, pour un même faisceau solaire, la surface exposée est plus étalée, à une latitude de 45° Nord, que la surface exposée à l'Équateur. Ainsi, la quantité d'énergie reçue par la surface terrestre est plus forte à l'Équateur que dans les zones tempérées. Or, on sait que l'efficacité d'un panneau solaire dépend de l'énergie reçue par mètre carré. Donc, les zones tropicales sont plus favorables pour l'installation de panneaux solaires que les zones tempérées.

Je comprends les corrigés

Les rayons solaires et les angles par rapport à la surface doivent être dessinés de la même façon que les exemples proposés.

Les expressions des grandeurs sont reprises des documents (par exemple : « angle d'incidence des rayons solaires »). Il ne faut pas les simplifier.

La présentation de la réponse sous forme de tableau montre votre capacité à être clair.

L'explication proposée contient des résultats d'observation, des connaissances et une conclusion.

JE FAIS LE POINT

	J'ai bien compris et j'ai réussi	Il manque des connaissances → Je revois le cours	Je n'ai pas compris la méthode → Je relis les conseils
PHYSIQUE-CHIMIE → p. 192			
Question 1	❏	❏	❏
Question 2	❏	❏	❏
Question 3	❏	❏	❏
SVT → p. 194			
Question 1	❏	❏	❏
Question 2	❏	❏	❏
Question 3	❏	❏	❏

SUJET 17

50 pts 1H

Le cœur

SVT 25 pts 30 min

L'adaptation de l'activité cardiaque à l'effort

TECHNOLOGIE 25 pts 30 min

Le cœur artificiel

L'adaptation de l'activité cardiaque à l'effort

25 pts 30 min → Corrigé p. 205

Un des objectifs de la médecine cardiaque est de concevoir un cœur artificiel capable d'adapter sa fréquence en fonction de l'activité physique du patient, comme le fait un cœur biologique.

DOC. 1 Réalisation d'un test d'effort

Lors d'un test d'effort, un adolescent en bonne santé doit pédaler sur un ergocycle, sorte de vélo d'appartement qui dispose d'un dispositif de freinage permettant de régler la puissance de l'effort. L'adolescent est équipé de plusieurs électrodes destinées à enregistrer l'activité cardiaque. Les résultats obtenus sont représentés ci-dessous.

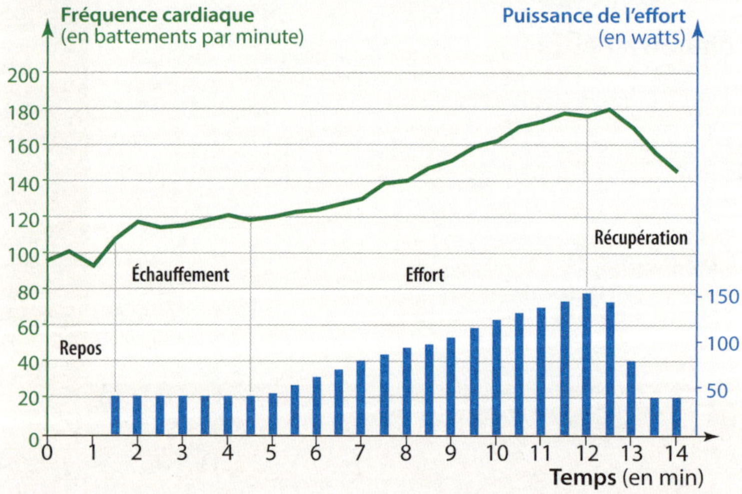

DOC. 2 Système nerveux de contrôle de l'activité cardiaque

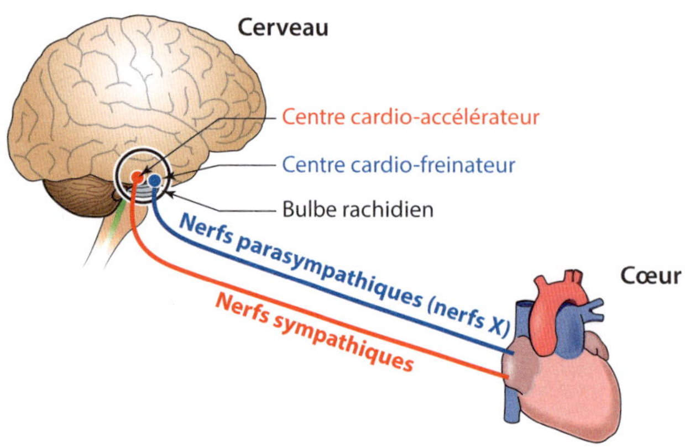

Par étapes

ÉTAPE 1 Repérer les informations essentielles

DOC. 1

- Le titre indique que le graphique présente les résultats d'un test d'effort.
- Le texte précise quel test d'effort a été réalisé.
- Le graphique montre deux variables mesurées : la fréquence cardiaque en vert et la puissance de l'effort en bleu.

DOC. 2

- Le titre rappelle l'existence d'un contrôle de l'activité du cœur par le système nerveux.
- Le dessin révèle que le centre nerveux contrôlant le cœur est le bulbe rachidien et qu'il agit par l'intermédiaire de deux nerfs.

ÉTAPE 2 Comprendre les documents

DOC. 1

- Comment varie la fréquence cardiaque au cours du test d'effort ?
- Comment varie la puissance de l'effort au cours du test ?
- Quel est le rapport entre la fréquence cardiaque et la puissance de l'effort ?

DOC. 2

- Quelle est l'action du bulbe rachidien sur le cœur par les nerfs sympathiques ?
- Quelle est l'action du bulbe rachidien sur le cœur par les nerfs parasympathiques ?

ÉTAPE 3 Mettre en relation les documents

- Pendant le test d'effort, la fréquence cardiaque augmente puis diminue (DOC. 1) à cause de l'action du contrôle nerveux du bulbe rachidien (DOC. 2).

Questions

1 En utilisant le DOC. 1, construire un tableau pour donner les valeurs de la puissance de l'effort demandé à l'adolescent pendant l'échauffement, à 8 minutes, à la fin de l'effort et à la fin de la phase de récupération.

2 En utilisant le DOC. 1, décrire précisément l'évolution de la fréquence cardiaque de cet adolescent du début de son effort jusqu'à la fin de la récupération.

3 En utilisant le DOC. 2 et vos connaissances, expliquer comment la fréquence cardiaque est augmentée pendant l'effort, puis comment elle est abaissée lors de la phase de récupération.

Les conseils du prof !

- Cherchez dans la consigne les noms des grandeurs mesurées pour les utiliser comme titres de ligne ou de colonne dans votre tableau.
- Déterminez ensuite combien de cases le tableau doit comporter.

- Relevez et citez des valeurs précises de fréquence cardiaque à des moments intéressants (début de l'effort, fin de l'effort, etc.)
- Utilisez ensuite ces valeurs pour indiquer comment la fréquence varie (*augmente*, *diminue* ou *stagne*).

- Utilisez les légendes du DOC. 2 pour identifier le rôle des différents nerfs qui rattachent le bulbe rachidien au cœur.
- Servez-vous de vos connaissances sur le fonctionnement du système nerveux.

Le cœur artificiel 25 pts 30 min → Corrigé p. 205

DOC. 1 Le fonctionnement d'un cœur artificiel

Deux micropompes mettent en mouvement un fluide hydraulique.

• Lors de la rotation de la micropompe 1 dans le sens 1, le fluide :
– exerce une pression sur la membrane du ventricule gauche qui envoie le sang riche en oxygène vers les organes ;
– libère la membrane du ventricule droit permettant au sang appauvri en oxygène d'arriver des organes.

• Lors de la rotation de la micropompe 1 dans le sens 2, le fluide :
– exerce une pression sur la membrane du ventricule droit, qui envoie le sang appauvri en oxygène vers les poumons ;
– libère la membrane du ventricule gauche, permettant au sang riche en oxygène d'arriver des poumons.

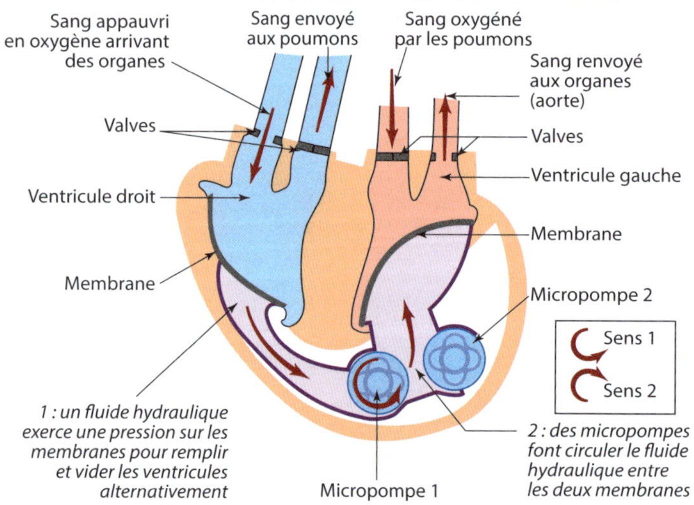

DOC. 2 Un cœur connecté

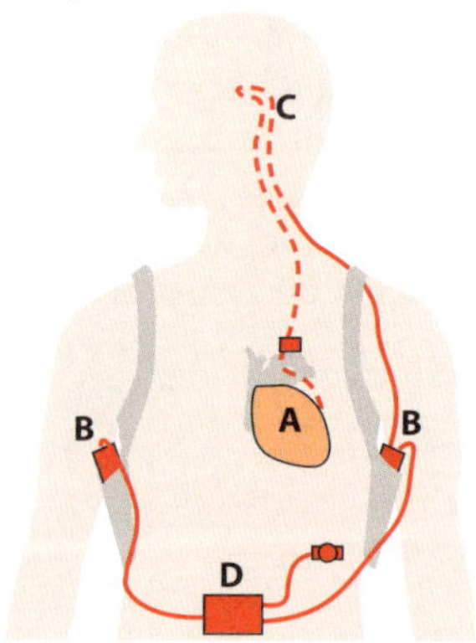

A : Prothèse cardiaque

B : Alimentation par piles (12h d'autonomie)

C : Passage du câble de l'alimentation

D : Envoi des données à l'hôpital par liaison GSM

Par étapes

ÉTAPE 1 Repérer les informations essentielles

DOC. 1

- Le texte permet de comprendre le fonctionnement d'un cœur artificiel.
- Celui-ci est décomposé en deux parties :
  – **Partie 1 :** lorsque la micropompe 1 tourne dans un sens ;
  – **Partie 2 :** lorsque le sens de rotation change.
  Cette rotation met en mouvement un fluide hydraulique qui actionne les membranes permettant au sang de circuler dans le corps.
- La représentation permet une compréhension plus évidente tout en ajoutant quelques informations supplémentaires.

DOC. 2

- Cette vue extérieure détaille la source d'énergie nécessaire au fonctionnement du cœur artificiel.
- Elle permet de comprendre que ce cœur est un **objet connecté**.

ÉTAPE 2 Comprendre les documents

DOC. 1

- D'où vient le sang et où part-il lors de la rotation de la micropompe dans le sens 1 ?
- Même question lorsque la micropompe tourne dans le sens 2.

DOC. 2

- Quelle est la source d'énergie utilisée pour faire fonctionner le cœur artificiel ?

Questions

Les conseils du prof !

1 En considérant une personne ayant un rythme cardiaque de 90 battements par minutes, combien de battements devra effectuer le cœur artificiel en 5 années, quelle est l'actuelle durée de vie de ce système ?

....

....

....

....

....

....

> Pour effectuer le calcul, convertissez en jours, en heures, puis en minutes.

2 **a.** À l'aide du **DOC. 1**, déterminer quel liquide exerce une pression sur les membranes pour remplir et vider les ventricules.

....

....

....

....

....

> La réponse se trouve dans le **DOC. 1**, dans le texte ainsi que dans la représentation.

b. Préciser par quoi est alimenté le système du cœur artificiel.

....

....

....

....

> Cette question porte sur les différentes sources d'énergie. La réponse se trouve dans le **DOC. 2**.

c. Quel type de liaison permet d'envoyer des informations à l'hôpital ?

....

....

....

....

> Cette question porte sur les différents types de transmission de signaux. La réponse se trouve dans le **DOC. 2**.

3 **a.** En considérant un rythme de 120 battements par minute, donner la durée, en secondes, entre deux battements.

b. Cette durée est divisée équitablement entre la compression de la membrane droite et celle de la membrane gauche.
Compléter, en vous aidant du **DOC. 1**, le script de la commande de la micropompe en utilisant les éléments suivants :

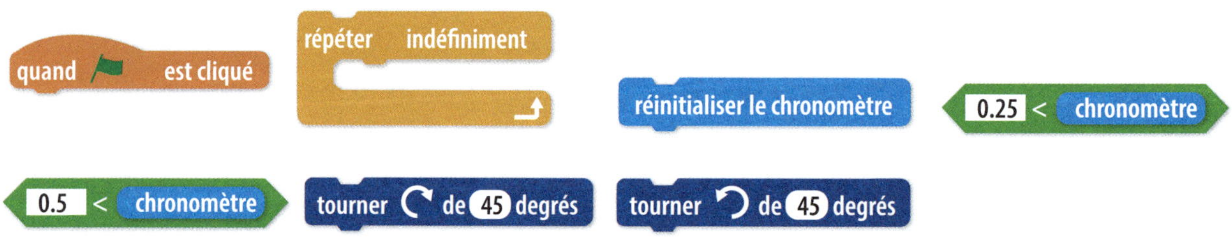

Les conseils du prof !

Un calcul est nécessaire ici. **Attention** à bien convertir dans l'unité demandée (la seconde).

- En vous appuyant sur la réponse à la question précédente et les informations données dans la consigne, vous pouvez déterminer le temps de rotation dans un sens et le temps total nécessaire pour revenir à la position initiale.
- Utilisez vos connaissances sur le principe de codage rencontré lors de la réalisation d'un script.
- Imaginez le trajet du sang afin de compléter ce script.

SVT → p. 200

1 Le tableau attendu est le suivant :

Moment du test	Échauffement	Pendant l'effort, à 8 min	À la fin de l'effort	À la fin de la phase de récupération
Puissance de l'effort (en watts)	40	100	150	40

2 Au début de l'effort, la fréquence cardiaque est de 120 battements par minute (bpm), puis elle augmente progressivement pour atteindre presque 180 bpm en fin d'effort. Pendant la phase de récupération, elle diminue plus rapidement et atteint presque 140 bpm en fin de test.

3 Pendant un effort, le bulbe rachidien (centre nerveux) reçoit des signaux qui le renseignent sur les besoins des différents organes. Le bulbe rachidien intègre ces signaux et élabore un message nerveux. Ce message nerveux est ensuite transmis par les nerfs sympathiques jusqu'au cœur, ce qui provoque l'augmentation de la fréquence cardiaque. Pendant la phase de récupération, le bulbe rachidien reçoit d'autres signaux en provenance des différents organes. Il intègre ces signaux et élabore un nouveau message nerveux. Ce message nerveux est transmis par les nerfs parasympathiques jusqu'au cœur, ce qui provoque la diminution de la fréquence cardiaque.

Je comprends les corrigés

L'unité utilisée (ici, le watt) n'est pas répétée dans chaque case, elle est écrite une seule fois dans la case qui sert de titre pour la ligne.

Lorsqu'une unité est longue à écrire, elle est notée une première fois en entier avec son abréviation entre parenthèses puis seule l'abréviation est employée dans les phrases suivantes.

- Le **DOC. 2** montre que les nerfs sympathiques sont reliés au centre cardio-accélérateur, alors que les nerfs parasympathiques sont reliés au centre cardio-freinateur du bulbe rachidien.
- Les connaissances utilisées dans la réponse concernent le rôle d'intégration du centre nerveux et la notion de message nerveux transmis par les nerfs.

TECHNOLOGIE → p. 202

1 5 × 365 × 24 × 60 × 90 = 236 520 000.
Le système effectuera donc 236 520 000 battements en 5 ans.

- 5 années = 5 × 365 jours = 1 825 jours = 1 825 × 24 h = 43 800 h = 43 800 × 60 min = 2 628 000 min
- Le nombre de battements est égal à 2 628 000 × 90 = 236 520 000.

2 **a.** C'est le fluide hydraulique qui met en mouvement les membranes des ventricules, faisant ainsi circuler le sang.
b. Des piles fournissent l'alimentation du système.
c. C'est une liaison GSM qui permet d'envoyer des informations à l'hôpital.

- Les piles fournissent l'énergie électrique nécessaire au fonctionnement du cœur artificiel avec une autonomie de 12 h.
- La liaison GSM permet d'envoyer les informations utiles du fonctionnement du cœur vers l'hôpital.

3 **a.** 1 minute = 60 secondes, donc il y a 120 pulsations en 60 secondes.
60 : 120 = 0,5. La durée entre deux pulsations est de 0,5 s.

b.

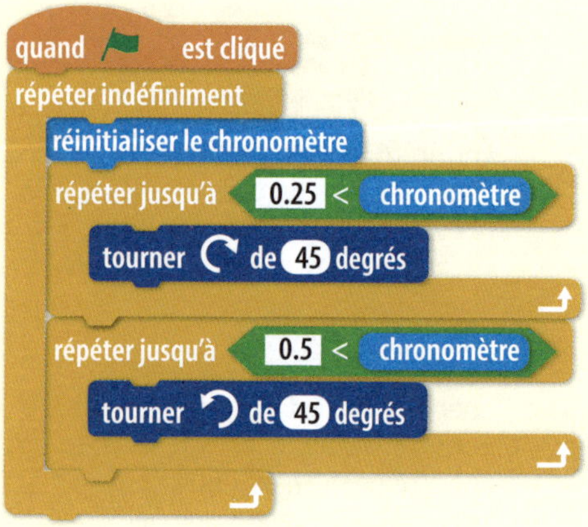

Je comprends les corrigés

La valeur donnée par le chronomètre évolue au cours du temps.

JE FAIS LE POINT

	J'ai bien compris et j'ai réussi	Il manque des connaissances → Je revois le cours	Je n'ai pas compris la méthode → Je relis les conseils
SVT → p. 200			
Question 1	❑	❑	❑
Question 2	❑	❑	❑
Question 3	❑	❑	❑
TECHNOLOGIE → p. 202			
Question 1	❑	❑	❑
Question 2	❑	❑	❑
Question 3	❑	❑	❑

SUJET 18

50 pts · 1H

Le kart

PHYSIQUE-CHIMIE 25 pts 30 min

Le kart électrique

TECHNOLOGIE 25 pts 30 min

Un kart pour sprinter

Le kart électrique 25 pts 30 min → Corrigé p. 213

DOC. 1 **Les différentes épreuves**

Le kart électrique est un outil pédagogique intéressant, car il est petit et facilement modifiable par des élèves. Ils se rencontrent lors de compétitions amicales qui permettent d'échanger et de s'affronter sur différentes épreuves, comme une épreuve d'endurance et un sprint de 100 m. Pour chaque épreuve, il y a un règlement strict. Par exemple, pour l'épreuve d'endurance, chaque recharge des batteries est fortement pénalisée. Le choix des composants, en particulier le moteur et les batteries, est donc très important. Cette épreuve dure deux heures.

DOC. 2 **Interview de deux collégiens ayant réalisé un kart électrique**

Comment avez-vous fait pour choisir les composants de votre kart ?
Nous avons utilisé les formules de l'énergie et de la puissance électrique que nous avons vues en cours de physique et de technologie. Par exemple, une puissance est le produit d'une tension par une intensité, mais seulement en courant continu.
Et pour l'énergie ?
Eh bien l'énergie, c'est une puissance fois un temps.
Avez-vous donc dû calculer pour comparer les différentes possibilités ?
Effectivement, et c'était passionnant d'appliquer nos formules à un cas concret, surtout qu'au prix du matériel, nous n'avions pas le droit à l'erreur !

DOC. 3 **Extrait d'un catalogue technique**

Moteur 1

48 V (tension continue) – 8 500 W

Moteur 2

48 V (tension continue) – 4 000 W

Pack de batteries 1 (lithium)

48 V (tension continue)
$E = 1{,}5 \times 10^7$ J

Pack de batteries 2 (plomb)

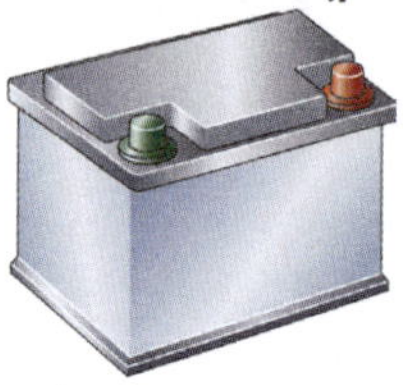

48 V (tension continue)
$E = 1{,}1 \times 10^7$ J

Par étapes

ÉTAPE 1 Extraire les informations pertinentes

DOC. 1
- Il donne les règles de l'épreuve d'endurance.

DOC. 2
- Les formules de la puissance et de l'énergie sont données ici.
- Vous pouvez les retranscrire, au brouillon, sous forme mathématique.

ÉTAPE 2 Comprendre les documents

DOC. 3
- Une documentation technique comporte de nombreuses données.
- Les unités permettent d'associer ces données à des grandeurs.
  Par exemple, W signifie « watt » : il s'agit donc d'une puissance.

ÉTAPE 3 Bien lire le sujet
- En lisant entièrement le sujet (documents et questions), on a une vue d'ensemble de ce qui est demandé.
- **Les questions ne sont pas indépendantes :** il est important d'y répondre dans l'ordre.

Questions

1 Donner la formule de la puissance pour une tension continue, en explicitant les unités, puis calculer la valeur de l'intensité consommée par chacun des deux moteurs du DOC. 3.

....

....

....

....

Les conseils du prof !

- La formule est donnée dans l'énoncé : il suffit de la mettre sous forme mathématique.
- Veillez à garder les notations classiques (*P* pour puissance, *U* pour tension, etc.).
- Pour l'application numérique, il faut utiliser la puissance des moteurs et leur tension, données dans le DOC. 3.

2 Donner la formule de l'énergie électrique, en explicitant les unités, puis calculer l'énergie consommée pendant l'épreuve d'endurance (2 h) par chacun des deux moteurs.

....

....

....

....

- Le raisonnement est le même qu'à la question **1**.
- **Attention**, l'unité du temps est la seconde.
- 1 h = 3 600 s.

3 **a.** En déduire le nombre de recharges nécessaires pour terminer cette épreuve pour les 2 moteurs et les 2 packs de batteries, puis compléter le tableau ci-dessous, où un calcul a déjà été fait.

Calculs : ....

....

....

	Moteur 1	Moteur 2
Pack de batteries 1	....	....
Pack de batteries 2	....	2,6 recharges, soit 3 recharges pour finir la course

- Connaissant l'énergie nécessaire à l'épreuve d'endurance, il faut utiliser l'énergie que peut stocker la batterie pour obtenir le résultat.
- L'exemple permet de savoir comment écrire le résultat et vérifier éventuellement, en refaisant le calcul, que la méthode est correcte.

b. Compte tenu des pénalités, quel moteur et quel pack de batteries seront le plus judicieux pour l'épreuve d'endurance ? Justifier.

....

....

- Le mot « pénalité » renvoie au règlement du DOC. 1.
- Il faut donc choisir, parmi les solutions proposées à la question **3. a**, celle qui minimise les pénalités.

Un kart pour sprinter **25 pts** 30 min → Corrigé p. 214

Des élèves veulent réaliser une épreuve de sprint et souhaitent atteindre une vitesse de 40 km/h. Ils doivent donc connaître la vitesse de rotation minimale que doit atteindre le moteur de leur kart.

DOC. 1 Caractéristiques des roues du kart

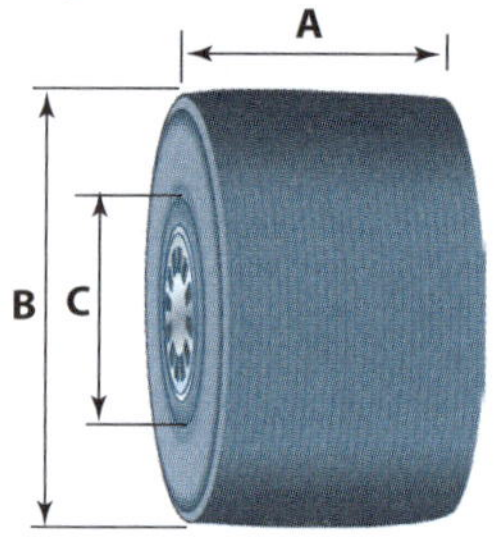

Indications des tailles

17,8 (A)	28 (B)	12,7 (C)
Largeur de la bande de roulement	Diamètre global	Diamètre de jante

Unité : en cm

DOC. 2 Transmission entre le moteur et les roues

Le pignon moteur, fixé sur l'axe de rotation du moteur, entraîne la couronne de transmission, qui entraîne à son tour les roues du kart.

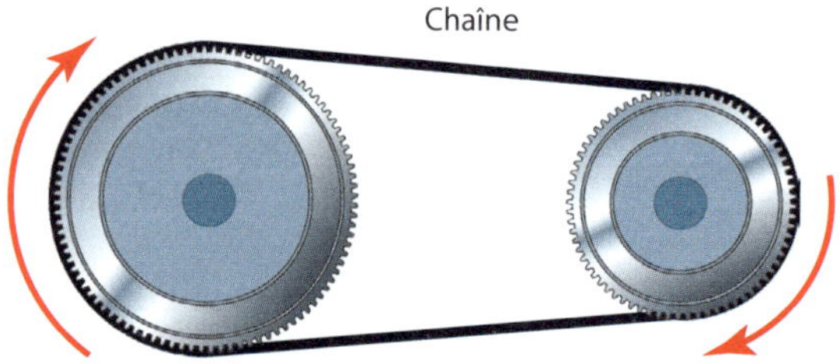

Par étapes

ÉTAPE 1 Extraire les informations pertinentes

DOC. 1

- Les caractéristiques des pneumatiques donnent des informations qu'il sera nécessaire d'exploiter pour déterminer la vitesse du kart.

DOC. 2

- Les pneumatiques fixés sur l'axe de la couronne de transmission sont entraînés par le pignon moteur, lui-même solidaire du moteur.
- Le calcul du rapport de transmission est nécessaire pour connaître la vitesse du kart en fonction de la vitesse de rotation du moteur.

DOC. 3

- Le système présenté permet de diriger le kart et de suivre le parcours de la piste.

ÉTAPE 2 Comprendre les documents

DOC. 1

- Quelle est l'unité utilisée ?
- De quelle(s) mesure(s) la vitesse du karting dépend-elle ?

DOC. 2

- Quelle partie a le plus de dents : le pignon moteur ou la couronne de transmission ?

DOC. 3 **Système de direction du karting**

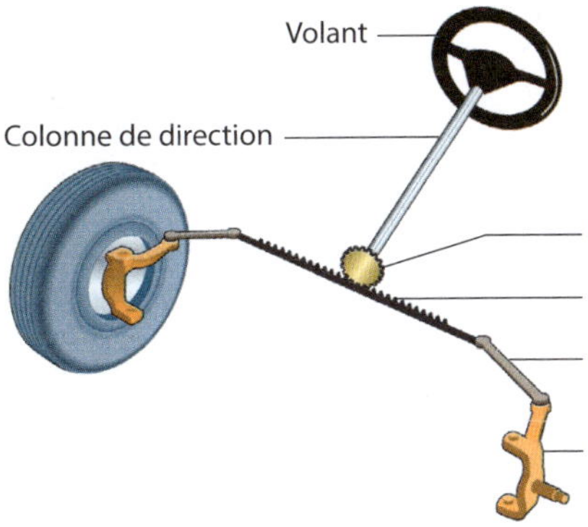

Questions

1 a. Calculer le périmètre du pneumatique, en m. Arrondir à 2 chiffres après la virgule.

....

....

b. Convertir 40 km/h en m/min. Arrondir à l'unité.

....

....

c. Calculer la vitesse de rotation de la roue, en tours/min, pour obtenir une vitesse de 40 km/h. Arrondir à l'unité.

....

....

....

Les conseils du prof !

Pensez à convertir en m.

Il faut savoir que 1 km = 1 000 m et 1 h = 60 min.

Cette question fait appel aux résultats trouvés aux questions précédentes.

2 a. À partir du DOC. 2, déterminer, du pignon moteur ou de la couronne de transmission, lequel a la vitesse de rotation la plus élevée.

Le DOC. 2 permet de voir la différence de diamètre et de dents entre le pignon moteur et la couronne de transmission.

b. Calculer la vitesse à laquelle doit tourner le moteur pour que le kart atteigne une vitesse de 40 km/h.

Utilisez la réponse à la question **1. c**, ainsi que le nombre de dents du pignon moteur et de la couronne de transmission.

3 a. Quelle est la fonction technique réalisée par le système représenté sur le DOC. 3 ?

- La fonction d'usage répond à la question « Quel est le service rendu par le produit ? ».
- Les fonctions techniques d'un objet permettent d'assurer la fonction d'usage.

b. En quel mouvement la liaison « pignon - crémaillère », représentée sur le DOC. 3, transforme-t-elle la rotation du volant ?

Il existe deux types de mouvements : les rotations et les translations.

PHYSIQUE-CHIMIE → p. 208

Je comprends les corrigés

1 • Pour une tension continue, la puissance consommée P (en watt) est égale au produit de la tension U (en volt) par l'intensité I (en ampère) :

$$P = U \times I.$$

• $P = U \times I$, soit $I = P/U$.

Donc, pour le moteur 1 : I = 8 500 W/48 V ≈ 177 A, et pour le moteur 2 : I = 4 000 W/48 V ≈ 83 A.

On adapte la formule trouvée en fonction de la demande : ici, on cherche I connaissant P et U.

2 • L'énergie consommée E (en joule) est égale au produit de la puissance P (en watt) par le temps de fonctionnement t (en seconde) :

$$E = P \times t.$$

• Pour le moteur 1 : E = 8 500 W × 2 × 3 600 s ≈ $6{,}1 \times 10^7$ J

• Pour le moteur 2 : E = 4 000 W × 2 × 3 600 s ≈ $2{,}9 \times 10^7$ J.

• Il faut respecter les unités : le joule est défini à partir d'un temps en seconde.
• Écrire les unités dans les calculs permet d'éviter les erreurs.

3 **a.** Le pack de batteries 1 est capable de stocker une énergie de $1{,}5 \times 10^7$J.

Or, pour l'épreuve d'endurance, il faut $6{,}1 \times 10^7$J pour le moteur 1.

$$\frac{6{,}1 \times 10^7\ \text{J}}{1{,}5 \times 10^7\ \text{J}} = \frac{6{,}1}{1{,}5} \approx 4.$$

Il faut donc environ 4 recharges pour le couple « moteur 1 ; pack 1 ».

On procède de même pour les autres calculs et on obtient le tableau suivant :

• Quand on arrondit un résultat, il faut utiliser le symbole ≈.
• On demande plusieurs fois le même type de calcul : le premier calcul doit être entièrement rédigé sur la copie. Les autres peuvent être écrits au brouillon.

	Moteur 1	Moteur 2
Pack de batteries 1	4 recharges	1,93 recharge, soit 2 recharges pour finir la course
Pack de batteries 2	5,5 recharges, soit 6 recharges pour finir la course	2,6 recharges, soit 3 recharges pour finir la course

b. Le but est de minimiser le nombre de recharges.

Le choix le plus judicieux est donc le moteur 2 avec le pack de batteries 1.

Il faut avoir un minimum de recharges : le tableau de la question **3. a** permet de trouver la réponse directement.

TECHNOLOGIE → p. 210

Je comprends les corrigés

1 **a.** 28 cm = 0,28 m. 0,28 × π ≈ 0,88 m.
Le périmètre, en m, du pneumatique est de 0, 88 m.

> Périmètre (en m) = diamètre (en m) × π.

b. 40 × 1 000 : 60 ≈ 667.
La vitesse de 40 km/h convertie en m/min est donc de 667 m/min.

> - Vitesse en m/h = vitesse en km/h × 1 000.
> - Vitesse en m/min = vitesse en m/h : 60.

c. 667 : 0,88 ≈ 758.
La vitesse de rotation des pneumatiques du karting pour atteindre une vitesse de 40km/h est de : 758 tours/min

> La vitesse de rotation des pneumatiques en tours/min est égale à la vitesse en m/min divisée par le périmètre du pneumatique en m.

2 **a.** Le diamètre du pignon moteur est plus élevé que celui de la couronne de transmission. Donc, pour un tour du pignon moteur, le système fera moins d'un tour au niveau de la couronne de transmission. La vitesse de rotation est donc plus importante pour le pignon moteur.

b. Le pignon moteur possède 22 dents et la couronne de transmission 50. Pour un tour de la couronne de transmission, on a 50 : 22 tours sur le pignon moteur. Il est donc nécessaire de multiplier par ce rapport pour obtenir la vitesse :

$758 \times \frac{50}{22} \approx 1\ 723$ tours/min.

3 **a.** La fonction technique réalisée est « diriger ».

b. La liaison « pignon - crémaillère » transforme la rotation en translation.

> Le volant entraîne la colonne de direction et le pignon dans une rotation, puis la crémaillère transforme ce mouvement en translation.

JE FAIS LE POINT

	J'ai bien compris et j'ai réussi	Il manque des connaissances → Je revois le cours	Je n'ai pas compris la méthode → Je relis les conseils
PHYSIQUE-CHIMIE → p. 208			
Question 1	☐	☐	☐
Question 2	☐	☐	☐
Question 3	☐	☐	☐
TECHNOLOGIE → p. 210			
Question 1	☐	☒	☐
Question 2	☐	☒	☐
Question 3	☐	☐	☒

SUJET 19

50 pts 1H

L'activité cérébrale

Activité cérébrale et ions 25 pts 30 min → Corrigé p. 220

DOC. 1 Des ions pour l'organisme

Pour fonctionner correctement, l'organisme humain a besoin d'une vingtaine de minéraux qui doivent être apportés régulièrement par l'alimentation : ce sont les oligo-éléments. Un oligo-élément est un élément chimique présent en faible quantité dans le corps humain, mais qui est indispensable au bon fonctionnement de celui-ci. Une carence en oligo-éléments peut avoir des conséquences catastrophiques sur le fonctionnement de notre corps (chute des cheveux, pertes des dents, problèmes cognitifs, stress, insomnie…) : il est donc nécessaire d'avoir une alimentation variée et équilibrée afin d'apporter au corps tout ce dont il a besoin.
Le cerveau est le principal organe du système nerveux. Il communique au moyen de signaux électriques, au niveau des nerfs mais aussi des neurones. Le signal électrique produit par le corps humain est dû à plusieurs ions : l'ion potassium, l'ion sodium, l'ion chlore et l'ion calcium. Les ions potassium et sodium ont 1 charge positive, l'ion calcium a 2 charges positives et l'ion chlorure a 1 charge négative.

DOC. 2 Masse des éléments minéraux dans un corps humain de 70 kg

Élément chimique	Potassium	Sodium	Chlore	Calcium
Masse (g)	240	105	105	1 050

DOC. 3 Schéma incomplet d'un atome

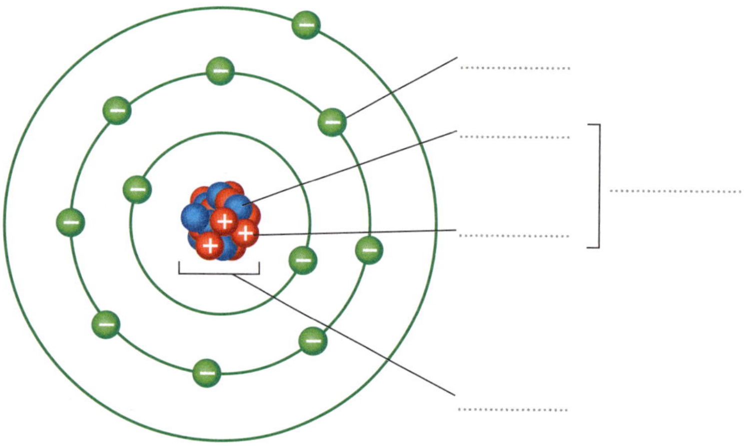

DOC. 4 Tableau périodique des éléments → p. 265

Par étapes

ÉTAPE 1 Comprendre les documents

DOC. 1

- Le terme d'*oligo-éléments* est employé dans la vie quotidienne pour parler d'espèces chimiques comme les ions.
- Par exemple, on parle de l'oligo-élément potassium en nutrition tandis qu'en chimie, on parlera d'ion potassium.

DOC. 3

- Ce schéma d'atome est incomplet : il vous sera probablement demandé de le légender en faisant appel à vos connaissances.

ÉTAPE 2 Extraire les informations pertinentes

DOC. 1

- Une partie des réponses aux questions sont données (comme la formule des ions) : une lecture attentive et méthodique est donc indispensable.

ÉTAPE 3 Savoir faire

DOC. 2

- Soyez bien attentif aux unités mentionnées.

DOC. 3

- On peut compter le nombre d'électrons sur ce schéma. Il est alors facile d'identifier l'atome à l'aide de la classification périodique des éléments (voir DOC. 4, p. 265), qui sera toujours fournie si nécessaire.

Questions

Les conseils du prof !

1 Calculer le pourcentage en masse de potassium dans un corps de 70 kg. En déduire, en justifiant, si l'ion potassium peut être qualifié d'oligo-élément.

- Vous pouvez utiliser la technique du produit en croix : 100 % représente 70 kg.
- Pensez à convertir la masse de l'élément en kg.
- Pour répondre à la 2e partie de la question, vous devez interpréter l'énoncé et bien comprendre ce qu'est un oligo-élément.

2 **a.** Compléter la légende du DOC. 3 avec les mots proton, nucléons, électron, neutron et noyau.

b. En utilisant la classification périodique des éléments (DOC. 4, p. 265), donner le nom de l'atome représenté dans le DOC. 3. Justifier la réponse.

- Un atome est nécessairement neutre : il possède donc autant d'électrons que de protons.
- La classification périodique est un classement par ordre croissant du nombre de protons.

c. Quelle est la différence entre l'atome de sodium et l'ion sodium en termes de nombre d'électrons ?

L'ion est une particule chargée.

3 **a.** À l'aide de la classification périodique des éléments et du DOC. 1, donner la formule des 4 ions nécessaires au signal électrique du corps humain.

- La classification périodique donne le symbole de l'ion (attention aux majuscules/minuscules).
- La charge est donnée dans le DOC. 1.

b. Cocher la ou les bonnes réponses.

- Un atome de chlore possède :
  - ❏ 17 électrons
  - ❏ 0 électron
  - ❏ 18 électrons
- Un ion potassium possède :
  - ❏ 19 protons et 19 électrons
  - ❏ 19 protons et 18 électrons
  - ❏ 18 protons et 19 électrons

- Le mot « atome » ou « ion » renseigne sur la charge.
- Le mot « chlore » ou « potassium » renvoie à la classification pour connaître le nombre de protons.

Activité cérébrale et épilepsie 25 pts 30 min → Corrigé p. 221

DOC. 1 Principe et utilisation de l'EEG

L'électroencéphalographie (EEG) enregistre directement l'activité électrique du cerveau et permet de suivre en temps réel la succession des opérations mentales à la milliseconde près. Son principe repose sur le fait que les neurones communiquent entre eux grâce à de très faibles courants électriques. Ceux-ci sont détectés à la surface de la peau du crâne grâce à des électrodes (jusqu'à 256) qui sont disposées dans un bonnet électrique placé sur la tête du patient.
L'EEG peut être utilisée pour confirmer un diagnostic d'épilepsie. L'épilepsie se caractérise par des décharges d'influx nerveux anormaux dans le cerveau. Ces décharges surviennent de façon soudaine. Elles peuvent avoir lieu dans une zone précise ou dans l'ensemble du cerveau.
Contrairement à ce que l'on peut penser, les crises d'épilepsie ne s'accompagnent pas toujours de mouvements saccadés ou de convulsions. Elles peuvent en effet être moins spectaculaires. Elles se manifestent alors par des sensations insolites (hallucinations olfactives, auditives, etc.) avec ou sans perte de conscience, et par diverses manifestations, comme un regard fixe ou des gestes répétitifs involontaires.

DOC. 2 Représentation du réseau de neurones dans le cerveau humain

Par étapes

ÉTAPE 1 Extraire les informations pertinentes

- **Lisez bien le titre** de chaque document : il donne des renseignements sur son contenu.
- **Repérez les mots** ou les expressions scientifiques en les surlignant.
- **Repérez les définitions** présentes : par exemple, celles d'« électroencéphalographie » et d'« épilepsie ».

ÉTAPE 2 Comprendre les documents

DOC. 1

- Comment obtient-on un électroencéphalogramme (EEG) ?
- À quoi sert un EEG ?
- Qu'est-ce qu'une crise d'épilepsie ?

DOC. 2

- Comment sont représentés les neurones ?
- Quelle est la signification des auréoles autour de certaines connexions entre les neurones ?

DOC. 3

- Comment le graphique a-t-il été obtenu ?
- Que représentent les tracés du graphique ? Quelles sont les unités utilisées ?

DOC. 3 **Extrait d'EEG réalisé sur un enfant pendant une crise d'épilepsie**

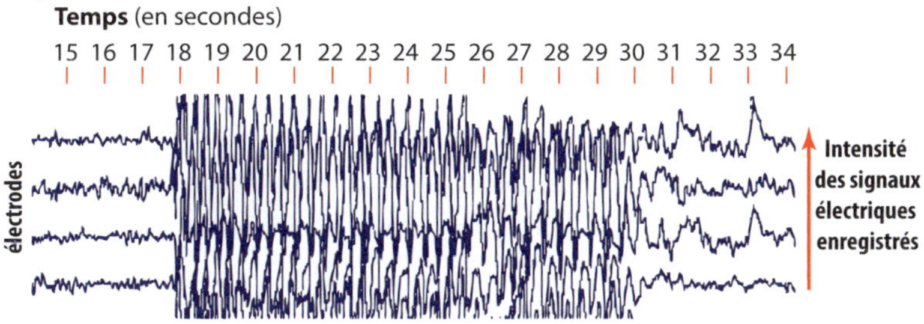

Par étapes

ÉTAPE 3 Mettre en relation les documents

DOC. 1 et DOC. 3
- Un EEG permet d'obtenir un enregistrement de l'activité électrique du cerveau (cf. graphique).

DOC. 1 et DOC. 2
- Les neurones présents dans le cerveau communiquent entre eux par des signaux électriques qui se propagent dans un réseau.

Questions

1 À l'aide du DOC. 1, expliquer pourquoi un EEG utilise un bonnet avec des électrodes d'enregistrement pour mesurer l'activité cérébrale.

....

....

2 Utiliser ses connaissances pour dessiner le neurone représenté sur le DOC. 2 et le légender.

3 **a.** À l'aide du DOC. 1, identifier la cause et les conséquences d'une crise d'épilepsie.

....

....

....

b. À l'aide du DOC. 3, décrire précisément les modifications de l'EEG pendant une crise d'épilepsie.

....

....

....

Les conseils du prof !

Relisez attentivement le texte pour y repérer les mots-clés de la question et ce qui les relie.

- Utilisez vos connaissances sur l'organisation d'une cellule nerveuse.
- N'oubliez pas de donner un titre au dessin.

- Pour répondre à cette question, dressez une liste des conséquences.
- Les réponses attendues se trouvent dans le texte.

L'adverbe « précisément » indique qu'il faut citer des valeurs tirées du graphique.

Je comprends les corrigés

PHYSIQUE-CHIMIE → p. 216

1 La masse de potassium contenue dans un corps de 70 kg est de 240 g, soit 0,240 kg. On en déduit le produit en croix suivant :

0,240 kg	70 kg
x	100 %

Soit $x = \dfrac{0{,}240 \text{ kg} \times 100\ \%}{70 \text{ kg}} = 0{,}34\ \%$.

On peut donc conclure que le potassium est un oligo-élément, car il répond à la définition du **DOC. 1** : un élément présent en faible quantité (0,34 % en masse) et indispensable au bon fonctionnement du corps.

- 0,34 % est une faible quantité, ce qui justifie le terme d'oligo-élément.
- Dans une réponse argumentée, il faut faire appel au document en justifiant tous les points de la définition.

2 **a.**

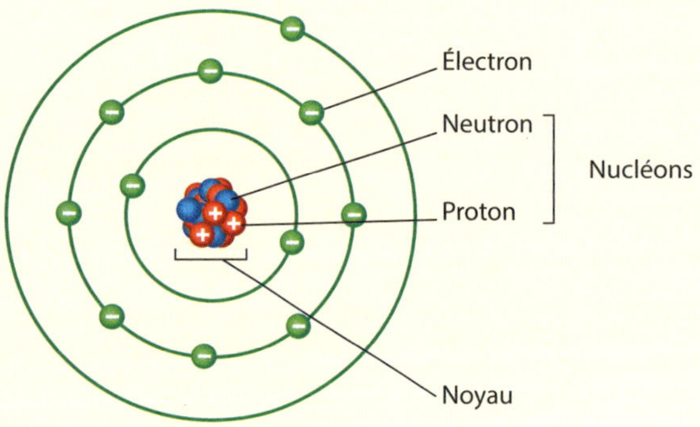

Un nucléon est une particule du noyau.

b. Cet atome comporte 11 électrons (Z = 11).
D'après le tableau périodique, il s'agit de l'atome de sodium (Na).

- Un atome est défini par son nombre de protons, égal au numéro atomique Z. En comptant le nombre d'électrons, on en déduit le nombre de protons.
- L'utilisation de la classification périodique permet de conclure.

c. L'atome de sodium possède 11 électrons. L'ion sodium en possède 10.

L'ion sodium possède une charge positive : il a donc perdu 1 électron par rapport à l'atome de sodium.

3 **a.** Ce sont l'ion potassium K^+, l'ion sodium Na^+, l'ion calcium Ca^{2+} et l'ion chlorure Cl^-.

- Les 4 ions et leurs charges sont donnés dans le **DOC. 3**.
- Il faut trouver le symbole grâce à la classification périodique et ajouter en exposant la charge.

b. Un atome de chlore possède **17 électrons**.
Un ion potassium possède **19 protons et 18 électrons**.

La classification périodique indique que l'atome de chlore possède 17 protons, donc l'atome de chlore possède le même nombre d'électrons.

SVT → p. 218

1 Le bonnet contient des électrodes.
Or, ces électrodes détectent l'activité électrique à la surface du crâne. **De plus**, cette activité électrique est le résultat de la communication entre les neurones du cerveau, donc les électrodes permettent d'enregistrer l'activité cérébrale.

> Les connecteurs logiques **or** et **de plus** permettent de lier les éléments du texte entre eux pour construire l'explication demandée.

2

Les différentes parties d'un neurone

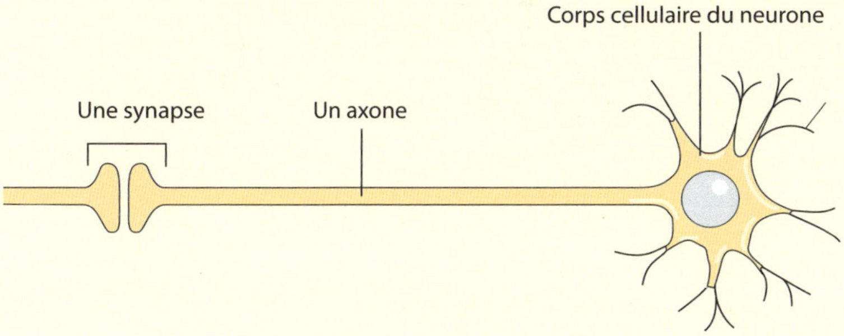

> Dans le dessin, les traits sont nets et les flèches des légendes sont tirées à la règle.

3 **a.** Une crise d'épilepsie est provoquée par des décharges d'influx nerveux anormaux. Ces décharges ont lieu dans une zone précise du cerveau ou dans l'ensemble du cerveau.

Il y a de nombreuses conséquences possibles à une crise d'épilepsie :
- des mouvements et des convulsions ;
- des hallucinations sensorielles (visuelles ou olfactives) ;
- des pertes de conscience ;
- un regard fixe ;
- des gestes répétitifs involontaires.

> La réponse est organisée en deux paragraphes : le premier traite la cause et le second dresse la liste des conséquences.

b. Avant la crise, les signaux électriques enregistrés par les 4 électrodes sont de faible intensité.

La crise débute à la 18e seconde environ et se termine à la 30e seconde (elle a donc duré 12 secondes environ). Pendant la crise, l'intensité des signaux électriques a fortement augmenté ; elle est au moins multipliée par 10 et ce phénomène concerne les 4 électrodes.

Cet enregistrement montre qu'il y a bien eu des décharges d'influx nerveux anormaux.

> La réponse comporte :
> – le nombre d'électrodes utilisées ;
> – le moment du début de la crise ;
> – sa durée ;
> – l'intensité des signaux.

JE FAIS LE POINT

	J'ai bien compris et j'ai réussi	Il manque des connaissances → Je revois le cours	Je n'ai pas compris la méthode → Je relis les conseils
PHYSIQUE-CHIMIE → p. 216			
Question 1	❏	❏	❏
Question 2	❏	❏	❏
Question 3	❏	❏	❏
SVT → p. 218			
Question 1	❏	❏	❏
Question 2	❏	❏	❏
Question 3	❏	❏	❏

SUJET 20

50 pts 1H

Le robot Curiosity

Poids et masse de Curiosity 25 pts 30 min

→ Corrigé p. 229

DOC. 1 Le robot Curiosity

Le 26 novembre 2011, la NASA envoie sur Mars un véhicule robotisé, appelé Curiosity. Sa mission consiste à rechercher si un environnement favorable à l'apparition de la vie a existé sur Mars, en étudiant la composition minéralogique et la géologie de la planète et en collectant des informations météorologiques.

Curiosity pose ses roues sur le sol martien le 6 août 2012, avec à son bord 75 kg de matériels scientifiques. Il possède un bras robotisé qui lui permet de prendre des photographies et de prélever des échantillons du sol martien. Avec ses 899 kg, c'est le plus gros robot posé sur une planète extraterrestre ! Il est 5 fois plus lourd que ses prédécesseurs.

DOC. 2 Tableau de correspondance entre masse et poids sur Mars

Masse	3 kg	5 kg	7 kg	11 kg	14 kg
Poids	11,16 N	18,6 N	26 N	41 N	52 N

DOC. 3 Formulaire

- **Valeur de l'intensité de la pesanteur à la surface de la Terre :**

$$g_T = 9,8 \text{ N/kg}.$$

- **Valeur de la constante de la gravitation universelle :**

$$G = 6,67 \times 10^{-11} \text{ N.m}^2/\text{kg}^2.$$

- **Masse de Mars :**

$$M_M = 0,642 \times 10^{24} \text{ kg}.$$

- **Rayon de Mars :**

$$R_M = 3,40 \times 10^6 \text{ kg}.$$

- **La valeur de l'intensité de la pesanteur g à la surface d'un astre de masse M et de rayon R est donnée par la relation :**

$$g = G \times M/R^2.$$

Par étapes

ÉTAPE 1 Extraire les informations pertinentes

DOC. 1

- La masse de Curiosity est indiquée dans le dernier paragraphe.

DOC. 2

- La distinction entre le poids et la masse est clairement établie.
- Il faudra veiller à maîtriser les unités des deux grandeurs.

ÉTAPE 2 Comprendre les documents

DOC. 2

- **Le titre est important :** il indique clairement que la correspondance du tableau est vraie sur Mars.

ÉTAPE 3 Utiliser un formulaire

DOC. 3

- Un formulaire ou des données sont souvent fournis dans l'énoncé.
- Dans ce cas, il faut garder en mémoire les données fournies, conserver la même norme d'écriture et les utiliser en cas de doute sur les unités.

Questions

1 D'après le **DOC. 1**, quelle est la masse de Curiosity sur Terre ? sur Mars ? Justifier.

2 Donner la formule, avec les unités, reliant le poids à la masse.

3 **a.** En utilisant le **DOC. 2**, tracer la courbe de variation du poids en fonction de la masse sur le papier millimétré ci-dessous. En déduire l'intensité de pesanteur de Mars (g_M).

b. En utilisant la relation fournie dans le **DOC. 3**, exprimer puis calculer la valeur de l'intensité de pesanteur g_M sur Mars. Est-ce cohérent avec le résultat trouvé à la question 3. a ?

c. En déduire le poids de Curiosity sur Terre, puis sur Mars.

Les conseils du prof !

Dans le **DOC. 1**, on ne donne qu'une seule masse pour le robot. Il faut donc se poser des questions et faire appel à ses connaissances.

C'est la relation fondamentale de la gravitation. En cas de doute, la question **3** pourra vous aider.

- N'oubliez pas le nom des axes, en précisant les unités.
- Ici, on demande le poids en fonction de la masse : la masse sera donc en abscisses et le poids en ordonnées.
- g_M est le coefficient de proportionnalité entre la masse et le poids.

- Dans le cas d'une application numérique liée à une formule, il faut respecter la notation du sujet : ce sera la même que celle des données de l'énoncé.
- On calcule de deux manières différentes la même chose : on doit s'attendre à trouver le même ordre de grandeur avec les deux méthodes.

Attention à la valeur de g utilisée : elle dépend de la planète.

Étude du robot Curiosity 25 pts 30 min → Corrigé p. 229

DOC. 1 Quelques caractéristiques du robot Curiosity

Le nouveau robot martien de la Nasa a décollé de Cap Canaveral le 26 novembre 2011, à 16 h 02 (heure française) à bord de la fusée américaine Atlas V.
Le robot Curiosity dispose d'un générateur électrique nucléaire générant une puissance initiale d'environ 2 000 W thermiques, convertis en 120 W électriques par des thermocouples. Un système de radiateurs comportant près de 50 m de tubes dans lesquels circule un fluide caloporteur permet de maintenir les systèmes électroniques à une température acceptable.
Pour communiquer avec la Terre, Curiosity dispose de plusieurs antennes. Une antenne fonctionnant en bande radio UHF est utilisée pour les communications à courte portée avec les sondes en orbite autour de Mars. Les deux antennes en bandes X (radio), sont quant à elles utilisées pour les communications à longue distance directement avec la Terre.

DOC. 2 Quelques caractéristiques de Mars

L'atmosphère de Mars est parfois animée de tempêtes qui englobent toute la planète et limitent l'éclairement en soulevant des poussières. L'hémisphère Nord de Mars connaît des saisons moins marquées que l'hémisphère Sud, avec des hivers courts et doux. À l'inverse, l'hémisphère Sud connaît des hivers longs et très froids.

DOC. 3 Schéma cinématique de la partie gauche du robot Curiosity

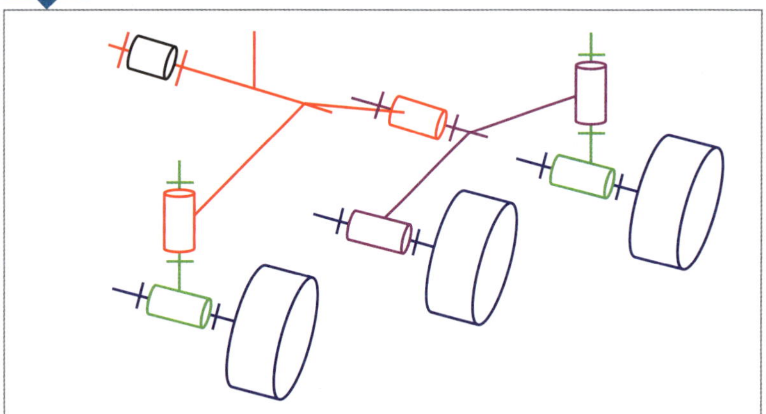

Par étapes

ÉTAPE 1 Extraire les informations pertinentes

DOC. 1

- **Le premier paragraphe** permet de connaître le contexte de l'envoi de Curiosity vers Mars.
- **Le deuxième paragraphe** détaille le fonctionnement de la source d'énergie permettant l'alimentation du robot.
- **Le dernier paragraphe** détaille le principe de transmission des informations avec la Terre.

DOC. 2

- Il donne des informations sur les conditions rencontrées sur Mars.

DOC. 3

- C'est le schéma cinématique partiel de Curiosity : il donne des informations sur le principe de déplacement.

ÉTAPE 2 Comprendre les documents

DOC. 1

- Comment Curiosity est-il alimenté en électricité ?
- Comment est-il chauffé ?

Questions

Les conseils du prof !

1 a. À l'aide du DOC. 2, expliquer pourquoi il est préférable pour le robot Curiosity de travailler dans l'hémisphère Nord.

....

....

....

....

b. À l'aide du DOC. 1, déterminer quel type de signal est utilisé pour communiquer avec la Terre.

> Cette question porte sur les différents types de transmission de signaux.

....

....

....

....

c. À l'aide du DOC. 1, compléter le schéma suivant :

> Cette question fait appel à vos connaissances concernant les différentes énergies.

Énergie d'entrée :				Énergie de sortie :
....	→	Thermocouples	→	....

d. Pourquoi a-t-on choisi un générateur nucléaire plutôt que des panneaux solaires pour équiper le robot Curiosity ?

> - Vous devez extraire les informations pertinentes du DOC. 2.
> - Cette question fait appel à vos connaissances concernant les différentes énergies.

....

....

....

....

2 À l'aide du DOC. 3, déterminer combien de roues (de chaque côté) permettent de diriger le robot.

> Cette question fait appel à vos connaissances concernant la schématisation.

....

....

....

....

....

Les conseils du prof !

- Utilisez vos connaissances sur le principe de codage rencontré lors de la réalisation d'un script.
- 1 demi-tour complet = 180°.

3 Les ingénieurs souhaitent faire faire un demi-tour à Curiosity. Ils testent le script suivant pour la roue gauche en sachant que la vitesse de rotation ne peut pas changer.
Après l'avoir testé, ils se rendent compte que le robot a fait une rotation de 20°.

Corriger ce script afin de faire effectuer au robot un demi-tour complet.

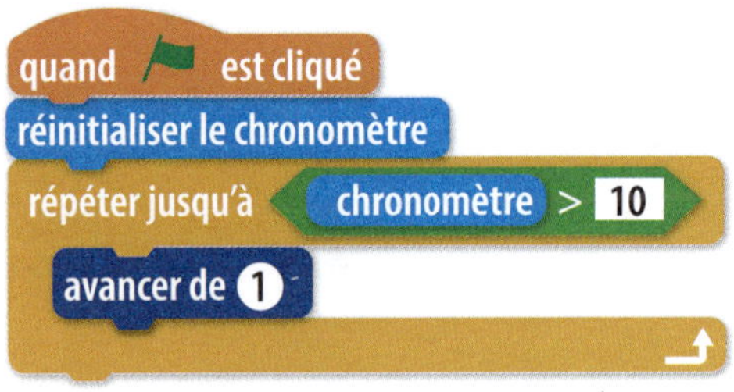

› Mon brouillon

PHYSIQUE-CHIMIE → p. 224

1 La masse est invariable. Celle de Curiosity sur Mars est donc la même que sur Terre : 899 kg.

2 $P = m \times g$, où P désigne le poids (en newton, N) ; m la masse (en kilogramme, kg) ; et g l'intensité de la pesanteur (en newton par kilogramme, N/kg).

3 **a.**

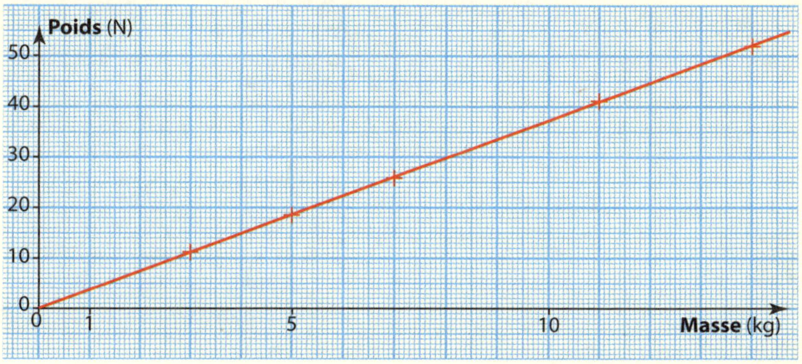

D'après le graphique, on obtient une droite qui passe par l'origine.

g est donc le coefficient de proportionnalité,

soit $g = \frac{P}{m}$ = 18,6 N/5 kg ≈ 3,7 N/kg.

b. $g_M = G \times \frac{M_M}{{R_M}^2}$,

soit $g_M = 6{,}67 \times 10^{-11} \times 0{,}642 \times \frac{10^{24}}{(3{,}40 \times 10^6)^2} \approx 3{,}7$ N/kg.

On retombe bien sur la même valeur.

c. $P = m \times g$.

- Sur Mars, g_M = 3,7 N/kg, donc P_M = 899 kg × 3,7 N/kg ≈ 3 326 N.
- Sur Terre, g_T = 9,8 N/kg, donc P_T = 899 kg × 9,8 N/kg ≈ 8 810 N.

TECHNOLOGIE → p. 226

1 **a.** Il est préférable que Curiosity travaille dans l'hémisphère Nord, car les saisons y sont moins marquées.

Je comprends les corrigés

Une réponse du type « la masse ne change pas » ne répond pas à la question, même si on montre que l'on connaît le problème.

- Un tracé sur papier millimétré doit être précis et réalisé au crayon de papier. Les croix doivent être bien visibles.
- Il n'est pas nécessaire de marquer toutes les divisions, c'est une perte de temps et cela alourdit le graphique.
- N'oubliez pas de donner un nom aux axes.
- Pour que ce soit une situation de proportionnalité, il faut obtenir une droite qui passe par l'origine.

- Il faut savoir faire un calcul avec les puissances de 10 sur une calculatrice.
- Le résultat est connu : en cas d'erreur, reprenez la formule puis le calcul, et n'hésitez pas à utiliser les parenthèses sur la calculatrice.

On applique la formule $P = m \times g$, en utilisant l'intensité de pesanteur de la planète qui nous intéresse.

L'hémisphère Nord connaît des saisons moins marquées que l'hémisphère Sud, avec des hivers courts et doux. Le robot utilise donc moins d'énergie pour maintenir une température acceptable pour les systèmes électroniques.

b. Curiosity utilise des ondes radio pour communiquer avec la Terre.

> Pour communiquer avec la Terre, Curiosity dispose de deux antennes en bandes X (radio).

c.

Énergie thermique → Thermocouples → **Énergie électrique**

> Les thermocouples transforment une partie des 2 000 W thermiques en 120 W électriques.

d. Le générateur nucléaire permet d'avoir une production d'énergie quasi constante, contrairement à l'utilisation de panneaux solaires, en particulier sur Mars où il y a des tempêtes limitant l'éclairement.

> Les générateurs nucléaires ont une durée de vie importante et une production d'énergie qui ne varie quasiment pas en fonction des contraintes extérieures.

2 Il y a 2 roues par côté permettant de diriger Curiosity.

> - Les liaisons représentées sont des pivots.
> - On voit, sur les roues avant et arrière, une liaison verticale permettant à Curiosity de se diriger.

3

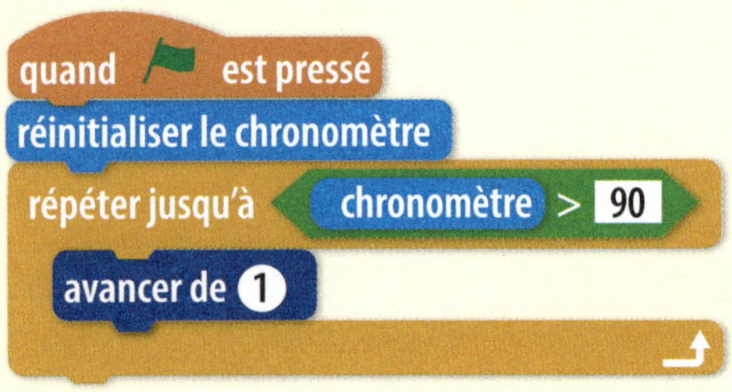

> - La valeur donnée par le chronomètre évolue au cours du temps.
> - Une durée de 10 s permet de faire une rotation de 20°, il faut donc 90 s pour faire faire un demi-tour complet.

Je comprends les corrigés

JE FAIS LE POINT

	J'ai bien compris et j'ai réussi	Il manque des connaissances → Je revois le cours	Je n'ai pas compris la méthode → Je relis les conseils
PHYSIQUE-CHIMIE → p. 224			
Question 1	❑	❑	❑
Question 2	❑	❑	❑
Question 3	❑	❑	❑
TECHNOLOGIE → p. 226			
Question 1	❑	❑	❑
Question 2	❑	❑	❑
Question 3	❑	❑	❑

ORAL

L'épreuve orale expliquée

Comment s'organise l'épreuve ?

Les caractéristiques de l'épreuve

- L'épreuve orale prend appui sur un travail engagé dans le cadre d'un **Enseignement Pratique Interdisciplinaire (EPI)**, d'un **parcours éducatif (Avenir, Citoyen ou Éducation artistique et culturelle)** ou de l'**histoire des arts**.
- Pensez à présenter **un projet qui vous passionne** : plus le sujet vous intéresse, plus vous serez investi dans votre présentation et plus vous aurez de choses à dire.
- Vous pouvez choisir de présenter l'épreuve **individuellement ou en groupe**, dans la limite de trois élèves par groupe. Dans tous les cas, **la notation est individuelle**.

En quoi consiste cette épreuve ?

- L'épreuve orale se présente sous la forme d'un **entretien oral de 15 minutes** avec un jury constitué de deux enseignants des matières en lien avec le projet.
- L'oral se déroule en deux temps :

- un **exposé** (5 minutes seul, 10 minutes en groupe) ;
- un **entretien avec le jury** (10 minutes seul, 15 minutes en groupe).

Ce qui est évalué

- L'épreuve orale évalue votre capacité à **maîtriser votre expression orale** (50 points) et à **maîtriser le sujet présenté** (50 points).
- L'évaluation de l'oral prend en compte la capacité à **s'exprimer clairement et correctement**, à développer un propos, à **présenter une argumentation solide**, à échanger et donner son avis.

À savoir

Ce qui est évalué n'est pas le projet lui-même mais ce qu'il vous a permis d'apprendre, ainsi que votre capacité à le présenter.

Comment se préparer à l'épreuve ?

Définir le projet

- C'est vous qui choisissez ce que vous souhaitez présenter à l'oral. Si vous choisissez un EPI, l'important est que votre projet soit **interdisciplinaire**, c'est-à-dire qu'il porte sur au moins deux disciplines enseignées au collège.
- Posez-vous des questions : quel est **l'intérêt** de ce projet ? Que cherchez-vous à produire et **sous quelle forme** ? Quelles sont les **différentes étapes** qui vont vous permettre de réaliser votre projet ?

Préparer l'exposé

- Établissez un **plan logique et cohérent**, qui répond à la problématique définie.
- Préparez plusieurs fiches sur lesquelles vous noterez les **idées essentielles**.
- Entraînez-vous en faisant un **exposé blanc** pour pratiquer votre expression orale et évaluer le temps que prendra l'exposé. Pensez à bien **répartir le temps de parole** si vous êtes en groupe.

Préparer l'entretien

- **Anticipez** : imaginez les questions qui pourraient vous être posées et dressez une liste.
- Révisez le **vocabulaire adapté** à votre projet et vérifiez que vous en avez bien compris les grandes lignes et les notions principales.

SUJETS 21 & 22

L'exposé

→ Corrigé p. 237

DOC. Eras, peinture murale éphémère, 2008, Paris, rue Ordener (18e arrdt).

Les conseils du prof !

Le choix de l'œuvre est subjectif. Vous pouvez choisir une œuvre étudiée en classe ou que vous avez découverte lors d'une exposition, d'une lecture...

L'introduction

› Mon brouillon

Titre : ....

Date de création : ....

Nature de l'œuvre : ....

Lieu de création/d'exposition : ....

L'artiste : ....

Le contexte : ....

› Je rédige mon intro ....

....

....

....

....

....

Par étapes

ÉTAPE 1

- Faire une fiche en présentant l'œuvre : titre, date, artiste...

ÉTAPE 2

- Introduire l'œuvre en la replaçant dans son contexte.

Les conseils du prof !

Toutes les informations que vous pouvez trouver sur l'œuvre choisie vont vous aider à préparer l'introduction de votre oral.

Le développement

Par étapes

ÉTAPE 1 Décrire

- Le développement correspond à la description du tableau. Demandez-vous ce que l'artiste a voulu représenter à travers son œuvre et soyez attentifs à la mise en scène.

ÉTAPE 2 Interpréter

- La suite du développement est l'interprétation. Vous devez vous concentrer sur la signification de l'œuvre, sur le message que l'artiste a voulu faire passer.

› Je décris l'œuvre proposée

Les conseils du prof !

Attention ! La partie « décrire » ne doit pas être trop longue. Concentrez-vous sur les éléments importants.

› J'interprète l'œuvre

Identifiez les **symboles** présents dans l'œuvre : demandez-vous ce qu'ils veulent dire dans ce contexte, ce qu'ils évoquent.

La conclusion

› Je résume ....

....

....

› Je rappelle l'idée principale ....

....

› J'élargis le sujet ....

....

....

Par étapes

ÉTAPE 1
- Résumer l'exposé en quelques mots.

ÉTAPE 2
- Rappeler l'idée directrice de votre exposé.

ÉTAPE 3
- Conclure en ouvrant la discussion sur d'autres problématiques.

L'entretien avec les examinateurs

→ Corrigé p. 238

Entraînez-vous à répondre à quelques questions que pourraient vous poser les examinateurs.

1 Pourquoi avez-vous choisi de présenter cette œuvre ?

....

....

....

....

....

2 Dans quelle tradition de l'histoire de l'art peut-on inscrire cette œuvre ?

....

....

....

....

....

Les conseils du prof !

Pour vous entraîner à l'entretien, faites une liste de questions sur votre sujet pour vous préparer au mieux à celles que les examinateurs pourraient vous poser.

L'exposé

L'introduction

Cette œuvre intitulée ***Rappeur entouré de crânes*** est une peinture murale réalisée par le graffeur **Eras** en 2008. Elle se trouve sur le mur de la rue Ordener, dans le XVIIIe arrondissement de Paris. L'auteur est un « graffeur » qui signe « Eras » et participe au **street art** ou art urbain, mouvement artistique contemporain qui existe depuis les années 1960. Le street art regroupe toutes les formes d'art réalisées dans la rue ou dans les endroits publics, et comprend diverses techniques telles que le graffiti, le pochoir ou les stickers. C'est un art éphémère vu par un très large public.

Je comprends les corrigés

> Le lieu d'exposition de l'œuvre est important ici : depuis 2003, ce mur d'expression libre accueille des fresques monumentales et éphémères, les œuvres étant vite recouvertes par de nouveaux graffitis.

Le développement

La main d'un **marionnettiste** aux doigts violets fait danser un **rappeur-pantin** de bois à la tête baissée, coiffé d'une casquette et tenant dans une main un micro et dans l'autre des **billets** de 500 euros. Son cou est orné d'un **lourd collier en or** et d'une médaille en forme d'euro.

À gauche, des **crânes** sont entassés et portent les marques de morts violentes : l'un est poignardé, l'autre présente un impact de balle en plein front, un troisième est transpercé par un os, et du dernier, ouvert en son sommet, sortent des billets de 500 euros.

À droite, on voit d'autres crânes aux **allures menaçantes**, tous sont brisés et laissent s'échapper une fumée blanchâtre. Le fond du mur est noir.

Le rappeur est manipulé par un marionnettiste dont les doigts ont tellement touché l'argent qu'ils ont la couleur des billets de 500 euros. Le chanteur en récupère quelques uns pour se donner une **illusion de réussite** : celle-ci est symbolisée par un bijou *blingbling*, signe extérieur de richesse ostentatoire et éloigné des véritables valeurs artistiques.

On peut donc voir dans ce graff une **œuvre de contestation**, dénonçant les dérives du show-business qui oublie trop souvent le spectacle au profit du « business ».

Cependant, le rappeur devient vite **esclave de cette richesse qui l'enchaîne** et l'attire inexorablement vers le sol... et vers **la mort qui sera la véritable gagnante**, puisque c'est finalement dans le crâne que s'entassent les billets violets.

> Pour bien décrire l'œuvre, identifiez le personnage au centre et le décor, qui fait partie intégrante de la scène. Observez bien les crânes et décrivez les éléments qui les caractérisent.

> Ici, les crânes, les billets, la fumée ou encore le bijou autour du cou du pantin sont différents symboles qui donnent une signification à l'œuvre dans sa totalité.

La conclusion

Cette peinture murale reprend ainsi tous les thèmes des tableaux baroques appelés **vanités**, qui suggèrent par de nombreux symboles que l'existence humaine est « vaine », c'est-à-dire vide, fragile et soumise aux apparences. Selon la devise latine *memento mori* (« souviens-toi que tu vas mourir »), l'homme ne doit pas oublier qu'il est mortel pour ne pas perdre son temps à de vaines activités.

Les symboles usuels des vanités sont bien présents ici :
– l'argent et les bijoux : **vanité des richesses,**
– les crânes, la fumée, les armes : **fragilité de la vie humaine,**
– le micro (la musique) : **vanité des plaisirs.**
– enfin, le *street art*, par essence éphémère, puisque destiné à être bientôt recouvert, est une sorte de **mise en abyme du caractère transitoire de la vie humaine**, thème majeur des vanités.

Je comprends les corrigés

Pensez à faire des liens entre les thèmes traités dans l'œuvre présentée et d'autres œuvres que vous connaissez.

L'entretien avec les examinateurs

1. J'ai choisi cette œuvre parce que je suis sensible à toutes les formes d'art urbain (graffitis, slam, rap...) qui s'adressent de façon explicite à tout le monde. Ce sont des œuvres éphémères, mais qui auront un très large écho. J'aime aussi l'idée que l'art vienne à notre rencontre sans que l'on ait soi-même décidé du moment (à la différence de la visite d'un musée par exemple).

2. Cette œuvre s'inscrit dans un parcours culturel qui montre la permanence de certaines grandes questions humaines que l'on retrouve à travers différentes formes d'expression artistique. La tradition des vanités questionne sur le rapport de l'homme au temps et sur la meilleure façon d'en profiter. Cette œuvre invite à se recentrer sur l'essentiel, qui doit primer sur une certaine « tyrannie » des apparences. On retrouve d'ailleurs ce thème dans la poésie dès l'antiquité avec le *Carpe Diem* d'Horace, plus tard avec les sonnets de Ronsard et au XXe siècle sous la plume de R. Queneau dans sa chanson « Si tu t'imagines ».

Étoffer et élargir votre propos en évoquant d'autres arts qui reprennent le même thème vous permettra de montrer l'étendue de vos connaissances et de gagner des points.

L'exposé

→ Corrigé p. 242

Titre : Aménagement des territoires français et engagement citoyen

DOC. Manifestation contre le projet d'aéroport de Notre-Dame des Landes à Nantes en janvier 2016

Les conseils du prof !

Le parcours Citoyen a pour but de vous faire connaître les valeurs de la République et de vous conduire à devenir des citoyens responsables et libres. Votre sujet doit répondre à ces exigences.

Vous pouvez utiliser un document pour illustrer votre propos : ne multipliez pas les exemples mais préparez-en un que vous détaillerez lors de l'exposé et qui sera votre point d'appui.

L'introduction

› Mon brouillon

Présentation du sujet : ....

....

Annonce des thèmes : ....

....

Problématique : ....

....

› Je rédige mon intro ....

....

....

....

....

....

Par étapes

ÉTAPE 1
- Commencez par énoncer clairement votre sujet.

ÉTAPE 2
- Définissez rapidement les thèmes que vous allez aborder.

ÉTAPE 3
- N'oubliez pas de « problématiser » l'exposé en terminant l'introduction par une question.

Les conseils du prof !

L'objectif ici est de comprendre le rôle des citoyens dans l'aménagement des territoires.

Le développement

Par étapes

ÉTAPE 1 Présenter

- Dans votre développement, commencez par présenter l'exemple que vous avez sélectionné en exposant les faits, les dates, les lieux ainsi que les différents acteurs et leurs réactions.

ÉTAPE 2 Analyser

- Il faut ensuite analyser cet exemple pour montrer en quoi il s'inscrit dans le sujet et en quoi il répond à la problématique posée.

› Je présente le sujet ....

....

....

....

....

› J'analyse le sujet ....

....

....

....

....

....

Les conseils du prof !

L'exemple doit permettre de croiser les différentes disciplines : ici, il faut bien lier la dimension géographique du sujet (aménagement) avec la dimension citoyenne (engagement).

Appuyez votre réflexion sur des termes précis. Employez des expressions-clés comme « modèle social républicain », « liberté », « démocratie »…

La conclusion

Réponse à la problématique : ....

....

....

Limites du sujet : ....

....

Ouverture du sujet : ....

....

....

Par étapes

ÉTAPE 1 Répondre à la problématique.

ÉTAPE 2 Montrer les limites du sujet.

ÉTAPE 3 Ouvrir sur une nouvelle question en lien avec l'aménagement du territoire.

Vous pouvez établir des parallèles entre cet exemple et d'autres mouvements d'opposition à des projets d'aménagement du territoire : installation de lignes à haute tension, etc.

L'entretien avec les examinateurs

Entraînez-vous à répondre à quelques questions que pourraient vous poser les examinateurs.

1 Quel est le principal mode d'expression de la citoyenneté dans la démocratie ?

....

....

....

....

....

....

....

....

....

2 À quelle liberté fondamentale peut-on associer le droit de manifester ?

....

....

....

....

....

....

....

....

....

Les conseils du prof !

Préparez à l'avance des exemples et des questions en rapport avec les thèmes du projet : comme vous ne pourrez pas tout dire dans l'exposé, vous marquerez des points pendant l'entretien en étoffant votre propos.

Apprenez bien les notions qui concernent les deux thèmes croisés. Vous devez mobiliser les connaissances et les compétences que vous avez construites dans les différents champs disciplinaires : géographie, histoire, EMC.

L'exposé

Je comprends les corrigés

L'introduction

Les inégalités sociales et économiques s'observent à toutes les échelles du territoire français. Ces disparités ont tendance à s'accentuer depuis quelques décennies sous l'effet de la mondialisation. Pour en atténuer la portée, l'État et les collectivités territoriales mettent en œuvre des **politiques d'aménagement du territoire**. Ces mesures ne sont pas toujours acceptées par les citoyens. Certains d'entre eux s'engagent alors dans une démarche de contestation parfois virulente... **Comment s'exerce la citoyenneté des Français en matière d'aménagement du territoire ?**

Il s'agit d'inscrire la réflexion dans une perspective suffisamment large pour vous permettre d'apporter de nouvelles informations pendant l'entretien.

Le développement

Envisageons l'exemple du projet de construction d'un nouvel aéroport international dans l'ouest de la France, à **Notre-Dame-des-Landes**. Il a été envisagé dès les années 1960 pour remplacer l'aéroport de Nantes et relancé dans les années 2010 afin de répondre à la **croissance des flux aériens**. Depuis, ses détracteurs multiplient les initiatives pour que les autorités publiques renoncent à sa construction. Ils dénoncent en particulier les **conséquences économiques et environnementales** du projet. Privés de leurs terres et de leurs exploitations, les agriculteurs n'auraient d'autre choix que de partir ; les paysages ruraux du territoire en seraient bouleversés.
Dans cette lutte, des **citoyens** s'unissent à des **militants** de mouvements écologistes, de partis politiques ou d'organisations syndicales. Ils utilisent des moyens variés pour arriver à leurs fins : occupation de la **ZAD**, **pétitions**, **manifestations**, blocages... En niant l'intérêt général et en refusant les nuisances subies par les riverains, les opposants sont accusés d'avoir un comportement de type « **Nimby** » ou « **Banana** ».

« Banana » (de l'anglais *build absolutely nothing anywhere near anyone*, soit « ne rien construire nulle part ni près de personne ») et « Nimby » (*not in my backyard*, soit « pas dans mon arrière-cour ») sont des acronymes qui désignent la résistance de la population locale face à des décisions d'aménagement de l'État.

ZAD = zone d'aménagement différé.

La conclusion

L'expression de cette opposition est pourtant un signe de bonne santé de la démocratie en France : elle montre qu'un **dialogue est possible entre citoyens et pouvoirs publics**. L'exercice du débat entre citoyens et avec ceux qui les représentent garantit le **respect des libertés des Français**.
Cette forme d'exercice de la citoyenneté se heurte à limites comme en témoignent des actes de violence et de sabotage commis lors de manifestations récentes. C'est alors à la **justice** d'appliquer les règles de droit et de rendre un jugement quand les négociations entre l'État et ses opposants n'ont pas permis de trouver un **compromis**.

Les éléments apportés par la conclusion peuvent permettre aux examinateurs d'orienter leurs questions. Choisissez judicieusement d'ouvrir sur un sujet dont vous voulez parler.

L'entretien avec les examinateurs

1. Le vote au suffrage universel est un élément fondamental de la citoyenneté : c'est le fondement de la République française.

2. Manifester relève de la liberté d'expression, droit fondamental de tout citoyen français.

fiches de synthèse

Repères littéraires et historiques

Période	Œuvres et mouvements littéraires	Événements historiques
Antiquité	• Homère (VIIIe s. av. J.-C.), *L'Iliade, L'Odyssée* • Hésiode (VIIIe s. av. J.-C.), *La Théogonie* • Dramaturges grecs : Eschyle – Sophocle – Euripide (Ve s. av. J.-C.) • Virgile, *L'Énéide* (29-19 av. J.-C.) • Ovide, *Les Métamorphoses* (Ie s.)	• VIIIe siècle av. J.-C. fondation de Rome • Ve siècle av. J.-C. apogée d'Athènes (Périclès, le Parthénon) • Ier siècle débuts du christianisme • IIe siècle apogée de l'Empire romain, la « paix romaine » • Ve siècle (476) dislocation de l'Empire romain
Moyen Âge	• *La Chanson de Roland* (XIe s.) • Chrétien de Troyes, *Lancelot ou le chevalier à la charrette* (écrit entre 1176 et 1181) • *Le Roman de Renart* (XIIe-XIIIe s.) • François Villon (1431-1463 ?)	• Xe- XIIe siècle : âge des églises romanes • 1096-1099 première croisade • XIIe- XVe siècle : âge des églises gothiques
XVIe-XVIIe siècles	L'humanisme • Rabelais, *Gargantua* (1534) • Montaigne, *Essais* (1580-1595) La Pléiade • Ronsard, *Les Amours* (1552-1566) • Du Bellay, *Les Regrets* (1558) Le baroque • Corneille, *L'Illusion comique* (1635)	• XVe- XVIe siècle Renaissance • 1492 prise de Grenade – découverte de l'Amérique • 1562-1598 guerres de religion entre catholiques et protestants • 1598 édit de Nantes
XVIIe-XVIIIe siècles	Le classicisme • Racine, *Phèdre* (1677) • Molière, *Tartuffe* (1664), *Dom Juan* (1665) • La Fontaine, *Fables* (1668-1694) • La Bruyère, *Les Caractères* (1696) • Mme de Sévigné, *Lettres* (1648-1696) Les Lumières • Montesquieu, *Lettres persanes* (1721) • Voltaire, *Candide* (1759) • Diderot, *Jacques le fataliste et son maître* (écrit entre 1765 et 1783) • Rousseau, *Les Confessions* (1765-1770) • Beaumarchais, *Le Mariage de Figaro* (1784)	• 1661-1715 règne de Louis XIV • 1685 révocation de l'édit de Nantes • milieu du XVIIIe siècle l'Encyclopédie • 1789-1799 Révolution française • 14 Juillet 1789 prise de la Bastille

Période	Œuvres et mouvements littéraires	Événements historiques
XIXe siècle	Le romantisme • Chateaubriand, *Mémoires d'outretombe* (1849) • Hugo, *Les Contemplations* (1856), • *Les Misérables* (1862) Le réalisme • Stendhal, *Le Rouge et le Noir* (1830) • Balzac, *Le Père Goriot* (1835) • Flaubert, *Madame Bovary* (1857) • Maupassant, *Une vie* (1883) Le naturalisme • Zola, *Germinal* (1865) Le symbolisme • Baudelaire, *Les Fleurs du mal* (1857) • Verlaine, *Romances sans paroles* (1874) • Rimbaud, *Une saison en enfer* (1873)	• 1799-1815 Consulat et Empire • 1804 Premier Empire (Napoléon Ier) • 1815-1848 monarchie constitutionnelle • 1848-1852 Seconde République (suffrage universel – abolition de l'esclavage) • 1852-1870 Second Empire (Napoléon III) • 1870-1940 Troisième République
XXe siècle	Le surréalisme • Aragon, *Le Paysan de Paris* (1926) L'engagement • Camus, *La Peste* (1947) • Sartre, *Les Mains sales* (1948) Le théâtre de l'absurde • Ionesco, *La Cantatrice chauve* (1950) • Beckett, *En attendant Godot* (1953) Le Nouveau Roman • Robbe-Grillet, *La Jalousie* (1957) L'Oulipo • Queneau, *Les Fleurs bleues* (1965) • Perec, *La Disparition* (1969)	• 1894-1906 Affaire Dreyfus • août 1914 début de la Première Guerre mondiale • 11 novembre 1918 armistice • septembre 1939 invasion de la Pologne – début de la Seconde Guerre mondiale • mai 1945 capitulation allemande • 1946-1958 IVe République • 1948 déclaration universelle des Droits de l'homme • 1958 début de la Ve République • 1954-1962 guerre d'Algérie • 1989 chute du mur de Berlin • 1991 éclatement de l'URSS • 11 septembre 2001 attentat contre le World Trade Center à New York

1. Sujet d'imagination : écrire une lettre

• L'essentiel pour bien réussir ce type de sujet est de définir clairement quelle est la **situation d'énonciation** :
→ **l'émetteur** : c'est soit un personnage du texte (ou lié au texte) soit vous-même ;
→ **le destinataire** : il est toujours précisé dans le sujet : ami, parent, personnage, directeur…
→ **le lieu et la date** : ils sont clairement indiqués dans le texte ou juste suggérés ;
→ **l'objectif de la lettre** : récit, demande, protestation…
→ La lettre appartient au genre **épistolaire** (du latin *epistula* : « lettre ») ; ce genre suit des règles précises de mise en page qu'il faut adapter au destinataire : lettre officielle ou lettre personnelle car on n'écrit pas de la même façon à un ami ou au directeur d'une entreprise !

Attention
Votre copie doit être anonyme : ne signez jamais avec votre nom, on pourrait refuser de la corriger. Si vous n'êtes pas inspirés, utilisez le prénom de l'auteur du texte de Brevet.

2. Sujet d'imagination : écrire un article de journal → Sujet 2

• Ce type de sujet impose de respecter deux contraintes :
→ **la situation de communication** demandée par le sujet ;
→ **la présentation spécifique** d'un article de journal.

A La situation de communication

• Il faut définir (à l'aide du sujet !) **à qui s'adresse le journal** : âge des lecteurs, journal du collège, presse locale, magazine spécialisé... De la même façon, l'**émetteur** doit être clairement identifié : vous incarnez un journaliste présent dans le texte ou vous écrivez pour le journal du collège.
• Ensuite, vous devez vous demander dans **quel but** l'article va être écrit : il s'agit souvent de mêler une narration de faits, une description et des arguments.

Astuce
Insérez des paroles rapportées entre guillemets, à la manière des interviews, votre texte sera plus vivant, et les personnes décrites prendront vie.

B La présentation de l'article

• Il faut donner un **titre** qui doit être bref et inviter à lire la suite. Pour cela, on privilégie les phrases nominales et pourquoi pas, les jeux de mots ou les figures de style : *un heureux accident*, *la faim du monde*...
• Organisez l'article en **paragraphes courts** qui contiennent chacun une idée principale : commencez par un **exposé chronologique des faits** (narration), poursuivez par une **présentation des personnes** impliquées (description) et terminez par une analyse ou un point de vue (explication ou argumentation). Vous pouvez souligner cette structure en mettant des **sous-titres**, voire en présentant votre texte en **deux colonnes**, comme dans un « vrai » journal.
• **Signez** votre article et nommez le journal : *V.H.*, *News du Bahut*…

3. Sujet d'imagination : écrire une suite de texte → Sujet 4

• La rédaction d'une suite de texte est un exercice qui peut sembler facile car la situation de départ est déjà donnée, mais il faut être très rigoureux, car cela va permettre au correcteur de voir si vous avez bien compris le texte.

A L'histoire

Il faut tout à la fois montrer que vous savez **tenir compte des informations** fournies par le texte initial, et que vous êtes capables de **faire preuve d'imagination** pour les développer.

Plusieurs caractéristiques à prendre en compte :

- Pour trouver la **tonalité** du texte, demandez-vous quelle est l'intention de l'auteur : 1) **Susciter la pitié** = tonalité pathétique, 2) **Raconter les exploits d'un personnage** = épique, 3) **Faire rire = comique**, 4) Exprimer ses sentiments : lyrique, 5) **faire douter** = fantastique, 6) **Produire un effet de réel** = réaliste.
- Le **lieu** où se déroule l'action : s'il y a un changement par rapport au texte de départ, il doit être expliqué ou justifié.
- L'**époque** à laquelle se déroule l'action et faire attention aux **anachronismes :** par exemple si vous écrivez la suite d'une nouvelle de Maupassant (XIXe siècle), les personnages n'utiliseront pas de téléphones portables, ils ne regarderont pas la télévision et ne « surferont » pas sur Internet !
- **Les caractéristiques des personnages** (âge, situation sociale, caractère, façon de parler...) déjà présents dans le texte. Vous devez les reprendre mais vous pouvez les **faire évoluer** à condition de ne pas perdre de vue leurs préoccupations, leurs envies principales. Il n'est pas interdit d'introduire de nouveaux personnages mais il faut le faire avec prudence pour garder la cohérence du texte et ne pas « alourdir » son récit.
- **La chronologie des actions** : votre texte se situe à un moment précis du **schéma narratif** du texte initial (juste après l'élément déclencheur ou lors d'une péripétie) ; il faut identifier ce moment pour conserver **une suite logique aux événements** déjà racontés.

Définition

Anachronisme : du grec *ana-* « à rebours » et *chronos* « temps », confusion qui consiste à placer un élément appartenant à une époque dans une autre époque. Par exemple un avion au XVIIe siècle.

B La narration

Pour que votre texte et celui de départ se présentent comme un ensemble cohérent, vous devez absolument conserver :

- **Le statut du narrateur** : première ou troisième personne. Attention : c'est une des erreurs les plus fréquentes et les plus lourdement sanctionnées dans ce type de sujet.
- **Le point de vue**.
- **Les mêmes temps verbaux** : si l'on est dans un récit au passé, on gardera l'imparfait, le passé simple et le plus-que-parfait, si le texte est au présent la suite le sera aussi.
- **Le même registre de langue** : la plupart des textes proposés au Brevet sont dans un registre courant ou soutenu mais quelquefois un personnage peut s'exprimer de façon familière pour une raison précise (âge, humour, milieu social...). Pour rompre le cours du récit et le rendre plus vivant, il peut être habile, suivant les sujets, d'introduire des dialogues.

Astuce

N'hésitez pas à utiliser les questions sur le texte qui sont là pour vous aider à repérer les éléments importants et vous donner des pistes pour une suite possible.

C Comment commencer et comment finir une suite de texte ?

- Votre suite de texte doit commencer par la **dernière phrase** du texte, citée sans guillemets. Cela permettra de créer un véritable lien entre votre texte et celui de l'auteur. De plus cette dernière phrase oriente souvent vers une possibilité de suite.
- Vous devez aboutir à une **situation finale** : celle-ci n'est pas forcément stable et fermée, mais il faut qu'elle soit cohérente par rapport au texte initial et qu'elle forme un tout (comme un épisode de série TV). **Attention** : si jamais vous avez lu le livre et que vous connaissez déjà la fin du texte, n'essayez pas de retrouver cette fin imaginée par l'auteur, vous ne serez évidemment pas notés en fonction de la « vraie » fin de l'extrait.

Remarque

Si la dernière phrase du texte fait dix lignes, contentez-vous des dernières propositions, si elle est trop courte, prenez-en deux : l'essentiel est de recopier une partie qui soit cohérente et qui ait du sens.

4. Sujet d'imagination : évoquer un souvenir → Sujets 1, 3, 5

• Le sujet de rédaction peut vous demander de raconter une expérience personnelle : vous rédigerez alors un texte de **type autobiographique**. Les consignes sont variées, on peut par exemple vous demander :

→ d'**évoquer un lieu** qui vous tient particulièrement à cœur ;
→ d'**évoquer un objet** et les souvenirs qui s'y rapportent ;
→ d'**évoquer un souvenir personnel ;**
→ d'écrire une page de votre **journal intime ;**
→ de raconter le **souvenir d'un autre.**

Astuce
Vous n'êtes pas tenus de raconter obligatoirement des choses vraies, mais il faut absolument qu'elles soient **vraisemblables**.

• Dans tous les cas, vous devrez construire votre devoir en **trois étapes** :

→ **La présentation du souvenir**

Vous devez indiquer le récit des circonstances qui ont entraîné votre retour dans le passé. Pour cela, n'hésitez pas à faire appel aux **sensations liées à ce souvenir**.

→ **Le développement vivant**

Pour enrichir le récit de votre expérience, veillez à insérer :

– des **descriptions précises** ou des **portraits** pour que le lecteur puisse imaginer les objets, lieux, personnages de votre souvenir ;
– des réflexions sur vos **sensations** et vos **sentiments** : « je sentais », « j'observais », « j'avais l'impression de... » Toutes ces tournures montreront que vous portez un **regard sur vous-même** ;
– une évocation de vos émotions et de vos réflexions, en insistant sur ce qui les a déclenchées : « J'étais véritablement ému parce que... » « C'était la première fois que... »

Gagnez des points !
Vous pouvez utiliser des passages de **dialogue** si le sujet s'y prête, ou seulement quelques paroles rapportées au discours direct pour rendre le texte plus vivant.

→ **La conclusion**

Pour conclure votre récit, il est toujours intéressant de montrer que le **recul** vous a permis d'**analyser votre expérience**, vous montrerez ainsi que vous maîtrisez la situation d'énonciation d'un texte autobiographique en passant au présent : « aujourd'hui je comprends que... »

A Nombres relatifs

a. Addition

- Si les deux nombres ont le même signe, on garde le signe commun : $(-3) + (-7) = -10$.
- Si les deux nombres sont de signes contraires, on prend le signe du nombre le plus éloigné de zéro : $(-8) + (+5) = -3$; $(-2) + (+6) = +4$.

b. Soustraction

Pour soustraire un nombre relatif, on ajoute l'**opposé de** ce nombre : $(+9) - (-3) = (+9) + (+3) = 12$.

c. Multiplication et division

- Le produit ou le quotient de deux nombres relatifs **de même signe** est **positif** : $(-12) : (-3) = 4$.
- Le produit ou le quotient de deux nombres relatifs **de signes différents** est **négatif** : $12 \times (-3) = -36$ et $12 : (-3) = -4$.

B Diviseurs et multiples

- Un nombre **premier** est un nombre entier qui n'a que **deux diviseurs** : 1 et lui-même.
- Un nombre entier supérieur ou égal à 2 se décompose en **produit de facteurs premiers**. Cette décomposition est unique, à l'ordre près. Par exemple, $18 = 2 \times 3 \times 3$.

C Nombres en écritures fractionnaires

- Le quotient de deux nombres ne change pas quand on multiplie (ou divise) son numérateur et son dénominateur **par un même nombre**, différent de 0 : $\frac{a}{b} = \frac{k \times a}{k \times b}$.
- Pour **additionner ou soustraire des fractions**, on écrit d'abord les deux nombres avec le même dénominateur : $\frac{7}{9} + \frac{5}{6} = \frac{7 \times 2}{9 \times 2} + \frac{5 \times 3}{6 \times 3} = \frac{14}{18} + \frac{15}{18} = \frac{29}{18}$.
- Pour **multiplier des fractions**, on multiplie les numérateurs entre eux, et les dénominateurs entre eux : $\frac{7}{9} \times \frac{5}{6} = \frac{7 \times 5}{9 \times 6} = \frac{35}{54}$.
- Pour **diviser par une fraction**, on multiplie par son **inverse** : $\frac{7}{9} : \frac{5}{6} = \frac{7}{9} \times \frac{6}{5} = \frac{7 \times 6}{9 \times 5} = \frac{42}{45}$.

D Puissances d'un nombre relatif

- a, b désignent des nombres relatifs et m, n sont des entiers relatifs non nuls.

$a^n = \underbrace{a \times a \times \ldots \times a}_{n \text{ facteurs}}$ $(a > 2)$; $a^1 = a$; $a^0 = 1$ (si $a \neq 0$) ; $a^{-n} = \frac{1}{a^n}$ (si $a \neq 0$).

- m et n désignent deux nombres entiers relatifs : $10^m \times 10^n = 10^{m+n}$ et $\frac{10^m}{10^n} = 10^{m-n}$.

E Calcul littéral

a. Développement et factorisation

- **Développer**, c'est transformer un produit en somme algébrique :
$k(a + b) = ka + kb$; $k(a - b) = ka - kb$; $(a + b)(c + d) = ac + ad + bc + bd$.
- **Factoriser**, c'est transformer une somme algébrique en produits : $ka + kb = k(a + b)$;
- **Réduire** une somme (ou une différence), c'est l'écrire avec le moins de termes possible

b. Identités remarquables

Développement	Développement	Développement
$(a + b)^2 = a^2 + 2ab + b^2$	$(a - b)^2 = a^2 - 2ab + b^2$	$(a + b)(a - b) = a^2 - b^2$
Factorisation	Factorisation	Factorisation

A Statistiques

- L'**effectif** d'une donnée est le nombre de fois où elle apparaît dans une liste. L'**effectif total** est le nombre total de données dans la liste.
- **Fréquence d'une donnée** = $\frac{\text{Effectif de la donnée}}{\text{Effectif total}}$ • **Moyenne** = $\frac{\text{Somme des valeurs}}{\text{Effectif total}}$
- La **médiane** d'une série ordonnée est un nombre M tel qu'au moins la moitié des valeurs sont inférieures ou égales à M et au moins la moitié des valeurs sont supérieures ou égales à M.
- L'**étendue** d'une série est la différence entre la plus grande et la plus petite des valeurs.

B Probabilités

- Une expérience est dite **aléatoire** lorsqu'elle a plusieurs résultats ou issues possibles et que l'on ne peut pas prévoir avec certitude quelle issue se produira.
- Quand on lance un dé numéroté de 1 à 6, il y a 6 **issues** possibles : 1, 2, 3, 4, 5 et 6.
- La **probabilité d'une issue** est un nombre compris entre 0 et 1. Dans l'expérience du lancer de dé, la probabilité de l'issue « obtenir 5 » est $\frac{1}{6}$.
- La probabilité de l'événement A « obtenir un multiple de 3 » est $P(A) = \frac{2}{6}$.
- L'événement contraire de A est « obtenir un nombre qui n'est pas un multiple de 3 ». Sa probabilité est **1 – P(A)**, c'est-à-dire $1 - \frac{2}{6} = \frac{4}{6}$.

C Proportionnalité et pourcentages

a. Proportionnalité

- Un tableau est dit de **proportionnalité** lorsqu'on obtient chaque nombre d'une ligne en multipliant le nombre correspondant de l'autre ligne par un même nombre, appelé **coefficient de proportionnalité**.
- Dans un tableau de proportionnalité, on peut écrire l'égalité des **produits en croix** :

a	c
b	d

$a \times d = b \times c$

- Une situation de proportionnalité est représentée graphiquement par des **points alignés avec l'origine du repère.**

b. Pourcentages

- $15\ \% = \frac{15}{100} = 0{,}15$; 15 % de 40 €, c'est $\frac{15}{100} \times 40$ €, soit 6 €.
- Calculer un **pourcentage** revient à écrire une proportion de dénominateur 100.
- **Augmenter** une quantité de 15 % revient à la multiplier par $1 + \frac{15}{100}$, c'est-à-dire par 1,15.

B Fonctions

- À un nombre x, une **fonction** f associe un nombre et un seul, que l'on note $f(x)$ (« f de x »). On dit que $f(x)$ est l'image de x par la fonction f.
- Si $f(a) = b$, alors a est un **antécédent** de b et b est l'**image** de a.
- La **fonction linéaire** f de coefficient a est telle que $f(x) = ax$. La représentation graphique d'une fonction linéaire est une droite (d) qui passe par l'origine du repère.
- Une **fonction affine** est de la forme $ax + b$. Sa représentation est une droite (d') parallèle à la droite (d).

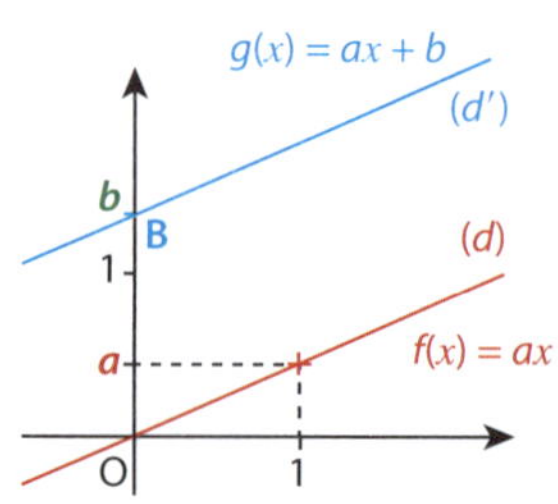

A Périmètres et aires

a. Unités de longueur

km	hm	dam	m	dm	cm	mm
		2	5	0	0	

25 m = 2 500 cm

b. Unités d'aire

km²		hm²		dam²		m²		dm²		cm²		mm²	
						2	5	0	0	0	0		

$25\ m^2 = 2\ 500\ dm^2 = 250\ 000\ cm^2$

c. Calculs de périmètres et d'aires

- **Rectangle**
Périmètre :
$2 \times L + 2 \times \ell$
Aire : $L \times \ell$

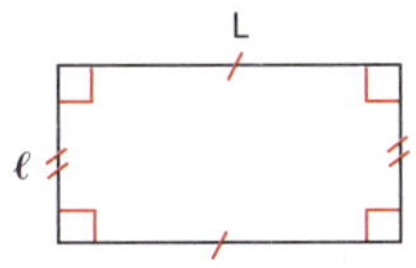

- **Carré**
Périmètre :
$4 \times c$
Aire : $c \times c = c^2$

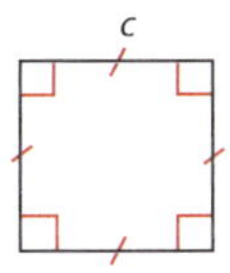

- **Triangle rectangle**
Périmètre : $a + b + c$
Aire : $\frac{a \times b}{2}$

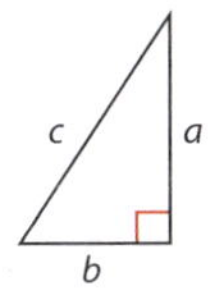

- **Triangle**
Aire : $\frac{c \times h}{2}$

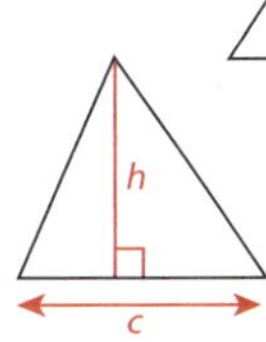

- **Cercle, disque**
Périmètre : 2□R
Aire : □R²

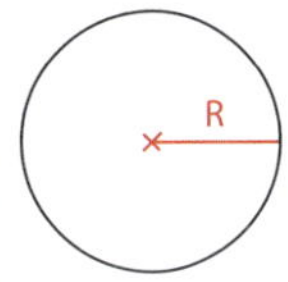

B Volumes

a. Unités de volume et de contenance

		m³			dm³			cm³			mm³
			hL	daL	L	dL	cL	mL			
	2	5	0	0	0	0	0	0			

$25\ m^3 = 25\ 000\ 000\ cm^3$
$25\ m^3 = 25\ 000\ L.$

b. Calcul de volumes

	Cube	Pavé droit	Prisme droit	Cylindre
	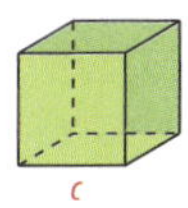	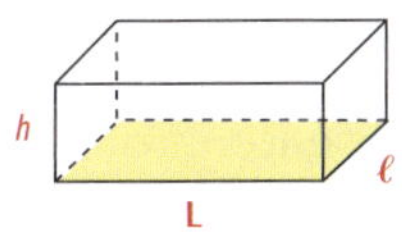	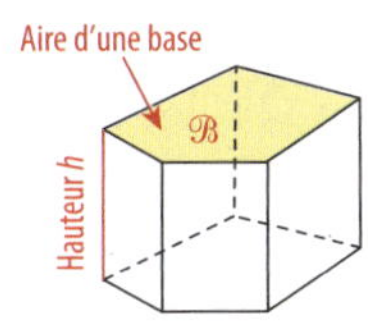	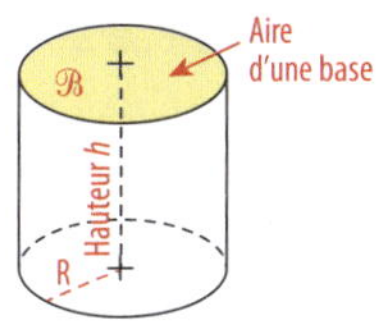
Volume	$c \times c \times c$ ou c^3	$L \times \ell \times h$	$\mathcal{B} \times h$	$\mathcal{B} \times h$ ou □ × R² × h

	Pyramide	Cône	Boule
	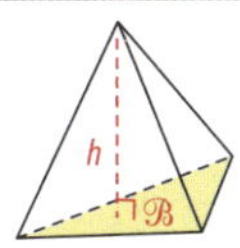	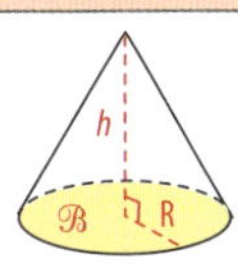	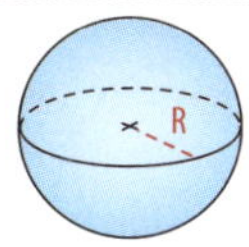
Volume	$(\mathcal{B} \times h) : 3$	$(\mathcal{B} \times h) : 3$ ou (□ × R² × h) : 3	(4 × □ × R³) : 3

B Agrandissement-réduction

- Agrandir ou réduire une figure dans un rapport k, c'est construire une figure de même forme en multipliant les longueurs de la figure initiale par un nombre k strictement positif.
Si $k > 1$, il s'agit d'un **agrandissement**. Si $0 < k < 1$, il s'agit d'une **réduction**.
- Dans un agrandissement ou une réduction dans le rapport k, les **longueurs** sont toutes multipliées par k ; les **mesures des angles** sont **conservées** ; l'**aire** d'une surface est multipliée par k^2 ; le **volume** d'un solide est multiplié par k^3.

A Triangles rectangles

a. Théorème de Pythagore

Si ABC est un triangle rectangle en A, alors $BC^2 = AB^2 + AC^2$.

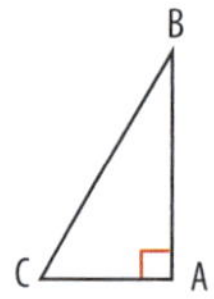

b. Réciproque du théorème de Pythagore

Si, dans un triangle ABC, on a $BC^2 = AB^2 + AC^2$, alors le triangle ABC est rectangle en A.

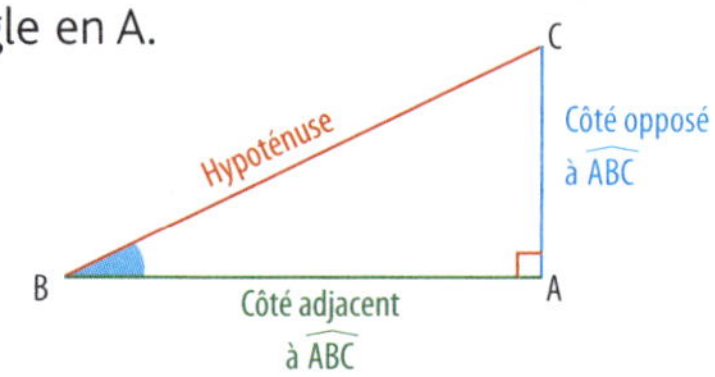

c. Trigonométrie du triangle rectangle

Dans un triangle ABC rectangle en A :

$$\cos \widehat{ABC} = \frac{AB}{BC} \,;\, \sin \widehat{ABC} = \frac{AC}{BC} \,;\, \tan \widehat{ABC} = \frac{AC}{AB}.$$

B Droites parallèles

a. Théorème de Thalès

Si deux droites (BM) et (CN) sécantes en A sont coupées par deux droites parallèles (BC) et (MN), alors :

$$\frac{AM}{AB} = \frac{AN}{AC} = \frac{MN}{BC}$$

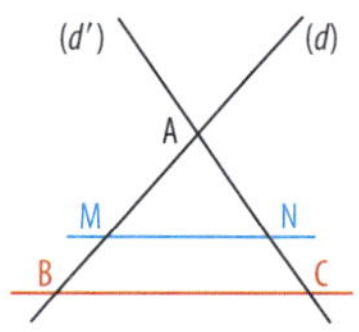

b. Réciproque du théorème de Thalès

(BM) et (CN) sont deux droites sécantes en A.

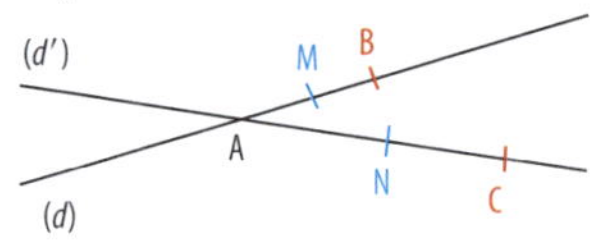

Si $\frac{AM}{AB} = \frac{AN}{AC}$ et si les points A, M, B et les points A, N, C sont dans le même ordre, alors les droites (BC) et (MN) sont **parallèles**.

C Triangles semblables et égaux

- Des triangles sont **égaux** si les longueurs de leurs côtés sont égales deux à deux.
- Des triangles **semblables** sont des triangles qui ont leurs angles deux à deux de même mesure.
- Si deux triangles sont semblables, alors les longueurs de leurs côtés sont deux à deux proportionnelles.
- Si les longueurs des côtés de deux triangles sont deux à deux proportionnelles, alors ces triangles sont semblables.

D Transformations

- Une **translation** permet de faire glisser une figure parallèlement à une droite sans la déformer, ni la retourner.

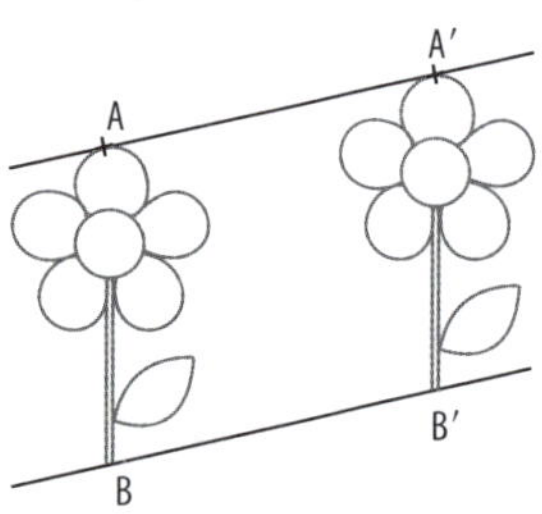

(AA′) // (BB′) et AA′ = BB′.

- Une **rotation** de centre O et d'angle α permet de faire tourner une figure autour du point O dans le sens de la flèche d'un angle α sans la déformer.

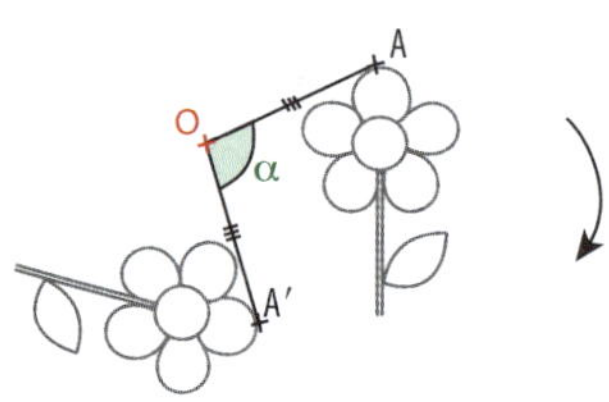

OA = OA′ et $\widehat{AOA'} = \alpha$.

- Une **homothétie** de rapport k permet d'agrandir ou de réduire une figure à partir d'un point choisi comme centre.

Sur ces figures, AB′C′ est l'image du triangle ABC par l'homothétie de centre A.

$k = 2$

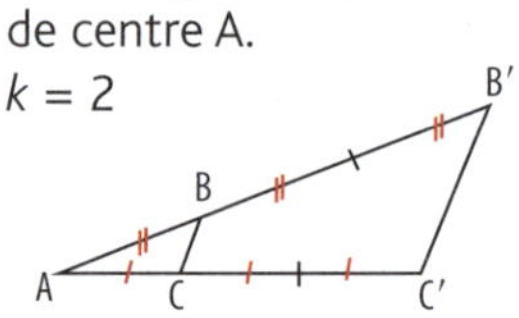

$k = -\frac{1}{2}$

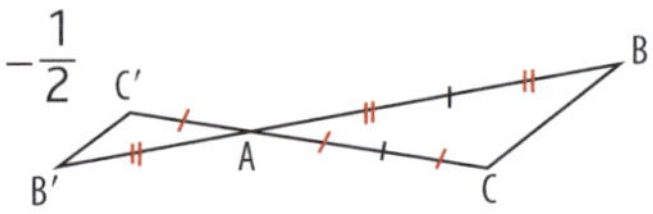

A Programmes et instructions

- Un **programme** (ou script) est constitué d'**instructions** (ou commandes).
- L'**exécution** d'un programme peut être déclenchée par un événement (l'appui sur une touche du clavier, un bouton de la souris...).

B Boucles

Une boucle permet de répéter des instructions :

- soit un nombre de fois prévu à l'avance ;

Le lutin avance 5 fois de 10.

- soit jusqu'à ce qu'une condition soit vraie ;

Le lutin avance sans cesse de 10 jusqu'à ce qu'il touche le bord.

- soit indéfiniment « sans arrêt ».

Le lutin avance de 10 et il ne s'arrête jamais.

C Variables

- Dans un programme, une **variable** permet de **stocker** des valeurs. Cette variable est désignée par son nom et elle peut évoluer lors du déroulement du programme.

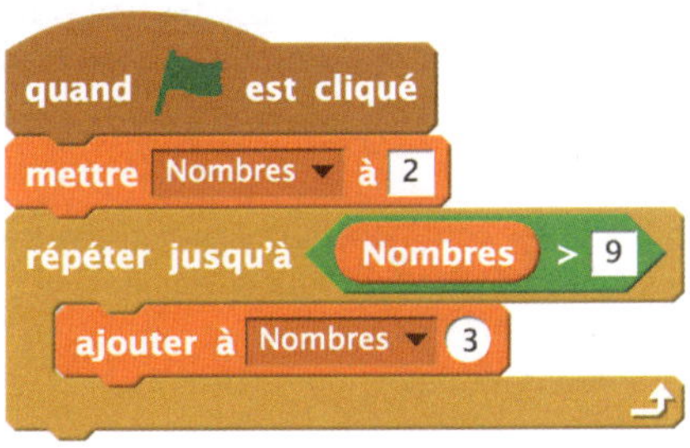

	Valeur
Début	2
1	5
2	8
Fin	11

D Instructions conditionnelles

- « **Si** condition **alors** instructions » exécute des instructions uniquement lorsqu'une condition est vraie.

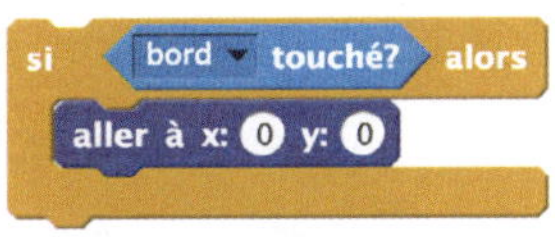

Si le lutin touche le bord il se rend au point de coordonnées (0 ; 0).

- « **Si** condition **alors** instructions **sinon** instructions » exécute en plus des instructions lorsque la condition est fausse.

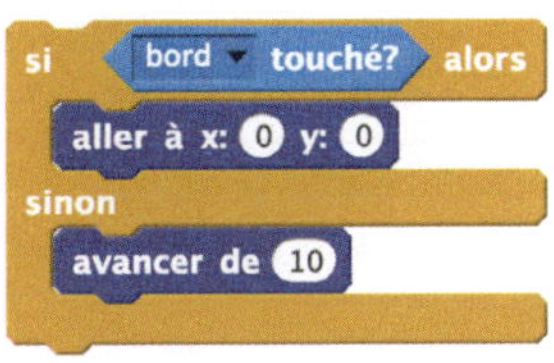

Si le lutin touche le bord, il se rend au point de coordonnées (0 ; 0). Sinon il avance de 10.

FICHES DE SYNTHÈSE

1. Repères chronologiques de la 3e

Date	Repère	Description
1914-1918	La Première Guerre mondiale	• **Guerre caractérisée par la violence de masse** : guerre de tranchées, violences contre les civils (génocide des Arméniens). → **Sujet 15 p. 178**
		• **1916 : Bataille de Verdun.** Attaque allemande de la France sur le front de l'ouest. Verdun est le symbole de la guerre totale : guerre de tranchées, guerre industrielle, mobilisation de l'arrière, très lourdes pertes.
		• **11 novembre 1918 : Armistice** signé par la France et l'Allemagne (fin des combats et de la Première Guerre mondiale).
1917	La Révolution russe	• **Coup d'État bolchevique** organisé par Lénine et Trotski. Mise en place par Lénine du régime communiste en Russie, le premier dans l'Histoire.
1924-1953	Staline au pouvoir	• Staline succède à Lénine à la tête de l'URSS. Il organise la **collectivisation des terres** et met en place un **régime totalitaire**.
1933-1945	Hitler au pouvoir	• Chef du parti nazi, Hitler met en place un **régime totalitaire** fondé sur le culte du chef, la supériorité de la race aryenne, l'antisémitisme et la conquête de l'espace vital, qui mène à la Seconde Guerre mondiale.
1936	Victoire électorale et lois sociales du Front populaire	• Les mesures prises par le gouvernement du **Front populaire** font progresser la démocratie sociale : reconnaissance du droit syndical, semaine de 40 heures, 14 jours de congés payés.
1939-1945	La Seconde Guerre mondiale	• **Guerre d'anéantissement** sur tous les continents et bilan humain très lourd (50 millions de victimes, génocide des Juifs et des Tziganes). • Capitulation de l'Allemagne le 8 mai 1945 en Europe et capitulation du Japon, après l'explosion des bombes atomiques sur Hiroshima et Nagasaki en août 1945.
18 juin 1940	Appel du général de Gaulle	• **Acte de naissance de la Résistance française**. De Gaulle prononce depuis la radio de Londres un appel aux Français pour refuser l'armistice demandé par Pétain. → **Sujet 11 p. 138**
1940-1944	Le régime de Vichy	• Régime de dictature mis en place par le maréchal Pétain, qui mène une politique de **collaboration** avec l'Allemagne nazie. → **Sujet 13 p. 158**
1944-1945	Libération de la France	• **Libération** par les armées alliées qui débarquent en France et par la Résistance intérieure.
	Rétablissement de la République (la IVe)	• Le Gouvernement provisoire de la République française rétablit la République et fait progresser la démocratie : droit de vote accordé aux femmes (1944), sécurité sociale pour tous (1945). → **Sujet 14 p. 170**
1947-1962	Principale phase de décolonisation	• Indépendance de la plupart des colonies des États européens, par la négociation (Inde) ou par la guerre (Algérie).
1961-1989	Le Mur de Berlin	• **1961 : contexte de Guerre froide**. Construction par la RDA, soutenue par l'URSS, d'un mur qui isole Berlin Ouest (RFA), et empêche les Allemands de l'Est de migrer vers l'Allemagne de l'Ouest, soutenue par les États-Unis. → **Sujet 12 p. 150**
		• **1989 : destruction du Mur de Berlin** par les Berlinois de l'Est. Fin de la Guerre froide.

1957	Les traités de Rome	• Signés en 1957 entre six États européens, ils créent la **Communauté économique européenne** (CEE).
1958-1969	Les années de Gaulle	• Retour au pouvoir du général de Gaulle en 1958 : il fonde la **Ve République**, dont la Constitution accorde un pouvoir fort au président de la République.
1981-1995	Les années Mitterrand	• Pour la première fois sous la Vᵉ République, arrivée de la gauche au pouvoir avec l'élection du socialiste François Mitterrand. L'alternance politique est ensuite à l'origine de deux **cohabitations**.
1992	Le traité de Maastricht	• Ce traité marque la création de l'**Union européenne** (28 États en 2015), grand marché intérieur où circulent librement les marchandises, les services et les personnes. Les citoyens des États membres disposent de la citoyenneté européenne.
1995-2007	Les années Chirac	• Retour de la droite au pouvoir avec l'élection de Jacques Chirac, mais **cohabitation** de cinq années avec la gauche.
2002	L'euro, monnaie européenne	• **Monnaie commune** qui remplace les monnaies nationales dans 19 États de l'UE, dont la France.

2. Repères spatiaux de la 3ᵉ

Repère	Description
Dynamiques territoriales de la France contemporaine	• Une dizaine d'aires urbaines françaises parmi les plus peuplées. → **Sujet 11 p. 140** • La distribution de la population, les principaux espaces fortement peuplés. → **Sujet 13 p. 130** • Des exemples d'aires urbaines dynamiques, de métropoles et d'espaces insérés dans la mondialisation. • Des points d'entrée du territoire comme des ports et des aéroports, des interfaces frontalières, des façades maritimes. Des grands repères physiques : massifs montagneux et forestiers, grandes vallées et grands fleuves, domaines bioclimatiques en lien avec l'étude des dynamiques spatiales de la population.
Pourquoi et comment aménager le territoire ?	• La nouvelle région administrative du collège ; les 13 régions métropolitaines ; les axes de transport ; les grands traits de l'organisation du territoire national → **Sujet 12 p. 148** ; les territoires ultra-marins parmi lesquels les 5 DROM.
La France et l'Union européenne	• La carte des États membres de l'UE ; l'UE sur un planisphère montrant les grands pôles économiques mondiaux ; les principales métropoles européennes et les sièges des institutions européennes ; la mégalopole européenne et les grands axes de l'espace européen → **Sujet 14 p. 168** ; l'exemple de la région transfrontalière étudiée. → **Sujet 15 p. 180** • Les façades maritimes européennes et quelques fleuves principaux ; le territoire français ultramarin ; quelques États francophones dans le monde.

3. Les régions françaises

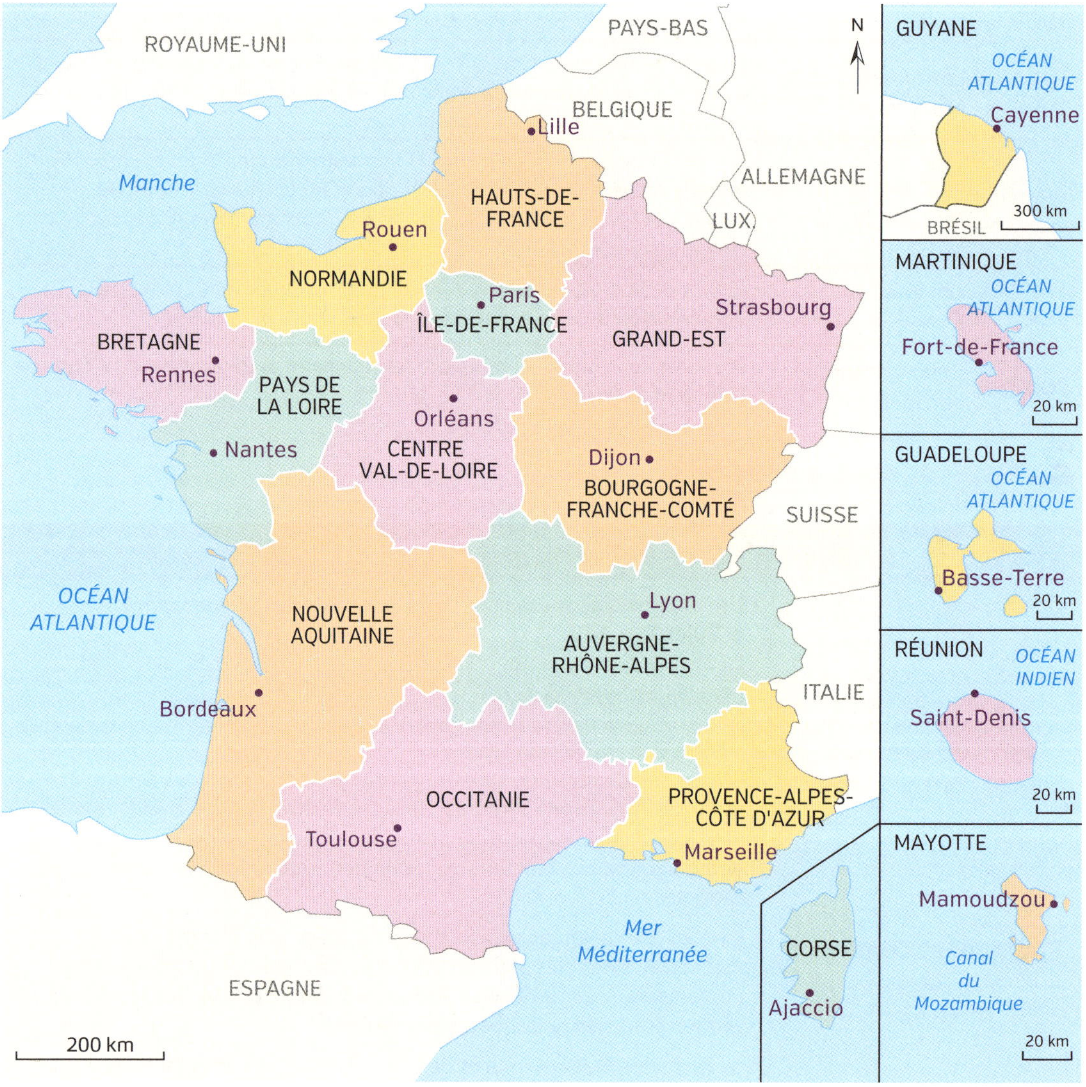

4. Vocabulaire d'Enseignement moral et civique

citoyen personne qui jouit de droits civils et politiques à l'intérieur d'un État.
citoyenneté fait d'être citoyen et de jouir des droits politiques liés à cette citoyenneté (par exemple le droit de vote).
Constitution de la Ve République loi fondamentale de la Ve République qui définit l'organisation de l'État, ses principes et ses valeurs.
débat échanger et partager des idées.
démocratie régime dans lequel le peuple exerce le pouvoir en votant et fondé sur les Droits de l'Homme.
discrimination fait de traiter inégalement des personnes en fonction de différents critères, notamment celui de l'origine.
droits civils et politiques droits de participer à la vie politique de son pays notamment par le droit d'être électeur et éligible.
égalité principe républicain qui signifie que tous les citoyens ont les mêmes droits devant la loi.
égalité politique quand les droits politiques sont les mêmes pour les hommes et les femmes.
éligibilité possibilité donnée au citoyen de se présenter à une élection et d'être élu.
engagement capacité à devenir acteurs de ses choix et à les défendre au sein de la société, de son établissement ou de sa ville par des actions collectives.
féminisme mouvement cherchant à défendre le droit et la cause des femmes dans la société.
fraternité principe républicain qui signifie que tous les citoyens doivent s'entraider comme s'ils étaient des frères.
laïcité principe de la République française qui instaure la neutralité de l'État en matière de religion de chaque citoyen. Ce principe est mis en place par la loi de 1905, dite « loi de séparation de l'Église et de l'État ».
liberté principe républicain qui signifie que tous les citoyens doivent disposer de droits qui leur permettent de faire leurs propres choix.
liberté de conscience droit de choisir et de pratiquer sa religion et droit de croire ou de ne pas croire.
liberté d'expression droit d'exprimer sa pensée, son opinion.
libertés fondamentales et droits individuels droits qui appartiennent à chaque individu. Droits appelés aussi « droits de l'Homme ».
libertés publiques libertés données et garanties par l'État.
maire chef du conseil municipal qui dirige la commune.
nation communauté humaine qui partage une même culture et qui affirme sa volonté de vivre ensemble.
suffrage universel masculin droit de vote accordé seulement aux hommes.
suffrage universel élection à laquelle tous les citoyens peuvent participer.
suffragettes désigne les femmes qui luttent pour le suffrage universel féminin au XIXe siècle en Europe et aux États-Unis.
valeur ce à quoi on accorde le plus d'importance.
valeurs républicaines valeurs inscrites dans la constitution de la Ve République qui servent de référence à toutes les lois et les règles votées par les institutions de cette république.

1. Analyser un article de presse → Sujets 11, 12, 13, 14

A Identifier la provenance

- De quel journal ou magazine est-il est tiré ?
- S'agit-il d'un magazine spécialisé ou d'un journal d'actualités ? D'un mensuel, d'un hebdomadaire ou d'un quotidien ?

B Définir la nature

- Un **éditorial** est un article qui reflète la position du journal par rapport à un événement et qui est souvent situé en début de journal.
- Un **article d'actualités** réagit à un événement précis.
- Un **article de fond** analyse un phénomène plus large.
- Une **dépêche** d'une agence de presse se contente souvent de décrire un événement sans prendre parti.

→ L'Agence France Presse (AFP) est l'agence française chargée de fournir les informations aux différents médias. Les « dépêches » qu'elle fournit sont ensuite reprises et complétées par les journalistes.

C Analyser le titre

- Le **titre** donne l'information générale fournie par l'article. C'est le cas notamment pour les articles informatifs de type dépêches AFP.
- Parfois, le titre peut avant tout servir à attirer l'attention du lecteur, le choquer ou le divertir. Il ne constitue pas alors une information suffisante pour savoir ce que contient l'article, il donne plutôt le **point de vue** du journaliste. C'est le cas par exemple des titres des éditoriaux.

D Repérer la structure du texte

- Un article de journal est souvent divisé en plusieurs paragraphes, séparés par des sous-titres qui ont du sens et permettent de comprendre de quoi il va être question dans ce paragraphe.
- Ne vous contentez pas de lire une fois le texte, surtout quand il est assez long et compliqué. Avant de regarder les questions posées, lisez-le une première fois pour repérer les mots compliqués et essayer de les comprendre dans leur contexte. Puis lisez les questions et relisez le texte une seconde fois.

2. Analyser une photographie → Sujet 13

A Identifier la photographie

- Qui est l'**auteur** de la photographie ?
- **Quand** a-t-elle été prise ? **Où** a-t-elle été prise ?
- Quel est son **titre** ?
- De quel type de photographie s'agit-il ? (Photo de presse ou d'actualités, photomontage, photo d'art...)

B Présenter les techniques utilisées par le photographe

- Quelles sont les **couleurs** utilisées par le photographe ? (Noir et blanc, couleurs naturelles, couleurs retravaillées.)
- Quel est le **cadrage** choisi par le photographe ? (Gros plan, plan large ou serré, photo aérienne...)

→ N'oubliez pas qu'une photographie n'est jamais prise au hasard : le photographe choisit ce qu'il veut mettre en avant. La photographie n'est donc pas une représentation neutre de la réalité, mais un point de vue sur un événement, une personne ou un paysage.

C Décrire la photographie

- Dans quel **décor** a été prise la photographie ? Vous pouvez ici utiliser le découpage **en plan** : premier plan, arrière-plan, surtout s'il s'agit d'un paysage.
- Quelles sont les personnes ou groupes de personnes présentes sur la photographie ? Décrivez leurs attitudes, leurs vêtements, leurs gestes.

D Dégager le sens de la photographie

- Pour comprendre l'événement illustré par une photographie vous devez, bien sûr, vous appuyer sur la photographie elle-même, mais également sur son titre et sa légende s'il y en a une. Cependant, pour en dégager l'intérêt historique, vous devez impérativement connaître votre cours et le contexte dans lequel cet événement a eu lieu. Ce sont vos connaissances qui vont vous permettre de comprendre le point de vue du photographe et vous permettre de mettre en lumière le sens de sa photographie.

3. Analyser une carte en Géographie → Sujets 13, 14, 15

A Identifier la carte

- **Une carte** est une représentation graphique qui respecte les contours et les superficies de l'espace étudié et qui permet de localiser des lieux ou des phénomènes (carte routière, carte de densités, carte de la francophonie, etc.).
- **Un croquis** est une représentation graphique simple qui met en relation plusieurs données géographiques pour répondre à une question précise. Exemple : « l'organisation du territoire français ».
- **Une carte par anamorphose** est une carte qui donne à une région, un pays ou un continent, une taille proportionnelle au phénomène étudié. Elle permet de rendre visible tout de suite les différences entre les espaces représentés et de mesurer des inégalités (de richesse, de population, de temps de transports, etc.).

B Prélever et interpréter des informations

- **L'espace représenté** et les **attributs de la carte « TOLE »** :

➜ Le **Titre** : il indique le thème général de la carte ;
➜ l'**Orientation** : elle permet de repérer où se situent les points cardinaux ;
➜ la **Légende** : elle est toujours composée à partir de trois types de figurés ;
➜ l'**Échelle** : elle indique le rapport entre la distance représentée sur la carte et la distance réelle.

- Confrontez les différents éléments donnés par la légende à leur localisation sur la carte ou le croquis pour pouvoir établir des informations précises.

4. Analyser une affiche → Sujets 11, 15

A Identifier l'affiche

- Une **affiche** est un support de **communication** de taille variable pouvant atteindre 4 mètres sur 3 dans le cadre de certaines campagnes publicitaires.
- Elle est en règle générale constituée d'éléments écrits (titre, slogan, argumentaire...) et d'éléments iconographiques (des « images » : dessins, photographies...).
- De la combinaison des deux naît un **message** destiné à être largement diffusé dans la **rue** et les **espaces publics**, dans les **journaux** et les magazines, et parfois de manière clandestine dans les périodes de guerre ou d'occupation.
- Support de **publicité** ou de **propagande**, l'affiche est un moyen d'information et d'expression à part entière. Elle doit être envisagée en fonction de :

➜ Sa **source** : qui en est l'auteur ou le commanditaire ?

➜ Sa **date** de publication : quand a-t-elle été réalisée ?
➜ La **période** et **l'espace** de diffusion : où et quand a-t-elle été diffusée ?
➜ Le **message** véhiculé et ses destinataires : quel est l'objet de l'affiche et à qui est-il principalement destiné ?

B Prélever et interpréter des informations

a. À partir de l'image
➜ Que voit-on en premier ?
➜ Qu'est-ce qui est représenté globalement ?
➜ Quels sont les différents éléments de l'image ?
➜ Quelles sont les couleurs dominantes ?
➜ Quelles sont les techniques utilisées (peinture, photographie, collage...) ?

b. À partir du texte
➜ Quelles sont les caractéristiques de l'écrit (typographie, place dans la composition de l'affiche...) ?
➜ En quelle(s) langue(s) le texte est-il rédigé ?
➜ À qui s'adresse-t-il ?
➜ Quel en est le sens général ?
➜ Sur quel ton : solennel, humoristique, menaçant, neutre ?

c. En croisant les deux
➜ L'image et le texte se complètent-ils ou sont-ils en opposition ?
➜ Quelle impression d'ensemble a-t-on en prenant du recul par rapport à l'affiche ?
• Une fois que les éléments de l'affiche ont été identifiés et caractérisés, il faut mobiliser vos **connaissances** et votre **esprit critique** pour interpréter le document : le contexte de l'époque, les motivations de l'auteur, la manière dont le message a pu être perçu par les contemporains peuvent apporter un éclairage décisif pour « faire parler » l'affiche et éviter d'en rester à une simple paraphrase.

5. Analyser un témoignage

A Faire preuve d'esprit critique

• Un **témoignage** apporte un éclairage particulier sur les faits historiques qu'il décrit. Qu'il soit visuel, auditif ou écrit, il constitue une **source** extrêmement précieuse pour les historiens.
• Néanmoins, son utilisation est **délicate**. Un témoignage, c'est en effet le **point de vue** exprimé par un individu à un moment donné sur un événement du passé. Il n'est donc pas toujours **fiable** : volontairement ou involontairement, le regard d'un témoin peut être déformé, partiel, mensonger... En outre, la mémoire est sélective.
• Il convient par conséquent de rester **prudents** dans l'interprétation qu'on peut en faire.

B Identifier le témoin

• Relevez dans le document toutes les indications permettant d'**identifier** le témoin (nom, âge, profession...).
• A-t-il personnellement vécu les faits qu'il rapporte (**témoin direct**) ou s'agit-il d'un **témoin indirect**, d'un « témoin de seconde main » ?
• Dans quelle perspective ou avec quelle **intention** témoigne-t-il ?
• Quels éléments biographiques **supplémentaires** pouvez-vous recueillir en consultant un dictionnaire ou une encyclopédie ?

C Replacer le témoignage dans son contexte

• À quelle **date** le témoignage a-t-il été produit ? Le témoignage a-t-il été rendu public **du vivant** du témoin ou après sa disparition, à titre **posthume** ?
• Est-il **contemporain** des événements correspondants ? Leur est-il **postérieur** ? Si oui, quel intervalle de temps s'est-il écoulé entre les faits et leur restitution ?

- Comment le témoignage a-t-il été **recueilli** ? S'agit-il d'un acte spontané ? A-t-il été obtenu avec **l'accord** du témoin ou par des **moyens détournés** ?
- Que savez-vous du **contexte historique** de l'époque de l'événement et de celle du témoignage si celui-ci est plus tardif ?

D Évaluer la pertinence du témoignage

- Relevez tous les **faits** mentionnés dans le témoignage. Sont-ils **conformes** à ce que vous avez appris par ailleurs de l'événement correspondant ?
- Dans la mesure du possible, comparez-le à **d'autres témoignages** ou croisez-le avec d'autres sources (livres, articles de journaux, etc.) pour en réduire la subjectivité.

1. Organisation et transformations de la matière

A Les états de la matière

a. Les différents états

- La matière existe sous 3 états : **solide, liquide et gazeux.**
- Les différents états s'expliquent par leurs **propriétés microscopiques**.
- Un **mélange** contient plusieurs espèces chimiques. Un **corps pur** est constitué d'une seule espèce chimique. L'**air** est un mélange de gaz.
- Les températures de **changement d'état** sont des caractéristiques d'un corps pur dans les conditions de l'expérience.
- La **vaporisation** d'un corps est le passage de l'état liquide à l'état gazeux. La **liquéfaction** est le passage de l'état gazeux à l'état liquide. La **solidification** est le passage de l'état liquide à l'état solide. La **fusion** est le passage de l'état liquide à l'état solide.
- Les changements d'état s'accompagnent de **transferts d'énergie**.

Remarque
Durant un changement d'état, la **masse du corps se conserve mais son volume varie.**

b. Dissolutions dans une solution

- Une **solution** est un mélange de liquides homogène.
- Les **solutés** sont des espèces chimiques dissoutes dans un **solvant** (comme du sel dans de l'eau)
- La **solubilité** est la masse maximale d'un soluté dissout dans un solvant. Elle dépend du solvant, du soluté et de la température (par exemple, la solubilité du sel à 20 °C dans l'eau est de 358,5 g/L).
- Deux liquides sont **miscibles** si le mélange de ces deux liquides est **homogène**. Lorsque le mélange est **hétérogène**, les liquides sont **non-miscibles**.
- La **masse volumique** ρ d'une espèce chimique est le quotient de la masse *m* d'un échantillon de cette espèce par son volume *V* : $\rho = m/V$.

B Les transformations chimiques

a. La matière

- La matière est constituée d'**atomes**, dont la taille a pour ordre de grandeur 10^{-10} m.
- Une **molécule** est un assemblage d'atomes.
- L'atome est constitué d'un **noyau** comportant deux types de **nucléons** : les **protons** et les **neutrons**. Les **électrons** gravitent autour du noyau.
- L'atome se caractérise par son **nombre de protons,** appelé **numéro atomique**.
- L'atome est **électriquement neutre**.
- Un **ion** est une **espèce chargée** : c'est un atome ou une molécule qui a gagné ou perdu un ou plusieurs électrons. Les ions peuvent être mis en évidence grâce à des tests caractéristiques.

b. La réaction chimique

- Une réaction chimique est une redistribution des atomes : les **réactifs** se transforment en **produits**.
- Au cours d'une réaction chimique, la **masse se conserve**.

c. Les propriétés acido-basiques d'une solution

- Le **pH** est un nombre sans unité compris entre 0 et 14. Il correspond à la concentration en ions H^+ d'une solution.
- Une solution est **acide** si son pH est inférieur à 7, **basique** si son pH est supérieur à 7 et **neutre** si son pH est égal à 7.
- Une solution **acide** contient plus d'ions H^+ que d'ions OH^-. Une solution **basique** contient plus d'ions OH^- que d'ions H^+.

Remarque
Le pH se mesure avec un pH-mètre ou du papier pH.

● Les solutions acides **réagissent** avec certains **métaux** pour former entre autres du dihydrogène (H_2), un gaz inflammable.

C Les transformations nucléaires

● Une **réaction nucléaire** est une modification des noyaux des atomes.
● Les **nucléons se conservent** lors d'une réaction nucléaire.

D L'organisation de la matière dans l'Univers

● Le **système solaire** est constitué d'une **étoile**, le Soleil, autour de laquelle gravitent des corps dont 8 **planètes** : Mercure, Vénus, la Terre, Mars, Jupiter, Saturne, Uranus et Neptune.
● La matière observable est partout de **même nature** et obéit aux **mêmes lois**.
● Les **distances** qui séparent les différentes étoiles sont considérables.
● **L'année lumière (al)** est la distance parcourue par la lumière en une année.

Remarque
Le diamètre du système solaire est de l'ordre de **10^{10} km**. Celui de la Voie lactée est de l'ordre de 10^5 al.

2. Énergie et conversions

A Les formes d'énergie

● L'unité de l'énergie est le **joule** (J).
● Les sources d'**énergie renouvelable** (bois, solaire…) se renouvellent à l'échelle humaine, à l'inverse des énergies non renouvelables (pétrole, uranium) qui ont des stocks limités.
● L'énergie existe sous **différentes formes :** cinétique, liée à la vitesse ; potentielle, liée au poids ; thermique ; électrique ; chimique ; nucléaire ; lumineuse…
● Une forme d'énergie peut être convertie en une autre forme. Lors d'une conversion, l'**énergie se conserve**.
● La variation d'énergie dépend de la puissance et du temps : $\Delta E = P \times t$ (avec P en watt et t en seconde).

B L'énergie électrique et les lois de l'électricité

● Dans un circuit électrique à une seule maille, l'**intensité** du courant électrique (en A) est la même en tout point du circuit qui ne compte que des dipôles **en série**. La **tension** (en V) entre les bornes du générateur est égale à la somme des tensions entre les bornes des dipôles de la maille.
● La tension aux bornes de dipôles **en dérivation** est la même.
● Dans un circuit à plusieurs mailles, l'intensité du courant électrique dans la maille principale contenant le générateur est égale à la **somme des intensités des courants** dans les mailles dérivées.
● La **loi d'Ohm** est la relation liant la tension et l'intensité dans un conducteur ohmique :
U (en V) = R (en Ω) × I (A), où R est la résistance du conducteur.
● La **puissance électrique** P en watt (W) d'un appareil électrique est $P = U \times I$, où U est la tension aux bornes de l'appareil et I l'intensité qui traverse l'appareil.
● L'**énergie électrique** s'exprime généralement en **kilowattheure** : 1 kWh = 3 600 kJ.
● L'électricité peut être **dangereuse** pour les matériels et les personnes.

3. Mouvements et interactions

A Caractériser un mouvement

● Un **mouvement** dépend nécessairement d'un **observateur**.
● La **trajectoire** d'un point d'un objet est la ligne formée par l'ensemble des positions successives occupées par ce point. Lorsque la trajectoire d'un point d'un corps est une droite, on dit que le

mouvement est **rectiligne**. Il est **curviligne** quand la trajectoire est une courbe et **circulaire** quand la trajectoire est un cercle.

- Pour caractériser un mouvement, il est nécessaire de préciser la **vitesse** de l'objet étudié, en indiquant notamment la **direction**, le **sens** et la **valeur** de cette vitesse.
- Un mouvement est **uniforme** quand sa vitesse est **constante**.
- Pour un mouvement uniforme, la **vitesse** v (en m/s) est égale à $\boldsymbol{d/t}$ où d est la distance parcourue (en m) pendant le temps t (en s).

B Modéliser une interaction

- Deux corps sont en **interaction** si le mouvement de l'un dépend de la présence de l'autre, et réciproquement. Chacun de ses deux corps exerce une **action mécanique** sur l'autre, modélisée par une **force**, caractérisée par un **point d'application**, une **direction**, un **sens** et une **valeur,** exprimée en newton (N).
- Les **interactions à distance** ne nécessitent pas de contact entre les deux corps.
- L'**interaction gravitationnelle** entre deux corps de centres A et B, de masses respectives m_A et m_B, séparés d'une distance d, est modélisée par des **forces d'attraction gravitationnelle** dont :

– le point d'application est le centre du corps qui subit la force ;
– la direction est la droite AB ;
– le sens est vers le corps qui exerce la force (force attractive) ;
– la valeur est :

$\boldsymbol{F = G \times m_A \times m_B / d^2}$ avec F en N, m_A et m_B en kg, d en m et
$G = 6{,}67 \times 10^{-11}$ N × m²/kg², la constante de gravitation.

- Un objet proche de la surface d'un astre, de masse m, subit une force d'attraction gravitationnelle exercée par l'astre, nommée **poids** ou **force de pesanteur** et d'intensité $P = m \times g$, avec P en N, m en kg et g l'intensité de pesanteur de l'astre, en N/kg.
- L'**intensité de pesanteur** dépend de l'astre.

Remarque
Sur Terre, l'intensité de pesanteur vaut en moyenne 9,81 N/kg.

4. Des signaux pour communiquer

A Les signaux

a. Les signaux lumineux

- La lumière n'a pas besoin de milieu matériel pour se propager. Elle se **propage dans le vide.**
- La **lumière se propage en ligne droite dans le vide** : sa **vitesse** y est de $c = 3{,}00 \times 10^8$ m/s
- L'**œil** est un récepteur de lumière capable de recevoir la lumière visible.
- La lumière peut être caractérisée par une longueur d'onde ou une **fréquence**. La **lumière visible** est comprise entre les **infrarouges** et les **ultraviolets**.

b. Les signaux sonores

- Un **son** est une vibration qui se propage. Il est caractérisé par une **vitesse de propagation**, une **fréquence** (en Hz) et une **amplitude**.
- Un son a besoin d'un **milieu matériel** pour se propager, il ne se propage pas dans le vide.
- Dans l'air, la **vitesse du son** est v = 340 m/s. Cette vitesse dépend du milieu matériel.
- L'oreille humaine est un récepteur sonore sensible à des sons de fréquences comprises entre 20 Hz et 20 kHz, domaine situé entre celui des **infrasons** et des **ultrasons**.

B L'information

- Un signal (sonore, lumineux, électrique) permet de **transmettre une information.**
- Un signal transmet une information entre un **émetteur** et un **récepteur**.
- Cette information est **nécessairement codée** (binaire, langues différentes, etc.).

Classification périodique des éléments

H 1 hydrogène																	He 2 hélium
Li 3 lithium	Be 4 béryllium											B 5 bore	C 6 carbone	N 7 azote	O 8 oxygène	F 9 fluor	Ne 10 néon
Na 11 sodium	Mg 12 magnésium											Al 13 aluminium	Si 14 silicium	P 15 phosphore	S 16 soufre	Cl 17 chlore	Ar 18 argon
K 19 potassium	Ca 20 calcium	Sc 21 scandium	Ti 22 titane	V 23 vanadium	Cr 24 chrome	Mn 25 manganèse	Fe 26 fer	Co 27 cobalt	Ni 28 nickel	Cu 29 cuivre	Zn 30 zinc	Ga 31 gallium	Ge 32 germanium	As 33 arsenic	Se 34 sélénium	Br 35 brome	Kr 36 krypton
Rb 37 rubidium	Sr 38 strontium	Y 39 yttrium	Zr 40 zirconium	Nb 41 niobium	Mo 42 molybdène	Tc 43 technétium	Ru 44 ruthénium	Rh 45 rhodium	Pd 46 palladium	Ag 47 argent	Cd 48 cadmium	In 49 indium	Sn 50 étain	Sb 51 antimoine	Te 52 tellure	I 53 iode	Xe 54 xénon
Cs 55 césium	Ba 56 baryum	L	Hf 72 hafnium	Ta 73 tantale	W 74 tungstène	Re 75 rhénium	Os 76 osmium	Ir 77 iridium	Pt 78 platine	Au 79 or	Hg 80 mercure	Tl 81 thallium	Pb 82 plomb	Bi 83 bismuth	Po 84 polonium	At 85 astate	Rn 86 radon
Fr 87 francium	Ra 88 radium	A	Rf 104 rutherfordium	Db 105 dubnium	Sg 106 seaborgium	Bh 107 bohrium	Hs 108 hassium	Mt 109 meitnerium	Ds 110 darmstadtium	Rg 111 roentgénium	Cn 112 copernicium	Nh 113 nihonium	Fl 114 flérovium	Mc 115 moscovium	Lv 116 livermorium	Ts 117 tennessine	Og 118 oganesson

Légende : Numéro atomique → Z ; Symbole de l'élément → X ; Nom

L = Lanthanides : 57 à 71 **A = Actinides : 89 à 103**

D'après www.iupac.org

FICHES DE SYNTHÈSE

1. La planète Terre, l'environnement et l'action humaine

A La planète Terre

a. Les caractéristiques de la planète Terre

• La Terre est une **planète** constituée de roches (croûte et manteau) et de métaux (noyau) qui gravite autour d'une étoile, le Soleil.

• La **formation de la Terre** et les réactions nucléaires qui ont lieu dans son manteau et son noyau produisent de l'énergie thermique libérée par la surface de la Terre et responsable du déplacement des **plaques lithosphériques**.

b. L'histoire de la Terre

• La formation de la Terre a eu lieu il y a **4,55 milliards d'années**.

• Les plus anciens fossiles connus qui témoignent de la vie sur Terre datent de **3,8 milliards d'années**.

• Les **temps géologiques** sont découpés en ères. Ces ères sont séparées par des événements planétaires qui ont provoqué des **extinctions massives** d'espèces.

Vocabulaire

Plaque lithosphérique : Ensemble solide et rigide formé de roches de la croûte et d'une partie de roches du manteau.

B L'environnement et l'action humaine

a. L'influence de l'Homme sur le climat

• Les **zones climatiques** actuelles (polaires, tempérées et tropicales) n'ont pas toujours existé au cours des temps géologiques.

• Depuis 50 ans, les **activités humaines** modifient le climat de la Terre en raison des rejets de **gaz à effet de serre**, comme le dioxyde de carbone.

• Depuis 20 ans, de nombreux gouvernements tentent de prendre des mesures pour **réduire l'influence de l'Homme sur le climat**.

b. L'Homme face aux risques naturels et technologiques

• Des millions d'êtres humains vivent dans des **zones à risques naturels** (séismes, volcans, inondations...) ou technologiques (centrales nucléaires, usines chimiques...).

• Des mesures de **prévention**, de protection et d'atténuation de ces risques sont mises en place lorsque cela est possible.

c. La gestion des ressources naturelles par l'Homme

• L'Homme exploite les **ressources naturelles** de la planète pour couvrir ses besoins (alimentation, énergie, habitat) et ces ressources sont souvent **limitées**.

• Pour permettre un **développement durable** de l'humanité sur Terre, les ressources doivent être préservées et parfois restaurées.

2. Organisation et fonctionnement des êtres vivants

A La nutrition des êtres vivants

a. Nutrition des animaux

• Tous les animaux sont constitués d'appareils qui coopèrent entre eux pour assurer le **fonctionnement** de l'organisme. Ces appareils sont faits d'**organes**, constitués de différents **tissus**, eux-mêmes faits de **cellules**.

• Toutes les cellules de l'organisme sont approvisionnées par un **système circulatoire** contenant un liquide nutritif.

• Chez les animaux, le tube digestif contient des microbes qui facilitent la **digestion** et protègent l'organisme contre des infections.

b. Nutrition des végétaux

• De nombreux végétaux présentent des **organes différenciés** : des feuilles, des tiges et des racines, et chaque organe a un rôle précis.

- Les **feuilles** élaborent la matière organique dont le végétal a besoin à partir de l'eau et du dioxyde de carbone en convertissant l'énergie solaire.
- Les **racines** absorbent l'eau et les sels minéraux dont le végétal a besoin.
- Les **tiges** contiennent des systèmes conducteurs des sèves pour acheminer la matière organique des feuilles aux racines et l'eau minéralisée des racines aux feuilles.

B Reproduction sexuée et diversité génétique

a. Des gamètes chez les animaux et les végétaux

- Les animaux et les végétaux produisent des cellules sexuelles spécialisées : les **gamètes**.
- Chez les animaux, les gamètes sont situés dans les **testicules** (spermatozoïdes) ou les **ovaires** (ovules). Chez les plantes à fleurs, les gamètes sont situés dans les **étamines** (spermatozoïdes) et dans le **pistil** (ovules).

b. Diversité génétique des gamètes

- Chaque gamète contient la moitié du **patrimoine génétique** de l'individu qui l'a produit : un **chromosome** de chaque paire. Dans un gamète, la répartition des chromosomes se fait au **hasard** pour chacune des paires. Donc, chaque individu produit des millions de gamètes **différents**.

c. Fécondation et loterie génétique

- Au moment de la **fécondation**, un spermatozoïde parmi tous ceux qui ont été produits fusionne, au hasard, avec un ovule parmi tous ceux qui ont été produits.
- La cellule œuf issue de la fécondation est **génétiquement originale**. La moitié de ses chromosomes sont d'origine maternelle et l'autre moitié sont d'origine paternelle.
- La fécondation augmente la **diversité génétique** en combinant les chromosomes des gamètes.

3. Diversité, parenté et évolution des êtres vivants

A La biodiversité

- Elle désigne les différentes espèces dans un endroit donné et la diversité des écosystèmes.
- La mesure de la biodiversité repose sur un inventaire des différentes espèces identifiées.

B Diversité des individus

a. Des caractères et des gènes

- Le **phénotype** est l'ensemble des caractères observables ou détectables d'un individu.
- Le **génotype** est l'ensemble des gènes d'un individu.

b. Le phénotype dépend du génotype

- Un gène se présente souvent sous plusieurs versions différentes : les **allèles**. Chaque gène est présent en deux exemplaires dans le noyau des cellules.
- La combinaison des allèles d'un individu (le génotype) explique les **caractères** qu'il manifeste (le phénotype).

C L'évolution biologique

a. Diversité des individus et hasard

- Les gènes subissent des changements qui peuvent modifier leur action : ce sont des **mutations**.
- Les mutations sont des phénomènes **rares**, qui sont responsables de l'existence des allèles.

b. La sélection naturelle

- Dans une population donnée, les individus présentent des **variations individuelles** des caractères spécifiques, car ils ont des allèles différents.
- Dans un environnement donné, certains allèles donnent un **avantage** et d'autres non.
- Les individus avantagés dans une population survivent mieux que les autres, ils se reproduisent davantage que le reste de la population : c'est la **sélection naturelle**.

À savoir
Sans allèles, pas de diversité ! Nous serions tous identiques : une population de clones.

D Les relations de parenté entre les êtres vivants

a. Tous différents, tous parents

- Toutes les espèces vivantes **partagent des caractères** qui révèlent leur **parenté** et l'existence d'ancêtres communs.

b. La place de l'Homme dans l'évolution du vivant

- L'espèce humaine possède des caractères qui permettent de la classer dans le groupe des **vertébrés**, des **mammifères**, des **primates** et, encore plus précisément, des **hominidés**.
- Les hominidés constituent un groupe d'espèces de primates qui pratiquent la **bipédie** de manière occasionnelle ou permanente : on y retrouve les gorilles, les chimpanzés et les humains.

4. Corps humain et santé

A Activité physique et fonctionnement cérébral

a. La commande du mouvement par le cerveau

- Le **cerveau** comporte des milliards de **neurones** connectés entre eux.
- Des zones spécialisées du cerveau traitent l'ensemble des informations reçues et communiquent entre elles. D'autres zones émettent des commandes vers les **muscles**.
- Les messages nerveux **moteurs** sont transmis par des nerfs depuis les centres nerveux jusqu'aux muscles.
- Les messages nerveux sont de nature **électrique** (le long des fibres nerveuses) et **chimique** (entre deux cellules nerveuses).

Remarque
Le cerveau ne contrôle pas tout. La marche, par exemple, est contrôlée par la moelle épinière

b. Hygiène de vie et fonctionnement cérébral

- Pour bien fonctionner, le cerveau nécessite une **alimentation équilibrée**, une **activité physique régulière** et des **phases de repos** suffisantes.
- De nombreuses substances chimiques perturbent la transmission des messages chimiques entre les cellules nerveuses : ce sont des **psychotropes** (alcool, tabac, cannabis, certains médicaments).

B Protection de l'organisme

a. Les défenses immunitaires

- Les lymphocytes B produisent des **anticorps** qui adhèrent en grand nombre sur les microbes, ce qui les empêche de se reproduire.
- Les **phagocytes** ingèrent les microbes reconnus par les anticorps et les détruisent.
- Les lymphocytes T s'accrochent aux cellules infectées par les microbes et les détruisent.

b. La vaccination

- La vaccination permet de d'améliorer les **défenses immunitaires** vis-à-vis d'un ou plusieurs microbes spécifiques. Se vacciner, c'est se protéger et protéger les autres.

C La procréation humaine

a. Contrôle hormonal des organes reproducteurs

- Chez l'homme, la production de la **testostérone** est continue et elle stimule la production de spermatozoïdes tout au long de la vie.
- Chez la femme, la production de **progestérone** et d'**œstradiol** est cyclique et baisse fortement à la ménopause. Elle stimule la libération d'un ovule par mois et la préparation de de l'utérus à une éventuelle implantation d'**embryon**.

b. La contraception

- Des dispositifs chimiques et/ou mécaniques permettent aux couples de choisir d'avoir ou non des enfants.

À savoir
Seul le préservatif empêche la transmission des **infections sexuellement transmissibles.**

L'observation du vivant

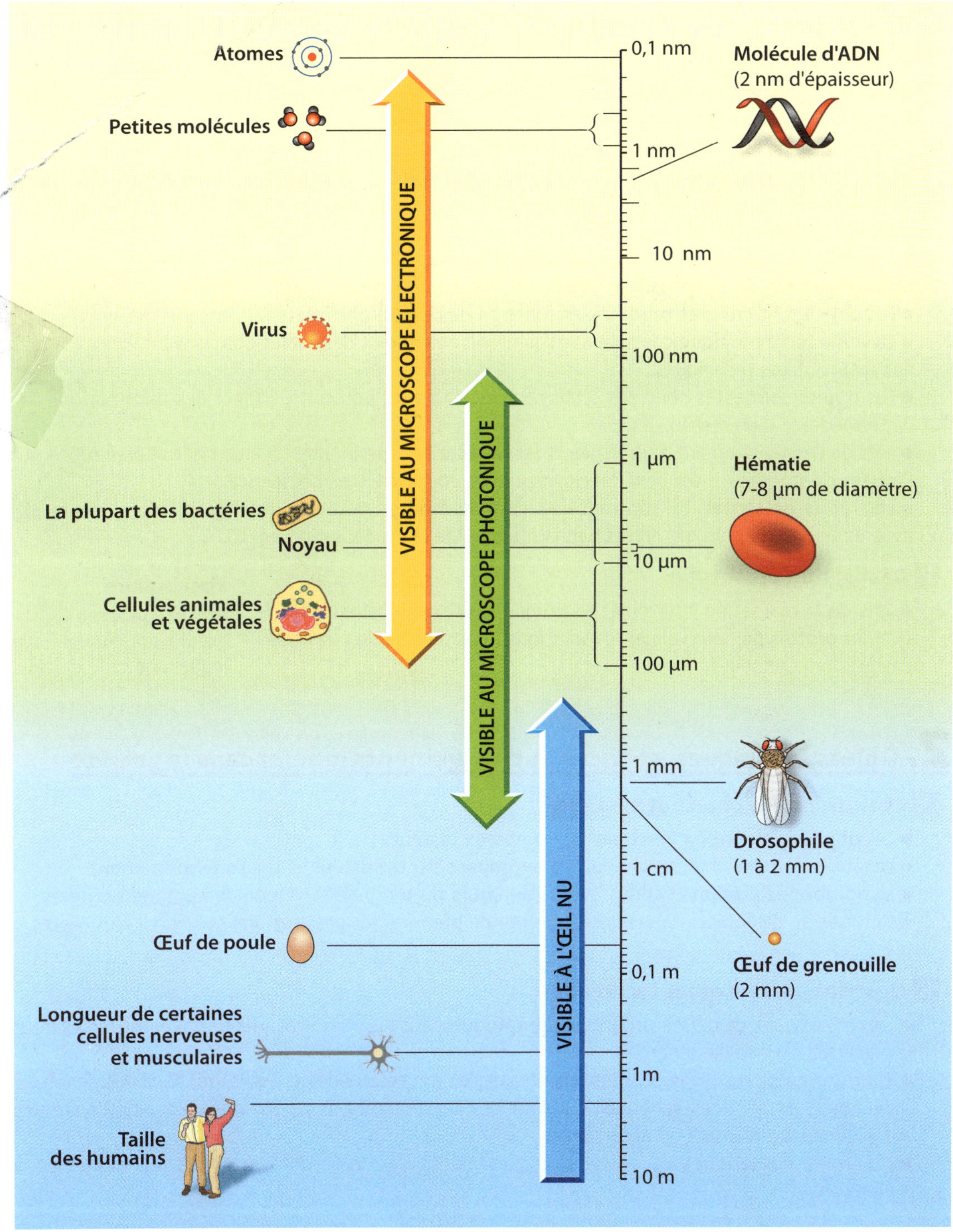

1. Design, innovation et créativité

A Imaginer des solutions

- Un objet technique répond à un **besoin** exprimé par l'Homme.
- Lors de la **fabrication** de cet objet, il faut respecter des contraintes et des **normes**.
- Lors de la **conception**, toutes les attentes du client sont mentionnées dans le **cahier des charges**.
- Afin de développer un nouvel objet, il est nécessaire de s'organiser et de répartir les tâches en fonction des intervenants.
- Des **outils numériques de présentation** permettent d'organiser le déroulement (Gantt, diagramme Pert) d'un projet et l'ordre de montage (gamme de montage) ou d'exprimer la pensée (**cartes heuristiques**).
- Les utilisateurs étant sensibles au **design** des objets, il est nécessaire de leurs donner une apparence la plus esthétique possible.
- Les objets sont **créés et modifiés** en fonction des évolutions (matériau, énergie, design...).
- La **veille technologique** consiste à se maintenir au courant des évolutions pouvant être intégrées aux futurs objets techniques.
- Les **objets connectés** sont des systèmes électroniques pouvant partager des informations par l'intermédiaire d'un réseau.
- Lors de l'enregistrement d'un fichier, il est nécessaire de le « ranger » à un endroit bien précis sur l'espace de stockage. Il est donc indispensable de connaître **l'arborescence**.
- Lors de la **présentation informatique de documents**, on utilise des logiciels de présentation assistée par ordinateur, des cartes heuristiques et de la modélisation en 3D.

B Réaliser un prototype

- Lors de la réalisation d'un objet technique, il est nécessaire de fabriquer un **prototype** pour valider les solutions imposées par le cahier des charges fonctionnelles.

Vocabulaire

Prototype : premier exemplaire d'un objet sur lequel une série de tests sera effectuée.

2. Objets techniques, services et changements induits dans la société

A Évolutions des objets et systèmes

- Les **objets évoluent** en fonctions de nombreux facteurs.
- La fabrication des objets techniques a un **impact sur la société et sur l'environnement**.
- Le **nombre de produits vendus évolue au cours du temps** en fonction de nombreux critères.
- L'utilisation des objets connectés nécessite de prendre des **précautions** et impose des **règles** à respecter.

B Description d'un objet technique

- Il est nécessaire de définir une **charte graphique** dans laquelle sont mentionnées les règles pour la présentation visuelle du projet.
- Pour présenter ses idées et solutions envisagées, on réalise des **croquis**, qui sont des dessins à main levée, ou bien des **schémas**, qui sont des représentations normalisées. Pour des systèmes automatisés, on réalisera un **algorithme**.
- Les **outils numériques de description** permettent de représenter les objets techniques en 3 dimensions.

3. Modélisation et simulation des objets et systèmes techniques

A Fonctionnement et structure d'un objet

a. Fonctionnement

- Une **procédure** est un document décrivant la suite logique pour réaliser correctement un travail.
- Un **protocole** est un ensemble de règles à respecter pour obtenir des résultats en accord avec les attentes.
- L'**ergonomie** est étudiée afin d'adapter les conditions de travail pour veiller au bien-être des travailleurs.
- L'**analyse fonctionnelle systémique** explique le fonctionnement des différentes parties d'un objet technique en mettant en relation les fonctions techniques et les solutions techniques.
- La **représentation fonctionnelle** permet de représenter sous forme schématique le fonctionnement d'un objet technique ou d'un système en détaillant les relations entre la chaîne d'information et la chaîne d'énergie.

b. Structure

- La **structure** des systèmes liste les relations entre l'utilisateur, la partie commande et la partie opérative.
- Une **chaîne d'énergie** est constituée de l'ensemble des composants réalisant l'alimentation, la distribution, la conversion et la transmission de l'énergie.
- Une **chaîne d'informations** est constituée de l'ensemble des composants qui réalisent l'acquisition, le traitement et la communication de l'information.
- Les matériaux utilisés sont classés en plusieurs familles et il est important de connaître leurs **caractéristiques** lors de la réalisation d'un objet technique.
- Les **sources d'énergie** sont diverses et peuvent être renouvelables ou non-renouvelables.
- Les outils de description d'un fonctionnement, d'une structure et d'un comportement permettent de **tester informatiquement** le fonctionnement d'un futur objet.

c. Instruments de mesures et signaux

- Les **instruments de mesure usuels** sont variés et permettent de mesurer des grandeurs diverses.
- Un **capteur** acquiert une grandeur physique (température, vitesse...).
- Un **codeur** va transformer une mesure de déplacement en signaux numériques.
- Un **détecteur** va donner un signal numérique composé de 0 et de 1.
- Un **signal analogique** peut prendre un grand nombre de valeurs.

B Modélisation et simulation du comportement d'un objet

- Les **outils de description d'un fonctionnement**, d'une structure et d'un comportement permettent de tester informatiquement le fonctionnement d'un futur objet.
- Afin de vérifier qu'un objet technique répond aux attentes des acheteurs, il est nécessaire d'effectuer des **tests**, qui peuvent dévoiler des écarts avec les prévisions.

4. Informatique et programmation

A Réseau informatique

- Un **réseau** est un ensemble d'équipements informatiques connectés entre eux ayant la possibilité d'échanger **des informations**.
- Ces connexions peuvent être réalisés par des moyens **matériels** (câbles Ethernet, fibre optique...) ou **immatériels** (Wifi, Bluetooth...)
- En informatique, un **protocole** est un ensemble de règles fixées afin que plusieurs machines puissent communiquer.
- **Internet** est un immense réseau interconnectant des milliards d'utilisateurs.

B La programmation

- Pour commander un système, il est nécessaire d'écrire un **algorithme** en utilisant un **langage compréhensible** par tous, puis de construire une représentation graphique de l'algorithme sur informatique, qui sera traduit en programme compréhensible par le système.
- Lors de la réalisation de ce programme, il sera nécessaire d'utiliser des **variables informatiques** pouvant être fixes ou dynamiques.
- Un programme peut en partie ou totalement être répété à l'aide des **boucles** et évoluer en fonction des évènements détectés.
- Un système embarqué est **autonome** et réalise des tâches définies par le programmeur.
- Les **capteurs** transmettent deux types de signaux : **numérique** lorsqu'il ne peut prendre que deux valeurs (le 0 et le 1, par exemple une porte qui ne peut être qu'ouverte ou fermée), **analogique** lorsqu'il peut prendre de nombreuses valeurs (vitesse, température...).
- Un **actionneur** transforme l'énergie d'entrée en action (moteur, sonnerie...)
- L'**interface programmée** reçoit des informations des **capteurs** et donne des ordres aux **actionneurs**.

Vocabulaire

Algorithme : Succession d'opérations et d'instructions permettant la réalisation d'une tâche ou d'un problème.

FSC www.fsc.org MIXTE Papier issu de sources responsables FSC® C022030

Nathan est un éditeur qui s'engage pour la préservation de son environnement et qui utilise du papier composé de fibres naturelles, renouvelables, fabriquées à partir de bois provenant de forêts gérées de manière responsable et contrôlée.

N° de projet : 10266983 - Dépôt légal : février 2021
Imprimé en France par Estimprim 25110 Autechaux